# De regenmakers

D1099417

*Van dezelfde auteur*

De kleur van leugens
California Girl

Bezoek onze internetsite www.awbruna.nl
voor informatie over al onze boeken en softwareproducten.

T. Jefferson Parker

# De regenmakers

A.W. Bruna Uitgevers B.V., Utrecht

*Oorspronkelijke titel*
Storm Runners
© 2007 by T. Jefferson Parker
*Vertaling*
Hugo Kuipers
*Omslagontwerp*
Studio Eric Wondergem
© 2007 A.W. Bruna Uitgevers B.V., Utrecht

ISBN 978 90 229 9315 6
NUR 305

Dit boek is gedrukt op papier dat het keurmerk van de Forest Stewardship Council (fsc) mag dragen. Bij dit papier is het zeker dat de productie niet tot bosvernieti-ging heeft geleid. Een flink deel van de grondstof is afkomstig uit bossen en plan-tages die worden beheerd volgens de regels van fsc. Van het andere deel van de grondstof is vastgesteld dat hiervoor geen houtkap in de laatste resten waardevol bos heeft plaatsgevonden. Daarom mag dit papier het fsc Mixed Sources label dragen. Voor dit boek is het fsc-gecertificeerde Munkenprint gebruikt. Dit papier is 100% chloor- en zwavelvrij gebleekt en wordt geleverd door Arctic Paper Munkedals AB, Zweden.

*Voor hen die het water brengen*

## Dankbetuigingen

Ik dank Bill Farrar, die de fanfare leidde.
Sherry Merryman, die de geheime papieren stuurde.
Susan Gust, die de wet stelde.
Steve Kurtz en Donald Johnson, die me naar de hel brachten, en weer terug.

# I

## FANFARES EN ARABISCHE NACHTEN

# 1

Op de middelbare school leerde Stromsoe de jongen kennen die op een dag zijn vrouw en zoon zou vermoorden. Die jongen heette Mike Tavarez. Tavarez, die verlegen was en krulhaar had, zag Stromsoe de mace op de kantinetafel leggen. Stromsoe wilde tambour-maître worden en een mace is de stok waarmee zo iemand loopt te zwaaien. Tavarez had zijn gehuurde klarinet bij zich, die hij hoopte te bespelen in de fanfare die Stromsoe hoopte te leiden, en de mace was de aanleiding tot dit gesprek.

'Mooi,' zei Tavarez, die lichtbruine ogen en een kuiltje in zijn kin had. Hij kon alle houten blaasinstrumenten bespelen, en de kornet en de sax, en zo ongeveer alle slaginstrumenten. Hij was bij de fanfare gegaan om meisjes te leren kennen en was onder de indruk van Stromsoes moedige beslissing om als eersteklasser al tambour-maître te willen worden. Aan de andere kant was het 1980 in het zuiden van Californië, waar een tambour-maître al lang geleden heel ver afgezakt was op de lijst van wat cool was.

Een groepje leerlingen was blijven staan om naar de mace te kijken. Die was bijna anderhalve meter lang en had een zwarte handgreep en er was een chromen ketting om de hele lengte gewonden. Aan de ene kant zat een adelaarskop en aan de andere kant een zwarte rubberen punt.

'Wat kostte hij?' vroeg Tavarez.

'Negenennegentig dollar,' zei Stromsoe. 'Het is het All American-model, de beste die ze hadden.'

'Geldverspilling,' zei een footballspeler.

'Kan ik wat voor je doen?' vroeg Stromsoe, en hij keek hem rustig aan. Hoewel hij nog maar eersteklasser was, en tambour-maître in spe, was Stromsoe groot voor zijn veertien jaar en had hij ook iets onverbiddelijks. Zijn rozige ronde gezicht met expressieve ogen zag eruit alsof hij het gauw zou ontgroeien.

'Nee,' zei de footballspeler.

'Loop dan door.'

Tavarez keek van de sportman naar de tambour-maître in de dop. De footballer haalde zijn schouders op en schuifelde verder, rood met bruin leren Santa Ana Saints-jasje, wijde trainingsbroek, extra grote sportschoenen zonder veters. Tavarez dacht dat de jongen Stromsoe tot een gevecht zou uitdagen, maar hij had ook Stromsoes blik gezien, wat de jongens in de Delhi F Troop *ojos de piedros* noemden: ogen van steen. Het bescheiden huisje van de familie Tavarez aan Flora Street stond in het territorium van de Delhi F Troop, en al ging Tavarez de bendes uit de weg, hun solidariteit en kleurrijke taal spraken hem wel aan. Tavarez dacht dat de footballer die blik ook had gezien.

Die zaterdag won Matt Stromsoe de try-outs voor tambour-maître. Hij was de enige kandidaat, maar hij had een aangeboren gevoel voor ritme en hij had de hele zomer in zijn eentje geoefend. Hij was wel toegelaten tot de zomerclinic in het gerenommeerde Smith Walbridge Drum Major Camp in Illinois, maar hij had niet met het geld over de brug kunnen komen. Zijn ouders hadden gedacht dat het maar een bevlieging was.

Op vrijdag, de dag voordat Stromsoe als tambour-maître werd aangenomen, sleepte Mike Tavarez de positie van derde besklarinet in de wacht. Hij overspeelde de andere deelnemers met gemak en deed zijn best om zich nederig tegenover de dirigent en de andere muzikanten te gedragen. Toen hij zijn stukken had gespeeld, hing hij de rest van de dag discreet in de muziekkamers rond, waar hij naar de vrouwelijke muzikanten glimlachte maar geen reacties kreeg. Hij was slank en engelachtig maar kwam niet over als een sterke persoonlijkheid.

Stromsoe keek naar die try-outs op vrijdag en zag de kalme voldoening op Tavarez' gezicht toen die een levendige versie van 'When the Saints Go Marching In' speelde. Dat nummer behoorde op de Santa Ana High School tot het vaste repertoire. Toen Stromsoe vier jaar later zijn tamboerstok aan de wilgen hing, had hij dat nummer meer dan vijfhonderd keer gehoord. Het had achter hem geschald terwijl hij voorop marcheerde.

Hij hield van de roekeloze blijheid van dat nummer. Als zijn fanfare het agressief speelde, was het net alsof de hele blije melodie elk moment in chaos kon uitbarsten. Wanneer ze op een warme herfstavond over het smaragdgroene gras van het Santa Ana-stadion liepen, zijn sjako laag over zijn ogen en zijn All American-stok met adelaarskop flitsend in het felle licht, stelde Stromsoe zich soms voor dat de noten van het nummer als vuurwerk achter hem in het donker explodeerden.

Eenentwintig jaar later, toen de bom ontplofte, ging het nummer ook door zijn hoofd.

# 2

Dagen na de explosie kwam hij langzaam bij in het UC Irvine Medical Center. Hij had het gevoel dat hij alles kwijt was. Later – het was niet te zeggen of te schatten hoeveel later – vocht hij zich weer naar het bewustzijn toe en zag hij lichten en slangen en sombere mensen boven hem, waarna hij zich nog één keer door een welkome duisternis liet omhullen.

Toen hij een beetje sterker was, kreeg hij van zijn broer te horen dat zijn vrouw en zoon dood waren, omgekomen bij de explosie die hem bijna drie weken geleden in het ziekenhuis had doen belanden. Het leek erop dat we jou ook zouden verliezen, zei zijn moeder. Hij kon hen bijna niet verstaan, want zijn trommelvliezen waren gescheurd en maakten een bulderend geluid. Een arts verzekerde hem dat een membraantransplantatie dat zou verhelpen.

Stromsoe was zijn linkeroog, de pink van zijn linkerhand en een groot stuk van de linkerkant van zijn borst kwijtgeraakt. Er werden vierenzestig spijkertjes uit zijn lichaam verwijderd, vooral uit de linkerkant. Degenen die de bom hadden gemaakt, hadden draadnagels van twee centimeter gebruikt om van dichtbij grote verwoesting aan te richten. Zijn bovenlichaam en benen waren helemaal opengehaald. Zijn linkerdij-, kuit- en scheenbeen waren verbrijzeld. Toen de bom afging, had Stromsoe zich net naar rechts gedraaid, bij de explosie vandaan, zodat zijn linkerkant – evenals Hallie en Billy, die twee stappen voor hem liepen – de volle laag kreeg.

Een arts zei dat hij 'ongelooflijk blij' mocht zijn dat hij nog in leven was. Zijn moeder huilde een zee van tranen. Op een dag keek zijn vader op hem neer met ogen als kampvuren die smeulden achter een waterval. Later begreep Stromsoe dat de ogen van zijn vader een rood lichtje op een monitor weerspiegelden.

'Ze hebben hem,' zei zijn vader. 'Die vervloekte *El Jefe* Tavarez zit achter de tralies.'

Stromsoe knikte even, maar toen kreeg zijn immense verlies weer de overhand: Hallie van wie hij hield en Billy die hij aanbad, allebei voor altijd weg. Er zouden tranen uit zijn ogen zijn gelopen, maar de lege linkeroogkas zat vol met verband en zoutoplossing, in afwachting van een glasimplantaat dat die week zou worden aangebracht, en het rechterooglid was zo erg geschroeid dat de traanklier nog geen weg had gevonden door het verbrande vlees.

Een maand later werd hij uit het ziekenhuis ontslagen. Hij had één functionerend oog en een in Duitsland gemaakt oog van kryolietglas, een linkerhand met vier vingers, een chirurgisch gereconstrueerde linker borsthelft, zeven pennen in zijn been, vierenzestig wonden waar spijkertjes waren verwijderd en twee trommelvliestransplantaten. Hij was vijf kilo en ook het meeste van zijn kleur kwijt.

Toen Matt in een rolstoel het ziekenhuis uit kwam, geduwd door zijn oude vriend Dan Birch, stond er al een troep verslaggevers te wachten. Ze stelden hem vragen die van optimisme en respect getuigden. Sommigen herkende hij van de eindeloze uren televisienieuws waarnaar hij de afgelopen maand had gekeken. Motordrives snorden en videocamera's zoemden.

'Hoe voelt u zich, rechercheur Stromsoe?'

'Ik ben blij dat ik weer op de been ben. Nou ja, min of meer op de been.'

'Doet het u goed dat El Jefe Tavarez zo snel gearresteerd en in staat van beschuldiging gesteld is?'

'Ja.'

'Je hebt hem éíndelijk te pakken,' zei Susan Doss van de *Orange County Register*.

'Aardig van je dat je dat zegt, Susan.'

Hij kwam in het heldere zonlicht van april. In de bloembakken bloeiden IJslandse papavers. Zijn oren tuitten, maar in de vijfendertig jaar van zijn leven was hij zich nog nooit zo intens bewust geweest van de schitterende kleuren van de natuur.

'Kijkt u ernaar uit om tegen Tavarez te getuigen?'

'Ik kijk uit naar gerechtigheid.'

'Wat gaat Matt Stromsoe nu doen?'

'Dat zou ik echt niet weten.'

Toen ze bij de auto aankwamen, wilde Stromsoe zich niet door Dan en zijn vader laten helpen en stapte hij zonder veel problemen zelfstandig in de Mercedes van Birch. Stromsoe trok het portier dicht en Susan Doss boog zich naar het open raam toe. Hij kromp even ineen, want zijn gezichtsveld was veel kleiner geworden, maar kreeg toen een kleur van verlegenheid, omdat Susan een journaliste was, jong en aantrekkelijk en intelligent, niet iemand die hem dood wilde maken.

'Je hebt met hem op school gezeten, hè?' vroeg ze.

Stromsoe had nooit bekendgemaakt dat hij Mike Tavarez van vroeger kende, maar hij had het ook niet geheimgehouden.

'Hij speelde klarinet in mijn fanfare.'

'Hij en je vrouw waren toen een stel.'

'Dat was wat later.'

'Wil je er met mij over praten? Over alles?'

Ze gaf hem een kaartje en vroeg hem naar zijn vaste en mobiele nummer. Hij gaf haar zijn vaste nummer maar niet dat van zijn mobieltje.

'Ik kan je niet voor het interview betalen,' zei ze. 'Maar ik zou het op prijs stellen als je niet met andere media praatte. Je zult aanbiedingen van de tv krijgen: veel geld.'

'Ik heb ze afgewezen.'

Ze glimlachte. 'Ik bel je vanmiddag, als je de tijd hebt gehad om je thuis te installeren en uit te rusten. Je zult rust nodig hebben, Matt.'

'Geef me een paar dagen de tijd.'

'Oké.'

# 3

Pas na een hele maand was Stromsoe voldoende aangesterkt om met de verslaggeefster te praten. In het begin kon hij niets tegen iemand zeggen, kon hij amper een hamburger bestellen bij een drive-inloket.

Twee weken na zijn thuiskomst liet hij de as van vrouw en zoon op zee verstrooien, zoals Hallie in een levenstestament had verzocht. Het schip van de Neptune Society stond vol vrienden en familieleden, en toen de dominee sprak, deinde en slingerde het merkbaar op de hoge golven voor de kust van Newport. Een aantal mensen moest overgeven. Het waren de twee ergste uren uit Stromsoes leven.

Hij slikte Vicodin, een pijnstiller, maar bleef ook drinken, elke avond een beetje meer. Hij dacht aan de eeuwige slaap, zag daar wel voordelen in. Hij dacht aan een heleboel dingen waaraan hij vroeger nooit had gedacht.

Zo had hij het idee dat hij alleen bij zijn verstand kon blijven als hij het verhaal van zijn vrouw en zoon vertelde. Op die manier zou hij, net als Sheherazade, zijn executie kunnen uitstellen.

'We werden vrienden in de eerste klas van de middelbare school,' zei hij tegen Susan.

Ze zaten tegenover elkaar aan een picknicktafel in de kleine tuin van zijn huis in Newport Beach. Susans bandrecorder stond tussen hen in, naast een kobaltblauwe vaas met wilde bloemen. Net als een pen en een notitieboekje. Aan de andere kant van de tuin, tegenover hem, was zijn garage nog in aanbouw. Zijn ouders waren weken eerder aan het project begonnen, omdat ze iets wilden doen wat optimisme uitstraalde, maar er waren problemen met de aannemer. Rondom de gedeeltelijk herbouwde garage was het inmiddels vertrapte gele afzettingslint van de politie vervangen door tape dat voor bouwplaatsen werd gebruikt en dat sterk aan dat afzettingslint deed denken. Af en toe was in de koele middag het gedempte ploffen van een spijkerpistool te horen.

De bom was uit een muur van de garage gehaald. Hij had een groot gat in het dak gemaakt en twee auto's met duizenden spijkertjes doorzeefd. Het was onvoorstelbaar wat die bom met Hallie en Billy had gedaan, maar soms stelde Stromsoe het zich toch voor. Billy was acht. Stromsoe was na die dag niet meer in de garage geweest. Hij was bang dat hij iets zou vinden.

Stromsoe huiverde inwendig bij het geluid van die spijkers die in gipsplaat werden geschoten. De bouwvakkers hadden nooit met hem gepraat en ze hadden hem ook nooit recht aangekeken. Het waren allemaal Mexicanen, vertrouwd met de aanwezigheid van de dood.

Gebruik je eigen woorden, dacht hij, vertel het verhaal en red jezelf.

'Die fanfare was in die tijd niet erg hip,' zei hij. 'Het was wij tegenover de rest. Maar ik vond dat wel prettig. Het maakte het me gemakkelijker om politieman te worden. Hoe dan ook, de fanfareleden sloten vrij snel vriendschap. Op een avond bombardeerde een stel footballspelers onze repetitie met stenen. We liepen onder de lichten te spelen en die idioten stonden in het donker een eindje achter de draadgazen omheining en gooiden de stenen eroverheen. Dat was stom van ze. Eerst wisten we niet wat er gebeurde. We hoorden alleen een stel jongens schreeuwen dat we mietjes waren. Toen zakte Kristy Waters op het gras in elkaar; ze sloeg haar handen voor haar gezicht en het bloed kwam tussen haar vingers door. Kristy was de eerste fluit, een lief meisje, haar pa had een bandenzaak aan First Street. Ik sprong over de omheining en kreeg twee van die jongens te pakken. Ik gaf ze er flink van langs. Niet dat ik me gauw kwaad maakte, maar toen was ik heel erg kwaad. Het was helemaal verkeerd dat ze een steen in Kristy's gezicht gooiden omdat ze fluit speelde in de fanfare. Drie van mijn muzikanten hielpen me. Hij was een van hen.'

'Mike Tavarez?'

Stromsoe knikte en raakte de vaas aan. Hij keek naar zijn viervingerige hand en liet hem nonchalant onder de tafel zakken.

'Ja. Dat verraste me, omdat hij zo klein en stil was. Maar hij vocht als een bezetene. Dat zei iets over hem. Trouwens, hij was een goede muzikant en een aardige jongen, een vlotte prater als je hem een beetje kende. En dus werden we vrienden. Dat lijkt honderd jaar geleden, weet je. Alsof het een andere wereld was, of iets uit het verleden van iemand anders.'

'Ik kan me nauwelijks een voorstelling maken van wat je moet doormaken, Matt.'

Stromsoe keek haar aan en keek toen in een andere richting. Ze had het boeket wilde bloemen in de vaas meegenomen, en ook een zak met luxe kazen, salami en crackers uit een veel te dure supermarkt bij hem in de buurt.

Om zijn gedachten op iets anders te richten, keek hij naar zijn huis. Het was een al wat ouder huis op het schiereiland van Newport, in Fifty-second Street, twee straten bij de oceaan vandaan. Het was wit. Het perceel was omheind en je kon de golven horen. Het was een gezellig huis, maar in de maand dat Stromsoe in het ziekenhuis lag, was hij het gaan haten, want het was net of het huis medeplichtig was aan wat er was gebeurd.

Aan de andere kant hield hij er ook van – in dit huis waren ze vaak gelukkig geweest – en de kracht van die twee emoties dreigde hem te verlammen.

Hij dacht erover het huis te verkopen, met alle meubelen erin, en weg te gaan. Hij dacht erover het huis te verkopen maar opslagruimte voor de dingen van Hallie en Billy te huren, zodat hij bij ze op bezoek kon gaan wanneer hij dat wilde. Hij dacht erover om gewoon in het huis te blijven wonen zoals het was. Hij dacht erover het plat te branden en nooit terug te komen, of het plat te branden met hemzelf erin. Het idee dat hij de teddyberen van zijn zoon nooit meer zou zien, brak zijn hart, en het idee dat hij ze elke dag zou zien, brak het op een andere plaats.

Hij zette zijn zonnebril af en had weer dat vreemde gevoel van een zachte wind die verkoeling schonk aan zijn goede oog terwijl zijn oogprothese helemaal niets voelde.

'Hoelang duurde je vriendschap met Mike?' vroeg Susan.

'Vier jaar. Het was een goede vriendschap. We waren het oneens over veel dingen en kibbelden om alles. Altijd om de grote dingen: geeft God iets om ons of lacht God ons uit? Zijn er een hemel en een hel, bepalen wij zelf ons leven of is er een goddelijk of satanisch plan?'

'Ik had een vriendin die ook zo was,' zei Susan. 'Gek is dat. Als je jong bent, praat je over die dingen, maar als je ouder wordt, houdt dat op.'

Stromsoe dacht aan de eindeloze partijtjes biljart die ze op de doorgebogen tafel in Mikes garage hadden gespeeld. De gesprekken, de wedijver. Twee jongens op zoek naar een manier om de wereld aan te kunnen.

'Toen Hallie Jaynes bij ons op school kwam, waren we allebei gek op haar, maar we bleven goede vrienden. We dachten dat we geen kans maakten. Dat was in ons tweede jaar. Ze was intelligent en zag er goed uit. Bleef boven de dingen staan, had een zeker overwicht. Niet bang. Niet uit het veld te slaan. Ze zei altijd wat ze dacht, noemde Mike en mij 'de fanraren'. Met een sarcastische twinkeling in haar ogen. Leuk gezicht, blond krulhaar, mooie benen. In de hoogste klas had ik eindelijk verkering met haar. Ik wist dat ze niet echt veel voor me voelde, maar ik voelde me gevleid omdat ze mij dat plezier deed. Omdat we Mike niet wilden buitensluiten, deden we veel dingen met zijn drieën. In de zomer na ons eindexamen legde Hallie het met hem aan.'

Als hij zich iets goeds van zijn vrouw herinnerde, kwamen er soms ook verschrikkelijke beelden opzetten die zijn prettige herinneringen verdreven. Hoe kon hij Hallie in zijn hart blijven sluiten als die afschuwelijke beelden aan haar vastzaten?

Hij schraapte zijn keel en richtte zijn aandacht op een kolibrie.

Praat door, dacht hij. Vertel het verhaal, werp de huid af.

'Dat moet pijn hebben gedaan,' zei Susan.

'Zeker. Maar ik had het druk. Ik zou in Fullerton gaan studeren. Ik wilde eerst HBO rechten doen en dan bij de politie gaan. Hij had een beurs voor Harvard gekregen omdat hij hoge cijfers had en een begaafd musicus was. Hij haalde het nieuws, een jongen uit de *barrio* die naar Harvard gaat, je kent dat wel.'

'Had je het zien aankomen, dat van Hallie en Mike?'

Stromsoe knikte. 'Ik was helemaal niet verrast. Hallie hield altijd van de verborgen kant van dingen en hij had geheimen. Bijvoorbeeld dat hij in diezelfde tijd, dus toen hij verkering met Hallie kreeg, lid werd van de Delhi F Troop. Hij zinspeelde daarop. In het begin kickte ze er wel op, de geheimhouding, een vleug van gewelddadigheid.'

'Niet bang en niet uit het veld te slaan.'

'Zodra dat spel begon, kon ze niet meer tegen hem op.'

Susan hield op met schrijven en keek hem aan. 'Je spreekt zijn naam niet graag uit, hè?'

'Nee.'

'Vind je het erg dat ik dat zeg?'

'Nee, dat geeft niet.'

'Ik haal nog een biertje voor je, als je wilt.'

Een minuut later was ze met een koud flesje terug en deed ze de kaas, het vlees en de crackers op een bord dat ze in de keuken had gevonden. Het ergerde Stromsoe dat de journaliste een bord had gepakt dat voor het laatst door Hallie was gebruikt.

'Wanneer sloot Mike zich aan bij de Delhi F Troop?'

'Die zomer sprongen ze hem in.'

'Ze sprongen hem in?'

'Ze sloegen je verrot om te zien of je terugvocht. Als je terugvocht, gaven ze je een zwaar karwei te doen: een overval, een vergeldingsactie, misschien een moord. Had je dat eenmaal gedaan, dan hoorde je erbij. Meestal was zo'n jongen dertien of veertien. Hij was oud. Maar ze wilden hem hebben omdat hij slim was. Zijn ouders wilden hem bij de bende vandaan houden. Ze hadden hem naar de Santa Ana High gestuurd in plaats van Valley, omdat er in Valley bendes waren. Maar Flora Street was Delhi-territorium, dus hij zat er toch al middenin.'

'Wat deed hij om erbij te komen?'

'Hij pleegde drie gewapende overvallen op winkels in San Diego, waar de Ten Logan 30's de schuld van zouden krijgen. Hij leverde goed werk, zette oude nummerborden op zijn auto, verkende de winkels, wachtte tot het einde van de avond. Hij had het voorzien op familiebedrijfjes die geen dure safes hadden. Hij kleedde zich formeel voor de overvallen, nooit slordig, zodat het een grote verrassing was als het pistool onder zijn colbertje vandaan kwam. Hij maakte elfhonderd dollar buit, of zoiets. Gaf de helft daarvan aan zijn maten, en hij hoorde erbij.'

'Ze lieten hem de helft houden?'

Stromsoe knikte. 'Eigenlijk moest hij alles afdragen, maar hij leerde al gauw zichzelf eerst te betalen.'

Susan schreef vlug. 'Ging Hallie in het begin van het schooljaar met hem naar het oosten?'

'Nee. Maar toen hij in Harvard studeerde, kwam hij vaak naar Santa Ana terug.'

'Om met de Delhi F Troop op te trekken en drankwinkels te beroven,' zei Susan.

'En om bij Hallie te zijn.'

Stromsoe nam een slokje van het bier. Hij permitteerde zich een herinnering die hem nuttig leek: toen Hallie met Tavarez omging, wist Stromsoe dat ze op een dag bij hem terug zou komen. Hij wist niet wanneer of waarom, alleen dat ze het zou doen.

Susan fronste haar wenkbrauwen en tikte met haar pen op haar notitieboekje. 'Hoe veranderde Mike Tavarez van een klarinetspeler in een roofovervaller? En zo snel? Waarom?'

Stromsoe had daar in de afgelopen veertien jaar vaak over nagedacht, vanaf de dag dat hij hoorde dat Mike Tavarez negen gewapende overvallen in het zuiden van Californië had gepleegd terwijl hij in diezelfde tijd uitstekende cijfers haalde als Harvard-student.

'Die overvallen gaven hem een kick,' zei Stromsoe. 'Dat heeft hij me in de gevangenis verteld. Hij zei dat ze beter waren dan cocaïne of speed of Hallie, of welke combinatie daarvan dan ook.'

Susan knikte. 'Maar hij vergooide zijn toekomst.'

'Hij dacht dat hij zijn toekomst opbouwde. Hij had de pest aan Harvard. Hij voelde zich daar niet op zijn plaats. Hij zei dat hij alleen maar bendelid wilde zijn. Niet bepaald een schoolvoorbeeld van iemand die gelijke kansen nastreefde. Niet echt de lieveling van de kranten, de arme jongen op de dure universiteit. Hij voelde zich een verrader van *la raza*, omdat hij al die lof en al die kansen kreeg.'

Hij vertelde haar niet dat Hallie het leuk vond als Mike boordevol adrenaline van die overvallen terugkwam. Ze wist niet precies wat hij deed, maar het mysterie wond haar op. Dat had Hallie hem verteld. En Mike had hem verteld hoe hij ervan genoot om haar in de maling te nemen. Een geheim dat hen aan elkaar bond.

'Wat deed hij met het geld?'

'Hij zei tegen de rechter dat hij die overvallen had gepleegd om zijn ouders te helpen, maar dat was niet zo. Hij kocht aandelen en boerde daar goed mee. Het meeste geld werd later verbeurd verklaard. Zijn advocaat kreeg de rest. Dat was de laatste keer dat hij iets met geld deed wat naspeurbaar was. De rechter gaf hem trouwens een harde douw. Mike kreeg tien jaar, zat daar vijf van uit en kwam in '93 vrij. Toen hij uit de gevangenis kwam, was Mike Tavarez geen Delhi-straatgangster meer. Toen hoorde hij bij La Eme.'

'De Mexicaanse maffia. De machtigste gevangenisbende in het land.'

'Vergeleken daarmee was de Delhi F Troop een stel meisjespadvinders.'

'En toen hij vrijkwam, was jij met Hallie getrouwd.'

'Ja,' hoorde Stromsoe zichzelf zeggen. 'Billie was anderhalf. We deden er lang over om hem te krijgen. Na wat hij met haar had gedaan, was het voor Hallie moeilijk om zwanger te worden.'

'Wat dan?' vroeg Susan Doss.

'Dat kan ik niet vertellen,' zei Stromsoe. De vermoeidheid viel als een dichtgetrokken zonnescherm over hem neer. 'Sorry. Een andere keer misschien.'

'Morgen? Zelfde tijd. Ik zorg voor de lunch. Oké?'

# 4

Die avond kwam Dan Birch, Stromsoes goede vriend en vroegere collega bij Narcotica, onaangekondigd op bezoek. Het was de derde keer dat hij naar het huis aan Fifty-second Street ging sinds Stromsoe uit het ziekenhuis was ontslagen. Birch en zijn vrouw en kinderen kwamen hier al bijna twaalf jaar over de vloer. Birch stond nu in de keuken en keek met zijn gebruikelijke norse blik naar Stromsoe.

'Je ziet er beroerd uit,' zei hij.

'Ik voel me soms ook beroerd,' zei Stromsoe.

'Wat kan ik voor je doen?'

'Je kunt niets doen, Dan.'

'Ik kan je aan het werk krijgen als je daar klaar voor bent.'

Stromsoe knikte en probeerde te glimlachen. 'Een eenogige bewaker?'

Vier jaar geleden was Birch bij de politie weggegaan om zijn eigen beveiligingsbedrijf op te zetten. Dankzij zijn innemende persoonlijkheid en enige familiebetrekkingen met hightechbedrijven in Irvine had zijn Birch Security Solutions in het eerste jaar een omzet van 1,15 miljoen dollar behaald, en die omzet was in de jaren daarna verdrievoudigd. Ze deden van alles: bewaking van woningen en bedrijven, patent- en copyrightbescherming, patrouillering, alarminstallaties, detectivewerk.

Birch grinnikte. 'Ik kan wel wat beters voor je regelen, Matt.'

'Echtscheidingswerk?'

'We hebben in Irvine te maken met interessante gevallen van industriële spionage. En een of andere klootzak op de medische faculteit verkoopt delen van lijken, maar voor de universiteit zou het een te groot schandaal zijn als hij werd ontslagen. We gaan hem... overreden het niet meer te doen.'

'Geen delen van lijken, Dan.'

'Dat begrijp ik. Dat had ik niet moeten zeggen. Wat kan ik voor je doen? Ik doe mijn best.'

'Ik zal wat voor je inschenken. Ik heb alleen eigen merk. Ik wil niet afhankelijk worden van buitenlandse wodka.'

Ze dronken tot laat in de avond, Stromsoe ongeveer twee keer zoveel als zijn vriend. Hij had het innemen van zijn pijnstillers zo lang mogelijk uitgesteld, maar om middernacht deden de pennen in zijn been hem folterend pijn en nam hij pillen.

'Eentje op de valreep?' vroeg hij Birch.

'Nee.'

Birch liep naar Stromsoe toe en knielde bij hem neer. 'Ik wist niet dat het zo erg was.'

'Het is tijdelijk. Maak je er niet druk om.'

'Ik vind het zo verschrikkelijk rot, Matt.'

'Ik red me wel,' zei hij.

'Tavarez is een beest,' zei Birch. 'En Ofelia's dood was niet onze schuld.'

'Nee,' zei Stromsoe. 'Helemaal niet onze schuld.'

Er daalde een lange stilte over hen neer waarin Stromsoe de golven niet hoorde die dichtbij tegen de kust sloegen. 'Kunnen we hem te pakken krijgen?' vroeg hij.

Birch zette grote ogen op. 'Mike? In de Orange County-gevangenis? Misschien kun je hem een beetje dwarszitten, bijvoorbeeld dat hij minder lichaamsbeweging krijgt of dat hem dingen verboden worden. Dan zou je een paar bewaarders aan je kant moeten krijgen.'

'Ik dacht aan iets wat een beetje verderging.'

'Zoals?'

'Vijf minuten alleen met hem.'

Birch stond op en schudde zijn hoofd. 'De situatie in de bezoekruimte leent zich daar niet voor. Trouwens, de enige die jou een bezoek kan toestaan, is Tavarez.'

Stromsoe dacht aan vijf minuten met El Jefe.

'Vergeet het maar, Matt. Als je hem vermoordt, kun je net zo goed meteen in zijn cel gaan zitten, met zijn overall aan.'

Toen Birch weg was, waggelde Stromsoe met een groot glas wodka in zijn hand door het huis. Hij liep met gebogen hoofd, geconcentreerd op het ijs in zijn glas, en als hij in een kamer kwam, keek hij om zich heen, maar dan moest hij zijn ogen dichtdoen om de herinneringen buiten te houden. Elke kubieke centimeter. Elk voorwerp. Elke molecule van elk voorwerp. Alles was verbonden met Hallie en Billy. Hun dingen. Hun leven. Het was niet uit te houden.

Hij stond een ogenblik te wankelen in de tuin en keek naar het dunne schijfje maan dat wegzakte en weer op zijn plaats verscheen, telkens weer.

Zijn mobieltje trilde tegen zijn heup. Stromsoe maakte het los, liet het vallen, knielde neer en pakte het op.

'Die bom was voor jou,' zei Tavarez. 'God zette ze daar neer om redenen die

21

wij niet begrijpen.'

'Je hebt een vrouw en een kleine jongen vermoord.'

'Maar jij maakte het mogelijk.'

'Hiervoor zul je branden in de hel.'

'De hel zou beter zijn dan dit,' zei Tavarez. 'Nu weet je hoe erg het is, hè? Als je moet leven zonder degenen van wie je houdt.'

'Als ze jou er ooit uitlaten, zal ik je opsporen en vermoorden,' zei Stromsoe.

'Het leven kan erger zijn dan de dood,' zei Tavarez. 'Daarom laat ik jou léven. Eerst leven met de geur van hun bloed. Dan zonder hen leven, maand na maand en jaar na jaar. Totdat je ze bijna bent vergeten, totdat je geheugen zwak en onzeker wordt. Want weet je, Matt, vrouwen en minnaressen en zelfs kinderen kunnen worden vergeten. Ze moeten worden vergeten. Maar een vijand kan eeuwig in je hart blijven leven. Hoe spectaculairder zijn misdaad tegen jou was, des te langer blijft je vijand in je hart. Haat is sterker dan liefde. Ik wilde je vermoorden, maar ik ben nu blij dat ik dat niet heb gedaan. Vertel eens: word je verblind door woede?'

'Ik word erdoor geïnspireerd.'

'Bid tot je God om wraak, tot de God die jou negeert. En welkom in de gevangenis. De tralies hier houden me bij de vrijheid vandaan. De tralies om jouw hart doen hetzelfde met jou.'

Met een droog grinniklachje verbrak Tavarez de verbinding.

Stromsoe gooide zijn glas tegen de muur van zijn huis. Hij draaide zich om en waggelde naar de garage. Hij duwde tegen de tape van de bouwvakkers aan, raakte erin verstrikt en schopte zich vrij, al brandden zijn benen van de pijn. Hij trok de deur van de garage open en deed het licht aan.

Hier was het dan, zijn persoonlijke *ground zero*, het middelpunt van zijn verlies.

Hij dwong zich om te gaan staan waar zij hadden gestaan. De betonvloer zat onder het gipsplaatstof en hij veegde daar iets van weg met zijn voet. De vloer was gebleekt. Hij keek naar de muur tegenover hem: nieuwe gipsplaat. En de muur links van hem: ook nieuwe gipsplaat. Hij keek omhoog naar de nieuwe balken, die werden bedekt met nieuw triplex en nieuw papier en nieuwe mastiek en nieuwe pannen. Hij zag geen druppel van wat hij vreesde te zien. Geen enkel spoor. Nieuw was goed.

Hij liep langzaam om de Ford heen naar de achterste hoek van de garage. Daar stonden een paar kasten die hij jaren geleden had gemaakt. De onderste kast was lang en diep en voorzien van een lattenbodem. De latten waren besmeurd door jaren van gemorste olie en benzine, lekkende wiedmachines en bladblazers en kettingzagen.

Stromsoe bukte zich en liet een rode plastic jerrycan heen en weer schommelen. Die klotste en was zwaar van benzine. Hij tilde hem op, draaide de dop open en trok het kraantje naar buiten. De dampen drongen in zijn neus. De geur van ontsnapping, dacht hij.

Hij reed de Taurus achteruit het pad op, trok de handrem aan en zette de motor uit. In de garage goot hij benzine op de plaats waar Hallie en Billy voor het laatst hadden geademd, en toen over de betonvloer, de deur uit en over de klinkers van het tuintje naar de achterveranda, en vervolgens door de schuifdeur en naar de eetkamer, de keuken, de huiskamer, de slaapkamers.

Hij zette de jerrycan bij de voordeur neer, pakte een plastic zak onder de gootsteen vandaan en deed daar de meeste van Hallies sieraden in. Hij vond een luciferboekje in een la waarin hij sleutels en kleingeld bewaarde. Toen ging hij naar Billy's kamer en deed drie van de favoriete teddyberen van zijn zoon in de zak.

Hij ging weer naar de voordeur, maakte hem open en zette zijn benzinespoor voort over de veranda. De deur liet hij op een kier staan. Nadat hij de jerrycan en de plastic zak op de planken van de veranda had laten vallen, viste Stromsoe de lucifers uit zijn zak. De muggen en nachtvlinders vlogen tegen de verandalampen op en de golven sloegen in het donker tegen de kust.

Hij ging zitten om erover na te denken.

Hij zat met zijn rug tegen het deurkozijn, zijn knieën opgetrokken en zijn hoofd op zijn onderarmen. De spijkerwonden in zijn lichaam vlamden op als aangestreken lucifers. Zijn oren tuitten. Hij voelde dat zijn glazen oog tegen de huid van zijn arm bewoog, maar het oog zelf voelde niets. Het luciferboekje viel uit zijn hand. Hij vroeg God wat hij moest doen en kreeg geen antwoord. Hij vroeg Hallie en Billy wat hij moest doen en ze zeiden: niet dit, dit was gevaarlijk en dom en het zou hem niet helpen. Hallies argument dat zijn zoon dan geen huis meer zou hebben, drong tot hem door.

Stromsoe stond op, ging weer naar binnen en viel in slaap op de bank in de huiskamer, met de benzinedampen om hem heen en met het ruisen van de golven in de duisternis.

Voordat hij zich op de bank liet vallen, zette hij een paar ramen open, een voorzorgsmaatregel waardoor hij zowel koele nachtlucht kreeg als het gevoel dat hij laf was.


De volgende morgen werd hij wakker met een afschuwelijke kater, waartegen hij een glas wodka nam en veel Vicodin. Hij douchte, schoor zich en trok toen een gestreken broek en een schoon geruit overhemd aan, waarna hij het plaatselijke kantoor van een landelijke makelaarsfirma belde.

Twintig minuten later kwam er een makelaar, en om elf uur die ochtend had Stromsoe zijn huis te koop staan. Hij bood het gemeubileerd aan. De vraagprijs die de makelaar voorstelde, was zo hoog dat hij het bijna niet kon geloven. De makelaar glimlachte stralend toen ze elkaar bij zijn auto een hand gaven. Hij zei dat hij het huis binnen een week zou verkopen, al zou de uiteindelijke overdracht dan nog even op zich laten wachten.

'Ik vind het erg wat er gebeurd is,' zei hij. 'Misschien wordt een nieuw huis een nieuw leven.'

# 5

Om twaalf uur 's middags zaten Stromsoe en Susan weer op de picknickbanken in zijn tuin. Ze had een nieuwe cassette voor de bandrecorder en een handvol verse wilde bloemen voor de vaas bij zich.

'Toen ik Hallie terugzag, was het 1986,' zei Stromsoe. 'We waren twintig.'

Mikes telefoontje van de vorige avond had Stromsoe ervan overtuigd dat hij moest vertellen wat Hallie door Tavarez was aangedaan en hoe ze dat had overleefd. Tavarez kon misschien haar leven wegnemen, maar niet haar verhaal. Of dat van Billy. En El Jefe kon hem niet zover krijgen dat hij zelfmoord pleegde, of zijn herinneringen uitwiste, of zijn huis platbrandde. Tavarez kon zijn geest niet breken.

Ik studeerde in Fullerton. Ik deed extra vakken, zat 's avonds op judo en gewichtheffen... als ik maar niet aan haar hoefde te denken. Aan hen.'

Hij praatte snel. Stromsoe kreeg vaart omdat hij wist dat hij deed wat hij moest doen.

'Af en toe las ik over Tavarez in de kranten, die nog steeds gek waren op het verhaal van de jongen uit de *barrio* die naar Harvard ging, en dan dacht ik des te meer aan haar. Op een avond kwam ik ze tegen in een nachtclub in Laguna, de Old Star. Ze droeg een jurk van goudlamé waarin witte en zwarte kralen waren verwerkt. Strak, laag uitgesneden en zonder rug, met een split opzij. Het zag er prachtig uit. Ze had haar haar in een wild kapsel, en het was ook een beetje lichter geverfd dan het vroeger was. Ze kwam naar me toe gerend en sloeg haar armen om me heen. Ik weet nog dat ik haar Opium-parfum rook. Ik keek langs haar heen naar Mike, die vanaf een tafeltje naar ons keek. Hij keek blij. Ze trok me daarheen en hij nodigde me uit om bij hen te komen zitten, maar dat deed ik niet.'

Stromsoe herinnerde zich hoe de discolampen Hallie Jaynes' mooie gezicht tot iets exotisch maakten, tot iets wat bijna niet te bevatten was.

Hij zag haar nu weer helemaal voor zich.

'Je ziet er goed uit,' had ze tegen hem gezegd.

'Jij ook.'

'We missen je.'

We.

'Jij bent degene die wegging.'

'O, Matty, je bent zonder ons veel beter af,' zei ze met een brede glimlach. 'Mike weet niet hoe hij zich moet verontschuldigen. Hij weet niet wat hij moet zeggen. Ik wou dat we weer konden lachen, jij en ik.'

Ze zag er tegelijk stralend en uitgehongerd uit. Dat was een uiterlijk dat hij in de jaren daarna nog veel bij mensen van zijn generatie zou zien. Toen hij haar voor het eerst in bijna twee jaar zag, besefte hij dat ze een voorsprong op hem had gekregen in opzichten waarvan hij tot dan toe niet had geweten dat ze bestonden.

'Ze was veranderd,' zei Stromsoe tegen Susan Doss. 'Mike ook.'

Hij vertelde Susan dat Mike langer en breder was geworden, dat hij zijn golvende zwarte haar langer had laten groeien en dat hij een wijd zijden pak droeg, zoals rechercheurs van de zedenpolitie op tv. Zijn gezicht was ook veranderd. Het was niet alleen breder geworden maar straalde ook een nieuw zelfvertrouwen uit. Zijn superioriteitsgevoel was het eerste wat je zag: de vage glimlach, de langzame ogen, de kin die iets naar voren kwam. Hij leek net een engel die op het punt stond over te lopen naar de andere kant.

'Ze waren daar met drie andere stellen,' zei Stromsoe. 'De mannen waren een beetje ouder dan wij: begin dertig, knap om te zien, latino, duur gekleed. Versace en Rolex. De vrouwen waren allemaal adembenemend mooie *gringas* van in de twintig, hoogblond. Ik was daar met wat vrienden van school en we kwamen aan de dansvloer te zitten, recht tegenover Hallie en die anderen. Ik kon mijn blik bijna niet van haar afhouden. Je weet hoe het is, je eerste liefde.'

'Ja,' zei Susan. 'Richie Alexander. Ik schreef gedichten over hem. Maar die ga ik niet voor jou citeren, dus vraag er maar niet naar.'

Stromsoe glimlachte en knikte. Susan had sproeten op haar wangen en een vreemde manier om haar pen vast te houden, waarbij haar middelvinger het meeste werk deed. De bouwvakkers waren weer bezig triplex op de dakbalken boven op de garage te spijkeren. Stromsoe voelde dat zijn zenuwen trilden.

Hij vertelde Susan dat toen hij die avond naar zijn kamer in Fullerton terugreed hij niet meer geloofde dat Hallie op een dag bij hem terug zou komen. Het was hem duidelijk geworden dat zij en Tavarez op de deur klopten van een wereld waarvoor Stromsoe zich niet interesseerde. Op zijn scholen had hij genoeg cocaïnegebruik gezien om te weten dat daar enorme geldbedragen mee gemoeid waren. Hij had het witte poeder lelijke dingen zien doen met bijna alle gebruikers die hij kende. Het maakte ze bleek en eenzelvig. Alles wat ze deden, was gericht op high worden.

Hij vertelde Susan niet dat toen hij dacht dat Hallie zo geworden was, het tegenovergestelde van alles aan haar waarvan hij hield en waarnaar hij verlangde, hij zijn hart voor haar afsloot. Maar het was ook een beetje gebroken.

Wat Tavarez betrof, geloofde Stromsoe in die tijd dat mensen vanzelf hun verdiende loon kregen.

Nu geloofde hij dat niet meer.

Nu, zestien jaar later, begreep Stromsoe dat Hallie alles had gekregen waar hij bang voor was geweest, en dat Mike Tavarez veel meer geluk had gehad dan hij ooit had verdiend.

Tavarez had gedemonstreerd dat cocaïne gif voor lichaam en ziel was, en dat iedereen die dat feit negeert vele, vele miljoenen dollars kan verdienen.

Hallie had gedemonstreerd dat Mike gelijk had. Ze was zijn eerste klant.

Toen ze klaar waren met de lunch, schoof Susan de kartonnen borden weg om plaats te maken voor haar notitieboekje. Ze had die borden meegebracht, en Stromsoe vroeg zich af of ze de vorige dag had gemerkt dat hij zich kwaad maakte over Hallies bord.

'Ik zag haar pas terug op de avond nadat ik mijn diploma had gehaald,' zei Stromsoe. 'Dat was in juni 1988. Na de ceremonie gingen we met een stel naar het Charthouse hier in Newport. We namen twee lange tafels aan de achterkant in beslag. Cocktails en wijn. Van het geld dat we die avond uitgaven hadden we een heel semester kunnen leven. Hallie kwam rond middernacht binnen. Ze zag me en kwam tussen de tafels door naar ons toe.'

Nu Stromsoe daar in zijn tuin zat, kon hij haar bijna zien. Ze glimlachte naar hem, maar hij kon zien dat er iets mis was. Ze liep zorgvuldig. Ze was afgevallen. Ze droeg een roze trenchcoat en een zwart met roze gebloemde jurk. Haar haar was opgestoken en haar oorhangers bungelden en sprankelden.

Van dichtbij zag hij dat haar gezicht klam was, met zweetdruppeltjes bij de haarlijn, dat haar pupillen groot waren en dat het tandvlees achter haar mooie rode lippen bleek was.

'Gefeliciteerd,' had ze gezegd, en ze had hem omhelsd. 'Ik had een beetje ruzie met Mike en ik ben weer bij mijn ouders terug. Ik zag tussen hun post dat je je diploma hebt gehaald. Ik bederf de feestvreugde toch niet, Matt?'

'Integendeel,' had hij gezegd.

Ze raakte zijn gezicht aan. 'Ik mis je.'

Stromsoe hielp haar aan een plaats en bestelde een bronwater voor haar, maar Hallie zei tegen de ober dat hij er een Bombay-martini van moest maken, met ijs en een citroenschilletje. Ze dronk daar drie van snel achter elkaar. Hij stelde haar aan zijn vrienden voor. De jongens glimlachten, en als ze dachten dat Hallie niet keek, wierpen ze Stromsoe veelbetekenende blikken toe. De vrouwen waren nadrukkelijk niet in haar geïnteresseerd. Ze ging verscheidene keren naar de damestoiletten.

Vlak voor sluitingstijd bestelde Hallie een dubbele, nam één slok en zakte toen op de vloer in elkaar.

Stromsoe droeg haar naar het kantoor van de bedrijfsleider, terwijl een van zijn vrienden een ambulance belde. Ze was bij bewustzijn maar verdoofd. Toen Stromsoe haar op een bank liet zakken en een deken over haar heen legde, deed ze haar best zich op hem te concentreren. Haar ogen waren wazig en haar tanden klapperden.

'Oooo,' fluisterde ze, en ze deed haar ogen dicht.

Hij gaf een tik op haar wang. 'Wakker blijven, Hallie. Kijk me aan en blijf wakker.'

Ze was half wakker toen de ambulancebroeders haar kwam halen. Stromsoe reed achter hen aan in zijn oude Mazda naar het Hoag-ziekenhuis en belde haar ouders vanuit de wachtkamer. Toen hij met Hallies moeder sprak, beefden zijn handen, zo woedend was hij op Mike.

De artsen hadden twee uur nodig om haar stabiel te krijgen. Binnen in Hallie kookte een heksenbrouwsel van Colombiaanse cocaïne, Mexicaanse bruine heroïne, amfetamine uit Riverside County, synthetische morfine van Pfizer en Bombay-gin.

'Dat was niet zo erg,' zei Stromsoe. 'Te veel dope. Te veel drank. Later zag ik veel ergere dingen.'

Susan keek op van haar notitieboekje.

Op de dag nadat Hallie naar het ziekenhuis was gegaan, kreeg Stromsoe een telefoontje van brigadier Rich Neal van de politie van Newport Beach. Neal verzocht Stromsoe hem om precies twee uur bij Hallies kamer in het ziekenhuis te ontmoeten.

Neal kwam haar kamer uit en deed de deur achter zich dicht. Hij was een tamelijk dikke man met een rood gezicht en hij vroeg Stromsoe wat hij van Hallies drugsprobleem wist. Stromsoe vertelde hem wat er in het Charthouse was gebeurd. Neal vroeg naar Mike Tavarez en Stromsoe bevestigde dat hij hem kende en dat Mike en Hallie een stel waren.

'Haar ouders denken dat ze de drugs van hem had gekregen,' zei Neal. 'Ze denken dat hij haar lichaam heeft bewerkt. Ze zegt van niet. Wat denk jij?'

'Waarschijnlijk had ze de drugs van hem. Ik weet niet wat voor bewerking van haar lichaam u bedoelt.'

'Vraag het maar aan haar,' zei Neal. 'Waar is hij? Waar is Tavarez op dit moment?'

'Ik heb geen idee.'

Neal vroeg Stromsoe naar andere bekenden van Hallie, vooral andere vriendjes. Hij vroeg of Stromsoe de ouders van Mike kende, en het antwoord was ja, Rolando en Reina, hij was vaak bij hen thuis geweest toen hij nog op de middelbare school zat, hij had op repetitieavonden bij hen gegeten, en soms waren Mike en hij daar in het weekend geweest, dan hadden ze gebiljart of frisdrank gedronken, misschien gefietst, en toen ze ouder werden, hadden ze autoritjes gemaakt. Stromsoe had de stille Rolando en de grote, hartelijke Reina altijd graag gemogen.

Neal vroeg of Hallie sommige van de drugs die ze de vorige avond had binnengekregen van hem, Stromsoe, had gekregen. Alleen de laatste paar drankjes, zei Stromsoe.

Neal gaf Stromsoe een kaartje, keek hem even nors aan en liep toen weg.

'Ik ging de ziekenhuiskamer binnen,' zei hij tegen Susan. 'Hallie zat rechtop. Ze had weer wat kleur, maar haar ogen waren dof en haar gezicht was ingevallen. Ik hield haar hand een hele tijd vast en we zeiden niet veel. Toen vroeg ik haar naar haar lichaam en ze zei dat ik haar wat privacy moest geven. Ik ging met mijn gezicht naar de deur staan en hoorde haar ritselen. Toen ze zei dat ik mocht kijken, maar dat ik wel mijn opwinding moest bedwingen, draaide ik me om. Ze had het nachthemd van het ziekenhuis tot aan haar borsten opgetrokken, en het laken tot net onder haar buik. Haar bovenlichaam was min of meer één grote blauwe plek, met alleen een paar wolkjes gewone huid ertussen.

Stromsoe herinnerde zich nu de kromming van Hallies ribben onder die verkleurde huid. Hij herinnerde zich de vlotte muzakversie van 'Penny Lane' die gespeeld werd toen hij naar haar keek. Susan Doss keek op van haar notitieboekje.

'Ze had een maand eerder een abortus gehad,' zei Stromsoe. 'Ze had tegen hem gezegd dat het haar eigen lichaam was, haar eigen beslissing, dat ze drugs gebruikte en er nog niet aan toe was om moeder te worden. Er werd niet over gepraat. Zo was Hallie. Ze zei dat Mike stil werd, dagenlang niet praatte, haar niet eens aankeek. Op een avond gingen ze naar een club en daar dronk Hallie iets en raakte ze aan de praat met een man. De volgende paar dagen dronk en blowde Mike, en hoe verder Mike heen was, des te meer beschuldigde hij haar ervan dat ze iets met die man had terwijl hij in Harvard was. Ze had die man nooit eerder gezien. Net toen Mike weer enigszins tot bedaren leek te komen, brachten hij en een stel jongens haar naar een afgelegen plek, en daar hielden de mannen haar vast terwijl Mike haar sloeg. En weer sloeg. De pijn was zo erg dat ze het bewustzijn verloor. Ze lieten haar midden in de nacht langs de Ortega Highway liggen. Mike vloog de volgende morgen naar Harvard.'

'God nog aan toe.'

Doorpraten, dacht Stromsoe. Vertel haar wat Hallie toen deed. Ik moet doorgaan.

'Ze liftte naar het dichtstbijzijnde huis en belde een vriendin om zich te laten ophalen. Bleef drie dagen in bed liggen in haar appartement in Lido, behandelde zichzelf met antibiotica, dope en drank. Ze dwong zich om naar huis te gaan toen haar ouders vijfentwintig jaar getrouwd waren, zag daar dat ik was afgestudeerd, belde mijn ouders en hoorde waar het feest was. Toen de artsen haar onderzochten, had ze inwendige bloedingen en ontstekingen en was ze vergiftigd door de drugs. Drie van haar ribben waren gebroken en ze had letsel opgelopen aan haar milt en eierstokken. Ze haalden een van de eierstokken weg en zeiden dat ze waarschijnlijk nooit een kind kon krijgen. Drie jaar later kreeg ze Billy.'

'Wat vertelde ze aan de politie?'

'Dat ze op een avond de verkeerde man had opgepikt. Ze wisten dat ze Mike beschermde, maar konden haar niet aan het praten krijgen. Hallie was hard.'

'Waarom beschermde ze hem?'

'Het was al vijf dagen geleden dat ze werd mishandeld, en ze wist dat het moeilijk was iets tegen vier vrienden met goed voorbereide alibi's te bewijzen. En ze had ook haar trots. Hallie vond het een overwinning als ze niet naar de politie ging. En verder besefte ze dat hij haar misschien zou vermoorden. Een week nadat Hallie uit het ziekenhuis werd ontslagen, pakte de politie hem op omdat ze hem op een videoband van een drankwinkel hadden gezien. Ze dacht dat Mike op zijn minst enigszins gestraft zou worden voor wat hij haar had aangedaan. Het was groot nieuws toen de Harvard-jongen werd opgepakt voor een serie roofovervallen in Californië.'

'Dat weet ik nog.'

Hij deed zijn ogen dicht en zag Hallie weer zoals ze op de middelbare school was, en toen zoals ze was op de dag dat ze trouwden, en toen op de kraamafdeling met de kleine William Jaynes Stromsoe in haar armen.

Maar zoals in de afgelopen twee maanden vaak was gebeurd, verried zijn geest hem opnieuw met een beeld van de spijkers en zijn vrouw en zoon.

Hij zag de kat van de buren aan zijn achterpoot likken in een vlekje zonlicht op de klinkers van de tuin.

Hij voelde dat zijn hart bonkte en gaf zichzelf toe dat het veel moeilijker was om dit verhaal te vertellen dan hij had gedacht. Hij had gehoopt dierbare herinneringen terug te vinden, maar in plaats daarvan vond hij de afschuwelijke waarheid. De waarheid waarvan hij bevrijding had verwacht.

Toen gaf Stromsoe zichzelf nog een waarheid toe: hij voelde zich elke dag slechter, alsof hij verder van de kust weg dreef. Het was of hij tegen het getij op zwom. Was het niet de bedoeling dat hij dichterbij kwam?

Hij was weer verbijsterd, bijna zo erg dat hij het niet geloofde, bij de gedachte dat hij Hallie en Billy nooit zou zien zoals ze waren, alleen zoals ze aan hun eind waren gekomen.

God zette hen daar neer om redenen die wij niet begrijpen.

'Misschien kunnen we onder het praten een wandeling over het strand maken,' zei Susan.

# 6

Ze liepen door Fifty-second Street naar de oceaan en gingen naar het zuiden. De zon hing in de wolken boven Catalina Island als een sinaasappel in verbandgaas. De straffe bries maakte Stromsoes linkerooglid schraal en de pinnen in zijn benen voelden zo krakerig aan als oude deurscharnieren. Het getransplanteerde stukje huid op zijn linkerborst had de neiging zich uit te rekken in de koude avonden. Hij trok de kraag van zijn jas omhoog en zette zijn zonnebril op.

Hij vertelde Susan dat hij Hallie meenam naar zijn kamer in Fullerton en haar van de drugs af kreeg. En dat hij met haar naar de rechtbank ging toen Mike daar terecht moest staan voor de roofovervallen en zij daar een getuigenverklaring moest afleggen. En dat ze woedende blikken wisselde met Tavarez, en dat Mikes moeder snikte toen het vonnis werd uitgesproken, en dat Mike naar hen knikte, een hoffelijk en emotieloos knikje, toen hij weer naar zijn cel werd gebracht.

'Mag ik?' vroeg Susan, en ze haalde een kleine digitale camera uit haar jaszak.

'Ga je gang.'

Ze legde haar notitieboekje in het zand, de pen aan de ringen geklemd, en maakte foto's. 'Ik wil graag ook wat kiekjes van jou en Hallie en Billy. Van je huis.'

'Oké,' zei hij.

Oké, want hun verhaal moest worden verteld en hun foto's moesten worden gezien. Oké, want Tavarez kon hun verhalen of hun foto's niet wegnemen. Of zijn herinneringen. Nooit.

'Ik weet dat het pijn doet,' zei Susan, 'maar wil je in de zon kijken? Dan wordt je gezicht prachtig belicht.'

Toen hij in de zon keek, trilde zijn rechteroog van de felheid en merkte zijn linkeroog helemaal niets. Susan liep al klikkend om hem heen. Hij draaide zich naar haar om en praatte over hun huwelijk en het leven dat ze leidden terwijl hij naar de politieschool ging, over hun pogingen om een kind te krijgen, en de artsen en onderzoeken, en nog meer artsen en onderzoeken, en de plotselinge aanwezigheid van een ander leven in Hallie, aan het licht gekomen door een zwangerschapstest uit een drogisterij op wat waarschijnlijk de gelukkigste dag van hun leven tot dan toe was: Billy.

Ze liepen door en bleven staan om de zon in een oceaan van donker metallic blauw te zien oplossen. Voor Stromsoe zag niets er zo uit als vroeger. Hij vroeg zich af of dit de laatste keer was dat hij over dit strand liep. Dat zou niet erg zijn. Daarom had hij het huis te koop gezet. De wereld was groot. Een nieuw huis kon een nieuw leven zijn.

'Toen Mike die bom bestelde, was die toen voor Hallie en Billy bestemd of alleen voor jou?'

'Alleen voor mij.'

'Waarom haat hij je zo?'

'Ik hield van Hallie en deed al jaren mijn best hem in een kooi te krijgen.'

Ofelia was er ook nog, en wat er met haar was gebeurd, maar dat kon hij niet aan een journaliste vertellen.

'Je hebt beide bereikt,' zei ze. 'Je hebt gewonnen.'

Stromsoe zei niets.

Ze liepen over het zand naar het huis terug. Stromsoe keek naar de ramen aan de strandkant, koperkleurig in het vervagende licht.

'Bedankt, hè,' zei ze. 'Voor je verhaal. Ik weet dat het pijn deed.'

'Het heeft me ook geholpen.'

'Als je een vriend nodig hebt, zal ik die voor je zijn,' zei Susan Doss.

'O, ja?' Hij keek naar haar en zag dat ze haar blik had neergeslagen. 'Dat stel ik op prijs. Echt waar.'

'Ik bedoel, dit ben ik. Zo zie ik eruit en zo ben ik. En ik vind dat jij geweldig, moedig en trouw bent, en ik zou er trots op zijn als je mijn vriend was. Misschien nog meer dan dat. Het spijt me dat ik zo stuntelig en tactloos ben. Ik denk dat dit nu mijn moment is en als ik het voorbij laat gaan, zie ik je nooit terug.'

Hij keek haar aan en wist niet wat hij moest zeggen.

'Verder heb ik vier weken betaalde vakantie, een uitstekende ziektekostenverzekering en goede pensioenvoorzieningen. Ik heb een goed gebit, sterke benen en een maag van beton. Ik ben relatief goedkoop in het onderhoud.'

Hij glimlachte.

'En ik lijk alleen maar zo glad.'

'Ik kan het niet.'

Ze kwamen bij de straat en gingen naar Stromsoes huis.

'Ik praat te veel op het verkeerde moment,' zei ze. 'Dat is een probleem.'

'Hallie was ook zo.'

'Je bent een geweldige man.'

'Jij bent een geweldige vrouw, maar ik kan het niet.'

'Dat begrijp ik, Matt.'

Toen ze bij het huis kwamen, hield Susan losjes zijn arm vast. Ze wachtte in de huiskamer terwijl Stromsoe een ingelijste foto uitkoos die aan de muur van de logeerkamer hing: Hallie, Billy en hij op het strand, niet ver van de plaats waar ze naar de zonsondergang hadden staan kijken, glimlachend naar de vreemde die ze hadden gevraagd de foto te maken.

Ze keek eerst naar de foto en toen naar Stromsoe. 'Je vindt dat allemaal terug. Ooit, op een dag.'

Hij wilde tegen haar zeggen dat het onmogelijk was, maar zag geen reden om haar mening te kleineren.

Eén ding wist Stromsoe van het leven: dingen gebeurden maar één keer.

Die avond pakte hij zijn spullen in en laadde ze in de auto. Daar kon niet veel in, maar hij nam de eerste levensbehoeften mee, en de tas met Hallies siera-den en die met Billy's dingen.

Hij kookte uit blik en dronk en strompelde weer door het huis, waar de her-inneringen tegen elkaar botsten en de golven eerst bulderend en toen sissend tegen het strand sloegen.

Hij tekende een machtigingsformulier dat hij van internet had gedownload en liet het op de keukentafel liggen met een cheque voor vijfduizend dollar ten gunste van Dan Birch.

Hij zou Dan bellen van waar hij de volgende dag ook maar zou zijn, en dan zou hij het uitleggen.

Hij sliep voor de laatste keer in zijn bed.

De volgende morgen ging hij in alle vroegte tanken en reed toen naar het oosten, richting Arizona. Om twee uur die middag was hij in Tucson, waar hij Birch belde en over de verkoop van zijn huis praatte. Birch was niet blij met Stromsoes plannen, maar hij zei dat hij de verkoop zou afhandelen en het geld naar de juiste rekening zou overmaken.

'Ik wil dat je me belt,' zei Birch. 'Ik laat je niet verdwijnen.'

'Ik zal bellen, Dan. Ik wil niet verdwijnen.'

'Wat wil je dan?'

'Voorwaartse beweging.'

Om middernacht was Stromsoe bij Abilene in Texas. Hij zette de auto op een parkeerplaats, haalde dozen van de achterbank en ging slapen. Bij zonsop-gang was hij weer onderweg.

Hij begon te drinken in Jackson, Mississippi, tien uur later. 's Morgens maak-te hij een toeristische bustocht door de stad, al wist hij absoluut niet waarom hij dat deed. Hij wierp zijn mobieltje in een vuilnisbak in Gallatin Street, gooide de tank van de Ford vol en trapte op het gaspedaal.

Mississippi ging over in Alabama en toen, vreemd genoeg, Indiana. Hij zette weer koers naar het zuiden en nam een motelkamer voor de nacht, maar inmiddels was het ochtend. Georgia was klam en Florida was plat, en toen verrees plotseling Miami voor hem, als Emerald City in het land van Oz. Hij huurde een kamer aan Second Avenue, niet ver van de campus van het Miami-Dade College. Toen hij de dozen eenmaal boven had, verkocht hij de Ford voor vijfduizend dollar en opende hij een bankrekening met een vals identiteitsbewijs uit de tijd dat hij bij de politie zat en undercover werkte. Hij kocht een mobiele telefoon maar gaf het nummer niet aan Dan door. Het restaurant waar hij boven woonde was Cubaans-Chileens en het voedsel was extreem gepeperd. Lucia de serveerster noemde hem Dood-oog. Hij at en dronk, dronk en at. Maanden later vloog hij naar Californië terug om tegen Tavarez te getuigen. Afgezien van die ene week kwam hij niet verder dan op loopafstand van zijn kamer aan Second Avenue. De binnenstad van Miami wervelde om hem heen, een verhitte, zich steeds herhalende hallucinatie: Brickell Avenue, Biscayne Bay en de plafondventilator van zijn kleine kamertje vol dozen.

Op een dag, twee jaar later, werd Stromsoe wakker en stond Dan Birch over hem heen gebogen. Een pannetje koud water plensde op zijn gezicht.
'Het stinkt hier,' zei Birch. Hij liet de pan met een klap vallen. 'De kakkerlakken zitten overal op je vloer. Sta op, Matt. Hier moet een eind aan komen.'
'Waaraan?'
'Sta nou maar op. Dan kunnen we erover praten.'

# II

## HET HART VAN DE X

# 7

Stromsoe zat in Dan Birch' kantoor in Irvine en keek door het raam naar de heldere oktoberlucht.

Miami en dat pannetje water in zijn gezicht waren tweeëndertig dagen geleden. Hij was met Birch naar Californië teruggegaan, had een ontwenningskuur van een maand in Palm Springs gedaan en had daarna een gemeubileerde woning gehuurd in het centrum van Santa Ana, niet ver van de plaats waar hij was opgegroeid. Toen hij in de ontwenningskliniek zat, was hij gaan joggen en gewichtheffen, met dubieuze resultaten. Alles deed pijn.

Nu, maandag, zat hij met een kop koffie in het kantoor van zijn vriend, als een willekeurige gegadigde voor een baan. Hij kon bijna niet geloven dat er meer dan twee jaar was verstreken sinds hij Birch voor het laatst in zijn door spoken geplaagde, allang verkochte huis in Newport had gesproken.

'Hoe voel je je, Matt?'

'Goed.'

'Drink je?'

'Een beetje.'

'Idioot.'

'Ik houd het in de hand.'

Birch tikte met een pen op zijn bureau. Het kantoor bevond zich op de elfde verdieping en had een schitterend uitzicht op Laguna in het zuidwesten.

'We kregen vorige week een telefoontje van een vrouw in San Diego County,' zei hij. 'Ze is weervrouw bij Fox in San Diego. Frankie Hatfield, heet ze. Leuke meid. Heb je haar op tv gezien?'

'Nee.'

'Ik ook niet, tot gisteravond. Ze is goed. Een jaar geleden heb ik iets voor een van de producers van haar kanaal gedaan. Frankie – voluit heet ze Frances Leigh Hatfield – zei tegen hem dat ze een probleem had. De producer beval mij aan. Ik beval jou aan.'

Stromsoe knikte. Birch keek hem strak aan.

'Ben je hier klaar voor?' vroeg Birch.

'Ja.'

'Je zou werknemer en vertegenwoordiger van Birch Security Solutions zijn,' zei Birch. 'Ik gebruik de besten.'

'Dat begrijp ik, Dan.'

'De besten hebben zichzelf in de hand.'

'Ik kan het. Dat heb ik je gezegd.'

Birch bleef zijn vriend aankijken. 'Nou, Frankie Hatfield wordt gestalkt. Ze weet niet door wie. Nooit getrouwd, geen kinderen, geen gemene vriendjes op de achtergrond, geen bedreigingen. De laatste keer dat ze die kerel zag, deed ze een van haar weervoorspellingen. Ze doen dat live op locaties, allerlei plaatsen in San Diego en omgeving. Misschien is hij een verliefde fan, iemand die de wagen van Fox News overal door de stad volgt. Ik heb wat brieven en e-mails die ze op haar werk heeft ontvangen, maar ik zie daar niets in wat we serieus moeten nemen. Ze heeft drie keer een glimp van die man opgevangen: donker haar, donkere huidskleur, normaal postuur. Twee keer op haar privéterrein. Ze heeft een klacht bij de politie ingediend, maar je weet hoe dat gaat.'

'Ze kunnen haar pas helpen als hij haar iets doet.'

'Min of meer.'

Birch typte iets in, draaide de monitor zijn kant op en zakte onderuit. 'Ja, hier. Ze heeft die man bij haar studio in het centrum van San Diego gezien, bij haar huis in Fallbrook, op het terrein van haar vastgoedinvestering in Bonsall, en misschien volgde hij haar in een goudkleurige vierdeurs auto op de I-5. Ze heeft het nummer van die auto niet, want daarvoor bleef hij te ver achter. Hij maakt foto's van haar. Hij heeft niet tegen haar gesproken. Hij heeft niet gebeld. Hij heeft niet in enig opzicht op haar gereageerd, behalve door van haar weg te lopen.'

'Heeft ze hem aangesproken?'

'Hem aangesproken? Ze heeft hem zelfs gefotograféérd. Kijk maar.'

Birch gooide vier foto's over het bureau naar Stromsoe toe. Stromsoe zag dat het scherpe digitale opnamen waren, afgedrukt op goed fotopapier.

'Frances is niet bang uitgevallen,' zei Birch.

Op twee van de foto's was een helling met waarschijnlijk avocadobomen te zien. Op een veld stond een spits toelopende houten toren. Hij leek zeven meter hoog, misschien hoger. Op een van de foto's stond een man naast de toren in de camera te kijken, en op de andere drie rende hij weg. Hij had donker haar en een donkere huid en droeg een spijkerbroek, een licht shirt en sportschoenen. Hij leek klein.

'Die zijn op haar terrein in Bonsall genomen,' zei Birch.

'Hoe groot is dat terrein?' vroeg Stromsoe.

'Veertig hectare. Ze zegt dat ze daarheen gaat om alleen te zijn.'

'Waar is Bonsall?'

'Naast Fallbrook.'

Stromsoe stelde zich een vrouw voor die midden in een terrein van veertig hectare zat om alleen te zijn. Dat was een grappig idee, maar ze had op haar eigen terrein natuurlijk recht op privacy.

'Frankie heeft een goede beveiligingsinstallatie in haar huis,' zei Birch. 'Ik heb een paniekknop voor haar geregeld waarmee ze tegelijk jou en het politiebureau in Fallbrook kan waarschuwen. Ik laat een maand lang twee keer per dag iemand bij haar langs gaan. Ik heb haar voor de komende dertig dagen een lijfwacht verkocht – dat zou jij zijn – voor als ze naar haar werk gaat en op locatie werkt. Kun je dat aan?'

'Dat kan ik aan.'

'Die man is nogal brutaal, Matt. In twaalf dagen heeft ze hem drie keer gezien, en dan misschien ook nog een keer op de snelweg. Ik denk niet dat het een potloodventer is; dan had hij hem allang tevoorschijn gehaald. Een geobsedeerde fan? Een verkrachter? Zoek dat uit. Arresteer de griezel, als het kan, en laat de politie het dan verder uitzoeken. Geef Frankie wat gemoedsrust. Ik heb tegen haar gezegd dat je onze beste medewerker bent. Ze verwacht je vanmiddag om twaalf uur bij haar thuis, en dan ga je met haar mee naar de studio in San Diego. Ze begint om een uur of één vanmiddag en gaat naar huis na de live-uitzending van acht uur. Hou je uren bij. Als je haar binnen dertig dagen van die kerel verlost, praten we verder.'

Birch gaf Stromsoe de paniekknop, een vergunning om in San Diego County verborgen vuurwapens te dragen en een papier met Frances Hatfields nummers.

Fallbrook was een klein plaatsje, tachtig kilometer ten noorden van San Diego, twintig kilometer landinwaarts, weggestopt achter Camp Pendleton. Stromsoe was er nog nooit geweest. De weg van Oceanside was bochtig en er was weinig verkeer. Hij keek naar de avocado- en sinaasappelboomgaarden, de bloemrijke glooiende dalen van de grote kwekerijen, de paarden op hun omheinde velden, de huizen op de toppen van de heuvels of diep begraven in het groen. Er waren een antiekwinkel, een winkel voor dierenbenodigdheden, een cappuccinozaak met drive-inloket. Hij zag een tennisbaan verscholen tussen de bomen en een erg kleine golfbaan, blijkbaar zelfgemaakt, op een helling bij een huis met een rood pannendak. Hij reed door een tunnel van kolossale eiken en kwam weer in het felle zonlicht met duizenden oranje vlinders. Het wemelde ervan. Een kudde lama's keek streng naar hem vanuit een smaragdgroene weide. Hij maakte het raam van zijn nieuwe gebruikte pick-uptruck open en rook bloesems.

Frances Hatfields stem kwam helder en duidelijk uit de telefoon bij de poort. Ze articuleerde goed. Het hek gleed geluidloos opzij.

Haar terrein was groen en heuvelachtig, beplant met avocado- en citrusbomen. De avocadobomen waren hoog en ruig en zaten vol met kleine vruchten. Stromsoe wist niet hoeveel van dit land haar eigendom was, want er leek geen eind aan de boomgaarden te komen, een glooiend, niet omheind tableau in de heldere oktoberzon. Een roofvogel vloog met een schelle kreet over de boomtoppen.

Frances Hatfield was een lange vrouw met donker haar en bruine ogen. Ze leek halverwege de twintig. Een rechte, smalle neus en markante beenderen gaven haar een patricisch gezicht, maar dat werd verzacht door haar glimlach. Ze droeg een spijkerbroek, werkschoenen en een witte blouse die ze in haar broek had gestopt.

'Hallo, meneer Stromsoe. Ik ben Frankie Hatfield.'

Ze stak haar hand uit. Een golden retriever maakte de inventaris op van de geuren op Stromsoes schoenen en benen.

'Het is me een genoegen, mevrouw Hatfield.'

'Dit is Ace.'

'Hallo, Ace.' Hij keek op. 'Mooie vlinders.'

'Distelvlinders,' zei ze. 'Elk jaar trekken ze hier met miljoenen tegelijk over. Als het gaat regenen zijn ze weg.'

'Zijn dit uw boomgaarden?'

'Ik kom met de avocado's net uit de kosten,' zei ze. 'Ze hebben veel water nodig en water is hier duur. Komt u binnen. Zullen we elkaar maar Frankie en Matt noemen?'

'Goed.'

Het huis was koel en stil. Als je door de ramen met hun verticale stijlen keek, zag je de boomgaardrijen op enige afstand samenkomen. Ace kwam met een bal aanzetten maar wilde hem blijkbaar niet loslaten. Stromsoe rook weer bloesems, een haard die kortgeleden had gebrand, verse koffie. Een vergrijsde hond met een witte snuit kwam op elegante pootjes naar Stromsoe toe en stak haar kop onder zijn hand.

'Ik hoop dat je geen hekel aan honden hebt,' zei Frankie.

'Ik ben gek op honden.'

'Heb je ze zelf ook?'

'Op dit moment niet.'

'Dat is Sadie.'

Ze gingen in de huiskamer zitten. Die was groot, met plafondbalken en cederhouten lambriseringen. Door de vele ramen leek de kamer deel uit te maken van de patio erachter en de avocadoboomgaard daar weer achter. De patiofontein druppelde zachtjes en Stromsoe kon hem door de hordeuren heen horen.

Het leek of er een serie gedempte explosies door de lucht op hem af rolde, harde knallen die verzacht werden door de afstand.

'Dat zijn artillerieoefeningen in Camp Pendleton,' zei Frankie. 'Het geluid van de vrijheid. Je went eraan.'

'Ik woonde vroeger bij het strand en toen wende ik aan de golven. Ik moest mijn best doen om ze te horen.'

'Eigenlijk jammer.'

'Dat vond ik ook.'

Stromsoe voelde de in de verte daverende artillerie in zijn botten.

'Ik heb geen idee wie hij is of wat hij wil,' zei Frankie. 'Hij komt niet dreigend over, al vat ik zijn aanwezigheid op mijn eigendom als een dreiging op. Ik heb geen slechte mensen in mijn verleden.'

Stromsoe haalde haar foto's uit zijn zak en bekeek ze nog eens. 'Lijkt hij op iemand die je kent?'

Ze schudde haar hoofd.

'Dapper van je om die camera tevoorschijn te halen en foto's te maken,' zei hij.

'Soms ontbreekt het me aan gezond verstand.'

'Het verbaast me dat je hem niet hebt afgeschrikt. Waar is die houten toren voor?'

Stromsoe hield haar de foto voor en wees het aan.

'Ik heb geen idee. Hij staat daar al een eeuwigheid.'

'Ga je daarheen om alleen te zijn?'

'Ja. Om aan mezelf te ontsnappen.'

Stromsoe vond dat de toren er niet oud genoeg uitzag om een eeuwigheid ergens te hebben gestaan.

Hij haalde de paniekknop tevoorschijn en zette hem op de kist van ruw grenenhout tussen hen in.

'Je klapt het deksel open als van een oud zakhorloge en drukt drie keer op de knop,' zei hij. 'Als je de knop langer dan vijf seconden ingedrukt houdt, wordt de oproep officieel ongedaan gemaakt, maar dan kom ik evengoed. Net als de politie hier en in San Diego, als je daar bent.'

'Gps?' Ze bekeek het apparaatje.

'Ja. Hij staat altijd aan.'

'Kan hij onderscheid maken tussen steden en dorpen?'

'Alle plaatsen in de Verenigde Staten.'

'Indrukwekkend.'

'Niet als je hem niet bij je hebt.'

Ze glimlachte. Door die glimlach werd haar gezicht minder streng en lichtten haar donkere ogen op. 'Ik zal erom denken.'

Stromsoe vertelde haar dat hij haar naar en van haar werk zou volgen. Hij zei dat ze niet moest uitstappen voordat hij zijn auto had geparkeerd en naar haar toe was gekomen. Als hij er niet binnen twee minuten was, moest ze op de paniekknop drukken, naar de uitgang rijden, de dichtstbijzijnde grote weg nemen en de politie bellen.

'Heb je een pistool?' vroeg ze.

'Ja.'

'Kun je er goed mee overweg?'

'Ja, vroeger wel.'

'Hou je er bij het richten rekening mee dat je één oog hebt?'

'Natuurlijk.'

'Je prothese past heel goed bij je echte oog,' zei ze. 'Ik had op school een vriendin die er een had. Ze was dichteres.'

Stromsoe knikte. Automatisch balde hij zijn linkerhand tot een losse vuist om te verbergen dat hij een vinger minder had. 'Ik neem aan dat je een vuurwapen hebt.'

'Het is een Smith & Wesson .38 revolver met een loop van vijf centimeter. Ik heb een wapenvergunning en ik heb tien uur training op de schietbaan. Eerlijk gezegd ben ik niet zeker van mezelf als de afstand meer dan vier meter is. Op vijftien meter afstand kan ik het hele silhouet niet meer raken. Het ding schopt terug als een ezel.'

'Door die korte loop,' zei hij.

'Maar hij maakt wel veel lawaai. Ik voel me er beter door.'

'Misschien terecht.'

'Het is een heel onprettig gevoel, gevolgd te worden.'

'Dat snap ik.'

'Ik ben erop voorbereid, maar toch schrik ik steeds als ik hem zie. En ik vóél bijna altijd dat er naar me wordt gekeken voordat ik hem zie. Maar ja, dat gevoel heb ik altijd en vaak is hij er helemaal niet. Die uitwerking heeft het op je. Je gaat twijfelen aan je eigen zintuigen. En daardoor voel je je zwak en bang.'

Frankie had grote, slanke handen en ze maakte er bij het praten veel gebruik van. Sinds hij zijn vinger kwijt was, lette Stromsoe meer op de handen van mensen. Hij bedacht dat weervoorspellers hun handen graag over de geprojecteerde kaarten bewogen om te laten zien waar de fronten en stormen vandaan kwamen.

'Je moet je niet zwak en bang voelen,' zei hij. 'Het is mijn taak om het je gemakkelijker te maken. Denk niet meer aan die man. Hij kan je geen kwaad doen. Laat hem aan mij over.'

Ze keek hem recht aan, zonder glimlach, een onderzoekende blik in die donkere ogen.

'Ik kan je niet zeggen hoe blij ik daarmee ben,' zei ze. 'Ik heb hier veel van wakker gelegen.'

'Dat hoeft niet meer.'

Haar intense blik loste op in een glimlach. 'We moeten gaan. Om deze tijd van de dag duurt het een uur om naar San Diego te rijden. We gaan naar het Fox-gebouw bij Clairemont Mesa Boulevard. Ik rij hard.'

'Maak je geen zorgen. Ik hou je wel bij. Als je het hokje van het parkeerterrein voorbij bent, rij dan niet naar je eigen plek. Wacht op mij terwijl ik de beheerder uitleg wie ik ben.'

'Dat is een lastige oude kerel,' zei Frankie. 'Argwanend en onvriendelijk. Als je daar voor de vijfhonderdste keer komt aanrijden, kijkt hij nog steeds naar je alsof hij je nooit eerder heeft gezien. En dan heeft hij een uur nodig om je nummer te controleren.'

'Hij ziet het licht wel,' zei Stromsoe. 'Het is jouw taak om te doen alsof ik er niet ben. Dan gaat het beter.'

Ze glimlachte vaag en zei niets. Ace waakte nog steeds over zijn bal en in het westen daverde weer de artillerie.

# 8

Om vier uur die middag had Frankies camerateam zich op een trottoir met uitzicht op het Seal Rock Reserve in La Jolla geïnstalleerd. De grote zeeolifanten luierden en bulderden in de afkoelende middag. Duizenden fladderende distelvlinders vulden de hemel. De oceaan deed Stromsoe aan Newport denken, en Newport deed hem denken aan Hallie en Billy, en heel even was Stromsoe terug in een andere tijd, een tijd waarin hij en zijn vrouw en zoon samen over een strand konden lopen. Nu, meer dan twee jaar na hun dood, dacht hij minder vaak aan hen terug, maar zijn herinneringen waren helderder en ook waardevoller geworden.

Frankie droeg een zwart jack en haar haren wapperden in de wind. Ze hield haar microfoon omhoog en vertelde over mist die van zee landinwaarts trok en een rug van hoge druk die de rest van de week zou standhouden en daarna geleidelijk zou overgaan in afkoeling en laaghangende bewolking. Boven de Stille Oceaan lag evenwel een 'aanzienlijke' trog van een lagedrukgebied. Ze glimlachte enthousiast en zei dat als het straalwindpatroon aanhield het zondag misschien enkele centimeters zou regenen.

'Nu weet ik weer wat de boeren altijd over de regen zeiden toen ik nog een meisje was,' zei ze in de camera's. 'Vroeg begin, laat einde. Dus als we zo vroeg in oktober al flink wat regen krijgen, staat ons misschien een lange regentijd te wachten. Mij best, we kunnen het goed gebruiken! Zorg wel dat u uw paraplu bij de hand en uw stookhout droog hebt. Dit is Frankie Hatfield, vanuit het Seal Rock Reserve in La Jolla.'

Stromsoe keek naar bijna alles behalve Frances Hatfield: de gezinnen en toeristen die daar van de herfstdag genoten, de auto's die langs Coast Boulevard geparkeerd stonden, vooral mannen alleen die opkeken toen ze Frankie en de onmiskenbare Fox News-wagen zagen. Er had zich een halve kring van toeschouwers gevormd toen Frankie klaar was met haar weerbericht, en Stromsoe zag een jongeman met donker haar en een donkere huid die rustig naar haar stond te kijken. Op dat moment ving Stromsoe een glimp op van wat het was om een bekende figuur te zijn: mensen dachten dat ze het recht hadden om naar je te staren. Geen wonder dat beroemdheden een zonnebril droegen. De jongeman trok zich terug en vervolgde zijn wandeling langs de kust.

Toen Frankie klaar was, nam ze een paar minuten de tijd om met de mensen te praten en handtekeningen uit te delen. Ze was een halve kop groter dan bijna iedereen. Ze knielde neer om met een klein meisje te praten. Toen alle fans weg waren, keek ze Stromsoe aan, haalde diep adem en blies de lucht uit. En dat was het moment waarop haar geheime bewonderaar achter de knoestige stam van een grote pijnboom vandaan kwam. Hij zag Stromsoe op hem af komen, draaide zich om en sprintte naar Coast Boulevard. Stromsoe zag dat hij sterk op zijn foto leek: jong en met een donkere huid en donker haar. Hij had brede schouders en was klein, en zijn korte benen renden met kleine passen. Hij had iets in zijn hand, waarschijnlijk een camera.

Stromsoe was een grote man en niet snel. Hij was nog stijf van de pennen in zijn benen. Een maand van joggen, krachttraining en ontwenning was niet genoeg geweest om twee jaar drinken in Florida te compenseren, en toen hij op het trottoir kwam, zag hij dat Frankies stalker een heel eind bij hem vandaan op Coast Boulevard het portier van een goudkleurige personenauto dichttrok en even later invoegde in de verkeersstroom naar het zuiden. Die verkeersstroom was nogal traag. Stromsoe had zijn pick-uptruck bij de Fox-wagen geparkeerd en liep nu zo vlug over het trottoir als de pennen in zijn benen toestonden. Bijna liep hij een moeder met een wandelwagentje omver, maar hij week uit over het gras. Intussen stopte de goudkleurige auto achter een blauw busje dat voor een verkeerslicht stond. Stromsoe zag dat het weinig zou schelen. Hij liep het trottoir weer op en daarna de straat op. Hij rende door een wolk van oranje vlinders. Het blauwe busje reed inmiddels over het kruispunt, met de goudkleurige auto als toeterende bumperklever. Stromsoe tilde zijn knieën op, balde zijn vuisten en stormde op de auto af op het moment dat die met gierende banden en in een wolk van witte rook om het busje heen zwenkte. Die rook verblindde Stromsoe en hij moest uitwijken voor een monsterlijke zwarte suv, bestuurd door een jongeman die onderzoekend op hem neerkeek. Stromsoe probeerde de jongeman aan te houden, in de hoop dat hij de stalker kon volgen, maar de bestuurder stak zijn middelvinger naar hem op en reed het kruispunt over.

Hijgend en met zijn handen op zijn knieën stond Stromsoe op het gras. Hij zag de goudkleurige auto een hoek omgaan. Hij had de eerste vier tekens van het nummerbord gezien: 4niz of 4ntz. Het was moeilijk geweest om dat nummerbord goed in het vizier te krijgen terwijl hij over het asfalt rende en met zijn ene oog de bestuurder probeerde te zien.

Dus 4niz of 4ntz. Er waren duizenden combinaties mogelijk. Hij schopte tegen een afvalbak en keek achterom naar de Fox-wagen. Negenendertig jaar oud, dacht hij, en ik kan amper tweehonderd meter rennen.

Alsof zijn vernedering nog niet groot genoeg was, was Frankie Hatfield al halverwege. Ze rende over het gras, gefilmd door haar cameraman.

Hij rechtte zijn schouders en deed zijn best om niet mank te lopen toen hij naar haar toe ging.

Frankie was geschokt maar ging door met haar live-reportages vanuit respectievelijk het centrum van La Jolla, Torrey Pines State Park en het universiteitsterrein in San Diego. Stromsoe zag de stalker en de goudkleurige auto niet opnieuw.

Vijf meter maar, dacht hij. Zó dichtbij.

Om negen uur die avond reed hij achter haar knalrode Mustang aan over de lange oprijlaan door de schemerige avocadoboomgaard in Fallbrook. In de zwarte hemel was niet meer dan een sliertje maanlicht te zien.

Ze reed haar garage in, deed haar auto op slot en kwam naar zijn pick-uptruck toe. Hij maakte zijn raam open. In het huis blaften haar honden.

'Dank je,' zei ze. 'Je hebt onze kleine vriend iets gegeven om over na te denken.'

'De volgende keer krijg ik hem te pakken. Weet je zeker dat ik kan weggaan?'

'Ik zou me beter voelen als je hier een minuut vandaan woonde, in plaats van een uur,' zei Frankie.

'Ik wil wel een uur of twee bij het hek blijven staan, als je je daar beter door voelt,' zei Stromsoe.

'Nee, dat hoeft niet. Dat staat niet in het contract.'

Stromsoe zette zijn motor uit. Ze kwam nog een stap naar de pick-uptruck toe en sloeg haar armen over elkaar.

'Kijk,' zei hij. 'Met de paniekknop kun je de politie bereiken, en Birch heeft geregeld dat je de hoogste prioriteit krijgt. Het bureau is hier maar een paar kilometer vandaan.'

Stromsoe zei dat om haar gerust te stellen, maar hij wist dat ze net als hij de reactietijd uitrekende. Als ze alarm sloeg, deed de centrale een oproep, en dan moest de dichtstbijzijnde wagen over kilometers onverlichte landwegen naar haar toe rijden en een huis vinden dat ergens in vier hectare boomgaard stond. Hoeveel tijd was daarmee gemoeid?

Wie zou het zeggen?

Stromsoe hoorde een automotor die stationair draaide in de boomgaard. Toen hield dat geluid op. Hij keek Frankie aan, maar die had het blijkbaar niet gemerkt.

'Dank je,' zei ze. 'En goedenacht.'

'Er zal je niets gebeuren, Frankie.'

Het klonk zwak en hij wou dat hij het niet had gezegd.

'Dat weet ik.'

Toen ze de deur opendeed, zag hij de honden om haar heen springen. Ze keek naar hem om en hij startte de pick-uptruck.

Stromsoe reed door de boomgaard terug, op zoek naar de auto waarvan hij de motor had gehoord. Hij zag niets.

Toen hij door de boomgaard was gereden en op de weg kwam, zette hij de auto aan de kant van de weg. Hij zette de motor af en wachtte. Misschien zou iemand de helling naar Frances Hatfields huis op rijden.

Een halfuur later had hij veel auto's gezien die door de straat reden, en een opossum die net niet geschept werd door een vrachtwagencombinatie met achterdeuren waarop een gigantisch boeket gladiolen was geschilderd, en drie coyotes die met de gejaagde intensiteit van jonge managers voor zijn wagen langs draafden. De distelvlinders zwermden voorbij.

Maar er gingen geen auto's naar Frankies huis.

Vijf minuten later kwam haar knalrode Mustang de donkere boomgaard uit en reed ze de weg op. Ze zette er meteen de sokken in.

Stromsoe startte de motor, keek of de weg vrij was en ging achter haar aan.

Zoals ze had gezegd, reed ze hard, maar omdat er weinig verkeer was, kon Stromsoe haar gemakkelijk in het oog houden. Hij bleef een kilometer lang achter een vrachtwagencombinatie, en daarna achter een pick-uptruck zoals hij er zelf een had, en achter een nieuwe gele Corvette.

Ze nam Old Highway 395 naar het zuiden en sloeg toen Gopher Canyon in om naar het westen te gaan. Ze ging naar Bonsall, dacht hij, haar vastgoed-investering. Hij keek op zijn horloge: bijna halftwaalf. Nogal laat om ergens heen te gaan waar je aan jezelf wilt ontsnappen, hè?

Ze ging naar rechts, naar links en weer naar rechts, met steeds langere stukken duisternis tussen de afslagen, en Stromsoe volgde haar met gedoofde koplampen. Hij bleef zo ver achter haar als hij kon.

De weg werd van grind en ging enigszins omhoog. Stromsoe reed in het stof dat Frankies wagen deed opwaaien. Hij reed rustig achter haar aan in het vaalrode schijnsel van zijn parkeerlichten.

Toen hij over het hoogste punt kwam, keek hij omlaag en zag dat de Mustang voor een hek stond. Hij zette zijn parkeerlichten en de motor uit. Hij zag het portier aan de bestuurderskant van de Mustang openzwaaien en Frankie uitstappen. Haar twee honden kwamen achter haar aan.

In het schijnsel van haar koplampen lichtte Frankie een dikke ketting van een paal en duwde ze een hek van stalen buizen open. Toen de Mustang erdoor was, stapte ze uit, riep de honden, maakte het hek weer dicht en legde de ketting terug. De honden sprongen weer in de auto en ze reed verder.

Stromsoe wachtte een paar minuten en reed toen langzaam naar het hek. Hij keerde de auto en zette hem aan de andere kant van de onverharde weg.

Hij pakte een kleine maar krachtige zaklantaarn uit zijn dashboardkastje en deed de wagen op slot. Op het hek zat een bord: VERBODEN TOEGANG, OVER-

TREDERS WORDEN VERVOLGD. Hij lichtte de ketting van de hekpaal en ging naar binnen.

In het zwakke maanlicht strompelde hij over de zandweg. Hij ging een helling op en stond boven op een heuveltje dat over een breed en donker dal uitkeek. Hij rook water en gras en de butterscotchlucht van wilgen.

Zo'n honderd meter bij de weg vandaan bevond zich een schuur. De Mustang stond daarnaast. Naast de Mustang stond een witte pick-uptruck met extra lange laadbak. De schuurdeur was dicht, maar door een kier van de deur viel een klein beetje licht naar buiten. Een raam verspreidde een zwak oranje schijnsel en Stromsoe meende binnen iets te zien bewegen.

Hij sloop langs de donkere kant van de zandweg naar de schuur. Boven hem stonden speldenprikken van sterren aan de hemel en hij rook opnieuw water en gras. In de verte hinnikte een paard. Toen hij de schuur naderde, hoorde hij het tikken van de afkoelende motor van de Mustang. Hij sloop behoedzaam naar het raam en keek naar binnen.

Hij zag Frankie en profil. Ace en Sadie lagen op een rood gevlochten kleed, niet ver bij hun bazin vandaan. Frankie stond voor een houten werkbank die voorzien was van een lintzaag, een cirkelzaag, een kolomboormachine en een stuk of vijf bankschroeven. Ze droeg weer een spijkerbroek en laarzen en had een grote veiligheidsbril op. Ze legde een lat van vijf bij tien centimeter op de werkbank, haakte een geel meetlint aan de ene kant, nam een potlood uit haar mond en zette een streepje. Toen duwde ze de lat naar voren, tegen de cirkelzaag aan, en er volgde een kort gierend geluid. De motor ging uit en Stromsoe hoorde het kletteren van het hout op de betonvloer.

Achter Frankies werkbank stond er nog een, en daaraan stond een man met grijze bakkebaarden gaten te boren in latten zoals de lat die Frankie zojuist had afgezaagd. Hij droeg ook een veiligheidsbril, maar die zat omhoog geschoven op zijn hoofd. In zijn mondhoek bungelde een sigaret waarvan de rook traag opsteeg naar de hoge dakbalken.

Naast de werkbank van de oude man stond een hoge houten toren zoals Stromsoe er een had gezien op Frankies foto van de stalker. Deze toren leek groter dan die op de foto. Hij was nieuw. Het roodhout was nog roze en Stromsoe zag de glans van de nieuwe moeren, bouten en ringen die het bijeenhielden. De bovenkant bestond uit een platform van multiplex, ongeveer groot genoeg voor een mens, een olievat van tweehonderd liter of een paar kleine vuilnisbakken. Er liep een reling van dertig centimeter hoog langs de rand van het platform, alsof moest worden voorkomen dat iets kantelde of eraf viel. De toren was minstens zeven meter hoog. Daarnaast stond een andere toren die voor nog maar een derde af was.

De oude man ging met twee latten, die loodrecht op elkaar waren gezet, naar de toren in aanbouw. Hij haalde een dopsleutel uit zijn achterzak en maakte de latten aan de toren vast.

De honden keken op en de blik van de oude man ging in Stromsoes richting. Stromsoe ging bij het raam vandaan.

Vanaf deze plaats kon hij de westelijke wand van de schuur zien. Er stonden daar vier werkbanken, ongeveer zoals die waaraan Frankie en de oude man werkten. Deze werkbanken lagen niet vol met gereedschap maar met boeken en schriften, bekers en branders, tubes en potjes, bussen en flessen, dozen en zakken, met daarboven metalen lampen die met kettingen aan de dakbalken hingen. Tegen de achterste muur stonden twee koelkasten en een vriezer. Er was ook een keukentje met een gasstel, een oven en een gootsteen. Aan elke vijfde paal van de onbeklede binnenwand hing een brandblusser. In de verste hoek zag hij iets wat blijkbaar een kantoor was. Het werd van de rest van de schuur gescheiden door een deur die openstond.

Stromsoe dacht aan de amfetaminelaboratoria die hij niet ver hiervandaan in de woestijn had gezien. Riverside County was de bakermat van de laboratoria, maar er waren er ook veel in de county's Los Angeles, San Diego en San Bernardino. Interessant, dacht hij, al was hij er vrij zeker van dat Frances Hatfield en de oude man geen drugs aan het maken waren.

Hij hoorde Frankies zaag weer en keek door de ruit. Ze drukte een lat tegen de zaagmachine, en toen nog een. Ze werkte zelfverzekerd en zonder haast.

De oude man pakte weer een stel met elkaar verbonden planken van zijn werkbank en liep ermee naar de toren om ze daaraan te bevestigen. Hij haalde zijn dopsleutel tevoorschijn en keek onderzoekend naar het bouwwerk.

'Niet gek, Ted,' zei Frankie. Stromsoe kon haar nog net verstaan.

'Als deze klaar is, hou ik het voor vannacht voor gezien,' zei Ted. 'Ik ben al vanaf vier uur bezig.'

'We krijgen het klaar voor volgende week,' zei Frankie.

'Dat hoop ik.'

'Die straalwind moet in het zuiden blijven. Als die wind ons nu maar een klein beetje wil helpen...'

De oude man zei iets terug, maar Stromsoe kon het niet verstaan.

Hij ging bij de schuur vandaan naar de donkere zijkant van de weg en liep naar zijn auto terug. Klaar voor volgende week, dacht hij. En de straalwind moest in het zuiden blijven?

Hij vroeg zich af of de houten torens een tuindecoratie waren die Frankie en haar compagnon aan plaatselijke kwekerijen verkochten. Hij had windmolens gezien die erop leken, al waren die van Frankie vier keer zo groot en hadden ze geen wieken om de wind te vangen.

Toen dacht hij aan waterbronnen, opslagtanks, torens langs spoorwegen,

mijninstallaties, weerstations, verkeerstorens, brandwachttorens, olieboorto-
rens, wachttorens en windturbines om elektriciteit op te wekken.

Klaar voor volgende week? Voor de distributeur, om een order af te leveren,
of...

Frankie, je hebt me het een en ander uit te leggen.

Hij rook het rivierwater weer, en toen de zoete geur van sinaasappels en
citroenen.

# 9

Mike Tavarez liet zijn blik over de binnenplaats gaan en luisterde naar de gedetineerden die hun sit-ups aan het tellen waren: dertig, eenendertig, twee-endertig, drieëndertig...

Hun stemmen klonken helder en precies tegelijk in de koude middaglucht van de Pelican Bay-gevangenis. Ze leken wel een klein leger, dacht Tavarez, en in zekere zin waren ze dat ook, want de Mexicaanse bendes hier in Pelican Bay lummelden niet maar wat rond, zoals de Nazi Lowriders of de Aryan Brotherhood of de Black Guerillas.

Nee. La Eme en Nuestra Familia – die elkaar trouwens zouden vermoorden als ze tegelijk naar dezelfde binnenplaats werden gebracht – werkten hier elke dag twee uur aan hun spieren. Op verschillende uren, maar met grote ijver. Ze rezen, daalden en schreeuwden in het ritme, om in leven te blijven als het tijd was om te vechten.

Geef mensen een ritme dat ze kunnen volgen en ze doen alles wat je ze zegt, dacht Tavarez. Als een fanfare.

Negenenveertig, vijftig, eenenvijftig...

'Waarom train je niet met ze mee?' vroeg Jason Post. Post was een van de bewakers die hadden geholpen Tavarez van de extra beveiligde inrichting naar de gewone gevangenis te laten overplaatsen. Dat was zes maanden geleden. De bond van gevangenbewaarders had veel macht in Pelican Bay, en Post was actief in die bond.

'Ik mag graag kijken,' zei Tavarez. 'Ik hou van hun discipline. Dit kreeg ik in de X nooit te zien.'

De extra beveiligde inrichting werd de 'X' genoemd, omdat ze zo gevormd was. Soms werd ze ook de Schoen genoemd. Tavarez had daar een jaar doorgebracht. Het was een hel op aarde. De EBI bestond uit clusters – acht cellen met glazen voorkant per cluster – om een verhoogd wachthuis heen. Het was altijd schemerig in de X, nooit licht en nooit donker. Tavarez werd drieën-twintig uur per dag, zeven dagen per week, via televisiecamera's door bewaarders gadegeslagen. Als hij naar het toilet ging, was dat op een monitor in het wachthuis te volgen. De toiletten hadden geen bewegende onderdelen waar je wapens van kon maken. Eén uur per dag mocht hij in zijn eentje trai-nen in de 'box', een ruimte met vier betonnen muren, half zo groot als een basketbalveld. Ook daar werd hij gadegeslagen door een bewaarder, die op een loopbrug boven hem stond. In de X stond de tijd stil. Zijn grote eenzaamheid had hem opgeslokt. Er waren dagen in de X waarop Tavarez op zijn tong had moeten bijten om niet te gaan huilen. Het bloed had hij ingeslikt. Het was eenzame opsluiting, maar altijd in het zicht van bewaarders. De X was ontworpen door een architect die zich in zintuiglijke deprivatie had gespecialiseerd. Zelfs de directeur gaf toe dat de inrichting ontworpen was om je krankzinnig te maken. Voor Tavarez was het een onbeschrijflijk, ondraaglijk gevoel dat uren zich tot jaren uitstrekten. Op een dag zou zijn verstand hem verlaten en dan zou hij dat niet eens merken, dacht hij. Ten slotte vond hij een manier om Jason Post voor hem in actie te laten komen en Jason Post had zijn leven gered.

Het verschil tussen de EBI en de gewone gevangenis was het verschil tussen hel en vrijheid. Of tenminste tussen hel en de mogelijkheid van vrijheid, want Tavarez maakte plannen daarvoor.

Hij merkte dat het tellen langzamer ging toen zijn mannen de tachtig sit-ups naderden.

Zesenzeventig... zevenenzeventig...

'Trouwens,' zei hij, 'ik doe graag krachttraining in mijn eentje.'

'Dat wil ik wel geloven,' zei Post. Hij was een dikke jonge man uit Oregon met een laag voorhoofd en een grote bos blond haar. 'Dat mag alleen jij.'

Tavarez kreeg een uur per dag op de gewichtenmachine. Hij kon dan in zijn eentje trainen en zijn geest laten afdwalen. Dat voorrecht had hij ook via Post geregeld, en hij had ervoor betaald door geld naar verschillende bankrekeningen te laten overmaken. Meestal gebruikte hij de machine tussen elf en twaalf uur 's avonds, maar Tavarez was toch grotendeels een nachtmens. Hij was erg sterk geworden.

En één avond per week, meestal maandag, sloeg Tavarez zijn training over en werd hij naar de achterste hoek van het gevangeniscomplex gebracht, waar hij met handboeien om ging staan terwijl een prostituee hem van dienst was door een draadgazen omheining.

'Hoe gaat het met Tonya?' vroeg Tavarez.

'Die chemokuren zijn rottig, weet je.'

Tavarez dacht dat Post wel wat hulp kon gebruiken.

'Omdat ze zich niet goed voelt, krijgt het kind geen goed eten en krijgt hij ook nooit zijn huiswerk af. Ik zit achtenveertig uur per week in deze teringzooi omdat we het geld nodig hebben, en dus kan ik thuis niet alles doen, weet je.'

'Moeilijk hoor,' zei Tavarez.

'Ja, dat is het ook.'

'Zodra je me de bibliotheek geeft, kan ik geld naar je laten overmaken.'
Post was zo voorspelbaar en egoïstisch als een hond. Daarom stelde Tavarez hem ook zo op prijs.
'Het is voor elkaar,' zei de jonge bewaarder. 'Je hebt vanavond één uur de bibliotheek. De laptop zit in de wereldatlas op plank G, helemaal aan het eind, helemaal boven, uit het zicht. Lunce haalt je om tien uur op en dan kun je ernaartoe. Dan brengt hij je om elf uur naar de gewichtenmachine, en om twaalf uur ga je naar je cel terug.'
Tavarez moest een glimlach bedwingen. 'Batterijen geladen?'
'Natuurlijk.'
'Ik regel de overboeking.'
'Tienduizend?'
'Tienduizend.'
Tavarez keek naar de zwoegende, tellende mensen. Die tienduizend dollar zaten hem helemaal niet lekker, maar dat liet hij niet blijken. Bovendien had hij het geld.
... achtennegentig... negenennegentig... honderd!
'Braaf zijn, bandito,' zei Post.
'Altijd,' zei Tavarez.
'Je wil niet naar de X terug.'
'God verhoede dat, Jason.'
'God doet hier niks. Het is ieder voor zich.'
'Daarom stel ik onze vriendschap op prijs,' zei Tavarez.
'Ja, vast. Maak dat geld over, jongen.'

Die middag bracht gevangenisonderzoeker Ken McCann een linnen zak vol post naar Tavarez in zijn cel. Tavarez kreeg maar twee keer per week post, omdat hij zo veel kreeg. Het onderzoeksteam van de gevangenis – vier overwerkte personeelsleden op een populatie van bijna vijfenderttighonderd gedetineerden – moest elk stuk van Mike El Jefe Tavarez' binnenkomende en uitgaande correspondentie lezen, of tenminste een poging in die richting doen.
'Hé, Mikey,' zei McCann, en hij maakte een draaiende beweging met zijn vinger.
Tavarez stond met zijn gezicht naar de achtermuur en spreidde zijn armen en benen. 'Lijkt me een flinke vangst.'
Tavarez liep achteruit naar het luikje in de deur en een bewaarder deed hem handboeien om. Toen maakte de bewaarder de deur open en gooide McCann de zak op het bed. De deur dreunde dicht in het slot.
Tavarez liep weer achteruit naar het deurluikje, dat de bonengoot werd genoemd omdat er soms ook maaltijden doorheen gingen, en ging toen naar

zijn bed. Het bed was alleen maar een matras op een betonnen plank die in de muur was ingebouwd. Hij liet de post op de dunne groene deken vallen, ging zitten en bekeek de correspondentie. Zoals was voorgeschreven, hadden McCann en zijn collega's elke envelop opengemaakt, behalve die van advocatenkantoren. De geheimhouding tussen advocaat en cliënt was zelfs in een streng beveiligde gevangenis een grondrecht, al vermoedde Tavarez dat McCann sommige brieven evengoed openmaakte en las. En dat was ook redelijk, want sommige van die advocatenkantoren met indrukwekkende briefhoofden waren fictief, en andere enveloppen waren vervalst. Al met al waren het vijftig of zestig brieven.

'Hoeveel brieven heb je de afgelopen week geschreven?' vroeg McCann.

'Zeventig.'

'Je schrijft er elke week zeventig.'

'Tien per dag,' zei Tavarez. 'Een haalbaar aantal.'

Tavarez wist dat de meeste gedetineerden weinig of geen post kregen. Hij had uitdraaien van de correspondentierubriek op de website van de gevangenis gezien. Die stond vol smeekbeden om brieven, ingediend door gedetineerden die in jaren of zelfs decennia geen brief hadden gekregen.

Maar Tavarez was El Jefe, en hij kreeg elke maand honderden brieven van vrienden en familieleden, lange, meestal met de hand geschreven verhalen over het leven in de barrio, het leven in het huis van bewaring, het leven in andere gevangenissen, het leven in het algemeen.

'Het is de truc van de grote aantallen, hè, Mikey?' zei McCann. 'Als er maar genoeg post binnenkomt en de deur uitgaat, komen je boodschappen wel door.'

'Nee, Ken. Ik heb gewoon veel familie en vrienden.'

'Je hebt veel zaken, bedoel je.'

'Je overschat me.'

'Nou, de pistruc werkt niet meer.'

'Nee. Daar zijn jullie te slim voor.'

Tavarez had zijn urine gebruikt om op de achterkant van een brief een gecodeerde boodschap voor een neef in Los Angeles te schrijven. De boodschap ging over het heffen van 'belasting' op een heroïnezending die van Sinaloa in het noorden naar Tucson en vandaar naar Los Angeles ging, al kon McCann hem niet ontcijferen. Het was een oude truc van gedetineerden: de urine droogt onzichtbaar op, maar onder een warme lamp gaan de suikers werken en is de code te lezen. McCann had het geluk gehad dat hij die specifieke brief aan zijn test met de warme lamp onderwierp.

Maar Tavarez had dezelfde boodschap in een klein, met de hand geschreven briefje gezet dat een gedetineerde die een baantje in de gevangenis had via een vriend in de keuken naar buiten had gesmokkeld, en de belasting was dus evengoed geheven.

Tavarez zag dat er een brief van Rubin in San Quentin bij was. Altijd leuk om te weten wat daar in de dodencellen gebeurde.

En er was een brief van het niet-bestaande advocatenkantoor Farrell & Berman in Worcester, Massachusetts. Daar zou nieuws over de activiteiten van La Eme aan de oostkust in staan.

En er was een brief van zijn moeder, die nog in Flora Street woonde. Ze was nog steeds kwiek en had hem vast wel weer een heleboel roddelverhalen te vertellen. Geld was geen probleem meer voor zijn ouders, al begreep Tavarez niet waarom ze met alle geweld in de barrio wilden blijven wonen.

Er was een brief van Jaime in Modesto, waarschijnlijk over moeilijkheden met La Nuestra Familia.

Een brief van een echte advocaat, Mel Alpers, die hem in zijn beroepszaak vertegenwoordigde. Zo te zien was het een rekening.

Een brief uit Dallas, waar de Mara Salvatrucha-bende twee La Eme-leden had afgeslacht in een oorlog om narcoticadistributie aan de zuidkant van de stad. Daar zou bloed gaan vloeien. We zouden die Salvadoranen moeten uitroeien, dacht Tavarez. Het waren bloeddorstige beesten zonder eergevoel.

En er was weer een brief van Ernest in de staatsgevangenis van Arizona, net zo'n streng beveiligde gevangenis als Pelican Bay. Ernest moest dertig jaar zitten omdat hij voor de derde keer was gepakt. Tavarez wist dat Ernests jongens in Arizona tegenwoordig druk bezig waren. Omdat er zoveel aandacht aan de Californische grens werd besteed, was Arizona het middelpunt voor de smokkel van drugs, mensen en geld naar en van de Verenigde Staten geworden. In veel opzichten was Arizona beter, dacht Tavarez. In de woestijnen en bergen had je overal onverharde wegen waar de politie niet kon patrouilleren. Een groot deel van de grond was van de indianen, en de politie was daar niet welkom. Bovendien was het aantal inwoners van Arizona tien keer zo klein als dat van Californië en lag het dichter bij goede afzetmarkten als Chicago, Detroit en New York. De zaken gingen goed. Heel goed.

Tavarez zuchtte en bekeek nog meer enveloppen, op zoek naar de brief die nooit kwam.

'Wat ben je tegenwoordig waard, Mike? Twee miljoen? Drie?'

Tavarez schudde zijn hoofd, zijn blik nog op de post gericht. 'Niet de miljoenen waar jij van droomt. In mijn leven gaat het om eer.'

'De eer van La Eme. Dat is grappig.'

'Ik denk niet dat eer grappig is,' zei Tavarez.

De zwijgplicht van La Eme verbood hem die woorden, 'La Eme', uit te spreken, laat staan dat hij ooit zou toegeven er lid van te zijn.

McCann bromde. Hij had Tavarez er al lang geleden van beschuldigd dat hij heimelijk geld achterhield dat naar 'regimentsbanken' van La Eme had moeten gaan, al kon McCann dat niet bewijzen.

'Goed,' zei hij. 'Lieg maar over je geld. Maar als ik mijn werk goed doe, hou je geen dollar meer over om aan je kinderen na te laten wanneer je doodgaat. Al zouden ze dat toch niet verdienen.'

Tavarez keek op van zijn post. 'Laat mijn familie erbuiten.'

McCann haalde zijn schouders op. Hij mocht Tavarez er graag mee pesten dat Tavarez weliswaar honderden brieven per maand kreeg maar dat zijn brieven aan zijn eigen kinderen altijd terugkwamen met het opschrift 'Retour afzender'.

In het begin had McCann die brieven, die dus de gevangenis uitgingen en weer terugkwamen, geopend, want hij dacht dat de kinderen Tavarez er gecodeerde boodschappen op aanbrachten voordat ze de enveloppen weer dichtplakten en hun moeder 'Retour afzender' op de voorkant lieten schrijven. Maar hij had alleen maar oprechte smeekbeden van de grote Jefe aangetroffen, smeekbeden om begrip en om een brief terug. Geen urineboodschappen, geen 'spookwoorden' die je met speldenprikken vormde en die tot leven zouden komen als je er met een potlood overheen wreef, geen woorden in Nahuatl, de taal van de oude Azteken, de beste code van La Eme.

'Dat moet beroerd zijn, in zo'n stinkgat zitten terwijl je kinderen zonder je opgroeien.'

'Dat heb je al eerder gezegd.'

'Toch is het hier beter dan in de EBI.'

Tavarez keek McCann aan en McCann glimlachte. 'Die miljoenen doen je niet veel goed, hè?'

'Ze doen me niet veel goed omdat ik ze niet heb.'

McCann keek Tavarez enkele seconden aan. Hij mocht de gedetineerden graag strak aankijken. Op die manier liet hij hun weten dat hij niet bang voor hen was. McCann was groot en sterk. Tavarez had het verhaal gehoord over de Black Guerilla-gangster die McCann had aangevallen en uiteindelijk bewusteloos en bloedend op de vloer lag. McCann mocht graag over de EBI praten. Voor iedereen die hier gevangenzat, was het of hij met een mes voor hun gezicht zwaaide. Of erger.

'Eer?' vroeg McCann. 'Hoe kun je met jezelf leven, Mike? Een bomaanslag op een vrouw en een kleine jongen? Een vrouw die je kende, iemand met wie je hebt samengewoond en met wie je naar bed ging? De vrouw van een oude vriend?'

'Ik had daar niets mee te maken. Ik ben erin geluisd door die speciale eenheid. De echte daders waren natuurlijk zijn eigen mensen, diezelfde eenheid.

Want hij was corrupt. Hij stond op de loonlijst van La Nuestra Familia. Iedereen weet wat een klungels er in dat soort eenheden zitten. Mijn advocaten hebben het op de rechtbank allemaal bewezen. De overheid heeft me hierheen gestuurd om de fictieve drugsoorlog tegen een fictieve bende in stand te kunnen houden. Het is allemaal een kwestie van dollars, banen en budgetten. Ik ben goed voor hun zaken.'

McCann floot het deuntje van een *corrido*. Zelfs de bewaarders kenden de corridos, de Mexicaanse liederen waarin de daden werden verheerlijkt van criminele helden die tegen corrupte folteraars en brute politieagenten, meestal Amerikanen, vochten. Dit specifieke lied was een paar jaar geleden erg populair. Het vertelde het verhaal van El Jefe Tavarez en een Amerikaanse rechercheur die van dezelfde vrouw hielden.

Tavarez keek de onderzoeker aan.

'Jullie hebben met zijn drieën bij elkaar op school gezeten,' zei McCann. 'Later pikte die rechercheur je vriendinnetje in. Dus wat doe je? Je vermoordt haar, vervloekt monster.'

Tavarez zei niets. Wat had het voor zin om je te verdedigen tegen een idioot?

'Waar hadden jij en Post het vandaag over?' vroeg McCann.

'Familie. Hij mag graag praten.'

'Wat zit er voor jou in?'

'De X heeft me spraakzaam gemaakt. Hij is nog maar een jongen.'

'Ga je hem helpen?'

'Ik kan geen kant uit.'

'Haal je niets in je hoofd, Mike. Gedraag je netjes, en wie weet? Misschien krijg je zelfs nog eens bezoek van een van je eigen kinderen.'

Tavarez knikte en pakte een brief op. Zijn oren gonsden van woede en daardoor hoorde hij nauwelijks McCann door de gang van het cellenblok weg lopen.

Als hij hier uit was, als de tijd er rijp voor was, kwam hij misschien nog eens naar Crescent City terug om de rekening met McCann te vereffenen.

Toch had McCann gelijk. Tavarez hunkerde naar brieven van hen: John, Peter, Jennifer en Isabelle. John van tien was de oudste. Hij had het kribbige karakter van zijn moeder. Isabelle was achtenhalf, en ze had de ambitie van haar vader; ze was hebzuchtig en berekenend. Jennifer, die nog maar zeven was, had de soepele spieren van haar vader en het mooie gezicht van haar moeder geërfd en blonk godbetert uit in taekwondo. Kleine Peter had leren rennen met negen maanden en lopen met tien. Hij was drieënhalf geweest toen Tavarez door de stalen deuren was geschuifeld die hem naar het hart van de X brachten.

Ze woonden nog steeds in de villa in Laguna Beach die hij had gekocht, samen met zijn ex-vrouw Miriam en haar ouders uit Mexico.

Na zijn veroordeling voor de bomaanslag had Miriam elk contact met hem verbroken. Ze had tegen hem gezegd dat ze hem vergaf, dat ze medelijden met hem had om wat hij had gedaan, en dat ze voor zijn ziel zou bidden. Maar ze zou niet toestaan dat hij hun kinderen vergiftigde. Geen bezoek. Geen telefoontjes. Geen brieven. Geen enkele communicatie. Haar besluit stond vast. Ze vroeg echtscheiding aan.

De kinderen Tavarez spraken allemaal Engels en Spaans en gingen naar dure particuliere scholen. Hun huis aan zee, in een beveiligd complex, was een toonbeeld van rijkdom en vrijheid.

Tavarez had zijn kinderen verre gehouden van de barrio bij Delhi Park waar hij was opgegroeid. Hij wilde dat ze heel anders werden dan hij.

Hij bekeek de laatste enveloppen. Zijn hart sloeg met de woeste hulpeloosheid van een gekooide.

# 10

Die avond kwam Brad Lunce om tien uur naar zijn cel toe. Lunce was een vriend van Post. Er waren drie soorten bewaarders: omkoopbare, sadistische en eerlijke. Groep één was klein maar waardevol, en Post had Tavarez met enkelen van zijn vrienden in contact gebracht.

Lunce keek toe terwijl Tavarez al zijn kleren uittrok, zijn mond wijd opendeed, zijn tenen en achterste spreidde en zich daarna aankleedde en naar de bonengoot terugging, zodat Lunce hem handboeien kon omdoen voordat hij de celdeur opendeed. Lunce lette nooit goed op, had Tavarez geconstateerd. Daar kon hij op een dag misschien gebruik van maken.

Zodra Tavarez zijn boeien om had, liet Lunce hem eruit.

Toen ze door het cellenblok liepen, klonk er gemompel op en gebrom. Als een andere gedetineerde op dit uur van de avond werd weggeleid, zou er met geschreeuw en fluitconcerten zijn gereageerd en zouden de gedetineerden om uitleg hebben gevraagd. Maar alle cellenblokken in Pelican Bay waren ingedeeld naar ras en bende, en dit blok werd bevolkt door La Eme en de bendes waarmee La Eme een bondgenootschap had gesloten: de Aryan Brotherhood, de Nazi Lowriders en de Black Guerillas. Dus als de gedetineerde in kwestie El Jefe was, toonden ze respect.

Tavarez liep langzaam, zijn hoofd omhoog, zijn blik recht vooruit. Er fladderde iets boven in zijn gezichtsveld: een zakje met een briefje dat aan een draad werd neergelaten van rij drie naar rij een. 's Avonds werden die briefjes uitgewisseld.

Even na tien uur liet Lunce hem in de bibliotheek. Het was een grote kamer met ramen. De planken waren allemaal laag, om de privacy te minimaliseren, de muren waren vaalgroen en in elke hoek was een bewakingscamera aangebracht.

Tavarez keek op naar een van die camera's. 'Cartwright weer?'

'Wat kan het jou schelen?' zei Lunce. Lunce was groot en jong, net als Post. Het zat hem meer dan de andere bewaarders dwars dat hij zich liet manipuleren. Tavarez verwachtte elk moment dat Lunce zich tegen hem zou keren.

Cartwright was de nachtsupervisor. Hij hield toezicht op de elektrische omheining en camerabewaking in het oostelijke kwart van het immense gevangeniscomplex. Dat maakte Cartwright de waardevolste van alle meewerkende bewaarders, en wanneer Tavarez zakendeed met lagergeplaatste mannen als Post en Lunce, ging er bijna altijd ook geld naar Cartwright. Er ging ook geld naar mensen uit het middenkader, dus lager dan Cartwright maar hoger dan Lunce en Post. Daarom was het zo duur om iemand iets voor je te laten doen. De scherpschutters en honden op de wachttorens bij de westelijke, noordelijke en zuidelijke omheining stonden onder leiding van andere supervisors en Mike had nog geen kans gezien invloed op hen uit te oefenen.

'Hij kan de camera's weer aanzetten wanneer hij maar wil,' zei Tavarez.

'Niet zolang ik hier ben. Je hebt minder dan een uur. Ik let op je.'

Tavarez knikte. Omdat hij al levenslang zonder mogelijkheid van vervroegde vrijlating had, konden ze hem niet veel straf meer geven als hij betrapt werd. Ze konden hem naar de EBI terugbrengen, iets waaraan hij niet wilde denken. Maar hij betaalde al dat smeergeld niet voor niets, en per slot van rekening was hij alleen maar in de bibliotheek. Hij had geen geweld in de zin en deed geen poging tot ontsnappen of drugsgebruik of ongeoorloofde seks.

'De handboeien,' zei Tavarez, en hij liep achteruit naar Lunce toe. Zijn nekharen gingen ervan overeind staan – met je rug naar een vijandige blanke man toe staan – maar als je in de gevangenis iets leerde, dan was het wel je angst overwinnen. Buiten had je misschien macht, maar binnen had je alleen smeergeld en bedreigingen.

Hij vond de wereldatlas op plank G, die hij met een stofwolkje naar zich toe schoof.

Omdat de tafel en de stoelen met bouten aan de vloer waren verankerd, liet Tavarez het zware boek op de metalen tafel neerploffen en manoeuvreerde hij zich toen in een stoel die ervoor stond.

Hij tilde het grote omslag op en sloeg honderd bladzijden om. En ja hoor, daar lag de laptop in een uitsparing. Post had gedaan wat er van hem verlangd werd.

De volgende vijftig minuten zat Tavarez voor het scherm. Hij bewoog bijna niet, afgezien van zijn handen, waarmee hij bevelen en vragen uittypte in een ingewikkelde code die hij al vanaf 1988 voor La Eme had laten ontwerpen. Dat was in de tijd van zijn eerste gevangenisstraf geweest, voordat hij El Jefe was geworden.

De code kwam voort uit het Huazanguillo-dialect van de Nahuatl-taal dat hij van Ofelia had geleerd, die hem vaak had bezocht in de Corcoran-gevangenis. Het dialect werd alleen verstaan door een aantal geleerden, een paar Azteekse afstammelingen die zich aan de oude taal vastklampten en een handjevol hogere La Eme-leiders. Ofelia was tegelijk een geleerde in de dop en een bijna volbloed-Azteekse. In die tijd liet Paul Zolorio, die acht cellen bij Tavarez vandaan zat en van daaruit La Eme leidde, Ofelia uit Nayarit in Mexico overkomen om haar les te laten geven aan de aantrekkelijke jonge Harvard-*pistolero*.

De boodschappen die Tavarez nu verstuurde, zouden straks gedecodeerd worden door zijn vertrouwdste generaals, waarna ze aan de desbetreffende kapiteins en luitenants werden doorgegeven. En via hen gingen ze naar de eenvoudige bendeleden, degenen die de producten transporteerden en het geld incasseerden. In bijzonder korte tijd zou de hele dodelijke organisatie, duizend man sterk, gangsters in elke staat van de Verenigde Staten en in twaalf andere landen, haar orders hebben ontvangen.

Tavarez werkte snel:

Ernests mannen in Arizona hebben hulp nodig. Daar heeft iedereen een vinger in de pap sinds de autoriteiten strenger optreden in Californië. Flaco's mensen moeten van de East Bay naar Tucson gaan.

De vogelvrijen van Los Angeles moeten zwaar gestraft worden. Vogelvrijen die onze belastingen niet willen betalen? Die zo trots zijn dat ze zich tegen ons verzetten? Afmaken die hap. Dood elke week een lid van elke vogelvrije bende tot ze betalen. Benieuwd hoelang hun trots standhoudt.

Alberts mannen in Dallas moeten het opnemen tegen de Mara Salvatrucha. Die hebben de goede militaire wapens uit de Verenigde Staten, maar ze krijgen onze handel in het zuiden van de stad niet. Breng onmiddellijk tien van onze jongens uit San Antonio naar Dallas over. Schiet de Salvadoranen ter plekke neer als ze op onze straathoeken staan. Geen greintje genade.

Na vijftig minuten had Tavarez meer informatie doorgegeven dan hij in honderd met de hand geschreven brieven had kunnen overbrengen. Over die brieven zou hij anderhalve week doen. En dan zou het nog een week duren voor ze op hun bestemming waren. En dan zou ook nog de helft worden onderschept, ingepikt, vernietigd. Misschien werden ze zelfs aan La Nuestra Familia doorgespeeld door mensen als Ken McCann.

Daarentegen kon hij met de computer dingen één keer opschrijven, binnen enkele seconden, en ze dan naar een handvol vertrouwelingen sturen, die ze op hun beurt naar beneden doorgaven. Zijn code was draadloos en verplaatste zich met de snelheid van het geluid. De berichten waren praktisch onnaspeurbaar en niet te ontcijferen. Het was een duidelijke, eenvoudige en goedkope manier.

Zuiver digitaal Nahuatl, dacht Tavarez. Het ging precies naar de plaatsen waar het heen moest.

En in feite waren er alleen maar een paar maanden van subtiele overreding voor nodig geweest, en daarna tienduizend onsubtiele dollars om de familie Post door de periode van Tonya's kanker heen te helpen.

Tavarez zette de laptop uit, sloot het scherm en legde hem terug in de uitgespaarde bladzijden van de wereldatlas.

Als een waakzame hond die zijn baas hoort bewegen, kwam Lunce met de handboeien achter plank G vandaan.

'Naar porno gekeken?' vroeg hij.

'Ja.'

'Zijn ze net zo mooi als jouw hoeren?'

'Niet zo mooi.'

'Dat geloof ik niet. Ik denk dat je zakendoet. Zaken van La Eme.'

Tavarez haalde alleen maar zijn schouders op. Hij voelde dat de handboeien zich om zijn polsen sloten.

Tavarez ging die avond verwoed met de gewichten aan het werk. Hij gaf alles wat hij had, voerde het gewicht op tot zijn spieren het niet meer aankonden, deed sit-ups en crunches tussen de oefeningen door, hijgend en grommend en zwetend, bijna een uur lang. Lunce keek toe terwijl hij trainde en zich douchte, maar Tavarez was zich nauwelijks van hem bewust.

Toen hij weer in zijn cel kwam, was het ruimschoots middernacht geweest. Zijn lichaam trilde van de inspanning. Hij ging op zijn rug op het bed liggen, luisterde naar het snurken en het verre gekrijs in de gekkenvleugel, de psychiatrische afdeling, en naar het eeuwige gehoest van Smith, twee cellen verderop.

Hij deed zijn ogen dicht en dacht weer aan de tijd toen hij na zijn eerste gevangenisstraf was vrijgekomen en zes gelukzalige weken in Ofelia's flat doorbracht. Al het opgekropte verlangen dat ze voor elkaar hadden gevoeld wanneer ze op bezoek was, stormde nu als water door een gebroken stuwdam. Ze was nog maar zeventien, hoopvol en onschuldig, nog maagd. Hij was zevenentwintig, de geadopteerde favoriet van La Eme-baas Paul Zolorio, en plotseling vrij. Zolorio had hem opdracht gegeven de straatbendes in Santa Ana belasting te laten betalen over al hun drugsverkopen. Hij moest beginnen met zijn eigen Delhi F Troop. Zolorio had hem bevolen honderd procent gehoorzaamheid af te dwingen.

Er was niets beters, had Tavarez toen beseft, dan vrij te zijn, werk te hebben en verliefd te zijn.

Zijn hart deed wat het altijd deed als hij aan Ofelia dacht: het vloog op, bleef hangen, en viel.

Hij stelde zich haar slanke jonge vingers voor zoals die zich in de bezoekruimte van de Corcoran-gevangenis over de bladzijden met Nahuatl-tekens hadden bewogen. Hij kon haar stem nog horen, zoals ze de geluiden en betekenissen van die tekens voor hem in het Spaans en Engels vertaalde. Er zat onschuld in haar glimlach en vertrouwen in haar ogen, en glans in haar sluike zwarte haar.

Hij herinnerde zich de simpele schrik op haar gezicht toen hij haar zes weken nadat hij zijn intrek in haar knusse flatje had genomen, vertelde dat hij met Paul Zolorio's nichtje uit Guadalajara zou trouwen. Hij moest wel, legde hij uit, echt waar, het was niet op de ouderwetse manier gearrangeerd, maar zijn huwelijk met Miriam zou de families en de zaken die ze deden een hechtere grondslag geven, en hij was het in feite aan Paul verplicht om...

Hij herinnerde zich dat ze de deur zachtjes had gesloten en op slot had gedaan toen hij die avond haar flat verliet, en hij herinnerde zich ook zijn bezwaard gemoed en het pijnlijke samentrekken van zijn keel toen hij door de duisternis naar het zuiden reed. Het was heel anders dan toen hij wegliep van Hallie Jaynes en haar onverzadigbare verlangens, haar moorddadige *guerra*-egoïsme. Nee, Ofelia was onbedorven, onberoerd behalve door hem. Ze was drugsloos en argeloos en had het zuiverste hart van iedereen die hij ooit had gekend, en de wilde schoonheid van haar glimlach was niet te overtreffen.

Een jaar nadat hij met Miriam was getrouwd, vlak nadat ze van John was bevallen, ging Tavarez in het geheim naar Nayarit om Ofelia te zoeken.

Met veel geduld en hardnekkigheid ontdekte hij dat ze haar intrek had genomen in een klooster in Toluca, de hoogste stad van Mexico. Het kostte hem nog een dag om naar Mexico-Stad te vliegen en daar een auto te huren voor de rit naar Toluca.

Zuster Anna van de Convento de San Juan Bautista las hem de les omdat hij onaangekondigd met zo'n verzoek naar het klooster was gegaan. Ze zei dat Ofelia hem nooit meer wilde zien, niet na wat hij haar had aangedaan. Ja, ze was nu gezond en gelukkig in de liefde van onze Heer Jezus Christus, en dat was niet een liefde die gegeven en genomen werd uit lust of gewinzucht of om er ander voordeel van te hebben. Toen ze hem aankeek, beefde ze van walging.

Tavarez legde vijf biljetten van honderd dollar op de tafel tussen hen in. 'Voor de armen,' zei hij in het Spaans.

'Ze hebben uw geld niet nodig,' zei zuster Anna.

Hij legde er nog vijf bij. 'Laat de armen dat beslissen.'

'Ik moet voor hen beslissen.'

'Oké.'

Tavarez stond op, boog zich over de tafel en greep de non bij haar neus. Hij trok hem hard omhoog en ze stond vlug op. Haar stoel kletterde achter haar op de tegelvloer. Hij zei dat ze hem naar Ofelia moest brengen, anders brak hij haar neus af.

'Jij bent de duivel,' zei ze, en de tranen stroomden uit haar ogen.

'Doe niet zo mal,' zei Tavarez. Hij liet zuster Anna's neus los. 'Ik wil een oude vriendin opzoeken en de armen helpen.'

Ze veegde het geld in een la en leidde Tavarez over een stoffige binnenplaats. De andere zusters bleven naar hen staan kijken, maar niemand durfde dichtbij te komen. Zuster Anna liep vlug, haar vuist tegen haar mond, alsof ze zojuist ondraaglijk nieuws had gehoord.

De vesperklokken luidden toen zuster Anna de deur van Ofelia's kleine kloostercel openmaakte. Die was erg koud en niet veel groter dan de cel waarin hijzelf vijf jaar had gezeten. Er hing een crucifix aan de muur. In zijn cel had hij foto's van Mary Elizabeth Mastrantonio aan de muur gehad.

Ofelia stond op van de vloer naast haar bed. Ze keek Tavarez met stomme verbazing aan. Ze was dunner en bleek, maar in haar ogen zat nog steeds de onschuldige verwondering waarvan hij had gehouden. Ze was nog net geen negentien.

Op dat moment zag hij dat ze hopeloos veel van hem hield, zoals alleen heel jonge mensen van iemand kunnen houden. Het grootste geschenk dat hij haar kon geven, wist hij, zou zijn dat hij zich omdraaide en wegliep. Het zou betekenen dat hij zichzelf verloochende. Hij zou zijn verlangens, zijn gevoel, zijn eigen hart verloochenen. Het zou betekenen dat hij haar het leven schonk.

Hij stak zijn handen uit en legde ze op haar mooie gezicht. Zuster Anna kromp ineen.

'Hou zo veel van God als je wilt, maar ga met me mee,' zei hij.

'We gaan allebei naar de hel,' zei ze. Haar adem condenseerde in de ijskoude lucht.

'Voordat het zover is, hebben we drie dagen en een mensenleven.'

'En je vrouw?' vroeg Ofelia.

'Ik heb een zoon. Accepteer ze. Ik hou van je.'

Tavarez zag de strijd in Ofelia's donkere ogen maar twijfelde geen moment aan het resultaat.

'Ik heb niet veel in te pakken,' zei ze.

Zuster Anna's adem stokte.

Tavarez keek haar aan en glimlachte.

Zelfs nu nog, tien jaar later, glimlachte Tavarez bij de gedachte aan dat moment.

Ten slotte herinnerde hij zich, zoals altijd, wat Matt Stromsoe met Ofelia had gedaan. En bij die herinnering zette Tavarez haar beeld zo snel en zo volledig uit zijn hoofd als iemand die een tv op een ander kanaal zette.

# 11

Het eerste bord met TE HUUR dat hij in Fallbrook zag, was een gastenhuisje. Het huis zelf werd bewoond door de eigenaars, het echtpaar Masterson en hun jonge zoon en dochter. De Mastersons waren begin twintig, beleefd en goed verzorgd. Zij was hoogzwanger. Ze waren bereid het huisje met onmiddellijke ingang te verhuren, mits Stromsoe een standaardovereenkomst tekende en een borgsom betaalde. De huur was niet hoog en het gastenhuisje stond verscholen op het terrein, met een mooi uitzicht op het dal van de Santa Margarita. Langs de onverharde weg die naar het huisje leidde, stonden mandarijnenbomen. Een van de muren van het huisje was begroeid met purperen bougainville, tot op het dak. Het huisje had airconditioning, satelliettelevisie en zelfs een garage.

Binnen veertig minuten nadat hij was komen aanrijden, had Stromsoe een cheque voor de eerste en laatste maand huur en een borgsom uitgeschreven en een huissleutel en automatische garagedeuropener in ontvangst genomen. Mevrouw Masterson gaf hem een grote zak avocado's en zei 'Welkom in Fallbrook' en 'God zegene u.' In de zak zat ook het gebedenprogramma van de methodistenkerk van de afgelopen week.

Frankie belde hem om een uur of twaalf en vroeg hem te komen lunchen voordat ze naar de studio reden.

'Ik ben net in Fallbrook komen wonen,' zei hij.

Ze lachte. 'Dat meen je niet.'

'De vlinders hebben me overgehaald. En ik kan nu in een paar minuten bij je zijn.'

Ze zweeg even. 'Dank je.'

'Graag gedaan.'

'Waar zijn die houten torens voor?' vroeg hij toen ze hun lunch bijna op hadden.

'Die op de foto?'

'Die in de schuur in Bonsall.'

Frankie legde haar vork op haar bord en keek hem ijzig aan. 'Voor meteorologische instrumenten,' zei ze. 'Ik bestudeer het weer. Hoe weet jij ervan?'

Stromsoe vertelde over de auto met stationair draaiende motor, en dat hij niets had gezien totdat Frankie in volle vaart met de Mustang uit het duister gereden kwam.

'Zo, meneer Stromsoe, ben jij een lijfwacht of een snuffelaar, of een beetje van allebei?'

'Je wordt gestalkt. Ik hoor een auto bij je huis. Een halfuur later rij je weg alsof de duivel je op de hielen zit. Wat zou jij hebben gedaan?'

'Je volgde me.'

Stromsoe knikte. 'Wie is Ted?'

Stromsoe zag de emoties een voor een over haar gezicht glijden: verlegenheid, ergernis, verbazing, beheersing.

'Je hebt nog afgeluisterd ook, hè?'

'Ja.'

'Je houding staat me op dit moment niet aan.'

'Dat komt doordat ik dertien jaar bij de politie ben geweest.'

'Maar je bent nu privédetective. Je moet je beleefd en charmant gedragen.' Ze glimlachte. Daardoor verdwenen de strenge lijnen van haar gezicht en Stromsoe herinnerde zich een tijd waarin hij inderdaad beleefd was, en misschien zelfs een beetje charmant.

'Ted is mijn oom,' zei Frankie. 'Hij is gepensioneerd. Vroeger werkte hij bij de NOAA. Dat is de National Oceanographic and Atmospheric Administration. Ze bestuderen het klimaat en brengen verslag uit over het weer.'

'Ik verontschuldig me ervoor dat ik je volgde. Ik maakte me een beetje zorgen.'

'Ik ben blij dat je je zorgen maakte. Daar betaalde ik je voor. Je was ook nieuwsgierig.'

Hij knikte.

'De torens zijn van roodhout en krijgen een impregneermiddel om ze tegen het weer te beschermen,' zei ze. 'Ze zijn zeven meter hoog en we verankeren de poten ter plaatse in beton.'

'Waar zetten jullie ze neer?'

'Voornamelijk op het terrein in Bonsall.'

'Ga je op de platforms zitten om aan jezelf te ontsnappen?'

Ze glimlachte en kreeg een kleur. 'Nee. Ik heb tegen je baas gezegd dat ik daarheen ging om alleen te zijn, want ik wilde niet dat hij de vragen stelde die jij nu stelt.'

'Wie kan het wat schelen of jij het weer bestudeert?' vroeg Stromsoe.

'Ik maakte me nergens druk om, tot ik die man op mijn omheinde terrein naar een van mijn torens zag kijken.'

Stromsoe dacht daar even over na. 'Kan je onderzoek tot commerciële toepassingen leiden?'

'Misschien wel,' zei Frankie Hatfield.

'Zou de stalker een concurrent kunnen zijn?'

'Dat denk ik niet.'

Frankie vertelde over de waarde van weervoorspellingen. Er waren eindeloos veel toepassingen: landbouw, water- en energietoewijzing, openbare veiligheid, transport, ontwikkeling, noem maar op. Als je het klimaat bestudeerde, kon je langetermijngrafieken bekijken, zei ze, en dan kon je tot algemene uitspraken komen. Maar het voorspellen van het wéér was heel iets anders. Ook als je een duidelijk beeld van het klimaat had, kon het weer zelf bijzonder onvoorspelbaar zijn. En daar lag haar taak. Ze zocht naar manieren om tot extreem accurate voorspellingen voor dertig dagen te komen. Op dit moment lag de grens bij vijf dagen. Zeven op zijn hoogst, maar zelfs de NOAA gaf geen zevendaagse radiovoorspellingen meer, want die zaten er vaak naast en waren daardoor nutteloos en soms zelfs gevaarlijk.

'Het broeikaseffect is interessant, maar het is niet mijn terrein,' zei ze. 'Ik wil je vertellen wat er in de komende dertig dagen gaat gebeuren – ik bedoel wat er precíes gaat gebeuren – op de exácte plaats waar jij woont. De exacte temperaturen, windrichtingen, vochtigheidsniveaus. De exacte hoeveelheid neerslag, als er iets valt.'

'Ik dacht dat die condities zich niet dertig dagen van tevoren voordoen.'

'Toch wel, maar ze zijn niet duidelijk zichtbaar. En daar ligt mijn taak. Ik sta op het punt te ontdekken hoe je die condities kunt zien en meten.'

Stromsoe wachtte weer op die glimlach, maar die kwam niet. Hij keek naar Frankie Hatfields gezicht. Ze keek uit het raam van haar eetkamer naar de heldere lucht. Ze knipperde niet met haar ogen. Er kwam een dof waas over haar ogen, en het leek wel of ze zo diep in gedachten verzonken was dat ze helemaal niets meer zag. Stromsoe had dat ook bij zijn vader meegemaakt. Die had die blik in 1972 uit Vietnam mee naar huis genomen.

'Ik ben er bijna,' zei ze zachtjes. Ze keek op haar horloge. 'Ik ga maar eens aan het werk.'

Frankie en haar cameraploeg maakten die dag de live-opnamen in de binnenstad en omgeving: bij het stadion, voor het oude Horton Grand Hotel, op de Cabrillo Bridge die naar Balbao Park leidde. Ze droeg een gestippelde zomerjurk met een wit katoenen jasje en een strooien gleufhoed. Haar weervoorspellingen waren bijna gelijk aan die van de vorige dag, zodat Stromsoe zich ging afvragen hoe moeilijk het werk van een meteoroloog in San Diego nou eigenlijk was.

Frankie zei wel dat het er steeds meer op ging lijken dat de straalwind het lagedrukgebied naar San Diego County zou brengen en dat het zondagavond misschien ging regenen. De maandag 'beloofde' ook regen, met twee lagedruktroggen die lagen 'opgestapeld' achter de eerste.

De kleine menigte die zich bij haar had verzameld, kreunde bij de gedachte aan een nat weekend midden in oktober.

'Regen is leven,' zei Frankie glimlachend. 'Sorry.'

De stedelijke omgeving waarin Frankie haar verhaal afstak, maakte Stromsoe erg waakzaam en ook een beetje nerveus, en hij besefte weer eens dat hij met zijn ene oog een beperkt gezichtsveld had en daardoor bij surveillancewerk werd gehinderd. Hij vroeg zich af of hij accuraat zou kunnen schieten met de Colt Mustang .380 die hij met een klem aan zijn riem had hangen. Hij had sinds de bom niet meer met het ding geschoten. Dat was ook weer een reden om spijt te hebben van die twee jaar degeneratie in Miami, al had het indertijd zijn enige keuze geleken. Een manier om alle bruggen achter je te verbranden.

Toen Frankie om acht uur die avond haar laatste uitzending deed, had Stromsoe de stalker niet gezien, laat staan dat hij had overwogen zijn vuurwapen te trekken.

Even na negen uur reed hij weer achter haar aan door de donkere boomgaarden en de geuren van de avond naar haar huis. De vlinders fladderden door het schijnsel van zijn koplampen.

Ze reed haar garage weer in en Stromsoe stopte weer om er zeker van te zijn dat ze veilig haar huis kon binnengaan. Hij hoorde de honden ook weer in het huis blaffen en vroeg zich af hoe het voor deze jonge vrouw zou zijn om in haar eentje midden in vier hectare avocado- en citrusbomen te wonen, met twee honden, een stalker en een revolver.

Ze kwam naar zijn raampje toe en trok de kraag van haar jas omhoog tegen de oktoberkilte. Haar hoed was naar achteren gezakt, alsof hij ook moe was van de werkdag.

'Een kopje thee?'

'Graag.'

# 12

Frankie duwde de tuindeuren open om de frisse avondlucht en de geur van de sinaasappelbloesems in de huiskamer binnen te laten. Ace snuffelde systematisch aan Stromsoes broekspijpen. Sadie met de witte snuit ging liggen en keek naar hem op.

'Ik heb die artikelen over jou gelezen,' zei ze. 'En Dan Birch heeft me iets verteld.'

'Zo, ben je een weervrouw of een snuffelaar of een beetje van allebei?'

'Ik heb je nog niet gevolgd.'

'Misschien maak jij meer kans om je geheime bewonderaar te pakken te krijgen dan ik.'

'Ik zet mijn geld nog steeds op jou,' zei Frankie.

Stromsoe knikte.

'Ik wilde je zeggen dat ik het erg vind dat al die dingen jou en je gezin zijn overkomen,' zei ze. Haar stem was zachter dan Stromsoe van haar gewend was. Ze klonk persoonlijker. 'Ik had heel sterk het gevoel dat je meer dan je portie te verduren hebt gehad. En je vrouw en zoon, nou, niets wat ik over hen zou zeggen zou hen recht doen.'

Ze zwegen enkele ogenblikken. Frankie veegde met haar grote, elegante hand over haar ogen. Stromsoe had altijd bewondering gehad voor de snelle maar oprechte emoties van de meeste vrouwen.

'Ze hebben hem te pakken gekregen. Daar zit nog enige gerechtigheid in,' zei Stromsoe behulpzaam.

'Er is geen gerechtigheid als het onvervangbare wordt weggenomen,' zei ze. 'Iemands zicht, iemands leven.'

'Nee. Daarna moet je genoegen nemen met wat er over is.'

Ze keek op de oude Sadie neer. 'Honden hebben daar minder problemen mee.'

Stromsoe glimlachte en knikte. Ze zwegen. Hij luisterde naar de kikkers en krekels.

Frankie ging even weg en kwam terug met een theeservies en een mandje met biscuitjes op een dienblad. Ze zette het op de salontafel tussen hen in.

'Dan heeft me verteld dat je er een tijd tussenuit bent geweest.'

'Ja, ik zat toen in Florida. Ik ben hier teruggekomen voor een deel van het proces.'

69

'Ben je tevreden met de veroordeling tot levenslang?'
'Ja.'
'Ik zou de doodstraf hebben gewild,' zei Frankie.
'Ik eerst ook,' zei Stromsoe. 'Toen besefte ik dat je niet kunt lijden als je dood bent.'
'Wreed maar waar,' zei ze.
'Precies. Ik heb de Pelican Bay-gevangenis gezien. Hij heeft een jaar in de EBI gezeten, en dat is zo erg dat je er krankzinnig van kunt worden. Maar hij zag kans om daaruit te komen. Evengoed, de lijn is ook geen pretje.'
'De lijn?'
'De gewone gevangenis.'
Frankie dompelde een theezakje in haar kopje. 'Ik kan geen enkele tragedie van mezelf met de jouwe vergelijken,' zei ze. 'Mijn ouders leven nog. Ik ben nooit getrouwd en heb geen kinderen. Een goede vriend is aan kanker gestorven toen we allebei eenentwintig waren. Dat is het grootste verlies dat ik heb geleden.'
'Ik denk dat we worden afgemeten aan wat we geven, niet wat wordt weggenomen,' zei Stromsoe. 'Dat was wel heel erg pompeus. Ik verzin dat ter plekke. Ik had het over jou, niet over mij.'
Ze hield haar hoofd schuin en keek hem met een eerlijke, onderzoekende blik aan. Opnieuw zwegen ze enkele ogenblikken.
'Jij lijkt me een goed mens, Matt. Ik heb nu geen vragen meer. Ik wil gewoon graag weten met wie ik omga.'
'Je hoeft je niet te verontschuldigen. Vragen roepen herinneringen op en herinneringen kunnen goed zijn.'
'Ik ben blij dat je er zo over denkt.'
'Het duurde even, maar nu denk ik er zo over.'
'Wil je me op een dag over hen vertellen, over je vrouw en zoon?'
'Goed.'
Nog meer stilte, waarin Stromsoe thee dronk en naar de lichtjes in de verte, voorbij de avocado's, keek.
'Wil je mijn rivierenverzameling zien?'
'Daar zit ik nou al de hele tijd op te spinzen.'
'Kom maar mee.'
In de eerste kamer aan de gang stonden drie rijen uitstallingstafels, met glas afgedekt, zoals je in een museum ziet. Elke rij werd van boven verlicht door krachtige inbouwspotjes.
Maar in plaats van mineralen of edelstenen of vastgeprikte insecten zag hij weckflessen met vloeistoffen in verschillende nuances van helderheid.
'Honderdtweeëntachtig rivieren, kreken en stromen,' zei ze. 'Tot nu toe. Ze

moeten het hele jaar water hebben om in aanmerking te komen. Acht ervan hebben niet eens een naam, en dat vind ik eigenlijk wel heel goed. Mijn verste is de Yangtze in China. Mijn favoriet is de Nirehuao in het zuiden van Chili. Dat spreek je uit als *nèèr-ie-hwa*. Die is erg helder, het water smaakt zoet en zit vol grote forellen. Ik kook en zuiver het water voordat ik het proef. Ik ben niet helemaal achterlijk.'

'Nee, dat kan ik zien.'

Stromsoe zag dat elke weckfles voor ongeveer driekwart vol was. Sommige hadden bezinksel op de bodem. In een lijstje naast elke weckfles zat een kleurenfoto van het water, met de naam, locatie, datum en tijd in een fraai schuin handschrift. In een andere lijst zat een kaart van de wereld met een kleine blauwe, rode of witte speldenknop om de locatie aan te geven.

'Blauw is rivier, rood is stroom, wit is kreek.'

'Wat is het verschil tussen een stroom en een kreek?' vroeg hij.

'Een stroom is een kleine rivier. Een kreek is een kleine stroom en komt vaak in een rivier uit. Je kunt een kreek ook een beek noemen. Sommige kreken zijn groter dan stromen én rivieren. De terminologie is niet helemaal duidelijk. Dat maakt het allemaal des te romantischer en leuker.'

Stromsoe knikte en liep langs de tafels. Die vrouw was in alle werelddelen geweest om potten rivierwater te verzamelen.

'Waarom geen meren?' vroeg hij.

'Het moet bewegend water zijn. Dat is een persoonlijke eis die ik stel.'

Stromsoe bleef bij de Nijl staan en keek naar het vale, zandkleurige water.

'Het is niet helemaal geworden zoals ik hoopte,' zei ze. 'Ik dacht dat er in elke weckfles een soort geest zou komen, een talisman of zoiets. Na vijftig rivieren besefte ik dat een pot water min of meer een pot water is, al zou je dan ook kunnen zeggen dat wij hetzelfde water drinken als Jezus of Hitler of Perry Como. Maar als ik aan iets begin, is het voor de lange duur, weet je. Ik ga onder met het schip. Ik geef niet op. Nooit.'

'Ik ben onder de indruk,' zei Stromsoe. 'Ik geloof niet dat ik ooit een passie zo letterlijk en wetenschappelijk tentoongesteld heb gezien.'

'Ik ben wetenschapper.'

'Dat is goed te zien. Interessant dat verschillende rivieren verschillende kleuren hebben.'

'Ja, hè?' zei Frankie. 'Honderdtweeëntachtig kleuren water in één kamer. En het zijn steeds maar frácties van een rivier. Sommige mensen zouden zeggen dat het een nutteloze verzameling weckflessen is. Maar zijn ze niet mooi? Ik speel met het idee om ze allemaal leeg te gooien in een doorzichtige buis met veel kronkels zoals ze voor hamsters maken, en om dat riviertje dan door het hele huis te laten stromen. Wereldrivier, zou ik het noemen. Maar wie wil een rivier in een buis? Ze hebben er zelfs een, de Lower Owens komt via een betonnen buis uit de Gorge-energiecentrale. En daarna gaat hij helemaal naar Los Angeles, voornamelijk in een buis. Het is vreemd om een rivier ergens in te stoppen. Je krijgt de aandrang om hem vrij te laten, als een dier in een kooi.'

Stromsoe zag dat er meer tafels langs de muren van de kamer stonden. Ook die waren afgedekt met glas, en daar lagen stenen in.

'Dit zijn stenen uit rivieren, stromen en kreken,' zei ze zacht. 'Een uit elk daarvan.'

Stromsoe liep langzaam van tafel naar tafel. Sommige stenen hadden een prachtige vorm en kleur; andere waren dof en onopvallend.

'De Blackfoot in Montana heeft de beste stenen,' zei ze.

'Heel mooi, bijna rood,' zei Stromsoe.

'Als je er een nat maakt, heeft hij uilenogen.'

'Ongewoon.'

'De weckfles met de Liffey is gebroken toen ik terugkwam uit Ierland,' zei ze. 'De douane op het vliegveld van Los Angeles heeft de Mures uit Roemenië in beslag genomen, en dat brak mijn hart, want graaf Dracula heeft daar nog uit gedronken. Ze zeiden dat het illegaal was om dat water te importeren omdat ik het niet had gekocht. En de controleurs in San Diego hebben kort na 9 september mijn Kongowater uit Zaire in beslag genomen, en je weet dat Joseph Conrad dat water heeft aangeraakt. Dus ik moet nog wat vervangingen halen.'

Stromsoe keek haar aan. 'Gaat het er jou ook om welke mensen welke rivier hebben aangeraakt?'

'Gedeeltelijk. Een rivier is vloeibare geschiedenis.'

'Ik vind je verzameling mooi.'

'Dank je. Wat vind je van me?'

'Je bent een van de minst gewone vrouwen die ik ooit heb ontmoet.'

Ze kreeg een kleur en haalde haar schouders op. 'Toen ik in de achtste klas bij het honkballen een fantastische bal sloeg, dacht ik, hé, ik ben niet gewoon. Daarna was het gemakkelijk om rivieren te verzamelen.'

'Het is goed om niet gewoon te zijn.'

Ze knikte. 'Nou, dan ben ik geweldig. Laten we de rest van die thee gaan drinken.'

Toen hij Frankies huis had verlaten, wachtte Stromsoe bij haar oprijlaan, maar de rode Mustang kwam niet tevoorschijn. Hij zag ook geen stalkers of verdachte voertuigen. De coyotes draafden voorbij.

Hij reed naar het terrein in Bonsall, zette de auto op een klein parkeerhaventje dicht bij het hek en liep de helling op. Er stond geen pick-uptruck bij de schuur en er brandde binnen geen licht. Stromsoe pakte zijn zaklantaarn en liep in het licht van de halvemaan over de onverharde weg. Het was een tijdje geleden dat hij had gemerkt hoeveel verschil vierentwintig uur voor de hoeveelheid maanlicht kan maken.

De zoete geur van water viel hem op – welk riviertje stroomde hier doorheen, dacht hij, de San Luis Rey? – geen wonder dat ze dit stuk grond had gekocht. Hij hoorde uilen naar elkaar oe-hoeën in de bomen, maar ze hielden daarmee op toen hij dichterbij kwam.

Hij ging op een leeg plastic vat staan, maakte met zijn zakmes een raam open en klom moeizaam en pijnlijk naar binnen. Hij had zich in geen jaren in zo veel bochten gewrongen.

Toen hij binnen was en met zijn zaklantaarn van rechts naar links scheen, zag hij hetzelfde als de vorige avond, maar dan in gedeelten: de werkbanken in het midden, de tafels langs de achterwand met hun bekers en flessen en bussen, het kantoor achterin.

De tweede toren stond nu compleet naast de eerste. Stromsoe ging erheen en raakte hem aan. Hij rook de schone geur van pas gekapt roodhout en impregneermiddel.

Hij ging naar de tafels tegen de achterwand en keek naar de etiketten van de dingen die daarop stonden: sulfaten en sulfiden, chloriden en chloraten, hydraten en hydriden, jodiden, aldehyden, alcohols, ketonen.

Toen hij zo dicht bij die chemische stoffen stond, rook het anders in de schuur. De lucht was scherp en agressief.

Stromsoe liep achter zijn lichtstraal aan naar het kantoor in de hoek. De deur stond open en hij ging naar binnen. Hij deed het licht aan en de grote, nette kamer kwam tot leven. Twee van de wanden hingen bijna helemaal vol met boekenplanken. Er waren een langgerekte tafel met een computer en toebehoren, een telefoon/fax en een kopieerapparaat. Er waren vier monitoren van weerstations met gegevens van buiten- en binnentemperatuur, vochtigheid, windsnelheid en -richting, barometrische druk, dagelijkse regen, maandelijkse regen, jaarlijkse regen. Er stond een zwarte leren stoel op wielen. De tafel was bezaaid met notitieboeken, wetenschappelijke tijdschriften en losse papieren die door stenen op hun plaats werden gehouden. Stromsoe pakte een stuk grijs met zwart graniet op. Op het stickertje aan de onderkant stond in Frankies sierlijke handschrift 'San Juan River, 1/8/2002'.

Aan de wanden van het kantoor hingen ingelijste zwart-witfoto's van een jongeman met een smal gezicht en een innemende glimlach. Op de meeste foto's droeg hij een overhemd met opgestroopte mouwen, een das en een hoed. Op sommige stond hij op een toren die er precies zo uitzag als die in de schuur.

Op andere droeg hij handschoenen en had hij gereedschap met een lange steel om iets te mengen in twintiglitervaten. Die glimlach van hem was verlegen en speels. Het was moeilijk te zeggen in welke tijd die foto's waren gemaakt. Stromsoe dacht de jaren twintig. Hij zou Frankie Hatfields over-overgrootvader kunnen zijn. Een illegale stoker? Een stokerij ergens in de wildernis? Dat zou de vaten, de torens, misschien zelfs de glimlach van die man verklaren.

Stromsoe ging naar een van de boekenplanken en keek naar de titels. De meeste boeken gingen over wetenschap: chemie, astronomie, natuurkunde, biologie, hydrologie, meteorologie. Er waren ook boeken over de geschiedenis van de staat Californië bij. Maar de meeste gingen over het weer en het voorspellen daarvan. En de meeste boeken leken ook tientallen jaren oud.

Stromsoe pakte er een uit: *Subtropisch Californië: klimaat, gezondheid, productiviteit, landschap*, gepubliceerd in 1874. Het was een gebonden boek met illustraties, grafieken en kaarten. Er was een editie uit 1907 van *Het behoud van natuurlijke hulpbronnen* van Theodore Roosevelt. En een hele plank was gewijd aan nummers van het tijdschrift *Weatherwise* vanaf 1948.

De planken aan de andere muur bevatten boeken en tijdschriften van recentere datum: *Diepste dal: gids voor Owens Valley*, 1995, *Water en de Californische droom*, gepubliceerd in 2000, *Plannen voor weerwijziging*, 2002, en *Wolken zaaien in Korea* uit 2003.

Er waren boekjes en geniete brochures: *Daily Weather Maps, Weekly Series*, verzameld sinds 1990, *De synoptische weerkaart* uit 1998, en *Bruikbare symbolische weerstationmodellen*, gepubliceerd in 1999.

Stromsoe liep langs de plank en keek naar titels. Door alle symbolen en figuren kon hij er niet goed wijs uit worden. Op een andere plank stonden twee dozen met op het etiket 'Brieven van o-o-g-vader'. Hij maakte er een open. De eerste envelop die hij eruit pakte, had als afzender Charles Hatfield in San Diego, met adres en al. Hij legde hem in de bijna volle doos terug.

Een fraaie leren tijdschrifthouder trok zijn aandacht. Het eerste tijdschrift was *The Journal of San Diego History* uit 1970. Op het omslag stond dezelfde man die op de foto's aan de wand te zien was: slank, met pak en hoed. Zo te zien bekeek hij de inhoud van een reageerbuisje.

De titel van het artikel was 'Toen de regenmaker naar San Diego ging'.

Hij las het artikel vlug door. De 'professionele regenmaker' Charles Hatfield had een contract afgesloten met de door droogte getroffen stad San Diego. Hij zou in 1916 voor honderd tot honderdtwintig centimeter regen zorgen in het Morena-reservoir van de stad. Daar zou hij tienduizend dollar voor krijgen, maar alleen als hij succes had. Hij zette zijn houten torens bij het reservoir neer en mengde zijn 'geheime chemicaliën', die volgens hem gegarandeerd regen zouden brengen. Vlak daarna ging het regenen en hield het niet meer op. Er viel zo veel regen dat het reservoir overstroomde. De stad kwam blank te staan, een dam brak door en duizenden hectaren grond werden verwoest. Hatfield werd de stad uit gejaagd zonder dat hij werd betaald.

Het laatste deel van het artikel bestond uit gesprekken met deskundigen die zeiden dat Hatfields succes puur toeval was, dat zijn geheime chemicaliën nep waren, dat Hatfield een oplichter was die alleen maar de weerpatronen voor San Diego had bestudeerd en de stad geld afhandig probeerde te maken.

Wel verdraaid, dacht Stromsoe. Frankie wil regen maken.

Hij liep met het tijdschrift naar de muur waar de foto's hingen, hield het omhoog en vergewiste zich ervan dat het dezelfde man was. Geen twijfel mogelijk, dacht hij. Hetzelfde gezicht. Dezelfde hoed en kleren. Hatfield, de regenmaker.

Hij vergeleek de foto's van de torens met de torens die Frankie en de oude man hadden gemaakt.

Stromsoe schudde zijn hoofd. Frankie Hatfield wil regen maken zoals haar over-overgrootvader dat deed.

Op een vreemde manier, en met enige bewondering, was hij niet verbaasd.

Stromsoe deed het licht in het kantoor uit, liep naar de leren stoel en ging zitten. Hij richtte zijn zaklantaarn op een van de foto's van Charles Hatfield. Stromsoe glimlachte vaag, deed de zaklantaarn uit en zette hem op het bureau. Hij vouwde zijn handen achter zijn hoofd samen en deed zijn ogen dicht.

De weervrouw die regen maakt, dacht hij.

Hij vroeg zich af of ze al enig succes had gehad met het regenmaken, en of ze er iemand over had verteld, en of ze wel goed bij haar hoofd was.

Misschien was het antwoord op alle drie de vragen 'nee'.

Hij bleef een paar minuten zitten en bedacht hoe gemakkelijk een catastrofe en een immens verdriet de bodem onder al je hoop en verwondering weg konden slaan. De dood van de hoop en verwondering was de verborgen prijs die door elke misdadiger, folteraar en terrorist in rekening werd gebracht. Weinigen schreven daarover: dat de feiten van het verlies niet de waarheid van het verlies zijn. Weinigen schenen te beseffen hoe vaak en gemakkelijk de mooiste dingen verdwijnen, behalve degenen van wie ze verdwijnen. En de meeste mensen hadden niet veel meer te zeggen, want zonder hoop en verwondering kon je niet eens je lippen bewegen. Velen van hen zaten in hun eigen kamer in Miami, zoals hij in die twee jaar, en beëindigden de dingen heel langzaam, brave burgers tot het eind.

Dus waarom zou je niet een rivier in een potje stoppen?

Of regen maken.

Een paar minuten later liep Stromsoe achter het schijnsel van zijn zaklantaarn aan naar het raam en klom weer naar buiten. Hij landde met een plofgeluid op het vat en sprong eraf.

Toen hij zich omdraaide en naar de onverharde weg keek, zag hij de man vijftig meter voor hem. De man keek achterom en rende zo hard als hij kon naar het hek.

# 13

Stromsoe sprintte achter hem aan. Hij zwaaide met zijn armen en trok zijn knieën zo goed mogelijk omhoog.

Toen hij over het hoogste punt heen was, zag hij dat hij de man misschien kon inhalen voordat die bij zijn auto was, of misschien zou hij nog op tijd zijn om op de achterkant van de auto te springen, zoals privédetectives in films deden.

Met een beetje geluk.

Met stijve gewrichten en pennen die pijn deden buffelde Stromsoe verder, zo hard als hij kon. De man sprong over het hek. Dezelfde man als in La Jolla, zag Stromsoe, dezelfde brede schouders en dezelfde manier van rennen. Dezelfde goudkleurige personenauto.

De man kwam bij zijn auto en klungelde met zijn sleutels terwijl hij met zichtbare angst naar Stromsoe achteromkeek. Het portier zwaaide open. Stromsoe mikte zijn passen zo uit dat hij zich als een polsstokspringer over het hek kon lanceren. Het werkte. Tijdens de sprong zag hij het autoportier opengaan en de lichten aanflitsen, maar Stromsoe kwam goed neer, deed drie snelle passen en tackelde de man op het moment dat die wilde gaan zitten.

Stromsoe merkte meteen dat hij door zijn gewicht in het voordeel was en maakte daar gebruik van. Hij ging boven op de worstelende man liggen met zijn grote lichaam, pakte de handen van de man en drukte ze achter hem vast op de passagiersbank. Doordat Stromsoe zijn pink kwijt was, was dat moeilijker dan hij dacht: een tiende van zijn handgereedschap was weg. De man schreeuwde van pijn en gaf Stromsoe een harde kopstoot tussen zijn ogen, en dus gaf Stromsoe hem een kopstoot terug. Hij gebruikte zijn gewicht om de ademhaling van de man te belemmeren. Toen hij voelde dat hij moe werd, liet hij hem los en stompte hij hem tegen zijn kin en draaide hem om. Vervolgens haalde Stromsoe de plastic polsbandjes uit zijn achterzak. Hij trok de armen van de man naar achteren, deed hem met de behendigheid van een kalvervanger de bandjes om en trok de man, die zich nu niet meer verzette, uit de auto. Hij tilde hem aan zijn riem en kraag op en gooide hem voorover op de motorkap van zijn eigen goudkleurige auto. De borst van de man ging op en neer en door zijn adem besloeg een stukje van de goudlak. Stromsoe fouilleerde hem en gooide zijn portefeuille op de voorbank. Toen draaide hij de man naar zich toe en fouilleerde hem opnieuw.

Hijgend ging Stromsoe een stap achteruit. 'Rustig maar, jochie. Je bent nu van mij.'

'*Chinga tu madre!*'

'Ja, goed, zodra ik de kans krijg.'

'Ik wil mijn advocaat.'

'Ik ben niet van de politie, dus je krijgt geen advocaat. Je krijgt alleen mij. Waarom volg je Frankie?'

'Welke Frankie, man? Ik volg geen kerels.'

'Verdomme,' zei Stromsoe. 'Na al die moeite heb ik een idioot te pakken. Ik zal het voor je spellen. Als ik Frankie Hatfield en de politie bel, zal zij je identificeren en dan ga je naar de gevangenis voor terreinvredebreuk, stalken en mishandeling. Morgen stellen ze een borgsom vast, en die zal hoog zijn, want zij is een ster en jij bent een sukkel. Jezus nog aan toe, ze heeft foto's waarop je jou op haar terrein ziet rondsluipen. Dus je kunt het wel schudden. We gaan nu naar mijn auto om mijn mobieltje te halen.'

Stromsoe trok aan de voeten van de man om hem van de motorkap te laten glijden.

'Nee! Oké, oké, oké. Ik doe gewoon wat ik doe, man. Alleen... bel de politie niet.'

'Dus je gaat met me praten?'

'Ja, man, ja.'

'Ga je gang.'

Stromsoe bond de veters van de man aan elkaar vast. De man had goedkope schoenen aan, suède met vetvlekken en glad gesleten zolen. De veters waren gewoon bruin, niet *sureño*-gangsterblauw of *norteño*-gangsterrood. Hij droeg een spijkerbroek en een bendeneutraal zwart T-shirt. De man was jonger dan Stromsoe had gedacht, hooguit vijfentwintig. Hij was klein, zo'n een meter vijfenzestig. Hij zag eruit als een latino, maar zou net zo gemakkelijk iets anders kunnen zijn. Het enige accent dat Stromsoe kon horen, was dat van Zuid-Californië. Stromsoe scheen met zijn zaklantaarn op de armen van de man om te kijken of hij bende- of gevangenistatoeages had, maar die had hij niet.

'Ik zag haar op tv, man. Ik ben haar grootste fan. Ik ging naar haar werk en volgde haar naar de plaatsen waar ze haar praatje hield. Ik ben naar het kadaster geweest om de perceelnummers op te vragen en zo kwam ik erachter wat ze bezat en waar ze woonde.'

Stromsoe pakte de portefeuille op en ging aan het stuur zitten. Hij keek in het dashboardkastje of daar een vuurwapen lag maar vond in plaats daarvan een handvol digitale foto's en een mobiele telefoon. Hij legde de telefoon terug en bekeek de foto's in het zwakke interieurlicht van de auto: Frankie Hatfield die bij haar huis stond, die de schuur in Bonsall binnenging, die een live-reportage deed op wat zo te zien Imperial Beach was. De opnamen waren waarschijnlijk naast elkaar op fotopapier afgedrukt en daarna slordig uitge-knipt.

'Ja, jochie, het kadaster. Ga verder.'

'En toen ging ik naar haar op zoek, man. Ik keek gewoon. Ik deed niks ver-keerds.'

'Je mag gewoon graag kijken?' vroeg Stromsoe.

'Je hebt haar gezien. Dan weet je het.'

'Wat weet ik?'

'Ze is mooi.'

'Er zijn een hoop mooie vrouwen die je niet stalkt.'

De man zei even niets. 'Maar ze is gigantisch, man. Een perfecte, gigantische dame.'

'Je stalkt haar omdat ze zo lang is?'

Opnieuw was de man even stil.

'Omdat ze lang én mooi is,' zei hij. 'Dat is het. Dat is alles wat je maar kunt hebben, man.'

Stromsoe gebruikte zijn zaklantaarn en beide kanten van een visitekaartje uit zijn portefeuille om de rijbewijsgegevens van de man te noteren:

```
John Cedros
N. Walton Ave 300
Azusa, CA 91702
Geslacht: M
Lengte: 1,65 m
Haar: bruin
Gew. 77
Ogen: bruin
Geb.dat.: 14-12-80
```

'Ja, ze is twintig centimeter langer dan jij, John.'

'Dan weet je wat ik bedoel, man. Ben je haar vriendje? Of ben je een lijf-wacht?'

'Mag je er graag aan trekken als je kijkt, John?'

'Zo ben ik niet! Dat doe ik niet. Nooit.'

Stromsoe telde het geld in de portefeuille. Vierenzestig dollar, plus een pin-pas, een lidmaatschapskaart van een videotheek en een kaart van een auto-wasserij: drie keer wassen verbruikt.

'Ooit in haar kamer geweest?' vroeg Stromsoe.

'Nee, man. Ik ben geen slipjesdief. Dat soort stalker ben ik niet. Dat kan ik bewijzen.'

'Wat doe je met die foto's?'

'Die zijn voor mij. Mijn eigen dossier. Dat zijn mijn privéspullen, man.'

'Privé. Dat is een goeie, John. Waar heb je gezeten?'

'Zes maanden L.A. County, dat is alles. Ze zeiden dat ik de alimentatie voor mijn kind niet had betaald, maar dat was niet zo. Het postkantoor had een vergissing gemaakt. Maar ik heb dat vriendje van haar een lesje geleerd.'

'Hartstikke goed, John. Waarom ga je helemaal naar San Diego toe om een lange vrouw te stalken? Heb je ze niet dichterbij?'

'Niet zoals zij. Heb je die hoeden gezien die ze op tv draagt?'

'Op welk kanaal zit ze daar in Azusa?'

'Eh, zes, denk ik.'

'Denk je.'

'Ik heb TiVo. Ik kan kijken naar wat ik wil, wanneer ik maar wil.'

'Je kunt keer op keer naar Frankie Hatfield kijken.'

'Zo is het maar net. Hoe heet jij, man? Met wie praat ik? Wie zit er in mijn auto?'

'Zeg maar Matt.'

Cedros schudde langzaam met zijn hoofd. 'Ik noem je "gelul".'

'Heb je een baan, John?'

'Centinela Valley-ziekenhuis. Schoonmaker.'

'Dan kun je de alimentatie voor je kind betalen.'

'Dat kreng trouwde met die klootzak en ik moet evengoed betalen,' zei Cedros.

'Je kind is het waard,' zei Stromsoe.

'Ze is het liefste wat je ooit in je leven hebt gezien.'

'Hoop dan maar dat later niet iemand als jij haar volgt en foto's van haar maakt,' zei Stromsoe. 'Wat is je mobiele nummer, John?'

Cedros gaf het. Hij gaf hetzelfde huisadres op dat op zijn rijbewijs stond. Hij kende zijn sofinummer uit zijn hoofd, en Stromsoe noteerde dat ook. De naam van zijn chef in het Centinela Valley-ziekenhuis: Ray Ordell. Op een ander visitekaartje noteerde Stromsoe de naam van Cedros' ex-vrouw en haar nieuwe man en dochter, allen inwoners van Glendora. Hij noteerde zelfs het telefoonnummer van Cedros' ouders. Als die gegevens niet klopten, was Cedros een van de beste leugenaars die Stromsoe ooit had meegemaakt.

Toch klopte er iets niet aan Cedros.

'John,' zei Stromsoe. 'Ik geloof je details, maar ik denk dat je verhaal zelf – dus dat je Frankie stalkt omdat ze lang en mooi is – een leugen is. Wat denk jij?'

Terwijl Stromsoe op het antwoord wachtte, richtte hij zijn zaklantaarn op Cedros' gezicht. Cedros tuurde in het licht, maar Stromsoe zag kalmte en intelligentie in de ogen van de man.

'Ik denk dat ik je de waarheid vertel en niets dan de waarheid,' zei hij. 'Als ik haar op tv zag, nou, dan... mán.'

Stromsoe liet het praten even aan de krekels en de kikkers over. Hij kon niet veel anders meer doen dan wat voor de hand lag.

'Ik moet je telefoon gebruiken,' zei hij.

'Waarvoor? Ga ik Frankie ontmoeten?'

'Je gaat oom agent ontmoeten.'

'Ik heb meegewerkt, man. Dat kun je niet maken.'

'Ik moet wel. Maar de politie is dichtbij, dus de voorrijkosten vallen mee.'

Cedros probeerde van de auto af te komen. Zijn hoofd en de hakken van zijn schoenen bonkten tegen de motorkap en het leek erop dat hij eraf zou glijden. Stromsoe duwde hem naar het midden terug en Cedros plofte daar neer als een vis op een rots.

'O, man, dit kun je niet maken. Laat me gaan. Ik geef je alles.'

'John,' zei Stromsoe. 'Als dit allemaal voorbij is, en ik zie je nog een keer bij Frankie in de buurt, dan krijg je daar spijt van.'

Stromsoe toetste het nummer in.

# 14

Frankie Hatfield identificeerde John Cedros om halfelf de volgende morgen op het politiebureau van Vista.

Stromsoe bracht haar vlug naar haar auto en reed haar weg voordat de misdaadverslaggevers in de gaten hadden wie ze was en wat ze daar kwam doen. Hij had haar gezegd dat ze een zonnebril en een honkbalpet moest dragen.

In het nabijgelegen gerechtsgebouw van San Marcos kreeg Cedros een pro-Deoadvocaat toegewezen die zei dat niet zijn cliënt in staat van beschuldiging moest worden gesteld maar privédetective Stromsoe, want die had zich schuldig gemaakt aan onwettige arrestatie en mishandeling. Stromsoe was daarbij aanwezig. De verdediger praatte na afloop met een jonge bebaarde man en de jongeman maakte aantekeningen.

Die ochtend had Stromsoe van Dan Birch een kopie van Cedros' strafblad gekregen: mishandeling, bezit van gestolen goed, openbare dronkenschap. In totaal zes maanden gevangenisstraf. Hij was nooit veroordeeld voor het niet betalen van alimentatie, zoals hij de vorige avond had gezegd. En hij was nooit eerder opgepakt voor stalking, chantage, schennis der eerbaarheid of inbraak.

Dat verbaasde Stromsoe niet. Hij had de hele nacht kunnen nadenken. Cedros' verhaal klopte gewoon niet.

Ten eerste had Cedros meteen toegegeven dat hij Frankie stalkte omdat ze mooi en lang was. Er zaten foto's van haar in zijn dashboardkastje. Die waren op zichzelf al goed voor een veroordeling, dacht Stromsoe, precies het soort dingen dat je juist verborgen zou willen houden. Verder wist Cedros niet op welk kanaal Frankie in Los Angeles County zat omdat Frankie daar niet werd uitgezonden. L.A. County had zijn eigen Fox-station en zijn eigen weermensen. Stromsoe had navraag gedaan bij de satelliet- en kabelbedrijven waar Azusa onder viel, en die boden geen plaatselijke stations uit San Diego aan.

Er was ook die behoedzame schittering in Cedros' ogen, zelfs toen Stromsoe hem over de motorkap van de goudkleurige auto had gegooid. Alsof hij nadacht, zich dingen voorstelde, handelde. De man paste gewoon niet bij de rol die hij speelde. Stromsoe kon dat wel zien maar niet uitleggen.

En dus zat hij in de rechtszaal en zag hij hoe de kleine, gespierde John Cedros in staat van beschuldiging werd gesteld wegens stalking, rondhangen bij een woning, betreden van verboden terrein, en onwettige inmenging in andermans zaken. Cedros' advocaat verklaarde dat zijn cliënt zich niet-schuldig verklaarde. De borgsom werd vastgesteld op vijfenzeventigduizend dollar.

Cedros maakte gebruik van de diensten van een borgsomverstrekker en liep om vijf uur de hal van het gerechtsgebouw in.

Stromsoe wachtte hem op.

'Jij bent een nachtmerrie, man,' zei Cedros.

'Mijn hoofd doet nog steeds pijn,' zei Stromsoe.

'Wat wil je van me?'

'Ik help je langs de journalist die buiten staat, als je dat wilt.'

'Journalist? Waar?'

'Dat kleine mannetje met die baard. Ik geef je mijn jas voor het geval hij een foto met zijn mobieltje wil maken.'

'Help je de weervrouw of mij?'

'De weervrouw.'

'Ga voorop, man. Zorg dat die journalist me niet kan zien.'

Stromsoe deed dat. Hij manoeuvreerde Cedros naar het parkeerterrein en bleef daarbij voortdurend tussen de verdachte en de jonge misdaadverslaggever lopen. Cedros trok de jas over zijn hoofd, al had de journalist geen camera in zijn hand. Stromsoe kreeg Cedros in zijn pick-uptruck en reed naar het politiebureau.

Cedros gooide de jas op de achterbank en keek uit het raam.

'John, ik zal je wat vertellen. Ik heb nagedacht en ik heb met Frankie gepraat. Misschien kan ik jullie allebei helpen. Als jij me vertelt waarom je haar volgde, kan ik haar zover krijgen dat ze de aanklacht intrekt.'

Cedros keek Stromsoe smalend aan, maar zijn ogen waren koel en analyserend.

'Ik heb je verteld waarom ik haar volgde, man.'

'Het was een goed verhaal, maar het was niet de waarheid.'

'Het is mijn waarheid en ik verander daar niets aan.'

Stromsoe zette de auto neer bij het politiebureau en liep met Cedros naar binnen. Hij wachtte terwijl Cedros zijn borgsompapieren inleverde bij een forse agent, die hem overdroeg aan een nog grotere agent, die de papieren langzaam doorlas en toen wegliep. Een paar minuten later kwam hij terug met Cedros' autosleutels.

Stromsoe liep met Cedros mee naar het autoterrein van de politie. Cedros ging aan het stuur zitten en greep naar de hendel om de stoel zo hoog mogelijk te zetten. Hij keek in het dashboardkastje.

Stromsoe bleef bij de kofferbak staan.

'O, man,' zei Cedros. 'Ze hebben mijn foto's ingepikt.'

'Dat is bewijsmateriaal, John. Maak de kofferbak open en kijk wat ze nog meer hebben ingepikt.'

Toen het slot van de kofferbak opensprong, tilde Stromsoe het deksel op om zichzelf af te schermen. Hij greep vlug onder de bumper en voelde dat de GPU-locator van zijn vingers naar de carrosserie oversprong. De locator werd op zijn plaats gehouden door sterke magneten en zond met een bereik van honderdvijftig kilometer een signaal uit naar een ontvanger. Birch vond ook dat Cedros nadere aandacht verdiende, en de locator was een van Birch' favoriete nieuwe speeltjes.

Stromsoe keek hoopvol in de kofferbak.

'Ga nou maar weg, man,' zei Cedros. 'Laat die hoer me maar aanklagen voor het betreden van verboden terrein. Ze doet maar. Laat haar maar zeggen dat ik haar lastigviel, want ik heb haar niet lastiggevallen en ook niemand anders, man. Ik heb nooit wat tegen haar gezegd. Ik heb haar ook niet gestalkt. Ik... keek alleen maar. Ik ben nooit eerder voor zoiets opgepakt. De rechter wijst het heus wel af. Ze hebben al mijn foto's, maar dat vind ik prima, want het bewijst wat ik deed, ik maakte foto's van een mooie dame die ik op tv had gezien. De roddelbladen doen dat de hele tijd en die jongens worden ervoor betááld.'

'Wie heeft jou ervoor betaald?'

'Man, jij bent zo koppig als een geit. Ik ga het je niet nog eens uitleggen.'

Voor het eerst sinds de vorige avond dacht Stromsoe dat John Cedros misschien de waarheid sprak, dus dat hij een klein huis-, tuin- en keukenstalkertje was dat er een kick van kreeg om een lange beroemde vrouw te bespioneren en foto's van haar te maken.

Met behulp van de GPU-ontvanger volgde Stromsoe de goudkleurige auto door het naargeestige avondverkeer in de richting van Los Angeles. Het was interessant om bij het volgen niet naar een auto te kijken maar naar een knipperend lichtje op een kaart.

Toen hij in kruiptempo door Santa Ana reed, zag hij een stad die in twintig jaar niet veel was veranderd. Zijn oude huis stond een kleine kilometer bij deze autoweg vandaan. De middelbare school was ook niet ver. En Mikes huis evenmin. Hij kwam langs een begraafplaats met torenhoge cipressen, waar hij als twaalfjarige jongen de begrafenis van oom Joseph, de leuke en grappige broer van zijn moeder, had bijgewoond. Tijdens die dienst had Stromsoe opeens de gedachte gehad dat mensen voortdurend in de wereld kwamen en daaruit weggingen, zodat vertrekkers altijd het geschenk van één beschikbare ruimte achterlieten, en dat ze daarmee onze dank verdienden.

Toen hij in het spiegeltje keek, zag hij een man die drastisch was veranderd.

Waar was die scholier met bolle wangen die het geweldig vond om de fanfare te leiden? Hij voelde zich onherkenbaar. Hij had met geen van zijn schoolgenoten het contact aangehouden, behalve met Hallie, die overleden was, en Mike Tavarez, die haar had vermoord. Niemand uit zijn verleden zou hem nog herkennen.

Tot zijn verbazing reed John Cedros niet naar zijn huis in Azusa, maar regelrecht naar het hoofdkantoor van het DWP, het Department of Water and Power van Los Angeles, het enorme nutsbedrijf van die stad.

Stromsoe moest de auto aan de kant zetten. Hij zag Cedros voor ingang 6 stoppen, een kaartje in een gleuf steken en naar binnen rijden toen de slagboom omhoogging.

Stromsoe keek op naar het DWP-hoofdkantoor. Het verhief zich vijftien verdiepingen boven Hope Street, een horizontaal gelaagd fort van staal en steen dat neerkeek op de stad die het van water en elektriciteit voorzag. Een van de parkeerterreinen lag in de schaduw van zonnepanelen. Er stonden bloemen in de bakken langs het pad dat naar de ingang leidde.

Stromsoe keerde zijn pick-up en parkeerde aan de voorkant van het gebouw, achter een DWP-busje. Hij belde Cedros' mobiele nummer en was verrast toen hij opnam.

'John, met Matt Stromsoe, Frankies vriend. Ben je veilig thuisgekomen?'

'Ja, ik ben thuis,' zei Cedros. 'Ik pak net een koud biertje uit de koelkast.'

'Je gaat niet meer naar Fallbrook, hè?'

'Dit is een vrij land, *pendejo*. Ik ben niet bang voor jou.'

'Moet je vandaag werken? Ga je Ordell over je avontuur in de gevangenis vertellen?'

'Hou mijn baas erbuiten. En hou mijn werk erbuiten. Dat is verdomme het enige wat ik nog heb.'


De goudkleurige auto reed een uur later van het parkeerterrein af en zette koers naar de autowegen. Het was inmiddels negen uur en Los Angeles lag als een juweel onder de zwarte oktoberhemel te fonkelen.

Stromsoe bleef een heel eind achter en volgde de GPU-locator weer. Er was nu niet veel verkeer en Cedros nam de 210 naar Azusa. Een paar minuten later gaf de GPU-indicator niets meer aan. Stromsoe zette de auto aan de kant en wachtte twintig minuten om zekerheid te krijgen. Toen reed hij door tot hij North Walton 300 in het zicht kreeg en de goudkleurige auto op het pad zag staan.

Hij parkeerde onder een kolossale, neerhangende jacarandaboom die de motorkap van zijn pick-up algauw met licht purperblauwe bloesems bezaaide maar hem het gevoel gaf dat hij onzichtbaar was. Ineengedoken op zijn stoel, kon hij door het stuur kijken.

Hij hoorde het verkeer op Azusa Avenue en het pittige ritme van corridos uit een van de huizen aan de overkant.

Stromsoe herinnerde zich een corrido die over Mike 'El Jefe' Tavarez was geschreven. In dat lied was Tavarez een soort Robin Hood, terwijl de rivaal uit zijn jongensjaren, die Tavarez' jonge vrouw kidnapt en verkracht, het 'grote zwijn' van de Amerikaanse DEA was, een zekere Matt Storm. Stromsoe had het voor het eerst in 1995 gehoord. De corrido-schrijver had zich laten inspireren door een verhaal dat een journalist uit Tijuana op grond van de weinige beschikbare feiten had geschreven. Indertijd vond Stromsoe het een geschift en grappig nummer, maar nu, bijna tien jaar later, was hij kwaad omdat het de waarheid verdraaide om mensen te amuseren.

Mike was het onderwerp van minstens vijf corridos geweest. In al die nummers, op één na, werd hij afgeschilderd als een aantrekkelijke leider die door gringo-racisme tot een leven van roofovervallen werd gedwongen maar die ook de tijd vond om gitaar te spelen, prachtig te zingen en ontroerende liefdesliedjes te schrijven. Hij doodde zonder wroeging maar bleef trouw aan de vrouw die van hem afgenomen was. In een van de corridos, die in opdracht van een leider van de rivaliserende La Nuestra Familia was geschreven, werd Tavarez geportretteerd als muzikaal begaafde lafaard.

Stromsoe kwam alleen in dat ene lied voor: Matt Storm, het grote zwijn van de DEA. Hij herinnerde zich dat hij het een keer voor Hallie draaide. Ze moesten er onbehaaglijk om glimlachen en vroegen zich af of Stromsoes speciale team van misdaadbestrijders Tavarez te pakken zou krijgen voordat iemand hem vermoordde, en wat de voorkeur verdiende.

Hij luisterde naar het nieuws, viel soms in slaap en dreigde kramp in zijn benen te krijgen. Hij strekte ze over de voorbank van de F-150 en wreef over de achterkant van zijn dijen. Hij zette de ruitenwissers aan en maakte een wazig stuk ruit schoon. Het werd omlijst door jacarandabloesems.

Vlak na zonsopgang zag hij John Cedros zijn huis uit komen en het achterportier van de goudkleurige auto openmaken. Een aantrekkelijke, zwangere jonge vrouw in een witte jurk en met bijpassende slippers kwam achter hem aan. Hij had gel in zijn haar, dat naar achteren was gekamd. Zijn blauwe overhemd had korte mouwen en een embleem op de linkerborst. De boord van een wit T-shirt was onder de open kraag te zien. Zijn broek was ook blauw, en zijn werkschoenen waren zwart en zagen er zwaar uit.

Cedros kuste de vrouw, die haar armen nog even om hem heen sloeg en hem toen liet gaan. Ze was vijf centimeter langer dan hij. Hij keek op zijn horloge toen hij instapte en startte de auto.

De vrouw zwaaide hem na toen hij wegreed en ging toen het huis weer in.

Stromsoe volgde de auto op veilige afstand, helemaal tot aan het hoofdkantoor van het DWP, waar hij weer voor ingang 6 stopte.

Toen hij Cedros' auto het terrein op zag rijden, zocht Stromsoe zijn nummer op in de DWP-telefoongids.

'Het Department of Water and Power, conciërge...' De bandopname gaf een noodnummer en zei dat de beller een boodschap kon inspreken.

Stromsoe deed dat niet.

In plaats daarvan belde hij het Centinela Valley-ziekenhuis, dat hem het nummer van schoonmaakbedrijf Empire Janitorial gaf, en dat bedrijf had geen John Cedros in dienst, niet in het ziekenhuis en ook nergens anders. Ze hadden ook geen Ray Ordell onder hun medewerkers.

Stromsoe ging de autoweg weer op en belde Frankie.

'We moeten praten,' zei hij.

'Goed, maar waarover?'

'Regen maken,' zei hij.

Ze zweeg even. 'Op zondagavond hebben we misschien echt iets om over te praten.'

'Kun je het?'

'Dat weet ik nog niet. Maar ik denk dat het antwoord "ja" is. Ga zondagavond om zes uur naar de schuur.'

# III

## WATER EN ENERGIE

# 15

John Cedros stond met zijn hoofd omlaag en ingezakte schouders. Hij durfde de directeur van de dienst hulpbronnen niet aan te kijken.

In plaats daarvan keek hij zijdelings door de zonwering en zag Los Angeles
beneden hem. De stad strekte zich onder een zachte, witte, wolkeloze hemel
tot aan de oceaan uit.

Directeur Patrick Choat zat gekooid achter tralies van vaal zonlicht die op
zijn kersenhouten bureau en kasten vielen. Het licht was gedempt. Hij had
een hoekkamer in het hoofdkantoor van het DWP, dertiende verdieping:
Wateroperaties.

'Hoelang heeft hij je ondervraagd?'

'Een halfuur.'

'En de politie?'

'Een uur. Die vragen alles twee keer.'

'Wat heb je gezegd?'

'Wat we hebben afgesproken dat ik zou zeggen,' zei Cedros. 'Pas toen ik wat
zei, besefte ik hoe onzinnig het overkwam. Alsof ik iemand was die zich staat
af te trekken in de struiken. Ik wou dat u en ik een beter verhaal hadden ver-
zonnen.'

'Het was niet de bedoeling dat je dat verhaal nodig zou hebben.'

'Ze namen de foto's in beslag,' zei Cedros. 'Zoals we ook verwachtten.'

Directeur Choat knikte vaag, een nauwelijks waarneembare beweging binnen
het latwerk van licht en schaduw.

'Waren ze ervan overtuigd dat je een ordinaire stalker was?' vroeg hij.

'De politie wel. De lijfwacht dacht dat ik loog.'

'Dan komt hij naar ons toe.'

'Dat lijkt me mogelijk,' zei Cedros. 'Het lijkt me ook mogelijk dat hij ons
met rust laat als ik niet meer bij haar in de buurt kom.'

'Je weet niet met wie we te maken hebben.'

Er gingen plafondlampen aan en Patrick Choats grote gerimpelde gezicht
dook op uit de schaduw.

Cedros keek naar hem, naar het kortgeknipte grijze haar, de meermaals
gebroken neus, de borstelige snor, het formele overhemd strak tegen zijn
dikke hals, de grijze, zelden knipperende ogen.

Choat nam de foto's in zijn grote dikke hand, liet ze op het bureau vallen en legde ze uitgewaaierd voor Cedros neer.

Cedros zag dat ze tot de partij behoorden die hij twee dagen eerder in La Jolla had gemaakt, kort voordat de lijfwacht achter hem aan was gekomen.

'Ik heb de foto van je lijfwacht door het risicobeoordelingsprogramma van onze beveiligingsafdeling gehaald,' zei Choat. 'Hij heet Matt Stromsoe. Het is de politieman die een paar jaar geleden door een bomaanslag werd getroffen. Iets met drugs wat persoonlijk werd. Zijn vrouw en zoon zijn omgekomen.'

'Ik weet niets van een bom, meneer Choat.'

'Nee, jij niet. Tegenwoordig is hij privédetective. Ze heeft hem ingehuurd omdat ze je naar haar zag kijken.'

'Ik deed mijn best. Ik ben conciërge, geen spion.'

'Zeg dat wel. Al word je nu van spionage beschuldigd.'

'Ik word van nog ergere dingen beschuldigd. En ik kan u alleen maar beschermen door me aan mijn verhaal te houden en te doen alsof ik haar om persoonlijke redenen stalkte. Dat is een zedenmisdrijf.'

Choat keek Cedros aan. 'Ik kan garanderen dat dit niet tot een proces komt.'

'Ik heb een vrouw en we verwachten ons tweede kind.'

'Iedereen heeft vrouw en kinderen. Maar je hebt ook mijn woord: dit komt niet tot een proces.'

Cedros knikte en keek naar de glanzende marmeren vloer. Hij voelde hoe zijn leven, dat tot voor kort zo veelbelovend was geweest, aan het instorten was. Het was alsof er een celdeur achter hem dichtviel. Hij had het in zijn vierentwintig korte jaren zo ver gebracht. En nu botste hij hier tegenop.

'Hoe kunt u dat garanderen?' vroeg hij. 'Frankie Hatfield heeft een aanklacht ingediend en ik ben in staat van beschuldiging gesteld.'

Choat leunde achterover. Hij liet zijn grote leeuwenkop tegen de steun op zijn stoel rusten. 'Kun je me aan mevrouw Hatfields formule helpen of niet?'

'Ik weet niet eens of die is opgeschreven. Ik ben in de schuur geweest, maar daar zijn zoveel spullen.'

'Nou, dan zijn we weer op het punt aanbeland waar we begonnen zijn.'

'En waar is dat?'

'Dat ze wel of niet bevochtiging kan versnellen.'

'Het wordt er niet gemakkelijker op om haar in de gaten te houden, met die lijfwacht,' zei Cedros.

Choat knikte. 'Een preventief middel.'

'Meneer?'

'Ik denk na.'

'Denkt u dan na over een manier om mij niet terecht te laten staan.'

'Dat heb ik al gedaan.'

Choat stond op. Het was een erg grote man met een tonronde buik, die des te meer opviel door de driedelige pakken die hij droeg.

'Ga zitten,' zei hij.

Cedros ging zitten. De woede laaide in hem op.

Choat liep langzaam om het bureau heen en bleef voor het raam aan de westkant staan.

Cedros keek naar de lucht, die steeds witter werd. Volgens het nieuws vormden zich boven de Stille Oceaan drie onweersfronten en kon Los Angeles het komend weekend door een daarvan getroffen worden. Het was deze dag veel koeler dan de dag ervoor, daar in de zonnige San Diego County, waar hij op borgtocht was vrijgekomen, zijn auto had opgehaald en eindelijk van die privédetective verlost was.

'Regen,' zei Choat.

'Niet meer dan een kleine mogelijkheid, heb ik gehoord.'

Choat draaide zich om en keek hem aan. Cedros was onder de indruk van de minachting die de man met zijn gezicht tot uiting kon brengen.

'John,' zei Choat. 'We hebben hulp nodig. We hebben iemand nodig van buiten onze eigen onmiddellijke omgeving hier bij het DWP. Iemand die eerlijk en onpartijdig is, en die in staat is ons te helpen en goed begrijpt wat een dollar betekent... en wat promotie kan betekenen voor een jonge huisvader. Je bent vierentwintig.'

'Ja.'

'Je vrouw Marianna is hoe oud, tweeëntwintig?'

'Ja.'

'Mexicaans-Amerikaans, net als jij?'

'Ze is Italiaans-Amerikaans.'

'En Tony?'

Cedros slikte en haalde diep adem. In zijn wilde jaren zou hij die pompeuze windbuil zijn aangevlogen. Maar in de gevangenis veranderde je. Je veranderde wanneer de wereld je een schop gaf, daar blijkbaar van genoot en je alles afpakte. Je veranderde wanneer je met iemand als Marianna Proetto trouwde en een zoontje als Anthony kreeg en er een dochter op komst was.

'Wat is er met hem?' vroeg Cedros. 'Hij is een doodgewone, vier jaar oude Amerikaanse jongen, als u daar geen bezwaar tegen hebt.'

Choat draaide zich om en keek Cedros aan. 'Ik kan jou sneller ontslaan dan jij uit die stoel kunt komen.'

'Dat weet ik. Dat zag ik u met Larsen en Kuyper doen.'

'Wat ik wil zeggen, is dat er veel op het spel staat.'

'U meent het,' zei Cedros.

Hij zag Choat naar het raam terugkeren, waar de directeur eindeloos lang met de zonwering aan de gang was. Cedros kon niet nagaan of hij meer licht wilde binnenlaten of juist minder. Hij gaf zich even over aan de wilde fantasie dat hij op de rechtbank gewoon de waarheid kon vertellen. Het was moeilijk te voorspellen wat dat hem zou opleveren. Hij zou in elk geval ontslagen worden, en evengoed veroordeeld, en dan zou hij zich de rest van zijn leven een verrader voelen.

'Hoe gaan we ervoor zorgen dat ik niet terecht hoef te staan, directeur Choat?'

Choat bracht met nonchalante kracht zijn hand omhoog, als iemand die een vlieg wegjaagt. 'Ik doe niet aan geruchten, maar ik heb van betrouwbare mensen gehoord dat jij familie bent van Mike "El Jefe" Tavarez.'

De naam klonk Cedros vreemd in de oren. Tavarez en het DWP hoorden niet in dezelfde zin thuis.

'Heel verre familie, meneer. Ik zou er niet over peinzen dit aan hem voor te leggen.'

Choat keek hem even aan en draaide zich toen weer om naar het raam. 'Zou je er iets voor voelen om tot onderhoudsmonteur tweede klasse te worden bevorderd en aan de Owens Gorge-transmissielijn te werken, met een gratis dienstwoning? Je zou een van de blokhutten in de Owens Gorge kunnen krijgen, die met twee slaapkamers en twee badkamers. En het basissalaris zou meer zijn dan wat je nu verdient. Sommige onderhoudsmonteurs brengen het tot chef, als ze ijverig zijn, en de meeste onderhoudschefs stérven als onderhoudschefs... en zijn daar heel gelukkig mee. Onderhoudschef is het beste perspectief dat het DWP te bieden heeft aan een jongen van vierentwintig die net zolang in de gevangenis heeft gezeten als op een opleiding. Als je het mij vraagt, is het zelfs de beste baan die we in het algemeen voor iemand hebben. Ze noemen zich greppelrijders en zijn daar trots op. Je werkt in de buitenlucht in zo ongeveer het meest inspirerende landschap van de staat Californië. Je hebt mannen onder je. Je hebt verantwoordelijkheid en de macht die daaraan verbonden is. Wat aan die transmissielijn gebeurt, is soms een kwestie van leven en dood. Die baan is absoluut beter dan die van conciërge. Je gaat op je vijfenvijftigste met pensioen, met behoud van het volledige salaris en een ziektekostenverzekering voor je vrouw en jezelf. Dat is een beetje beter dan wat de meesten van ons hier bij de DWP krijgen. Je bent een vriend en ik zal voor je zorgen. Zoals ik altijd heb gezegd: het gaat niet om het water, maar om de macht. Jezus nog aan toe, alleen al bij het praten over die promotie word ik jaloers op je.'

Cedros slikte. Zijn hartslag was omhooggegaan zodra de directeur het had over de Owens Gorge-blokhutten bij de Sierra Nevadas, waar sommige werknemers van de transmissielijn en het aquaduct werden gehuisvest. Het DWP had die huizen tientallen jaren geleden gebouwd, omdat DWP-personeelsleden vaak werden uitgescholden en lastiggevallen door de bewoners van Owens Valley. De plaatselijke bevolking was nog steeds verschrikkelijk kwaad op het DWP, omdat het departement in het begin van de twintigste eeuw hun rivier in een buis had gestopt en hem vierhonderd kilometer naar het zuiden stuurde om Los Angeles te kunnen bouwen. Toen dat gebeurde, veranderde het grootste deel van Owens Valley van een weelderig groen paradijs in een dorstige woestijn, en het dal was daar nooit helemaal van hersteld.

De blokhutten zelf waren mooi en sereen, dicht bij elkaar in het ravijn bij de DWP-energiecentrale, mooie blokhutten van ruwhouten planken met gazons van dicht zacht gras. De besneeuwde toppen van de Sierra Nevada Mountains schermden ze af tegen de zomerhitte. Het constante tumult van de Owens op de achtergrond, de rivier die even uit zijn buis werd bevrijd om de turbines van de centrale aan te drijven, vormde een hypnotische, krachtige achtergrond.

Hij was er eens met Marianna heen gegaan, gewoon om die kleine gemeenschap te bekijken. Ze waren behoedzaam op het particuliere terrein verwelkomd door een man die hem in eerste instantie had geholpen een baan bij het DWP te krijgen. Ze hadden in de schaduw van de populieren gelopen, van blokhut naar blokhut, van huis naar huis, en met de mensen gepraat die daar woonden. En Cedros vond dat die privéwereld, die er aan de buitenkant zo mooi en vredig en lieflijk uitzag, er nog béter uitzag als je erin was: vriendelijke mensen, kinderen die op het gras speelden, de moeders op blote voeten en glimlachend, de mannen die over water praatten en bier dronken in de schaduw, terwijl de Californische hemel de ongewoonste schakering van blauw had die Cedros ooit had gezien.

Het was geen Los Angeles.

Geen pistolen.

Geen drugs.

Geen vuilnis op straat, en ook geen hoeren die lagen dood te gaan en junkies die in hun eigen braaksel lagen.

Welnee.

'Dat,' had Marianna gezegd toen ze naar hun auto liepen, 'is de hemel.'

Cedros maakte zich uit die herinnering los om Choat, directeur hulpbronnen aan te kijken, die naar hem omlaag keek.

'Dat is wel wat, hè?' vroeg Choat.

'Ja.'

'Joan en ik hebben daar een tijdje gewoond. Daar zaten een paar van de mooiste dagen van ons leven bij.'

'Ik neem geen contact met Tavarez op,' zei Cedros. 'Ik kan niet naar La Eme gaan, hem om een gunst vragen en als vrij man terugkomen. Misschien begrijpt u dat niet.'

'Nee, dat begrijp ik niet. En we vragen niet om gunsten.'

Cedros schudde zijn hoofd en wendde zijn ogen af. 'Wat zou u verwachten dat hij voor ons deed?'

'De lijfwacht uitschakelen. De vrouw overhalen haar aanklacht in te trekken. De formule voor ons ophalen, zodat we hem kunnen bestuderen.'

Cedros keek Choat alleen maar aan. 'Wat bedoelt u precies met uitschakelen en overreden?'

Choat haalde zijn schouders op. 'Misschien heeft El Jefe een paar suggesties.'

'Wat zit er voor hem in, afgezien van promotie voor een ver familielid dat hij nooit eerder heeft gezien?'

'Ik kan tweehonderdduizend dollar uit het noodfonds halen en het weer aanvullen als het begrotingstijd is,' zei Choat. 'Sommige commissieleden hebben ruggengraat. Ze hebben begrip voor de dingen en geven hun vertrouwen. Tavarez kan dat geld voor zijn beroepszaken gebruiken. Of misschien gewoon om voor zijn gezin te zorgen.'

'Ruggengraat' was Choats woord voor wat er nodig was om het DWP te leiden. De leden van de commissie voor water en energie, burgers die waren gekozen om het gigantische nutsbedrijf te 'leiden' – hadden ruggengraat of niet. Ruggengraat hield in dat ze het belang van het DWP boven al het andere stelden. Voor Choat was het DWP groter dan alles en iedereen, zelfs de individuele personen die de leiding hadden, inclusief hemzelf. Het was precies wat de naam zei: *power*. Choat had eens tegen Cedros gezegd dat hij het een eer vond om een pitbull voor de geschiedenis te zijn.

Cedros dacht nu voor de duizendste keer dat als ze Frankies formule gewoon van haar konden kopen, alles in orde zou zijn.

Als ze daarin zouden slagen, zou het niet mogelijk zijn om op afroep regen te krijgen. Geen 'versnelling van bevochtiging', zoals de oude Charley Hatfield het had genoemd. Los Angeles zou blijven zoals het was. Het DWP zou het grootste en machtigste nutsbedrijf ter aarde blijven, midden in de woestijn die dat alles mogelijk maakte. Choat zou kunnen zijn wat hij altijd had willen zijn: de moderne equivalent van Mulholland en Eaton en Lippincott, de dromers die de Owens Valley zagen en de schatten daarvan naar Los Angeles brachten. Kerels met ruggengraat. Kerels met hun portret in de hal. De kerels die water naar de stad brachten, maar niet te veel daarvan. Want zoals Choat graag mocht zeggen: 'Alleen overdaad kan onze ondergang worden.'

Natuurlijk had Choat de directe benadering al geprobeerd. Hij had Frances Hatfield aangeboden om voor veel geld haar werk onder de auspiciën van het

Department of Water and Power te doen. Sterker nog, Choat had haar zo ongeveer alles aangeboden: een verbijsterend hoog salaris, een team van meteorologen, hydrologen en chemici, nagenoeg onbeperkte financiering voor onderzoek en ontwikkeling, en praktisch elk DWP-terrein in de staat, honderdduizenden hectaren, waar ze haar hoofdkwartier voor het regenmaken kon opzetten.

Natuurlijk zou het DWP, als ze regen maakte, eigenaar zijn van de knowhow en het materieel.

Frankie Hatfield sloeg het aanbod af.

'Ik ga niet naar Tavarez, meneer,' zei Cedros. 'Ik ken die wereld. Als ik me daarmee inlaat, kom ik er nooit meer van los.'

'Het alternatief,' zei Choat, 'is dat je je leven leidt als iemand van wie iedereen weet dat hij vrouwen stalkt. Marianna en de kleine Tony verdienen iets beters dan dat. En het departement zou natuurlijk alle banden met je verbreken.'

Choat keek Cedros aan en ging weer zitten. 'Als je ons voorstel aan Tavarez uitlegt,' zei hij, 'moet je hem je foto's van de lijfwacht laten zien, de foto's die ze je niet hebben afgepakt. Het is van essentieel belang dat hij weet met wie we te maken hebben. Hij zal ons helpen. Dat verzeker ik je. Je hebt dertig seconden om te beslissen wat je gaat doen, maar doe niet net of je er echt over nadenkt.'

# 16

Cedros tekende het bezoekersregister van de Pelican Bay-gevangenis en maakte zijn zakken leeg. Zijn horloge, portefeuille en schoenen legde hij in een bak.

Ze leidden hem door een metaaldetector zoals enkele uren geleden ook al op het regenachtige vliegveld van Los Angeles was gebeurd. Hij had nooit gedacht dat hij op één dag tegelijk voor stalker, terrorist en gevangenissmokkelaar zou worden aangezien.

En hij had nooit gedacht dat hij in een andere hoedanigheid dan gedetineerde in Pelican Bay zou zijn.

Het was nu zondag, zes dagen nadat hij door die pendejo van een Stromsoe in La Jolla was achtervolgd, vier dagen sinds hij uit het huis van bewaring was vrijgekomen, drie dagen sinds hij zijn orders van Choat had gekregen.

En nu ging hij op bezoek bij een ver familielid dat hij nooit had ontmoet, een van de machtigste gangsters in het land, iemand die levenslang had gekregen voor de moord op een vrouw en kind, en ging hij hem om een gunst vragen. Een gunst die El Jefe veel geld zou opleveren en Cedros en zijn jonge gezin voorgoed uit Los Angeles zou bevrijden, maar evengoed een gunst.

Twintig minuten later zat Cedros aan een stalen tafel tegenover Mike Tavarez en een van Tavarez' advocaten. Zijn hart bonsde van angst voor deze afschuwelijke gevangenis, maar hij was ook intens blij dat hij hier niet gevangenzat, nog niet. Hij probeerde zich de blokhut in de Owens Gorge voor te stellen waarin hij, Marianna, Tony en hun dochter zouden wonen, maar hij moest ook steeds weer in de kalme, wetende ogen van Tavarez kijken.

Tavarez was erg bleek, zag Cedros, maar er zat een pezige hardheid in zijn hals en armen. Hij was slank. Zijn gezicht zag er open en onschuldig uit, en hij had een bos krulhaar, waardoor hij er als een voetbalheld uitzag. Hij had handboeien om en ook zijn benen waren aan elkaar geketend.

De advocaat was een jongeman met donkere brillenglazen en een sluw glimlachje. Hij was erbij omdat ze dan privacy genoten en geen last van bewaarders en opnameapparatuur zouden hebben, legde Tavarez uit. De geheimhouding tussen advocaat en cliënt was grondwettelijk vastgelegd.

Cedros en Tavarez praatten een paar minuten over familieleden. Eigenlijk was er maar een die beide mannen hadden ontmoet, een achterneef van Tavarez die met de halfzus van een van Cedros' onverbeterlijke neefjes uit Azusa was getrouwd.

'Azusa?' vroeg Tavarez. 'Waar zat je bij?'

'Nergens bij,' zei Cedros. 'Ik bleef erbuiten. Ging naar school. Nam een baan.'

'Azusa 13?'

'Nergens bij.'

'Ken je Marcus Ampostela?'

'Nee.'

'Tito Guzman? Ricky Dogs?'

'Nee. Sorry.'

Tavarez glimlachte en knikte.

'Je moet met Marcus Ampostela praten.'

'Ik zal die naam onthouden.'

'Dat hoeft niet. Hij komt naar jou toe.'

'Goed,' zei Cedros.

'Je kijkt nu nogal bang,' zei Tavarez.

'Niet mijn soort omgeving, man.'

'Die beesten behandelen ons als beesten,' zei Tavarez. 'Maar ik kom gauw genoeg vrij. Mijn hoger beroep, weet je. Nu, kom ter zake.'

Cedros keek nerveus naar de advocaat, die hem strak aankeek, en toen naar de camera's in alle hoeken van de bezoekersruimte. Hij wist niet hoe hij, zonder zelf te worden opgepakt, een veroordeelde moordenaar moest vragen een misdrijf te plegen, maar hij had er lang genoeg over nagedacht.

Hij had zelfs bijna het hele weekend in een koffiekamer van het DWP doorgebracht, waar hij naar de muur had gekeken, omdat er geen raam was, en zich had afgevraagd wat hij op dit moment zou zeggen. Marianna was hem de afgelopen dagen uit de weg gegaan. Ze wist dat hij in opdracht van directeur Choat op verboden terrein was geweest en die nieuwsvrouw in San Diego had gefotografeerd, omdat die vrouw regen wilde maken. Nu haar man was opgepakt, zou Marianna een proces moeten meemaken en daar was ze kwaad om.

Toch had ze al gauw aangevoeld dat de crisis nog veel verder ging dan de arrestatie, al vroeg ze hem niet wat er aan de hand was. Dat ze hem dat niet vroeg, was niet zozeer een kwestie van angst, of van vertrouwen, maar had des te meer te maken met de rust en het welzijn van de baby die ze in zich droeg.

'Ik zou graag willen dat je met een vrouw gaat praten die iets heeft gestolen wat toebehoort aan het bedrijf waarvoor ik werk,' zei Cedros. 'Ze heeft informatie gestolen die is ontwikkeld door onze onderzoekers. Ze heeft een privé-detective ingehuurd om ons te intimideren en om te voorkomen dat we de informatie terugkrijgen. Ik heb geprobeerd de informatie van haar los te krijgen en ze heeft me aangegeven wegens stalking. Mijn bazen willen de informatie terug, dat de lijfwacht wordt weggestuurd en dat de aanklachten tegen mij worden ingetrokken. Snel. En ze willen ook goed duidelijk maken dat dit nooit opnieuw mag gebeuren.'

Tavarez fronste zijn wenkbrauwen en knikte. Hij keek Cedros onderzoekend aan. 'Informatie waarover?'

Cedros schudde zijn hoofd. 'Nee.'

'De naam van je bedrijf?'

'Nee,' zei Cedros.

Tavarez leunde achterover en keek eerst zijn advocaat en toen Cedros aan. 'Waarom zou ik me druk maken om jouw stalkingprobleem, kleine man?'

'Ik zou ook een grote promotie krijgen.'

Er volgden enkele ogenblikken van enigszins galmende, metaalachtige stilte, en toen lachte Cedros. Even later lachten Tavarez en de advocaat ook. Een ogenblik kwam er een uitbundige vreugde bij Cedros op, een ongefundeerd vertrouwen dat alles goed zou komen. Hij zag het onderzoekende gezicht van een bewaarder in een raam links van hem verschijnen.

Toen de bewaarder weg was, greep Cedros in zijn zak en liet hij Tavarez de achterkant van een visitekaartje zien waarop hij '$ 200.000' had geschreven. Tavarez zette theatraal grote ogen op, gromde als een gorilla en schoot weer in de lach.

Cedros haalde de foto's van Frankie Hatfield en de privédetective bij Seal Rock in La Jolla tevoorschijn. Hij legde ze voor El Jefe op de tafel.

Tavarez hield op met lachen en keek Cedros aan. Cedros had die blik eerder gezien, die ojos de piedros, ogen van steen, en hij dacht even dat Tavarez hem zou vermoorden.

'Weet je wie dit is?' vroeg Tavarez.

'Het is een privédetective die voor die vrouw werkt. Hij heet Stromsoe,' zei Cedros.

'En de vrouw?'

'Frankie Hatfield, een weermokkel op tv in San Diego.'

'Zij heeft jullie waardevolle bedrijfsinformatie?'

'Ja.'

'En hij beschermt haar en de informatie?'

'Ja.'

Toen lachte Tavarez weer. 'Heilige Moeder. Heilige hoer van een Moeder.'

Enkele ogenblikken keek Tavarez alleen maar naar de foto's en schudde hij ongelovig met zijn hoofd. Cedros vroeg zich af wat Tavarez niet kon geloven: zijn promotie, de tweehonderdduizend dollar, hoe lang Frankie was.

'Heb je nog meer foto's van ze?' vroeg Tavarez.

'Niet bij me,' zei Cedros. 'Hoezo?'

'Waar woon je?' vroeg Tavarez.

Cedros had tegen die vraag opgezien, maar hij wist dat dit de manier was waarop Tavarez te werk zou gaan, gesteld dat hij inderdaad te werk zou gaan: via een van zijn vertrouwelingen, nooit aan weerskanten van een stalen bezoekerstafel in de Pelican Bay-gevangenis. Dat leverde een probleem op, want Cedros kon moeilijk La Eme-mensen ontvangen in een koffiekamer van het DWP. Als je een pact met de duivel sluit, dacht hij, zul je zijn hand moeten schudden. Hij gaf Tavarez zijn adres aan North Walton Avenue.

'Marcus Ampostela,' zei Tavarez.

'We willen dat het snel wordt geregeld.'

'Geen punt, jongen. Geen enkel punt. Dat op dat kaartje? Zorg dat de helft daarvan klaarligt voor mijn man.'

Cedros knikte.

'En, John,' ging Tavarez verder. 'Als iemand wil weten waarover we hier hebben gepraat, zeg je dat het persoonlijk was. We zijn namelijk familie, al hebben we elkaar nooit eerder ontmoet. We hebben over familie gepraat. Familie. Verder niets.'


Toen Cedros van de gevangenis wegreed, viel er een stortregen uit de Noord-Californische hemel. Het was nog steeds middag, maar de lucht was bijna zwart. De regen bulderde op zijn huurauto en stuiterde van het asfalt omhoog alsof dat gloeiend heet was.

Hij tuurde tussen zijn zwiepende ruitenwissers door en had een gevoel alsof het kleine, nette doosje van zijn leven was opengewrikt en nooit meer goed dicht zou kunnen. La Eme zou binnenkort in zijn huiskamer staan en dezelfde lucht inademen als zijn vrouw en zoon. God alleen wist wat ze met de weervrouw en haar lijfwacht zouden doen.

Cedros zei tegen zichzelf dat hij juist had gehandeld, dat hij blijk had gegeven van ruggengraat. Met dit soort stortbuien liep je eerder gevaar te veel regen te krijgen dan te weinig. Door een tekort aan regen was het DWP groot geworden. Tweehonderdduizend dollar om te voorkomen dat er meer regen viel? Om het DWP de macht te laten houden over elke kraan en lichtschakelaar in Los Angeles, elke kilowattuur, elke druppel vocht die elke seconde van de dag door 3,9 miljoen mensen werd gebruikt? Wat een koopje. Die tweehonderdduizend dollar waren te vergelijken met één druppel die buiten op de weg viel, één minuscuul deeltje van de immense cascade van water en geld die uit de hemel viel en elke seconde door de staat stroomde, van noord naar zuid, door de aquaducten die de grote dorstige slagaders van Los Angeles vormden.

101

Ja, dacht Cedros, dat geld was goed besteed. Choat zou discreet worden beloond door de commissieleden aan wie hij verantwoording aflegde. Ze zouden hun pitbull een mooie nieuwe halsband geven. Misschien kwam zelfs ooit zijn portret in de hal te hangen.

En praktisch niemand zou weten, dacht Cedros, dat de man die het DWP aan de macht had gehouden een vierentwintigjarige conciërge was die bijna vier mensen te voeden had. En dat vond hij best. Hij wilde geen roem en hij had nooit rijkdom gewild. Voor hem was het DWP geen god. Hij wilde alleen maar een fatsoenlijke baan en een blokhut in de Owens Gorge, ver bij Los Angeles vandaan, waar hij zijn vrouw zou liefhebben en zijn kinderen zou grootbrengen en niet door het leven zou gaan als iemand die terecht had gestaan omdat hij, klein als hij was, een mooie lange televisievrouw had gestalkt. Zelfs wanneer hij werd vrijgesproken, zou hij er altijd op worden aangekeken. Dan kon hij gaan golfen met O.J. Simpson. Drinken met Baretta. Feestvieren in Neverland.

Cedros vroeg zich af of de weervrouw echt regen kon maken. Misschien was ze werkelijk zo gevaarlijk als Choat dacht. Zou dat niet mooi zijn?

Alleen overdaad kan onze ondergang worden.

# 17

Frankies oom Ted reed met de witte, extra lange pick-uptruck door het schemerlicht van de windstille, vochtige avond. De lucht boven Bonsall was zo zacht en grijs als de buik van een konijn, en de dreigende wolken in het noordwesten leken bijna dichtbij genoeg om ze aan te raken.

Frankie zat naast Ted, en Stromsoe zat bij het andere raam. Stromsoe keek achterom in de laadbak van de wagen, waar de acht twintigliterblikken met geventileerde deksels de geur van koper en chloor verspreidden. De vaten waren van staal en stonden op pallets die met touwen aan klampen op de zijkanten van de laadbak waren vastgemaakt. Er waren ook acht kleine gasflessen zoals ze door kampeerders worden gebruikt om op te koken, en acht ronde stalen standaarden die ongeveer dertig centimeter in doorsnee waren. Een aluminium schuifladder kletterde tegen de pallets. Ze hadden een elektrische lamp bij zich, en twee grote metalen gereedschapskisten, een rode en een zwarte. Drie inklapbare strandstoelen zaten stevig vastgebonden aan de laadbak, met daartussen een stel plastic poncho's. Ace en Sadie lagen op dekens tevreden te hijgen terwijl de wagen over de onverharde weg hotste.

Stromsoe zou niet precies kunnen zeggen waar ze waren, alleen dat het ten zuiden van Fallbrook en ten westen van de Interstate 15 was. Ze reden hier na een serie afslagen, hekken, bruggen en andere naamloze onverharde wegen. Nu, in het najaar, waren de Bonsallheuvels droog, en Stromsoe rook door het open raam de zoete frisse geur van salie en chaparral.

Ted, die een sigaret in zijn mond had, reed hard. Hij had Stromsoe een stevige handdruk gegeven en hem onderzoekend aangekeken toen Frankie hem had voorgesteld als oom Ted Reed, de oudste broer van Frankies moeder.

Frankie droeg een bruine gleufhoed waarin ze haar haar grotendeels had weggestopt. In het zakje van haar overhemd zaten een opgevouwen zakdoek en drie pennen. De mouwen waren opgestroopt. Met haar ene hand hield ze een stuiterende laptop op haar dij en met haar andere hand was ze daarop aan het typen. Stromsoe zag een weerkaart van Zuid-Californië met daarop meer hoogtelijnen, frontindicatoren en getallen dan hij kon overzien.

Terwijl haar gezicht tegelijk met de computer op en neer ging, zoomde ze in op het noorden van San Diego County. Toen keek ze hem recht aan en glimlachte. Van zo dichtbij was dat voor Stromsoe iets onverwachts en persoonlijks.

'Het is eigenlijk geen regen maken, maar de bevochtiging versnellen,' zei ze. 'Over-overgrootvader Charley Hatfield maakte dat onderscheid. Je kunt geen regen maken uit lucht waar geen vocht in zit. Het zou belachelijk zijn om dat te proberen.'

'Versnelling,' zei Stromsoe.

'We streven naar honderd procent,' zei Frankie. 'We willen twee keer zoveel regenval per keer.'

Stromsoe dacht na. 'Hoe weten jullie welk getal jullie willen verdubbelen?'

'Doordat we vier torens met gelijke onderlinge afstanden op de stormlijn van noordwest naar zuidoost hebben staan,' zei Ted. 'De voorste en laatste toren staan vijf kilometer bij elkaar vandaan. We leggen ons aas op de twee buitenste torens en vergelijken de regenval daar met de twee binnenste torens. We zijn aangesloten op het Santa Margarita Reserve; dat is daar over de heuvel. We krijgen dus gegevens van hun tweeduizend hectare, en ook realtimevideo, als we dat willen. En de weerstations van de gemeenten, de county's, de staat en de federale overheid zijn nu ook allemaal online. Op die manier weten we welk getal we moeten verdubbelen.'

Stromsoe dacht na.

'Bij een onweersbui van enige grootte heb je op zo'n korte afstand geen verschil van honderd procent,' zei Frankie. 'Als we bij torens een en vier het dubbele van de plaatselijke neerslag krijgen, komt dat door onze berekeningen. En het is niet echt zo dat we aas neerleggen, zoals Ted zegt. Het is ook geen zaaien.'

'Vertel hem over de deeltjes,' zei Ted.

Frankie zette de computer uit, klapte het scherm dicht en keek Stromsoe aan. Ondanks de koelte van de avond zaten er speldenknopjes van vocht onder haar haarlijn.

'Elke regendruppel bevat een heel klein deeltje vaste materie,' zei ze. 'Als een zuurstofatoom en twee waterstofatomen zich verbinden, heb je wel water maar nog geen regendruppel. Die vormt zich niet en valt niet. We weten niet zeker waarom dat inerte korreltje noodzakelijk is. Misschien is het te vergelijken met een zandkorrel die een parel helpt vormen. In de achttiende en negentiende eeuw zagen soldaten dat er vaak zware buien volgden op grote veldslagen waarin kanonnen en kruitvuurwapens waren gebruikt. Mensen zeiden ook altijd dat regen "de ploeg volgde", omdat uit de gegevens duidelijk bleek dat er meer neerslag viel op land dat in cultuur was gebracht. Jarenlang zagen wetenschappers daar alleen maar bijgeloof over veldslagen en wensgedachten van grondspeculanten in. Tegenwoordig weten we dat de deeltjesmaterie die door ontploffingen loskomt en het stof dat opwaait wanneer grond wordt omgeploegd de regenval versnelt.'

Stromsoe knikte en keek door het raam naar de wolken die uit het noordwesten kwamen opzetten.

'Wij doen iets soortgelijks,' zei Frankie. 'Maar we hebben iets veel beters dan zware koolstofmoleculen of ploegstof, en we hebben een manier ontdekt om de regen precies te krijgen waar we hem willen hebben. De elementaire formule komt van over-overgrootvader Hatfield. Die formule is gebaseerd op een gemakkelijk te maken zilverjodide-isotoop – dat vermoedde iedereen al – maar meer kan ik je er niet over vertellen. Zijn andere ingrediënten waren een geheim en de mensen dachten dat die geheimen met hem het graf in waren gegaan, tot ik zijn oude lab in Bonsall ontdekte. Daar stonden zijn spullen, tenminste wel het grootste deel. Hij was een genie. Toen gingen Ted en ik aan het werk. We deden er elf jaar over, maar toen hadden we een lichter, beweeglijker deeltje en een veel betere manier om het te verspreiden. Onze formule is ook geheim, dus vraag er maar niet naar. Charley zou het fantastisch hebben gevonden. We maakten de torens van hout, zoals hij ook deed, maar dat deden we omdat ik nostalgisch van aard ben en ze er inspirerend uitzagen. Als je dit ooit op grote schaal wilt doen en je wilt dat de torens lichter zijn, dan neem je aluminium.'

Toen ze weer naar Stromsoe keek, zag hij het laagje zweet op haar voorhoofd, de druppeltjes vocht boven haar lip.

Alsof ze zag wat Stromsoe zag, veegde ze met een zakdoek over haar gezicht. 'Goh, het zou deze keer weleens kunnen lukken, Ted.'

'Dat denk ik ook, Frankie,' zei Ted. 'Zodra die straalwind weer uit het zuiden kwam, zag het er goed voor ons uit.'

'En jij, Matt,' zei ze. 'Misschien zul je geschiedenis zien maken.'

'We weten het pas als het niet meer regent,' zei Ted. 'Als we de neerslagcijfers naast elkaar leggen.'

'Maar als het stortregent boven de torens een en vier, ben ik een gelukkig meisje.'

Ze parkeerden in de pas gevallen duisternis bij toren een. Frankie klom op de laadbak, zette de lamp aan en duwde twee vaten naar de neergelaten klep.

Stromsoe droeg er een van de pick-up naar de ladder en gaf hem aan Ted, die hem kreunend op het torenplatform hees. De vaten waren zwaar en het kostte hem moeite ze met zijn onvolledige linkerhand te dragen. De geuren van koper en chloor bleven in de roerloze lucht hangen.

Voordat hij het tweede vat naar boven stak, probeerde Stromsoe erin te kijken, maar de ventilatiegaten waren heel klein en de lamp wierp maar een zwak licht.

'Niet doen,' zei Ted. 'Jij hoeft het niet te weten.'

'Ik moet het wel ruiken,' zei Stromsoe.

'We hebben het een hele tijd zonder jou kunnen stellen.'

'Kom op, kinderen,' zei Frankie.

Stromsoe tilde het zware vat omhoog naar Ted, die hem op het torenplatform trok en naar de hoek tegenover het eerste schoof. Frankie gaf hem twee van de gasflessen en twee van de ronde standaarden aan.

Stromsoe zag de meteorologische instrumenten die in een hoek van het platform waren bevestigd. De halve bollen van de windmeter bewogen nauwelijks in de stille avond.

'Dat gaat veranderen,' zei Frankie, die blijkbaar zag waarnaar hij keek.

Frankie reikte weer in de pick-up en trok de rode gereedschapskist naar zich toe. Stromsoe kon aan het zakken van haar rechterschouder zien hoe zwaar hij was.

'Matt, ik ga je vragen om nu weg te kijken en me wat privacy te geven.'

Stromsoe keek omhoog om de Poolster te zoeken, maar de wolken hingen zo laag dat hij zich niet kon oriënteren. Hij staarde voor zich uit en luisterde naar Frankie die over de aarde liep en de ladder op ging. Hij hoorde haar puffen toen ze de gereedschapskist op het platform hees, en de dreun waarmee het zware ding op het roodhout neerkwam.

Hij hoorde dat het deksel openging en dat er voorwerpen op het platform werden gelegd. De dampen vonden hun weg naar hem, eigenlijk helemaal niet zo'n vieze lucht maar wel krachtig

Ted kwam naar Stromsoe toe, ging tegenover hem staan en bood hem een sigaret aan, die hij accepteerde. De oude man stak hem voor hem aan en ging een stap terug, zodat hij Stromsoe recht in de ogen kon kijken en tegelijk Frankie op de toren kon zien. 'Ik sta hier niet de hoelahoep te dansen,' riep Frankie vanaf het platform. 'Dit is wetenschap. Voor het merendeel.'

'Voor het merendeel wetenschap,' zei Ted.

Stromsoe hoorde hoe verschillende deksels werden losgetrokken, waarna de ene vloeistof bij de andere werd gegoten. Terwijl hij hoorde hoe iets over de binnenkant van een van de grote vaten schraapte, prikkelde de sigarettenrook zijn geheugen. Hij hoorde weer hoe Reina Tavarez in de pan met chili roerde die ze op zondag maakte, terwijl de jongens naar sport op tv keken, of aan het biljarten waren op de oude, versleten tafel met blauw vilt in de garage van Tavarez, of met de andere tieners op de hoek van Flora Street tegenover Delhi Park rondhingen, maar nooit in het park zelf, want Mikes vader Ronaldo dreigde zijn zoon te straffen als hij ooit een voet in Delhi Park zette of met de leden van de Delhi F Troop omging. Dat laatste was ook de reden waarom meneer en mevrouw Tavarez hun zoon naar de Santa Ana High School aan de andere kant van de stad hadden gestuurd: ze wilden niet dat Mike in contact kwam met de slechte jongens van Valley High, het domein van de F Troop. Stromsoe zag Mike voor zich, maar maakte die fantasie ongedaan en wou dat hij dat gezicht voorgoed uit zijn geheugen kon wissen, al wist hij dat hij dat niet kon.

Een vijand kan eeuwig in je hart blijven leven.

'Goed werk, dat je die stalker hebt gegrepen,' zei Ted.

'Dank je.'

'Denk je dat hij terugkomt?'

'Misschien wel,' zei Stromsoe.

'John Cedros, hè?'

'Ja.'

'Wat verdien je met een dag werk?'

'Driehonderdvijftig dollar.'

Ted zweeg even. Toen zei hij: 'Toen ik nog jong was, dacht ik erover om bij de politie te gaan. Het bleek dat ik geschikter was voor meteorologie. Ik kon wel rekenen maar niet met mensen gooien.'

'Ik hield ervan om met mensen te gooien,' zei Stromsoe. 'Ik heb nooit aan iets anders dan de politie gedacht. Mijn vader zei dat ik geen fantasie had.'

'Fantasie, tja,' zei Ted.

'Ik hield wel van het werk,' zei Stromsoe. 'Ik kon er mijn rekeningen van betalen.'

'Ze is een leuk meisje,' zei Ted.

'Dat weet ik.'

Stromsoe hoorde Frankie de ladder af klimmen. De geur van koper en chloor was overgegaan in een lichtere etherlucht die snel vervloog.

Hij keek naar de toren, waar de bovenkanten van de vaten een mooie lichtblauwe glans verspreidden. Er stegen lichtgekleurde dampen uit op. Elk vat stond op een van de ronde standaarden, en was aan de onderkant verbonden met een propaanfles.

Toen ze klaar waren met toren een, reden ze naar toren twee, anderhalve kilometer naar het zuidoosten. Ted klom de ladder weer op en controleerde de kabels en contacten van de meteorologische instrumenten op het platform.

'Er komen insecten in de behuizingen,' zei Frankie. 'Er zat een keer een vleermuis in de regenbak en een andere keer een stel wespen in de watermeter.'

'Het ziet er goed uit,' riep Ted vanaf het platform. 'Geef ze maar aan, detective.'

Stromsoe pakte het eerste vat uit de laadbak van de wagen en sjouwde het naar de ladder toe.

Een uur nadat Frankie uit toren vier was geklommen, ging het regenen.

# 18

Ze zaten met zijn drieën op de strandstoelen in de laadbak van de pick-uptruck. De regendruppels gleden van hun plastic poncho's af. De honden hadden ook poncho's, die korter waren gemaakt en waarvan de kappen waren samengebonden in hun nek. Ze tuurden als veteranen in de regen. Ted haalde een halve liter Scoresby tevoorschijn en die deed langzaam de ronde.

Stromsoe keek met twijfel en verwondering naar de toren. Frankies geheime brouwsel was nu al een uur aan het borrelen. De bovenkant van de twintigliterblikken verspreidde nog steeds een lichtblauw schijnsel: er siste en sputterde nog wat gas en dat steeg op in de lucht, om vervolgens als rokerige kooltjes de hemel in te zweven. Voordat het was gaan regenen, had hij de dampen dertig meter de lucht in zien stijgen, maar nu kon Stromsoe ze maar een paar meter volgen voordat ze in de natte duisternis oplosten.

Een paar minuten later schommelden en trilden de vaten en ging het blauwe licht uit. Ze stonden daar rookloos en geluidloos, niet interessanter dan lege verfblikken.

'Wat is je voorspelling?' vroeg Ted. 'Zonder versnelling.'

Frankie knikte al. 'Ik kwam op ruim een centimeter. Dat zegt de NOAA ook. En de UCSD ook.'

'Dit ziet er goed uit,' zei Ted.

'Ik wil de neerslag bij de torens een en vier verdubbelen,' zei Frankie. 'Misschien zelfs verdrievoudigen.'

'Je moet niet te veel hopen.'

'Waar is hoop anders goed voor?'

Stromsoe had Sadies grijze snuit op zijn been en voelde de regen op zijn poncho. Zijn schoenen en sokken waren doorweekt. De regen was eerst licht maar nam toen geleidelijk in kracht toe totdat de druppels opspatten van de laadbak en het dak. Stromsoe luisterde naar het steeds hardere geluid van de regen op het metaal en de grond.

Frankie zat naast hem met haar voeten op de zijkant van de laadbak. De regen liep in straaltjes van de rand van haar hoed. Haar werkschoenen waren zwaar geolied en stootten de regen af.

Ted zat aan haar andere kant. Hij schermde zijn sigaret met zijn hand af en liet met zijn andere hand de whiskyfles op zijn knie schommelen.

'Dat is het mooiste geluid op aarde,' zei Frankie. 'Vinden jullie ook niet?'

'Chet Atkins,' zei Ted.

'En jij, Matt?'

'Ik vind het mooi zoals het op de wagen trommelt.'

'Ik denk aan de tijd die het nodig heeft gehad om hier te komen,' zei Frankie. 'Het is een gesloten systeem, weet je, en het is honderden miljoenen jaren oud. We kunnen op dit moment door een watermolecule worden getroffen die een paar miljoen jaar geleden uit de Atlantische Oceaan is gedampt, duizenden jaren later in Egypte is neergeregend, met de Blauwe Nijl naar Ethiopië in het zuiden is gestroomd en daar in de grond is weggezakt. Vervolgens kwam hij omhoog in een dorpsput en gebruikte iemand hem om een gerstplant te bewateren, waarna hij weer verdampte en werd meegevoerd door een front dat zijn regen op Bangkok liet vallen, waarna hij in de Zuid-Chinese Zee terechtkwam. Vervolgens dobberde hij over de Kreeftskeerkring naar het noorden van de Stille Oceaan, waar hij een paar miljoen jaar deel uitmaakte van de oceaan, totdat de noordoostpassaat de stromingen helemaal naar dit front voor de kust van Californië leidde. Toen steeg onze molecule weer op, botste tegen een deeltje en werd een regendruppel die op een hond viel die achter in een pick-uptruck lag.'

Daarna was het stil, afgezien van de regen.

'Welke hond?' vroeg Ted.

Frankie gaf een tik met de rug van haar hand tegen zijn been.

'Goh,' zei Stromsoe. 'Dat is een hele mondvol, Frankie.'

'Of niet,' zei ze. 'Elke druppel heeft een eigen verhaal.'

Ze pakte de fles uit Teds hand, nam een slokje en gaf hem aan Stromsoe.

'Reken maar dat ik hartstikke blij ben,' zei ze.

'Jij bent goedkoop om mee uit te gaan, Frankie,' zei Ted.

'Jazeker. Twee slokjes whisky en ik ben tevreden. En ik weet dat ik veel praat. Dat is niet goed. Ik ben gek op dit spul. Op dít.'

Ze stond op en sprong van de zijkant van de pick-uptruck op de grond. Ace en Sadie waren zo verstandig de wagen aan de achterkant te verlaten.

Stromsoe zag haar de chaparralstruiken in lopen en haar gezicht en armen naar de hemel heffen.

'Ze had goede cijfers op de universiteit,' zei Ted.

Stromsoe sprong uit de wagen; zijn landing werd verzacht door zijn schoenen en sokken, die door de regen waren opgezwollen. Hij liep naar Frankie en de honden toe en bleef niet vlak naast hen staan maar wel in de buurt.

'Wat is er?'

Stromsoe wist niet hoeveel jaar geleden het was dat hij niet op een paar eenvoudige woorden kon komen.

'Dit lijkt op regen,' zei hij.

Toen ze in het kantoor in de schuur terug waren, verzamelden Frankie en Ted de neerslaggegevens van de torensensors. De honden lagen languit op een rood geruit kleed voor een elektrisch kacheltje. Stromsoe zette oploskoffie, bracht kopjes naar de wetenschappers en ging toen op een stoel bij de honden zitten.

Hij luisterde naar de regen die op het metalen schuurdak viel, een versterkt gekletter dat veel natter klonk dan de druppels die buiten het raam steeds minder schuin door het schijnsel van het licht vielen.

Hij dacht aan een vakantie van hem met Hallie en Billy op Costa Rica, waar ze een actieve vulkaan hadden gezien en schelpen hadden verzameld. Ze kwamen op de vulkaan Arenal in een onweersbui terecht en Stromsoe had een oude plaat golfijzer gevonden die hij omhooghield om hen te beschutten. Ze zaten een tijdje naar de vulkaan in de verte te kijken, die grote rotsen en gesmolten lava uitbraakte, terwijl de regen op hen neer bulderde. Stromsoe had zich op dat moment bijzonder sterk gevoeld, als leider van zijn kleine gezin op hun reis door het leven. Hij beschermde hen en zorgde ervoor dat ze het goed hadden.

Een mensenleven later, huiverde hij.

'Het duurt nog wel even,' zei Frankie. 'Je hoeft je niet verplicht te voelen om met je natte schoenen te zitten wachten. Als je wilt, bel ik je morgenvroeg.'

'Als je het niet erg vindt, blijf ik hier gewoon zitten.'

'In de koelkast ligt beleg en zo voor sandwiches.'

'Daar heb ik wel trek in.'

Om middernacht regende het niet meer, al zei Frankie dat er waarschijnlijk nog wel wat op komst was.

'Kom eens hier, Matt,' riep ze vanuit het kantoor naar hem. 'Ik zal het je uitleggen.'

Stromsoe ging naast Ted staan en keek over Frankies schouder toen ze online ging en de neerslaggegevens van de NOAA verzamelde. Toen ging ze naar de website van het Santa Margarita Ecological Reserve om realtime downloads van hun weerstations te krijgen. Ze keek ook even naar camerabeelden van het ravijn van de Santa Margarita. In het schaarse maanlicht stroomde het water over de gladde rotsen van de oude rivierbedding. Frankie mompelde zacht. Toen klikte ze dat weg, printte enkele bladzijden en gaf bepaalde getallen met een gele markeerstift aan. Ze zei dat de cijfers van de staat en de county's pas de volgende morgen beschikbaar zouden zijn.

Toen verzamelde ze de gegevens van de vier torens. Stromsoe en Ted stonden over haar schouder mee te kijken toen de informatie aan haar computer werd doorgegeven.

Stromsoe zag er alleen tabellen en moeilijk te begrijpen cijfermatige informatie in, maar zij kon het binnen enkele seconden verwerken.

'Heren,' zei ze kalm. 'Zojuist hebben we drie keer zoveel van een onweersbui gekregen als normaal!'

Ze stond op, gooide haar stoel om en viel in Teds gespreide armen. De honden kwamen vlug op hen af om mee te doen. Ze gaf klopjes op de rug van haar oom, liet hem toen los en keek Stromsoe aan.

Ze stak haar hand uit en hij drukte hem.

'Dit is meer dan uitstekend,' zei ze.

'Leuk om dit mee te maken,' zei Stromsoe.

'Jij hebt geluk gebracht,' zei ze.

'Dat is niet erg wetenschappelijk,' zei Stromsoe.

'De wetenschap zegt dat we het moeten blijven doen,' zei ze. 'Misschien heb jij geluk gebracht. Misschien is het een afwijking. In elk geval is het alvast wat. We moeten het zo maken dat de werking betrouwbaar en voorspelbaar is.'

'Niet op dit moment,' zei Ted. 'Het loopt tegen de ochtend.'

'Een feestje bij mij thuis,' zei Frankie.

Ze zette haar stoel recht en ging weer voor haar computer zitten. Ze keek in de pagina's die ze had geprint, ging de cijfers nog eens na en schudde haar hoofd.

Toen keek ze naar Stromsoe op met een van de mooiste glimlachen die hij ooit had gezien.

Het feestje duurde niet lang. Frankie gaf de mannen droge sokken, verwisselde haar werkschoenen voor enorme pantoffels van schapenvacht en maakte vuur in de haard van de huiskamer. Ze trokken de bank dichter bij het vuur en gingen met zijn drieën naast elkaar zitten, zo dicht tegen elkaar aan als kinderen. Ted schonk drie whisky's in, een lichte met water voor Frankie. De honden waren er ook. Ze sliepen en stonken naar nat haar.

Frankie vertelde Stromsoe dat ze het laboratorium van haar over-overgrootvader in die oude schuur in Bonsall had gevonden. De eerste keer dat ze daar kwam, wist ze dat alles op een dag van haar zou zijn, de geuren en de boeken en de chemicaliën die er nog steeds waren, zijn stapels aantekeningen, formules en experimentresultaten. Het was erg moeilijk te vinden geweest; de meeste leden van de familie Hatfield hadden gedacht dat het allemaal allang weg was. Ze hadden het nooit gezien. En volgens de krantenberichten die ze in de loop van de jaren had verzameld, had Charley het laboratorium in brand gestoken voordat hij uit San Diego werd verjaagd omdat hij te veel regen had veroorzaakt. Frankie had dat van die brand nooit geloofd en ze had op haar zestiende zijn oude laboratorium gevonden. Toen ze die schuurdeur opende, zei ze, opende ze de rest van haar leven. Ze zou het weer bestuderen en bevochtiging versnellen. Het verbaasde haar dat de andere nakomelingen van Charles Hatfield zich nauwelijks voor de schuur en de formules interesseerden. Dat was voor haar net zoiets als wanneer iemand onverschillig bleef bij het vinden van de Heilige Graal of de ark van Noach. Ze zei tegen Stromsoe dat ze die domme film met Burt Lancaster had gezien, *The Rainmaker*. Ze wou dat ze iets van de wetenschappelijke kant van haar overovergrootvader hadden laten zien, in plaats van zijn andere kant, die van dromer en oplichter.

'Terwijl hij regen aan het maken was, werkte hij als verkoper van naaimachines,' zei ze geeuwend. 'Daar heeft hij nooit veel mee verdiend, maar hij droeg altijd mooie kleren, een das en een goede hoed. De film had meer... ik weet het niet, meer...'

Een ogenblik van stilte waarin het vuur brandde en knetterde en Ace zijn poten bewoog in een droom waarin hij iets achtervolgde.

Toen zakte Frankie Hatfields hoofd tegen Stromsoes schouder en was ze van de wereld.

Stromsoe keek Ted aan, die een slokje whisky nam en in het vuur keek. 'Dat was te verwachten,' zei hij. 'Als Frances meer dan een vingerhoedje drinkt, valt ze om.'

Stromsoe zweeg een tijdje. Ted schonk weer in en ging op een stoel niet zo dicht bij het vuur zitten.

'Ik heb op internet wat onderzoek gedaan naar jou en je baas,' zei Ted.

'Goed.'

'Heb je al met één oog leren schieten?'

'Daar kom ik gauw genoeg achter,' zei Stromsoe.

'Die twee jaar in Florida...'

'Weg.'

'Dat dacht ik al,' zei Ted. 'Misschien zou ik hetzelfde hebben gedaan.'

'Het is goed om terug te zijn.'

Ace jengelde en bleef zijn poten bewegen.

'Een zekere Choat van het Department of Water and Power van Los Angeles wilde de formule om regen te maken van haar kopen,' zei Ted. 'Ik heb de theorie dat als je je in die Cedros verdiept hij je naar het DWP leidt.'

'Dat heb ik gedaan, en dat klopt,' zei Stromsoe. Hij vertelde Ted dat hij Cedros naar het DWP was gevolgd. 'Heeft Choat jullie bedreigd?'

'O, nee, dat niet. Hij was heel beleefd, op een keiharde zakelijke manier. Hij bood Frankie zevenhonderdvijftigduizend dollar per jaar en al het personeel dat ze wilde, zolang haar procedures en formules maar eigendom werden van het DWP. Hij zei dat ze gebruik mocht maken van al het DWP-terrein in de staat Californië, en ze hebben duizenden vierkante kilometers en rivieren en meren en bergen. Driekwart miljoen per jaar! Ze wees hem af. Het feit dat wij misschien een bevochtigingversneller hadden die werkte, maakte Choat helemaal gek.'

'Hoe wist Choat daarvan?' vroeg Stromsoe.

'Hij benaderde haar en andere Hatfield-afstammelingen al jaren, steeds opnieuw. Hij was altijd aan het rondsnuffelen, op zoek naar de schuur, de formule, de papieren, wat dan ook. Hij bleef in contact. Toen hij er lucht van kreeg dat ze de schuur had gevonden, liet hij haar niet meer met rust.'

Stromsoe dacht na. 'Cedros was zijn dreigmiddel,' zei hij.

'Ja,' zei Ted. 'Om Frankie bang te maken. Foto's van haar te maken. Maar ik denk dat hij op een nacht ook in de schuur heeft ingebroken. Er waren voetafdrukken, en er lagen mappen verspreid. Alsof iemand op zoek naar iets was geweest.'

'De formule.'

'Ja. Je hebt een contract voor een maand, hè?'

Stromsoe knikte.

'Als Cedros door Choat was gestuurd, kan dat Choat zijn hachje kosten,' zei Ted.

'Niet als Cedros zijn mond houdt. Hij heeft niets over Choat gezegd. Hij zegt dat hij Frankie stalkte omdat hij op haar valt.'

'Een jury zou dat kunnen geloven,' zei Ted.

'Ik geloofde het bijna,' zei Stromsoe.

Ze keken in het vuur. Buiten stak een bries op. Er viel wat regen op het dak, maar toen hield dat weer op.

'Ik geloof niet dat we van het DWP af zijn,' zei Ted. 'Ik kreeg kippenvel van die Choat, en dat effect hebben maar weinig mensen op mij. Misschien moet je wat druk uitoefenen. Als Choat door Cedros wordt beschermd, kunnen we ze misschien uit elkaar trekken. Cedros is vast niet blij met die aanklachten.'

'Je denkt als een politieman,' zei Stromsoe.

'Ik ben maar een weerman. Al heb ik in 1951 een stuk of wat vliegtuigen neergeschoten boven Korea.'

'Misschien kan ik Cedros tot inkeer brengen,' zei Stromsoe. 'Als hij zijn baas verlinkt, zijn we uit de problemen.'

'Lijkt me een goed plan.'

'Misschien moet Frankie naar Birch Security bellen om Dan duidelijk te maken dat ze me nog een tijdje wil houden. Als een stalker wordt gearresteerd, gaat iedereen ervan uit dat de detective klaar is met zijn werk.'

'Dat heeft ze al gedaan,' zei Ted. 'Eigenlijk heb ik zelf gebeld. Ze dacht dat het beter zou overkomen als een man belde. Frankie maakt zich gauw zorgen. Soms piekert ze te veel en ze denkt soms dat ze hysterisch is. En dat maakt haar natuurlijk ook hysterisch. En dan maakt ze zich nog meer zorgen.'

Frankie begon zorgeloos te snurken.

'Er is een verslaggever die haar belt,' zei Ted. 'Van een plaatselijke krant. Frankie heeft me gevraagd hem af te schepen, en dat heb ik gedaan.'

'Goed,' zei Stromsoe. 'Laat hij maar een ander verhaal gaan zoeken.'

Stromsoe stond op zonder haar wakker te maken en legde haar op de bank, met haar hoofd op een van de kussens. Hij vond een plaid bij de haard en legde die over haar heen.

'Ik begrijp iets niet,' zei hij. 'Als het Department of Water and Power de regenval zou verdrievoudigen, zou dat dan gunstig of ongunstig voor hen zijn?'

'Gunstig, denk ik,' zei Ted. 'Voor iedereen.'

'Waarom besloot Frankie dan niet om hen het onderzoek te laten financieren, rijk te worden en regen te maken voor de wereld?'

'Omdat Frankie een nog grotere hekel aan Choat had dan ik. Een "griezel", noemde ze hem. Ze denkt dat Choat de formule in een kluis legt en dan de sleutel weggooit.'

Stromsoe dacht daarover na. Het was bijna onvoorstelbaar.

Of niet? Als er drie keer zoveel water uit de hemel viel, zouden de mensen je dan niet minder nodig hebben? Als het aanbod van Chevrolets drie keer zo groot werd, zou je ze voor een derde van de prijs moeten verkopen. En welke rechtbank in het land zou een nutsbedrijf het alleenrecht op het vergroten van neerslag geven, zodat één bedrijf alle vruchten daarvan kon plukken? Als je de formule niet kon monopoliseren, of vernietigen, zouden ze je op een dag niet meer zo nodig hebben als nu.

'Waarom vertelde Frankie mij niet over Choat?' vroeg Stromsoe.

'Ze dacht dat hij niet zo diep zou zinken dat hij haar zou intimideren. Ze dacht dat Cedros gewoon een stalker was. In veel opzichten is ze naïef. En koppig.'

Stromsoe knikte. 'Ik vind het mooi dat ze van de regen houdt en rivieren verzamelt.'

'Ze is anders dan anderen.'

Hij keek naar haar zoals ze daar onder de deken lag te slapen. Het vuur speelde een schaduwspel op haar gezicht. 'Nou, goedenacht, Ted.'

'Goedenacht,' zei Ted. 'Wees goed voor haar.'

'Jij ook.'

Stromsoe reed met open ramen naar huis. In de koele lucht hingen de geuren van regen en aarde en citrusvruchten. De wolken waren weggetrokken en de hemel was zwart en bezaaid met sterren. Hij dacht aan Frankie Hatfield en zijn hart kwam omhoog en bleef hangen, alsof hij in een lift stond die tot stilstand kwam, of in een achtbaan toen hij nog jong was.

# 19

Mike Tavarez lag op zijn bed naar het metalen gegons van de nachtelijke Pelican Bay-gevangenis te luisteren, het tikken van bewaardersschoenen op de betonvloer, in de verte het gekrijs van mannen die gek gemaakt werden in de extra beveiligde inrichting, de X.

Lunce kwam naar El Jefes cel met het chagrijnige gezicht dat hij op maandagavond altijd had. Het was de avond van Tavarez 'echtelijk' bezoek, al zou dat niet plaatsvinden in een van de kamers in Pelican Bay die voor zulke bezoekers beschikbaar waren en die meestal het Peter Palace werden genoemd. Lunce was op maandag altijd erg chagrijnig en Tavarez wist dat hij jaloers was.

Het was tien uur. Tavarez trok al zijn kleren uit, bukte zich, opende zich voor Lunces oppervlakkige visuele inspectie, kleedde zich toen weer aan, keerde de bewaarder zijn rug toe en stak zijn handen naar de bonengoot om ze te laten boeien.

Ze liepen zwijgend de vleugel af. Gedetineerden roerden zich, keken toe. In de bibliotheek maakte Lunce de boeien los en ging hij aan het eind van het lange gangpad zitten. Tavarez pakte de wereldatlas van plank G en ging aan het werk op de kleine laptop.

Veel te doen.

Bij El Jefes nieuwste partij post had een verzoek van La Eme-kapiteins in Los Angeles gezeten. Ze wilden de vogelvrijen in het zuidelijk deel van de stad harder aanpakken. Tavarez gebruikte de code die hij had helpen ontwerpen, de code die gebaseerd was op Ofelia's ondoordringbare Huazanguillo-dialect, en stuurde zijn instructies toen aan vijf verschillende adressen tegelijk: hij gaf toestemming.

Hij keek naar de dikke Lunce. Internet was het beste wat La Eme was overkomen sinds de uitvinding van de Nahuatl-code. De combinatie van die twee dingen maakte de communicatie bijna even gemakkelijk als wanneer hij de telefoon kon oppakken, en zijn orders waren bijna onmogelijk te traceren, naar anderen te leiden of te kraken.

De gedachte aan de code riep herinneringen aan Ofelia bij hem op. En tegelijk daarmee kwam de herinnering aan wat Stromsoe haar had aangedaan. Binnenkort zou hij met Stromsoe afrekenen.

Er was goed nieuws uit Dallas over de problemen met Mara Salvatrucha: La Eme-*gangstas* hadden de vorige dag twee van de Salvadoranen op klaarlichte dag geëlimineerd. Geen arrestaties, geen problemen.

Tavarez ging snel akkoord met het La Eme-lidmaatschap van een gangster uit Venice Beach die in de Corcoran-gevangenis zat en een ander die net in Ontario, Californië, was vrijgekomen nadat hij twee jaar in Vacaville had gezeten. Ze hadden hun loyaliteit bewezen en waren bereid een eed van trouw aan La Eme te zweren die hun banden met hun eigen straatbendes voor altijd en eeuwig te boven zou gaan.

Die verschuiving van loyaliteit, wist Tavarez, had La Eme van een simpele gevangenisbende in een imperium van soldaten in elke stad in het zuiden van Californië veranderd, en niet alleen daar. De lidmaatschapsregels van La Eme waren eenvoudig en Tavarez had ermee ingestemd zodra hij ervan hoorde. Je mocht geen verlinker, homo of lafaard zijn. Je moest respect hebben voor andere leden. Wanneer je een van de drie eerste regels overtrad, was de dood het automatische gevolg. Alleen een lid mocht de moord op een ander lid plegen. Voor zo'n moord moesten drie leden hun toestemming geven.

Hij codeerde zijn gelukwensen voor de nieuwe leden. Die zouden door hoger geplaatste leden in de Corcoran-gevangenis en in de straten van Ontario worden doorgegeven, samen met de gebruikelijke waarschuwing dat die nieuwe mannen zorgvuldig in de gaten gehouden moesten worden. Net als al het andere had ook loyaliteit haar prijs.

Tavarez gaf opdracht vijftigduizend dollar aan de weduwe van een OG – *original gangster* – van La Eme te betalen; die OG was in de 'grensstad' Bakersfield door gangsters van La Nuestra Familia doodgeschoten. Hij gaf de leden in Bakersfield opdracht om binnen achtenveertig uur de naam van de schutter te achterhalen. Het zou een bloederige tijd worden, daar op de grens met La Eme in het zuiden en La Nuestra Familia in het noorden.

Hij ging akkoord met een maand uitstel van een betaling van tachtigduizend dollar die ze van de Little Rascals tegoed hadden voor een partij cocaïne, maar beval dat er daarna elke week een bendelid zou worden vermoord zolang ze niet aan hun verplichtingen voldeden.

Hij beval dat er vijfduizend dollar van een 'regionale rekening' van La Eme werd gehaald. Dat geld zou aan de dochter van een La Eme-soldaat worden gegeven wanneer ze volgende maand trouwde.

Hij stuurde condoleances naar een nieuwe weduwe in Los Angeles en gelukwensen naar een nieuwe vader in Riverside.

Tavarez vond het een geweldig gevoel om zijn vingers over de toetsen te laten vliegen. Het was net zoiets als klarinet spelen, maar in plaats van de muzikale klanken produceerden zijn vingers daden. Het was of hij een melodie speelde die niet in de lucht bleef hangen om daarna te verdwijnen maar zich als het ware door tijd en ruimte heen stuwde, naar het leven van echte mensen toe, en hen dwong te handelen zoals Tavarez wilde dat ze handelden.

Toen hij klaar was met zijn bendezaken, ging hij online naar zijn privérekeningen, drie in Grand Cayman en twee in Zwitserland, en constateerde dat ze met de gebruikelijke drie procent rente goed rendeerden. Hij was nu bijna twee miljoen dollar waard. Elke oorspronkelijke cent daarvan was afkomstig uit wat hij voor La Eme binnenhaalde: drugshandel, heffingen die ze straatbendes van jochies van twaalf en dertien oplegden, afpersing en beschermingsgeld, chantagegeld, bloedgeld. Van elke dollar die Tavarez voor La Eme ontving nam hij een paar cent voor zichzelf. Nooit zo veel dat het duidelijk te zien was. Nooit genoeg om argwaan te wekken. En hij stuurde het geld vlug door naar Iris, een medestudente aan Harvard die investeringsbankier in Newport Beach was geworden en het geld een elektronische reis van duizenden kilometers kon laten maken, waarna alleen Tavarez over de cijfercodes beschikte om toegang tot de rekeningen te krijgen. Een paar honderd dollar hier, een paar honderd dollar daar. Vlak nadat hij uit de Corcoran-gevangenis was vrijgekomen en had meegemaakt dat alle buit van zijn overvallen in beslag was genomen door advocaten en de politie, was hij in het geheim met haar gaan investeren. Hij was er heel trots op dat niemand zijn geld had kunnen vinden, terwijl hij toch een veroordeelde moordenaar was die een levenslange gevangenisstraf uitzat in Pelican Bay. Verbazingwekkend wat twaalf jaar samengestelde interest en gestage stortingen konden doen, dacht hij. Hij herinnerde zich nog de tinteling die door hem heen ging toen hij de eerste keer honderd dollar stal van La Eme-baas, mentor, vriend Paul Zolorio, die ook nog de oom van zijn vrouw was geweest. Het was maar honderd dollar, maar het was bijna even opwindend als de overvallen op drankwinkels toen hij aan Harvard studeerde, en het was ook veel gevaarlijker. Ofelia en hij hadden dat moment gevierd met een nacht van wild liefdesspel en groot geluk. Twee dagen later was hij met Miriam getrouwd.

En dat bracht zijn gedachten weer op Matt Stromsoe.

Tavarez schudde weer zijn hoofd. Hij kon nog steeds niet helemaal geloven dat het lot – in de persoon van een ver familielid, John Cedros – Stromsoe weer aan hem had uitgeleverd.

Tavarez had altijd geluk gehad. Hij was geboren met een hoog IQ, muzikaal talent en een gave om mensen te begrijpen. Hij was aantrekkelijk en vrouwen vielen op hem. Hij had moed en een buitengewone fysieke kracht. Hij had scherpe ogen. Hij had Paul Zolorio leren kennen en een richting aan zijn leven kunnen geven, gewoon omdat ze in dezelfde gevangenis zaten.

Ook bij andere gelegenheden had hij veel geluk gehad. Hij was een keer met een .25 pistool door de zijkant van zijn hals geschoten, en de kogel trof niets vitaals. Hij overleefde het schot zonder naar een dokter te gaan: alleen twee pijnlijke zwart met rode gaatjes aan beide uiteinden van een tunnel die door Ofelia was schoongemaakt doordat ze er niets anders dan een stuk in alcohol gedrenkt T-shirt met een potlood doorheen haalde. En dan was er die keer geweest dat hij bij een politiecontrole zijn papieren niet bij zich had gehad en het maar héél weinig had gescheeld of hij had het pistool uit het dashboard-kastje van zijn Suburban gegrepen en een politieagent gedood. Hij had in een droom voorzien dat er een aanslag op zijn leven zou worden gepleegd en zichzelf gered door op een dag, toen hij een ontmoeting met kartelbazen in Sinaloa had, een andere weg naar Culiacán te nemen. Hij won met dobbelen in Las Vegas en met pokeren in Gardena. Hij deed bijna nooit mee aan de loterij van Californië, maar had vaker gewonnen dan iedereen die hij kende, en geen kleine bedragen ook: vijfhonderd hier, driehonderdvijftig daar, een keer duizend, met loten die hem drie dollar per stuk hadden gekost.

Toch voelde dit aan als meer dan alleen maar geluk. Dit ging dieper. Zijn leven werd veranderd door een kracht die heel goed op de hoogte was van zijn verlangens. Dit was een daad van God, zíjn god, de god van Jezus en Maria en Aztlán. Nu was het de vraag wat hij moest doen. Er was de voor de hand liggende oplossing: hij kon opdracht geven Stromsoe in elkaar te slaan en de weerdame te martelen. Dat zou hem bijna zeker de informatie opleveren die Cedros wilde hebben. Hij zou zijn tweehonderdduizend dollar in contanten per koerier naar Newport Beach laten brengen en dan zou Iris ze op zijn rekeningen zetten, met aftrek van betalingen aan de mannen die zijn grootste vertrouwen genoten. Cedros zou hogerop komen in de DWP-bureaucratie. Cedros wist het niet, maar hij was al eigendom van La Eme, want de advocaat had een bandopname van het gesprek gemaakt en Cedros' verzoek was duidelijk van criminele aard geweest.

Of hij kon hen beiden doden, en Cedros ook, dan was hij van alles af en leidde er geen enkel spoor naar de Pelican Bay-gevangenis.

Dat alles lag voor de hand.

Maar als nu eens...?

Als hij nu eens terecht het gevoel had dat Stromsoe een bijzondere belangstelling voor die weervrouw had?

Als die aandachtige stand van Stromsoes hoofd op de foto die bij haar huis van hen was genomen nu eens een meer dan oppervlakkige belangstelling van de pas ingehuurde privédetective verried?

Als dat zo was, had Tavarez de kans om Stromsoe niet één keer door de vlammen van de hel op aarde te jagen, maar twee keer. Door zijn nieuwe hoop te doden. Zijn nieuwe dromen. Door zijn toekomst te doden.

Ik zou het doen waar hij bij was, dacht Tavarez. Hij zou alles zien, en zelf in leven blijven en zich herinneren wat het betekende om alles te verliezen. Opnieuw!

Het zou niet meer dan een eerlijke vergelding zijn na wat hij Ofelia had aangedaan, die de Azteekse goden voor Jezus had opgegeven, en Jezus voor hem, Tavarez, en die daarvoor gestorven was. Een eerlijke vergelding, want de dood van de onverzadigbare, onwetende, arrogante Hallie en haar kind was van bijna geen enkele waarde in vergelijking met het leven van Ofelia.

Het zou materiaal zijn voor honderd corridos waarnaar Tavarez kon luisteren in de schaduw van zijn huis op het strand in Saylitos, Nayarit, waar hij zou gaan wonen als hij uit de gevangenis kwam.

Als hij eruit kwam.

Hij keek naar Lunce. Lunce las een autoblad met een knalrode sportwagen op het omslag.

Moet je hem toch eens zien, dacht Tavarez. Als hij het beste is wat de *norteamericanos* te bieden hebben, zal het me lukken. Het duurt nu niet lang meer. Niet lang meer. Ik heb wat ik nodig heb.

Tavarez schudde zijn hoofd en stelde zich het kalme humorloze gezicht voor van Ariel Lejas, de meest capabele man die hij kende. Toen vlogen zijn handen weer over de toetsen.

In een verwarrende mengeling van Nahuatl, Spaans en Engels gaf Tavarez opdracht aan Lejas om Marcus Ampostela naar John Cedros, North Walton Avenue 200, Azusa, te sturen. Ampostela zou honderdduizend dollar krijgen en Cedros zou met de hand een lijst schrijven van alle details met betrekking tot zijn verzoek. Ampostela zou het geld en de informatie bij Lejas afleveren en Lejas zou vijfenzeventigduizend dollar per FedEx naar Newport Beach sturen, twintigduizend voor zichzelf houden en vijfduizend aan Ampostela geven.

Tavarez keek naar het scherm. De vreemde Nahuatl-woorden sprongen eruit en deden hem zoals altijd aan Ofelia denken. *Ichpochtli* (jonge vrouw)... *Monatequia* (was je handen)... *Tlazocamati* (dank je)... *Icniuhtli* (vriend)...

Tussen het Nahuatl door stond ook wat Engels: 'Mijn beste vriend... privédetective Stromsoe... mogelijk gewapend... schuur... weervrouw... je rekening...'

Tavarez nam het hele bericht nog eens door en herschreef elke derde zin achterstevoren, zowel de woorden als de letters van de woorden. Hij voegde er drie willekeurige zinnen aan toe die met het Nahuatl-woord voor 'trouwen', *monamictia*, begonnen en alleen maar onzin in het Nahuatl bevatten; Lejas wist dat hij die zinnen moest negeren.

Toen Tavarez klaar was, keek hij neer op wat baarlijke nonsens was voor ieder ander dan een geduldige Mexicaans-Amerikaanse gangster die het Nahuatl en het Sinaloa-dialect beheerste.

Hij haalde diep adem en zette zijn gedachten op een rijtje voordat hij het bericht afsloot met:

'Negeer Cedros. Dood de vrouw. Laat de detective toekijken en laat hem in leven.'

Tavarez liep naar de oostelijke omheining van het gevangenisterrein. Zijn handen waren weer op zijn rug geboeid. Het was een koude, heldere oktoberavond en de maan kwam in zijn eerste kwartier.

Het was noch donker noch licht, maar er heerste een schemerige wapenstilstand tussen het Noord-Californische woud om hem heen en het gedempte licht dat uit de gevangenisgebouwen driehonderd meter naar het westen kwam.

Hier buiten het gebouwencomplex werd het gras eens per maand met gif besproeid, opdat het zelfs geen dekking gaf aan eekhoorns, maar de regen spoelde veel van het gif weg, zodat er toch scheuten omhoogkwamen, en die drijfnatte halmen maakten Tavarez' gevangenisbroek nu nat en joegen een rilling door zijn schenen.

Hij zag de Poolster aan de rand van de Grote Beer en rook de natte groene dichtheid van het Noord-Californische woud, dat bijna tot aan de gevangenisomheining groeide.

Lunce volgde hem en tikte daarbij met het opgerolde autoblad tegen zijn been.

Tavarez ging naar de omheining toe. Die was zeven meter hoog en bestond uit geëlektrificeerd draadgaas: zeshonderdvijftig milliampère en vijfduizend volt, negen keer de dodelijke limiet voor mensen. Langs de bovenrand waren twee rollen scheermesprikkeldraad geleid voor het geval de stroom uitviel.

Vijfenzeventig meter links van hem stak een wachttoren af tegen de herfstlucht. Vijfenzeventig meter rechts van hem stond er ook een. Die wachttorens werden om deze tijd bemand door mannen die Cartwright trouw waren, een gezelschap dat uit Post en Lunce en een paar anderen bestond. De binnenverlichting verspreidde een vaal groen schijnsel en Tavarez kon in de noordelijke toren het silhouet van de bewaker zien bewegen. De schijnwerpers waren bij hen vandaan gericht en ze zouden pas weer in deze richting komen na het halfuur dat Tavarez had bedongen. De videocamera's op de omheining waren uitgezet. Die werden alleen aangezet als het nodig was, en dat werd dan gedaan door Cartwright en zijn collega's die de drie andere zijden van het complex in de gaten hielden.

In het bos werd twee keer met een zaklantaarn geknipperd. Dat was Jimmy,

die tot La Eme behoorde. Het geknipper kwam elke week van een iets andere plaats, maar er liep een beek dicht langs de omheining, tussen twee ceder-
bosjes door, en Tavarez kon uit de geur van de bomen en het gorgelen van de
beek afleiden waar Jimmy en zijn mensen zouden zijn.

Hij ging naar de omheining toe en bleef staan. Even later stond Lunce naast
hem en haalde hij de reservehandboeien uit de zak aan zijn riem.

Tavarez zag Lunce een stap teruggaan en de roestvrijstalen handboeien tegen
de draadgazen omheining gooien.

Ze rinkelden zacht en vielen op de grond.

Tavarez had zich altijd afgevraagd wat de vijfduizend volt zouden hebben
gedaan als Cartwright of een van zijn mensen een vergissing maakte of de
omheining opzettelijk onder stroom liet staan.

Lunce pakte de handboeien op zonder zijn blik van Tavarez af te nemen.

Tavarez kwam een stap naar hem toe en Lunces hand ging meteen naar zijn
knuppel.

'Ik stel dit echt op prijs,' zei Tavarez.

'Veel plezier,' zei Lunce.

'Dank je,' zei Tavarez.

'Ik ben niet ver weg.'

Na die woorden ging Lunce twee kleine stappen achteruit; hij ging altijd twee
kleine stappen achteruit. Toen draaide hij zich om en liep zo'n twintig meter
de schemering in.

Tavarez draaide zich om naar de omheining. 'Jimmy, mijn vriend, ben jij dat?'

'Je vriend is er, Jefe. Ik heb iets liefs voor je meegebracht.'

'Laat eens kijken.'

De ceders ritselden en aan de andere kant van de omheining kwam iemand
naar Tavarez toe. Hij rook haar parfum voordat hij haar goed kon zien. Haar
schoenen glinsterden in het licht van het schijfje maan en de naaldhakken
zakten in de vochtige aarde weg, zodat ze ze met kracht omhoog moest trekken om ze weer los te krijgen.

'Dag.'

'Hallo.'

'Ik ben Shavalia.'

'Geweldig.'

Ze had licht haar en een slank, mooi gezicht. Ze had namaakdiamanten in
haar oorbellen en haar spijkerbroek had soortgelijke sieraden op de driekwart
pijpen. Ze droeg een donker topje onder een rode gehaakte omslagdoek en
een kort zwart leren jasje. Er zat oranje modder op de hakken en zijkanten
van haar schoenen, maar de ook al met namaakdiamanten bezette riempjes
zagen er helder en schoon uit.

Ze glimlachte bekoorlijk. 'Ik hoop dat ze de stroom er niet weer op zetten. Dan vliegen mijn kostbaarheden helemaal tot aan Lake Shasta.'
'De mijne ook.'
Ze glimlachte. 'Hé, schat, kom een beetje dichterbij.'

# 20

De volgende morgen kocht Stromsoe stevig voedsel en goede wijn in Fallbrook. De mensen in de winkels waren vriendelijk en behulpzaam. Hij hoorde dat Fallbrook zichzelf het Vriendelijke Dorp noemde. Op de parkeerterreinen stopten automobilisten om hem van en naar zijn auto te laten lopen, zonder de driftige handgebaren die hij gewend was. Hij voelde de aandrang om naar hen te wuiven en te glimlachen, en dat deed hij dan ook. Meisjespadvinders verkochten koekjes bij de supermarkt en hij kocht wat dunne pepermuntkoekjes.

Hij bracht zijn kleine huisje op orde.

Toen reed hij naar Orange County en sprak daar met Dan Birch, die het met hem eens was dat Cedros waarschijnlijk loog en die wilde weten waarom.

'Denk je dat hij een gevaar voor haar vormt?' vroeg Birch.

'Ik heb geen reden om hem te vertrouwen.'

Birch knikte en typte iets in. 'Frankie zegt dat ze nu wel alleen naar en van haar werk durft te rijden. Ze maakt zich geen zorgen meer.'

'Oké.'

Birch keek Stromsoe aandachtig aan. 'Ga toch maar op haar werk bij haar kijken. Ga bij haar langs. Ik weet dat het veel uren zijn. Hou ze goed bij.'

'Graag.'

'Ik heb met de uitgeefster van de *North County Times* gepraat, de baas van de journalist die Frankie heeft gebeld. Ik heb de toezegging van haar gekregen dat ze dit voorlopig niet in de openbaarheid brengen. Ik heb haar verteld dat als de hele wereld weet dat een ziek type een tv-beroemdheid stalkt anderen hem misschien gaan imiteren. Fox News heeft ze ook benaderd. Ze zijn gek op Frankie. Ze willen haar niet kwijt.'

'Dat is goede planning, Dan.'

'We heten Security Solutions, Matt. Oplossingen. Wat vind je van haar?'

'Ik mag haar graag.'

'Ik kan die onzin over het DWP niet geloven. Dat zou ze toch hebben verteld?'

'Het is vreemd wat ze vertelt en wat ze achterhoudt,' zei Stromsoe.

'Regen maken,' zei Birch. 'Jezus.'

De rest van de morgen bracht Stromsoe op de binnenschietbaan in Oceanside door. Het was een goed gevoel om weer een pistool in zijn hand te hebben en de plopgeluiden door de dempers te horen en wapenolie, oplosmiddel en verbrand kruit te ruiken. Het verbaasde hem dat hij met één oog nog zo goed schoot.

Hij had drie jaar achtereen in het pistoolteam van de politie gezeten, totdat de werklast en het vaderschap zijn oefentijd hadden beperkt. Hij had geleerd zijn ogen te gebruiken en erop te vertrouwen dat zijn handen en vingers op het juiste moment de juiste dingen deden. Oefenen en nog meer oefenen: uren op de schietbaan, competities, droogschieten zo veel als hij kon om vertrouwen en vertrouwdheid op te bouwen, de nieuwe agenten helpen: het was hem allemaal een groot genoegen geweest.

Het had Stromsoe verbaasd dat de meeste politiemensen niet meer schoten dan absoluut noodzakelijk was om hun bevoegdheid te behouden. Ze sprongen slordig met hun vuurwapens en schietvaardigheid om. Het leek wel of ze hun wapens negeerden. Sommigen hadden er zelfs een hekel aan of waren er bang voor. Het had hem verrast dat hij zelf zoveel plezier aan het schieten beleefde, maar hij hield ervan om met een nauwkeurig vervaardigd instrument te werken, en hij hield van de hand-oogcoördinatie, de concentratie en het ritme.

Als hij met een revolver schoot in een PPC-competitie van de politie, kon Stromsoe zes keer vuren, de patroonhulzen uitwerpen, de lader inschuiven, opnieuw zes keer vuren en op vijftien meter afstand niets dan zwart raken zonder ooit naar iets anders te kijken dan zijn doelwit. Die PPC-wedstrijden kostten hem nauwelijks moeite, want snelheid was niet echt belangrijk. Maar als je met een automatische lader aan een IPSC-wedstrijd deelnam, ging het om snelheid en nauwkeurigheid, en die wedstrijden waren opwindender want je moest tegelijk bewegen en schieten. De magazijnen waren sneller dan gewone laders, en je had ook meer patronen. In beide soorten wedstrijden was het zaak dat je het pistool bij het herladen op ooghoogte hield; als je de lader moest aanpassen of het magazijn op gang moest brengen, had je je ogen nog steeds bij het doel. Hij had het gevoel dat hij door zijn ogen met het doel verbonden was, bijna daaraan vastgemaakt, en het was een eenvoudige visuele vaardigheid geweest om de kogel af te schieten die de onzichtbare verbindingsdraad naar zijn doel zou volgen. Zijn doel kon een man zijn die 's nachts over omheiningen klom, maar Stromsoe had zichzelf geleerd zijn ogen goed te gebruiken als hij een pistool in zijn handen had en zijn patronen daarheen te sturen waar zijn ogen naar keken. Hij was er trots op dat hij in 1994 negende was geworden in de competitie van de Southern California Regional Sheriff's Association.

Nu was het anders, maar helemaal niet slecht. Zijn lichaam had twee jaar de tijd gehad om zich aan te passen. Zijn dieptegevoel was niet zo nauwkeurig als vroeger en zijn gezichtsveld was kleiner. Het was of hij door een tunnel keek. Door zijn ene oog leek de wereld een beetje plat en compact, alsof alles door een onzichtbare hand naar hem toe werd samengedrukt. Maar het beeld was helder.

Op vijftien meter afstand schoot hij met zijn Colt .380 redelijk goed. De schoten kwamen rechtsboven in de vijf ringen terecht, maar bijna allemaal in het zwart.

Op drie meter afstand zat hij twee centimeter te ver naar rechts, maar de inslagen zaten erg dicht bij elkaar.

Hij oefende met de Clipdraw, eerst met een colbertje aan en toen zonder. Het ging erom dat hij het wapen soepel uit de houder trok, vooral met het jasje aan: geen rukbewegingen, niets opzichtigs, geen fouten. De Clipdraw zat te hoog om zo snel te kunnen schieten als een scherpschutter uit de cowboytijd. Je moest je linkerhand op het jasje hebben en dan met de rechterhand het wapen trekken en je arm uitstrekken, terwijl je je benen boog en je linkerhand naar je rechter toe ging. Intussen namen je ogen – oog – het doelwit in zich op.

*Boem. Boem boem boem.*

Ik heb het nog steeds in de vingers, dacht Stromsoe. Op een vreemde manier vond hij het ook wel passend dat van alle vaardigheden die door de bom waren aangetast zijn schietvermogen min of meer onveranderd was gebleven. Hij schoot nog zes magazijnen met de Mustang, en toen vijftig patronen met een Smith AirLite .22 die klein en licht genoeg was om in je zak te dragen en die eens zijn leven had gered.

Om vier uur die middag zat hij tegenover John Cedros' huis in Azusa te wachten. Hij parkeerde onder dezelfde grote jacarandaboom en zag dat de gevallen bloesems zich weer op de ruitenwissers en motorkap van zijn pick-up verzamelden.

Om kwart voor vijf zette de zwangere jonge vrouw die hij de week daarvoor had gezien een oude witte coupé op het pad en stapte langzaam uit. Haar kleding was vermoedelijk een serveerstersuniform van een Mexicaans restaurant: felgekleurde plooirok, witte blouse met mouwen die vanaf de schouders geplooid waren, een kammetje met een rode waaier in haar donkere haar. Ze klapte de bestuurdersstoel naar voren, perste zich daar moeizaam achter en had, toen ze zich weer oprichtte, een kleine jongen over haar schouder. Ze pakte een tasje van de voorbank en duwde het portier met haar voet dicht terwijl de jongen met de rode waaier speelde.

Een paar minuten later was ze terug. Ze droeg nu een spijkerbroek en een flanellen shirt dat tot de ellebogen was opgestroopt. Ze maakte de kofferbak open en droeg plastic zakken met boodschappen naar binnen, vier per keer, twee keer lopen. Toen maakte ze de kofferbak dicht en deed hem op slot.

Om halfzes stopte Cedros in zijn goudkleurige auto naast de coupé en zette de motor uit. Stromsoe liet zich weer zakken en keek door de halvemaan tussen het dashboard en het stuur. Cedros stapte uit zijn auto en liep vlug het huis in. Stromsoe wachtte vijf minuten.

De verstevigde hordeur van het huis was dicht maar de houten deur erachter stond open om de koele avondlucht binnen te laten. Stromsoe klopte aan.

'Ga weg,' zei Cedros ergens binnen.

'Ik denk dat Frankie het licht ziet,' zei Stromsoe.

Cedros kwam achter de hordeur staan. Blote voeten en een biertje, een hemd en zijn blauwe conciërgebroek van het DWP. Klein als altijd. 'Verklaar je nader, pendejo,' zei hij.

Stromsoe keek langs Cedros naar de keuken, waar de vrouw bij de jongen stond, die aan de tafel zat. Ze zette een kommetje op de tafel.

Cedros keek van zijn vrouw naar Stromsoe. 'Dat is mijn vrouw, man. En mijn zoon.'

'Laten we een eindje gaan rijden.'

'Goed.'

Ze reden door Azusa Avenue. De straatlantaarns en bankjes en bloembakken waren fel purperblauw geschilderd. In het stadje leek de tijd te hebben stilgestaan. In het centrum zag je nog overal hardnekkige familiewinkeltjes in plaats van de ketenfilialen waaraan hij in het zuiden van Californië gewend was geraakt. Evengoed zagen die winkeltjes er wel naar uit dat ze het moeilijk hadden. Sommige waren dichtgespijkerd, nog wel aan de hoofdstraat. Er waren veel drankwinkels met verbleekte sigarettenposters en uitverkoopborden en lotto-advertenties die op de ramen waren geplakt. CAMEL TURKISH BLENDS, SLOF VAN 20: $ 39.99!!!

Een kleine kilometer verder kwamen ze in de woonwijken. De huizen waren klein, sommige netjes en andere niet. Voortuinen hadden ijzeren hekken en omheiningen en er waren stalen veiligheidsdeuren in plaats van de gebruikelijke hordeuren. De smeedijzeren rasters over de ramen zagen er eerder beschermend dan decoratief uit. Vrouwen met platvoeten droegen langzaam hun zakken boodschappen van de *mercado* naar huis en mooie meisjes met opzichtige kleding en dito glimlach staken de straat over, bij de tieners vandaan die op de straathoeken stonden of langzaam door de straat op en neer reden in oudere auto's met stampende luidsprekers, felle lak en zwart gemaakte ruiten.

Stromsoe zag de minachting en ergernis op Cedros' gezicht.

'Vroeger was het niet zo,' zei Cedros. 'Dat tuig.'

'De stad waar ik vandaan kom, is ook erg veranderd.'

'In de afgelopen vijf jaar, man.'

'Zo erg lijkt het niet.'

'Wat weet jij ervan? En wat wil je? Is de weervrouw bereid de aanklachten in te trekken?'

'Misschien wel,' zei Stromsoe. 'Maar ik heb eerst informatie nodig.'

'En als ik die niet heb, blijven de aanklachten staan.'

'Ja. Dan kom je voor de rechter.'

'Zeg het maar, man.'

'Je werkt voor het DWP, niet het ziekenhuis. Het kostte me een halve dag om daarachter te komen.'

Cedros haalde zijn schouders op.

'Ik denk dat Choat je opdracht heeft gegeven Frankie lastig te vallen.'

'Choat? Ik ken Choat amper. Hij is van wateroperaties, dertiende verdieping. Ik ben conciërge.'

'Je hebt de vraag niet beantwoord.'

'Hij heeft me niets laten doen. Ben jij niet goed bij je hoofd of zo?'

Stromsoe keek Cedros aan, die een zonnebril had opgezet.

'Met Choat zit het als volgt,' zei Stromsoe. 'Hij wilde Frankies formule om regen te maken. Bood haar daar veel geld voor. Toen ze nee zei, stuurde hij jou om haar bang te maken, misschien zelfs die formule te stelen. Ik denk dat je zo ver als de schuur bent gekomen, in de schuur, maar je kon de formule niet vinden, want die heeft ze nooit op papier gezet.'

'Ik heb niet ingebroken. Echt niet.'

'Dan zullen we het weer over Choat hebben. Wat wilde hij dat je met Frankie deed?'

'Niks, man. Hoe vaak moet ik je dat nog zeggen?'

'Je stalkte haar omdat je door haar geobsedeerd werd?'

'Dat heb ik ook niet gezegd. Ik stalkte haar niet. Daar ben ik niet schuldig aan.'

'Ze hebben een heleboel foto's die je van haar hebt gemaakt. Ze hebben foto's die zíj van jóu heeft gemaakt op haar terrein. Ik betrapte je toen je op haar privéterrein was en droeg je over aan de politie. John, laat me je uit de droom helpen: je kunt het wel schudden.'

Cedros keek uit het raam.

Een minuut of twee zei Stromsoe niets. Hij stopte op de plaats waar de rivier de San Gabriel onder de weg door ging, een smal lint van wit schuimend water dat de berg af stortte. Ze stapten uit, liepen naar de rand van een afgrond en keken naar de rivier beneden.

'Je hebt het goed gedaan,' zei Stromsoe. 'Je viel Frankie zo erg lastig dat ze een privédetective in de arm nam. Je maakte foto's van haar, had het stalkingverhaal paraat voor het geval je werd betrapt. Je hield daar in feite zelfs op de rechtbank aan vast. Goed zo. Ik hoop dat je een grote promotie krijgt.'

Cedros keek naar het water. 'Ik wacht tot je iets zegt wat hout snijdt.'

'Oké,' zei Stromsoe. 'Je hebt een leuke vrouw en een leuke kleine jongen, en weer een baby op komst. Dit zal niet gemakkelijk voor hen zijn, vooral niet voor je vrouw. Als je terecht moet staan voor stalking, ben je altijd de verliezer. Ook als je wordt vrijgesproken, blijven mensen twijfelen. Ze praten. Ze negeren je. Je bent een flinke kerel, John. Je kunt daar niet mee leven. Ik ken jou.'

'Gelul.'

'Je bent een leugenaar van niks,' zei Stromsoe. 'Ik geloof niet dat je die mooie vrouw daar in je huis zou achterlaten en helemaal naar San Diego zou rijden om een weervrouw te bespioneren die je hier niet eens op televisie kunt zien. Dát is gelul, John. Je dekt Choat en jij gaat de klappen voor hem opvangen. Ik wil je helpen. Zie je dat dan niet?'

Cedros pakte een steentje op en gooide het over de rivier. Zijn beweging was fel en compact en het steentje vloog over het water en loste op in de schaduw van het ravijn.

'En het was ook een leugen dat je alimentatie voor een kind moest betalen,' zei Stromsoe. 'Je zou al walgen van het idee alleen. Het was een leugen dat je schoonmaker in een ziekenhuis bent, want je werkt op het DWP en je bent daar trots op. Je draagt een uniform en je poetst je schoenen en je hoopt hoger op de ladder te komen. En je loog toen je zei dat je een vrouw stalkte, want je bent nog steeds zo smoorverliefd op je vrouw dat je nooit zoiets zou doen. Dus waarom? Komt het door Choat? Je weet dat ik met hem ga praten. Hoe kan ik je helpen als jij me niet vertelt wat de deal is?'

'Er is geen deal,' zei Cedros met milde vijandigheid. 'Ik deed het in mijn eentje en het was stom van me. Je hebt mijn vrouw gezien. Ze is lang. Ik hou van lange vrouwen.'

'Oké. Goed. Stap maar weer in.'

Stromsoe keerde de auto en reed naar Azusa terug.

Cedros keek bijna de hele terugrit uit het raam. Hij leek op een ballon die was leeggelopen, nog kleiner dan hij al was.

'Ik heb je gegoogled,' zei hij ten slotte. 'Ik weet alles van je.'

'Iedereen weet alles van me.'

'Je hebt mijn respect.'

Stromsoe keek Cedros aan maar wist niet wat hij moest zeggen. Hij schudde alleen zijn hoofd en opende zijn handen van frustratie.

'Zoek een andere baan,' zei Cedros. 'Laat Frankie Hatfield haar formule verkopen en beloven hem niet te gebruiken om regen te maken. Dat is beter voor iedereen.'

Stromsoe trok het stuur naar rechts. Zijn pick-up reed de stoep op en toen hij op de rem trapte, zat John Cedros' hoofd tegen het zijraam gedrukt. Stromsoe boog zich naar hem toe en voelde het pistool tegen zijn ribben toen hij zijn gezicht vlak bij dat van Cedros bracht.

'Maar dat gaat niet gebeuren! Choat heeft de regen niet in eigendom. Je kunt die vrouw niet zo bang maken dat ze haar werk niet meer doet. En je gaat mij niet vertellen voor wie ik moet werken. Is dat duidelijk? Kan ik het je nog duidelijker maken?'

'Meer zeg ik niet.'

'Nee, je zegt ook je toekomst vaarwel, vriend. Je bent nog dommer dan ik al dacht. Als jij je vrouw en kinderen met je mee naar de bliksem wilt laten gaan omdat je iemands hielen wilt likken op je werk, moet je dat zelf weten. Verdomme, jongen, ik geef het op.'

Stromsoe reed met een noodgang weg en kwam een minuut later slippend tot stilstand op Cedros' pad.

Cedros sprong eruit en gooide de deur dicht. Zonder de pas in te houden draaide hij zich nog een keer naar Stromsoe om. Zijn vrouw maakte de versterkte hordeur open en Cedros stoof haar voorbij en was weg.

Stromsoe reed het pad af en zag de nieuwe Magnum onder zijn jacaranda-boom geparkeerd staan. De roze bloesems lagen op de zwarte kap, en de persoon aan het stuur was nauwelijks zichtbaar door de voorruit en het donkere zijraam van rookglas.

Overal waar je kijkt, dacht Stromsoe.

Hij ging naar Azusa Avenue, reed enkele minuten door de straat met de jonge gangstertypes en de mooie meisjes en keerde toen naar Cedros' huis terug. De Magnum stond nu op het pad van Cedros. Stromsoe parkeerde op enige afstand, niet onder zijn boom, pakte zijn verrekijker uit het dashboardkastje en noteerde het nummer van de Magnum. Hij wachtte ongeveer twintig minuten en toen kwam er een man uit het huis van de familie Cedros. Hij had een plastic draagtas in elke hand.

De man was groot en zijn gezicht had de kleur van koffie met veel melk. Zijn haar was gemillimeterd. Hij had een wraparound-zonnebril en een ketting waarvan de ene kant aan een riemlus was bevestigd en de andere in zijn broekzak was gestopt. Hij droeg zwarte werkschoenen, een katoenen broek en een mouwloos hemd. Tot de tatoeages op zijn armen behoorden een gedetailleerde Keltische weergave van het getal 13, de letter S en iets wat Stromsoe niet goed kon onderscheiden, al zaten er een Azteekse krijger en een bloedend hart in.

Die 13 stond voor de dertiende letter van het alfabet, dacht Stromsoe, de letter M. En M stond voor Mexicaanse maffia. En de S stond voor sureño, de bendes uit het zuiden, de duizenden soldaten van La Eme.

De man zette de draagtassen op de passagiersstoel van de Magnum en reed weg. Stromsoe bleef in zijn pick-up zitten. Hij dacht aan de vicieuze cirkel waarin hij zich bewoog, de dodelijke humor van dit alles.

Ik zit al veertien jaar achter die kerels aan en ik doe het nog steeds, dacht hij. Mijn vrouw en zoon zijn vermoord, ik ben een oog kwijt en mijn lichaam is half aan flarden geknald, en ik heb geen politieteam meer om me bij te staan, maar toch zit ik hier nog, alsof ik niet goed snik ben. En waarvoor? Driehonderdvijftig dollar bruto per dag, vijf vakantiedagen in je eerste jaar, een belabberde ziektekostenverzekering, een onkostenvergoeding die net genoeg is voor fastfood en een paar liter benzine.

De voordelen?

Dat was een korte lijst: hij deed wat goed was, vocht in de oorlog die het leven had gekost van degenen van wie hij had gehouden, en Frankie Hatfield.

# 21

Toen Stromsoe bij de waterkant van San Diego aankwam voor Frankies laatste weerbericht van die avond, was het bijna acht uur. Ze stond op de Embarcadero-promenade. Achter haar schommelden de jachten in de haven en een ferme bries liet de vlaggenlijnen tegen de masten tikken.

Ze glimlachte naar Stromsoe toen hij over de promenade kwam aanlopen, en zwaaide met de microfoon naar hem. Met die vilthoed en bruine overjas leek ze net een rechercheur met veel haar.

Hij ging achter het kleine groepje toeschouwers staan en luisterde naar de voorspelling voor de volgende dag: helder en winderig in de hele county, met temperaturen van twintig graden aan de kust en vierentwintig graden landinwaarts, zevenentwintig in de woestijnen en zeventien in de bergen.

'En we krijgen nog meer regen na die twaalf millimeter van zondag. Vrijdag, denk ik, misschien zaterdag. Op dit moment vormt zich een fikse onweersbui, en twee van die buien zo vroeg in het seizoen zijn goed voor onze laagstaande meren en bassins. Regen is leven! Dit is Frankie Hatfield, live vanaf de Embarcadero.'

'Zet hem op, Frankie!'

'Goed zo, Frankie!'

Ze zette een paar handtekeningen en Stromsoe leidde haar over de straat naar het parkeerterrein van het countygebouw.

'Je ziet er goed uit,' zei hij.

'Dank je. Dat was een van de hoeden van over-overgrootvader Charley. Ik moet het opnemen tegen Loren Nancarrow van Channel 10. Hij heeft de coolste kleren.'

Ze maakte het portier van de Mustang open.

'Ik heb eten en wijn voor ons,' zei hij. 'Al is mijn hele huis ongeveer zo groot als jouw huiskamer.'

'Echt waar?'

'De hele waarheid.'

'Voor míj?'

Hij keek haar aan.

'Werkt de douche?' vroeg ze.

'Zeker.'

Ze gooide de gleufhoed in de lucht, ving hem op en zette hem op Stromsoes hoofd. Hij was warm en rook naar haar.

Stromsoe zette de radio zachtjes en bakte de omeletten terwijl Frankie de douche gebruikte. De ramen stonden open en de bries bracht de geuren van de mandarijnenbomen langs zijn pad en het verre sissen van auto's op Mission Road naar binnen. In Camp Pendleton bulderden de kanonnen, gedempte klappen, het geluid van de vrijheid. De kat van de huisbaas zat op de bank en likte aan zijn voorpoot. De Mastersons hadden in de loop van de dag een rood vergiet met zelfgekweekte avocado's, tomaten, basilicum en koriander op zijn stoep gezet.

Hij was twee wijnglazen aan het schoonvegen toen Frankie tevoorschijn kwam in een spijkerbroek en een zijden tanktopje dat dezelfde donkerbruine kleur als haar ogen had. Ze was op blote voeten en haar haar stond rechtovereind en het kleine huisje leek meteen een beetje kleiner. Stromsoes hart bonsde.

'Kan ik hier op blote voeten lopen? Dan lijk ik kleiner.'

'Ik ben toch al vijf centimeter groter dan jij,' zei hij.

'Mijn ouders plakten mijn schouderbladen met tape aan elkaar vast om te voorkomen dat ik krom ging lopen.'

'Au.'

'Valt wel mee. Het was eigenlijk een grapje. Maar het werkte. Het deed me eraan denken dat ik mijn rug recht moest houden. Als je niet voorover hangt, heb je geen last van de tape.'

Ze keerde hem haar zij toe en ging kaarsrecht staan.

Hij keek naar haar en wou dat ze hem beter kende, dat ze ook op de hoogte was van de minder goede dingen die hij in zijn leven had gedaan. Misschien was daar later nog tijd voor, dacht hij.

'Kun je dansen?' vroeg ze.

'Vreemd genoeg wel. Het ging me gemakkelijk af.'

'Mij ook. Hé, leuk huisje heb je. Die mooie grote ramen en die kleine haard en al die bougainville. En de geur van die mandarijnenbloesems is een hemel op aarde. Er zijn een heleboel van zulke hoekjes in Fallbrook. Ik woon hier al vijf jaar, maar ik ontdek steeds andere. Mijn vrienden willen hier allemaal komen wonen. Dat zou geweldig zijn, of misschien niet.'

Ze glimlachte een beetje stijf om haar eigen nerveuze gepraat.

'Ik zal je een glaasje wijn inschenken.'

Stromsoe diende de omeletten op, dimde de lichten en stak twee kaarsen aan. Ze zaten tegenover elkaar aan een kleine tafel in de eetkamer. Het rode vergiet met schatten was het middelpunt. Stromsoe had iets van alles voor de maaltijd gebruikt. Hij dacht aan Hallies kreeftschotels en Susan Doss die een goede lunch voor hem meebracht op de dag dat hij bijna zijn leven in brand stak.

Hij schonk Frankie koele witte wijn in en nam zelf ook iets.

'Ik denk dat Cedros door Choat is gestuurd om je bang te maken,' zei hij.

'Dan had ik ongelijk. Ted dacht de hele tijd al dat de stalker iemand van het DWP was.'

'Het doet er niet toe wie gelijk of ongelijk had. Het gaat erom dat we een machtig persoon hebben dwarsgezeten. We hebben zijn man opgepakt en zijn plan de bodem ingeslagen, en nu gaat hij een nieuwe manier bedenken om met je af te rekenen.'

'Kun je hem niet zover krijgen dat hij zich helemaal niet meer met mij bemoeit?'

'Dat denk ik wel.'

'Ik wil niet dat mensen me in de gaten houden. Ik wil niet dat die man zich mijn werk toe-eigent.'

Stromsoe at wat omelet en dronk een slokje wijn. 'Frankie, sommige mensen gaan verder dan overreden. Sommige mensen gaan door tot ze hebben wat ze willen.'

Ze keek hem aan en knikte.

'Ik zal met Choat gaan praten,' zei Stromsoe.

'Hij ontkent gewoon dat hij Cedros heeft gestuurd en zegt dat hij een royaal bod op mijn werk heeft gedaan,' zei ze.

'Dat heeft hij ook.'

'Doe me een lol.'

'Ik begrijp het. Het is jouw werk, jouw formule, jouw regen, en je gaat dat alles niet verkopen aan iemand die er winst mee wil maken, hetzij door het te gebruiken hetzij door het te vernietigen.'

'Zo is het maar net.'

'Je wilt niet wijken, Frankie? Niet voor een miljoen dollar? Tien miljoen? Of al het personeel en land dat je voor je experimenten nodig hebt? Ik moet weten of je een prijs hebt, en zo ja, welke dat is.'

Frankie schudde haar hoofd. 'Geen prijs voor Choat of het DWP. Nooit.'

'Oké,' zei hij. 'Je ontneemt hem niet zijn hoop.'

Dat bracht een glimlach op haar gezicht, en toen verdween die en sloeg ze haar ogen neer. 'Denk je dat ik een idioot ben?'

'Ik denk dat je, als je regen kunt maken, grotere problemen hebt dan Choat. Om te beginnen heb je de halve macht van de Heer zelf.'

'Ik kom in de buurt, Matt,' zei ze, naar hem opkijkend. 'Je hebt het gezien. We hadden drie keer zoveel regen als de rest van het dal.'

'Dat heb ik gezien.'

'Dríé keer zoveel. En ik krijg vrijdag of zaterdag opnieuw een kans.'

Ze aten een tijdje bijna in stilte, terwijl de radio iets lichts en opgewekts speelde.

'Cedros zit me niet lekker,' zei Stromsoe. 'Er staat veel voor hem op het spel en hij is intelligent. Hij dekt Choat en heeft connecties met La Eme.'

Ze keek hem aan. 'La Eme... Die herinner ik me van de verhalen over jou. Je vijand, de jongen die in de fanfare speelde...'

'Ja,' zei Stromsoe. 'Cedros kent een zekere Marcus Ampostela. Birch heeft hem voor me nagetrokken toen ik net van Azusa hierheen reed. Autodiefstal, afpersing, roofovervallen, mishandeling met een dodelijk wapen en nog een aantal kleinere vergrijpen. Hij heeft acht van zijn vijfentwintig jaar achter de tralies gezeten. Niet slecht in vergelijking met andere mensen.'

Het had Stromsoe verbaasd dat Birch zo snel achter die gegevens kon komen. Toen Stromsoe nog bij de politie zat, konden alleen politiefunctionarissen zo snel bij iemands dossier komen. Birch maakte deel uit van netwerken die twee jaar geleden amper bestonden en sommige die er destijds helemaal nog niet waren. Privégegevens werden sneller openbaar dan hij zich had kunnen voorstellen.

Frankie ademde hoorbaar uit. 'Misschien koopt Cedros alleen drugs van hem. Of een gestolen auto of zoiets. Misschien heeft het niets met het DWP of mij te maken.'

'Zeker. Maar als Choat toegang tot de juiste mensen heeft, kan hij La Eme inhuren.'

'O,' zei ze zachtjes. 'Via Cedros?'

Stromsoe knikte en nam weer een slok wijn. 'Dat zou een manier zijn. Cedros denkt dat je de aanklachten zult intrekken.'

'Wie heeft hem dat verteld?'

'Iemand die hij gelooft,' zei Stromsoe. 'Toen ik oorzaak en gevolg voor hem uiteenzette, begreep hij me. Hij weet dat hij zijn toekomst, zijn huwelijk, zijn gezin op het spel zet. Toch houdt hij zich aan zijn oorspronkelijke verhaal: hij stalkte jou omdat hij door jou wordt geobsedeerd. Dat is niet het soort verhaal waarmee je naar de rechtbank gaat.'

Frankie leunde achterover en keek hem aan. In het kaarslicht werden de holten van haar gezicht tegelijk verdiept en verzacht. Haar ogen glansden als een opgepoetste walnoot.

'Wat wil je dat ik doe?' vroeg ze.

'Wachten. Als Choat een nieuw idee heeft, weten we dat gauw genoeg.'

'Hij hoeft alleen maar de remvloeistof uit mijn Mustang te laten lopen. Met mijn rijstijl is dat genoeg. Of hij kan me laten overrijden als ik op een avond naar mijn auto loop.'

'Hij wil de formule. Is die opgeschreven?'

'Nee. Charley schreef hem ook nooit op.'

'Hou dat zo.'

'Doe ik.' Ze legde haar vork neer, zuchtte heel zachtjes en schudde haar hoofd.

'Ik zorg ervoor dat jou niets overkomt, Frankie.'

Ze keek hem aan en Stromsoe wist absoluut niet wat ze dacht. Zijn eigen gedachten waren een draaikolk van hoop, angst en tegenstrijdigheden. Hoe vaak had hij datzelfde tegen Hallie en Billy gezegd, misschien niet met woorden maar in zijn hart?

'Dansen?' vroeg hij.

'Graag.'

Het was een oud Dire Straits-nummer, 'So Far Away', en Stromsoe leidde Frankie in een blije foxtrot die voorbijging aan de melancholie van de tekst. Eerst was hij zich ervan bewust dat hij met maar drie vingers leidde, en hij probeerde vooral zijn handpalm te gebruiken om zijn aanraking licht maar sturend te houden. Hij voelde dat haar pink comfortabel op de plaats lag waar de zijne was geweest. Opnieuw wenste hij dat ze hem zag zoals hij was en niet was, en hij vroeg zich af of dit een teken was dat ze daartoe in staat was. Ze dansten om de tafel heen, de huiskamer in, waar de dansvloer beperkt werd door de dozen die hij nog moest uitpakken.

'Ik denk dat ik nu op je verleden ben gestuit,' fluisterde ze.

'Dat geloof ik ook.'

'Mag ik foto's bekijken?'

'Ja. Wanneer?'

'Nu. Na dit nummer, bedoel ik.'


Ze zaten op de bank en hij liet haar zijn jaarboek van de Santa Ana High School van zijn laatste jaar zien, met foto's van hemzelf en Hallie en Mike. Hij had in geen jaren naar die dingen gekeken en zag zichzelf poseren voor de fanfare, zijn mace hoog geheven en zijn sjako laag over zijn voorhoofd getrokken. Het was net of hij een kind zag dat zich zonder twijfels en geschiedenis aan zijn wensen overgaf.

'Ik herken je,' zei Frankie. 'Kijk eens wat een bolle wangen je had. En zo serieus!'

'Hé, tambour-maître was een belangrijke functie.'

Hij liet haar de foto's van Hallie zien, haar portretfoto, haar foto als 'Meest sarcastische jaargenoot' en een foto waarop ze met een aarzelende uitdrukking op haar mooie gezicht op een bijeenkomst stond.

'Ze was een buitenstaander,' zei Frankie.

Toen Stromsoe bij de portrettenbladzijde kwam waarop ook Mike te zien was, tikte hij alleen maar met zijn vinger op de desbetreffende foto. Tavarez keek met een terughoudend gezicht naar hen op, maar die vage glimlach zat al als een nonchalant stuk bepantsering op zijn plaats.

Frankie keek naar de foto en zei niets.

In tweestrijd tussen zijn verlangen om dingen te vertellen en dingen te beschermen, haalde Stromsoe zijn favoriete foto tevoorschijn: Billy op vierjarige leeftijd, op een steiger met een gele kinderhengel in zijn hand.

Stromsoes hele wereld kwam meteen scheef te hangen; de gedachten aan wat had kunnen zijn gleden met al hun ontzaglijke gewicht onder hem vandaan. Hij zag Billy's intelligentie en verlegenheid. Hij zag zijn ernstige respect voor de minuscule baars die hij uit de vijver had gehaald en die aan zijn lijn bungelde, dezelfde ernst waarmee zijn vader zich op uitgerekend de functie van tambour-maître en vervolgens op zijn politiewerk had toegelegd. In de ferme stand van Billy's kaken zag Stromsoe ook de overtuiging dat het moment en de vis belangrijk waren. Een eigenschap, dacht Stromsoe, die Billy in deze wereld van afleidingen en zwak geloof goed van pas zou zijn gekomen.

Zou zijn.

Zou zijn gekomen.

Zou van pas zijn gekomen.

'Niet eerlijk,' zei Frankie.

Stromsoe hoorde een traan op de rug van een van haar grote handen vallen, die gevouwen op haar schoot lagen.

'Oeps,' fluisterde ze. 'Sorry.'

'Het geeft niet.'

Hij pakte een andere foto, Billy in een piratenkostuum op Halloween, zwaaiend met een rubberen zwaard. Hij deed zijn best om er vervaarlijk uit te zien, maar je zag meteen de zelfspot in hem. Er was ook iets verleidelijks aan zijn gezicht, alsof hij jou en jou alleen uitnodigde om mee te spelen.

'Dat was de Hallie in hem,' zei Stromsoe. 'Het deel van hem dat de dingen niet al te serieus kon nemen. Het deel van hem dat lachte en speelde. Het deel dat van geheimen hield. Op die Halloweenavond trok hij langs de huizen in dat piratenkostuum, met zijn zwaard en pompoenmasker.'

Hij verpakte de foto weer in het verkreukelde krantenpapier, legde hem in de doos terug en pakte een andere.

'Vertel me iets over hem,' zei ze. 'Het eerste wat je te binnen schiet.'

'We mochten graag samen door autowasserijen gaan. Je weet wel, waar je in je auto blijft zitten en naar binnen rijdt en dan wassen die grote borstels je auto. Billy vond het geweldig als die borstels op je af komen en je het gevoel hebt dat de auto naar voren gaat. Hij zou zwéren dat de auto naar voren ging.

We gingen steeds naar andere wasserijen. Hij hield een logboek bij. Die in Costa Mesa bleek de beste uit de omtrek te zijn, op grond van de hoeveelheid zeep, de werking van de borstels, de kwaliteit van het spoelen en het langdurige drogen. Autowasserijen. Dat mis ik.'

Frankie glimlachte en knikte. 'Mooi.'

'Hier heb je Hallie op haar dertigste verjaardag. Ik gaf een verrassingsfeest voor haar in een restaurant. Omdat een van onze vrienden een professionele fotograaf is, ziet het er goed uit.'

'Ze was ook mooi. Ik zie haar in Billy.'

Het was een foto van alleen haar gezicht. Hij was met een grote lens vanaf de andere kant van het restaurant gemaakt en ze wist het zelf niet. Je zag de dingen die duidelijk waren, Hallies nonchalante aantrekkelijkheid, haar blauwe ogen, haar sproeten, haar ongedwongen glimlach, haar door de zon verlichte haar. Je zag dat ze van dat moment genoot. Ze zag er niet uit alsof ze erg haar best deed, en zo was ze in haar leven ook. De zuivere Hallie. Heel even had Stromsoe het gevoel dat hij haar uit die lijst kon halen om haar naast hem op de bank te zetten en een glas wijn voor haar in te schenken. De foto liet ook iets zien van een ander aspect van haar: Hallie was nooit erg lang tevreden. Ze was altijd aan het zoeken, ruiken, proeven, nemen. Ze was altijd een stap verder, een beetje opzij, soms kilometers ver weg. Ze was een reiziger. Ze ging. En als de reis haar naar een slechte plaats voerde, ging ze daar met al haar energie, charme en soms ook roekeloos enthousiasme op af. Stromsoe had vaak gedacht dat als mensen vleugels konden krijgen Hallie de eerste zou zijn die ze kreeg, en dat zouden dan ook nog de grootste zijn.

'Ze lijkt een beetje ongenaakbaar,' zei Frankie.

'Ze liet mij bij zich toe toen ze daar klaar voor was.'

Stromsoe legde de foto weer in de doos. Zijn hart bonsde en een ogenblik wist hij niet precies meer waar hij was en in welke tijd hij daar was. Voor het eerst in zijn leven zag hij geen duidelijk onderscheid tussen verleden en heden en geen wezenlijk verschil tussen herinneringen en wat hij op dat moment met zijn ene goede oog kon zien. Hij had een gevoel dat als hij naar een andere kamer liep zijn vrouw en zoon daar zouden zijn. Ze zouden in kleermakerszit op het bed zitten en een spelletje spelen of een verhaal voorlezen. Sinds hun overlijden was er meer dan twee jaar verstreken en op de een of andere manier leek die verschrikkelijke dag tegelijk dichterbij en verder weg dan ooit tevoren. Nu hij met Frankie naar die foto's keek, begreep Stromsoe dat hij de grote zwarte barrière was gepasseerd die hij vergeefs had willen passeren toen hij met Susan Doss praatte. Hij zag dat de overledenen pas vrij zijn als we ons hen zonder dood herinneren. Dan zijn de levenden ook eindelijk vrij.

'Dank je,' zei Frankie.

'Jij bedankt. Het doet me goed.'
'Wil je alleen zijn?'
'Nee,' zei Stromsoe. 'Zullen we een eindje gaan wandelen?'
'Goed.'
'Ik heb laatst een mooi plekje ontdekt.'
'Ik haal even mijn schoenen uit de auto.'
'Ik neem de wijn mee en iets om op te zitten.'

Ze liepen de helling van het mandarijnenbos af. Het was een koele avond.
Een hond blafte, maar verloor zijn belangstelling. De maan was klein maar
helder en scheen tussen de rijen bomen door, over een onverharde weg en
door de citroenbomen. Ze kwamen langs een irrigatiestation en gingen een
helling met chaparralstruiken en wilde boekweit op. Boven aangekomen,
keken ze uit over een veld van kweekbloemen dat zich helemaal tot aan de
donkere horizon uitstrekte. De kleuren straalden in het licht van de maan en
de lampen op de omheining. Links waren brede banen van wit en geel en
roze, in het midden lag een weg van oranje en rood en rechts was er een grote
boulevard van mysterieus blauw en purper tot helemaal in de verte.
'Ik moet hier een reportage doen,' zei Frankie. 'Het is prachtig. In mijn eigen
achtertuin.'
Stromsoe vouwde de deken twee keer dubbel en ze zaten naast elkaar wijn te
drinken. Hun armen raakten elkaar en dat leidde Stromsoe onevenredig af,
ondanks de Colt die aan zijn andere kant om aandacht vroeg.
Hij vertelde haar hoe hij had geleerd tambour-maître te worden, de vele uren
die hij in zijn kleine achtertuin in Santa Ana in zijn eentje had gemarcheerd
op een gettoblaster die marsen speelde, de vele uren dat hij was getraind door
de mopperige oude Arnie Schiller, die van 1928 tot 1939 de fanfare van de
Santa Ana Saints had geleid, en zijn blije schrik toen in de zomer voor zijn
eerste jaar bleek dat hij de enige deelnemer aan de try-outs was. Hij sprak
over cadans en ritme, over downbeats, rebounds en patronen, en ook over de
macetechnieken die wat verdergingen, zoals de toss, de spin, de ground jab
en het saluut. Hij demonstreerde enkele bewegingen met zijn wijnglas.
Frankie vertelde hem hoe ze Charley Hatfields geheime laboratorium in de
schuur in Bonsall had ontdekt. Ze had een kaart gebruikt die aan een oude
akte was bevestigd die ze in een archiefkast van de familie Hatfield had
gevonden. De schuur zelf was opgeslokt door bamboe en daarna overwoekerd
met wilde komkommerplanten. Ze had een machete moeten gebruiken om
een deur te vinden. Toen ze die deur voor het eerst openzwaaide en naar
binnen ging, lagen al Charleys dingen daar onder vergane lakens, bedekt met
stof en spinnenwebben, als in een horrorfilm. Op dat moment begreep ze dat

ze was geboren met een doel: deze plaats ontdekken en zijn werk voortzetten. 'Ze dachten allemaal dat ik gek was,' zei ze. 'Ik was vijftien en heb ze een hele tijd geloofd. En nu? Wat is er zo gek aan regen maken? Het is iets goeds. Het is mogelijk. Iemand moet het doen. Waarom ik niet?'

Een tijdje later liepen ze hand in hand naar Stromsoes gastenhuisje terug. Ze leunden tegen de Mustang en keken naar de sterren. Als meteorologe kende Frankie de nachtelijke hemel erg goed.

Stromsoe volgde de lijn van haar vinger toen ze naar boven wees. Hij luisterde naar haar stem en rook haar adem terwijl ze sprak: Lacerta, Pegasus, Delphinus, Capricornus, Fomalhaut, Lyra.

Hij wilde haar kleinere, persoonlijke waarheden vertellen, maar hij wilde het moment niet beschadigen, en toen was het voorbij.

Toen ze wegreed, zwaaide ze met haar blote arm uit het raam naar hem.

# 22

'Mensen van uw slag krijgen meestal eerst met onze beveiligingsmensen te maken,' zei Choat. Hij zat in het halfduister van zijn kantoor, zijn grote handen samengevouwen op zijn bureau, met daaroverheen het vage latwerk van het ochtendlicht. Die handen waren zo ongeveer het enige wat Stromsoe van hem kon zien. 'Maar ik wilde u wel een paar minuten ontvangen omdat u een vriend van Frankie bent.'

'Dank u,' zei Stromsoe. 'Ik werk voor Frankie.'

'Hoe gaat het met haar?'

'Ze maakt zich zorgen. Ze is op haar werk gestalkt, en thuis ook. Ik heb de man laten arresteren en hij zal terechtstaan, maar zijn verhaal klopt niet.'

'Gestalkt?'

Stromsoe boog zich naar Choat toe, maar kon de man nog steeds niet goed zien. 'Ze werd geïntimideerd. Gefotografeerd. Die man kwam op haar privé-terrein. Keek naar haar.' Hij leunde achterover. 'U weet wat stalken is, meneer Choat. Het is sectie 6046.9 van het Californische wetboek van strafrecht.'

Choat kwam uit de schaduw naar voren en Stromsoe zag nu voor het eerst zijn strijdlustige gezicht met de vele littekens en de gebroken neus. Choat was een van die mannen met een hals net zo breed als het hoofd. 'Als hij is gearresteerd, is ze toch uit de problemen?'

Stromsoe zweeg een ogenblik en zei toen: 'Er is ook een straatverbod tegen hem uitgevaardigd. Maar er zijn veel andere mensen die een jonge vrouw kunnen intimideren.'

'Ik begrijp niet waarom u hier bent.'

'Meneer Choat,' zei Stromsoe kalm. 'U neemt mij niet in de maling. U maakt geen indruk op mij. Frankie zei nee tegen DWP-geld, en toen stuurde u John Cedros om haar bang te maken. U kent Cedros, hij is hier conciërge. Maar Frankie nam mij in de arm en ik kreeg hem te pakken. Hij zei dat hij haar stalkte omdat ze lang en mooi was. Dat zei hij om u te dekken. Het is een waardeloos verhaal. Hij is een huisvader. Waar hij woont kan hij Frankie Hatfield niet eens op tv krijgen.'

Choat knikte, leunde achterover en sloeg zijn dikke armen over elkaar. Stromsoe zag het driedelig pak, de manchetknopen, de dasspeld, het overhemd met ronde kraag, het grove kapsel.

'Ik beken,' zei Choat. 'We hebben Frances Hatfield geld geboden voor onderzoek en ontwikkeling van een systeem van bevochtigingversnelling. We zijn sceptische fans van het werk dat haar over-overgrootvader in het begin van de vorige eeuw deed. We weten dat hij een contract afsloot om regen te maken voor de stad San Diego, en dat het toen zo hard ging regenen dat de reservoirs overstroomden, de Morenadam brak en mensen in roeiboten door de straten van de stad voeren. Wij van het DWP interesseren ons daarvoor. En het was niet zijn enige triomf. Hij heeft meer successen behaald. Mensen hebben onderzoeksgeld uitgegeven aan systemen voor klimaatbeheersing die veel excentrieker zijn dan dat van hem: wervelstormen onschadelijk maken, ijskappen laten smelten, systemen die niet half zo goed werkten als Hatfields geheime formule. Dus toen we hoorden wat mevrouw Hatfield deed, nou, toen waren we verrekte nieuwsgierig. Ze beschikte over veelbelovende cijfers. Maar uiteindelijk wees ze ons beste en laatste aanbod van de hand, en dat was dat. Meneer Stromsoe, ik heb geen enkele reden om die geweldige jonge vrouw te intimideren. Integendeel, ik wens haar het allerbeste toe.'
'Dat is aardig van u,' zei Stromsoe. Hij stond op, liep naar de zonwering toe en liet wat licht binnen. 'Waarom houdt u het hier zo donker?'
'Ik heb heel sterke ogen.'
'Dan mag u zich gelukkig prijzen.'
'Ik ben ermee geboren.'
'Dat is juist het geluk.'
'Ik ben opgegroeid met de zoon van een multimiljonair. Die jongen joeg een kogel door zijn hoofd toen hij dertien was.'
Stromsoe liet de zonwering open en ging weer zitten. 'Misschien had ik het mis. Misschien is er geen verband tussen Frankies afwijzing van uw aanbod en iemand die voor u werkt en die haar stalkte.'
Choat knikte. 'We leven in een vrij land. Ik geloof die Cedros, als hij u dat heeft verteld. U mag denken wat u wil.'
'Ik denk dat u en uw bazen doodsbang zijn voor Frankie. Waarschijnlijk wordt het tijd dat ik met uw bazen ga praten.'
'Bedreigt u me?'
'Waarmee? U bent het DWP. Ik ben een eenogige privédetective die per dag te huur is.'
'Wat wilt u dan van me?'
'Ik wil u laten weten dat mijn bazen en ik weten wie u bent en wat u hebt gedaan. En we willen uw garantie dat Frankie Hatfield niet meer lastig wordt gevallen. We willen niet dat er weer zo iemand als Cedros, of iemand die nog erger is, naar San Diego gaat om haar lastig te vallen. Dat is alles.'
'Het ligt niet in mijn macht om dat te garanderen.'

142

'Dan moet ik misschien met iemand praten die zulke dingen wel gedaan kan krijgen.'

Choat toetste een nummer in op zijn telefoonpaneel. 'Ik heb net de beveiliging gebeld. Die krijgen dingen gedaan.'

Stromsoe stond op en maakte de knoopjes van zijn jas dicht. 'Ik dank u voor uw tijd. We blijven opletten.'

Choat stond op en kwam nogal arrogant om zijn bureau heen. Hij had een vreemd glimlachje, geamuseerd, bijna occult. Hij was groter dan Stromsoe had gedacht en zijn grijze ogen waren hard en kalm.

'U kunt doen wat u wilt, meneer Stromsoe,' zei Choat. 'Ik vind het alleen jammer dat we dit gesprek hier in mijn kantoor moesten hebben.'

Stromsoe zag de beweging aan de linker onderkant van zijn gezichtsveld, maar begreep niet snel genoeg wat het was.

Choats zware vuist stompte hoog tegen de zijkant van zijn kaak, bij zijn oor, en Stromsoe draaide zich snel weg. Choat greep hem bij zijn revers en duwde hem tegen de muur. Stromsoe had zich net weer in evenwicht gebracht en kon weer helder zien, toen Choat hem naar voren trok en zijn stormram van een gezicht vlak voor dat van Stromsoe bracht.

'Even iets van man tot man.'

'Raak Frankie niet aan.'

'Grijp hem.'

Choat duwde hem achteruit en Stromsoe voelde armen die van achteren om hem heen werden geslagen.

'Die schoft haalde met zijn vuist naar me uit,' zei Choat. 'Zorg dat hij uit mijn ogen komt.'

'Ja, meneer.'

'Met alle genoegen, meneer. Kom op, stuk stront. Naar buiten jij, waar stront thuishoort.'

Twintig minuten later zat John Cedros op de plaats waar Stromsoe had gezeten. Choat keek hem ontevreden aan.

'We moeten het tijdschema versnellen,' zei Choat.

'Ik heb tegen ze gezegd dat we snelle actie willen.'

'De privédetective weet het. Er kan van alles misgaan. Als we niet snel handelen, moet je misschien terechtstaan.'

'Ik heb u verteld dat hij het wist,' zei Cedros.

'Doe wat je moet doen. Zeg tegen ze dat we snel resultaten willen. Zeg tegen ze dat we het budget met vijftigduizend dollar kunnen verhogen als er uiterlijk zondag resultaten worden behaald. Als ze de formule niet te pakken kunnen krijgen, mogen ze in plaats daarvan de schuur platbranden. En ik wil dat die privédetective van de zaak wordt gehaald en dat de vrouw volledig ontmoedigd wordt.'

Cedros zag het somber in. Een week geleden was hij een DWP-conciërge met een gezin en deed hij daarnaast wat ordinair intimidatiewerk om directeur Choat van dienst te zijn. Nu was hij een in staat van beschuldiging gestelde zedendelinquent die een contract voor geweld en intimidatie had afgesloten met de meest gevreesde gevangenisbende op aarde.

Hij dacht aan de grote Marcus Ampostela die de vorige dag door zijn huis had gestapt, geile blikken op Marianna had geworpen, was neergeknield om de kleine Tony onder zijn kin te kietelen en Cedros had aangekeken alsof hij diens gezin en leven in eigendom had. En Ampostela was alleen nog maar de tussenpersoon, niet de huiveringwekkende ambassadeur die Tavarez naar de privédetective, de weervrouw en de schuur zou sturen. Ampostela had zelfs aan het geld geroken. Hij had zijn snuit in de draagtassen gestoken om de stapels bankbiljetten te besnuffelen die Marianna netjes dubbel verpakt had alsof ze van haarzelf waren. Ampostela had naar haar zitten kijken terwijl Cedros alles wat hij over Frankie Hatfield en Matt Stromsoe wist zorgvuldig op papier zette: haar adres, haar telefoonnummers, het kenteken van haar Mustang, de locatie van haar schuur in Bonsall, haar werkuren en vrije uren, zelfs de naam van de sportschool in Fallbrook waar ze op zaterdag en zondag naartoe ging...

Een blokhut in de Owens Gorge, dacht hij.

Vierhonderd kilometer hiervandaan. Marianna en hij in het grote bed met de gordijnen die in de frisse bergwind bewogen, en niet één keer zouden ze onder dat bed hoeven te rollen als de kogels in het rond vlogen, of die stomme corridos aanhoren die de hele nacht doorgingen, of gillende sirenes, of het oorverdovende geroffel van politiehelikopters die de muren lieten schudden en met hun zoeklichten door de ramen naar binnen schenen.

Net toen hij moedeloos werd, kreeg Cedros zich weer in de hand. Soms kon een man het zich niet veroorloven om te aarzelen of medelijden met zichzelf te hebben. Soms moest hij zorgen voor degenen van wie hij hield.

'Ja, meneer. We moeten er vaart achter zetten. Ik krijg het wel voor elkaar.'

'Jij bent een taai mannetje. Dat stel ik op prijs.'

'Zit u er niet mee dat Tavarez de vrouw en zoon van die privédetective heeft vermoord en dat we nu dit laten gebeuren?'

'De hemel zet mensen op de plaats waar ze moeten zijn.'

'Dat hoop ik maar.'

'We sturen die detective alleen maar door naar zijn volgende zaak,' zei Choat. 'Het is niet zo dat we zijn hond gaan doodschieten.'

Cedros ontmoette Marcus Ampostela in het Mexicaanse restaurant El Matador, waar de grote man een nis in de achterkamer had genomen. Die kamer was afgezet met een dunne ketting en een bord waarop CERRADO/GESLOTEN stond. Er stonden borden met voedsel op Ampostela's tafel.

In de volgende nis zat een magere gangster in een grijs flanellen overhemd met twee vermoeid uitziende vrouwen en een zwaar gespierde pitbull met een blauwe doek om zijn nek. De hond zat naast de man en at de restjes van een bord. De vrouwen keken verveeld, maar de man en de hond keken naar Cedros toen die naar Ampostela toe liep.

Ampostela, zijn mond vol, zwaaide als een oude vriend naar hem en ging met enig vertoon wat meer rechtop zitten. Hij droeg een zonnebril. Op de tafel stonden een lege en een halfvolle bierkan.

Ampostela wees met zijn grote vinger naar de lege kan en zei: 'En een glas voor meneer Cedros.' Een van de vrouwen stond op.

Cedros ging op de rand van het bankje zitten maar had nog steeds het gevoel dat hij te dichtbij was. Het hoofd van de grote man was kaalgeschoren, maar de haarlijn was nog als een schaduw zichtbaar op zijn gevangenisbleke huid. Nu Cedros zo dicht bij La Eme was, voelde hij zich nog kleiner dan hij al was, en erger nog: verdoemd.

Blokhut. De Owens Gorge.

De vrouw kwam terug met een kan en een glas en zette ze voor Ampostela neer. Hij schoof Cedros het glas toe en zette de kan voor hem neer.

Cedros kwam meteen ter zake. Hij vertelde in vage termen dat er haast bij was en bood vlug de extra vijftigduizend dollar aan voor het geval alles uiterlijk zondag geregeld was. Er was ook een gunstige ontwikkeling. In plaats van de informatie waarover hij met Tavarez had gesproken, wilden ze nu dat de schuur – die stond beschreven in de notities die hij aan Ampostela had meegegeven – eenvoudigweg werd platgebrand. Ampostela vertoonde geen waarneembare reactie op het geld of de verandering van de plannen. De kale man keek Cedros alleen met een strakke blik aan die van alles kon betekenen.

Cedros dacht dat de zaak beklonken zou zijn als hij met wat echt geld op de proppen kwam. Hij maakte aanstalten om een envelop uit zijn borstzakje te halen, en meteen richtte de magere gangster een groot pistool op Cedros' gezicht en gromde de pitbull en gooide hij een bord op de vloer.

Met alleen zijn vingertoppen haalde Cedros langzaam de envelop tevoorschijn en liet hem tussen hemzelf en Ampostela vallen.

'Jullie werken op mijn zenuwen,' zei hij.

'Dat is goed,' zei de gangster. Hij leek op een van die Olmec-hoofden in het Mexico Anthropology Museum die Cedros eens in de *National Geographic* had gezien. Afgezien van die zonnebril, dacht Cedros.

'Dit is de helft,' zei Cedros. Hij haalde de andere envelop tevoorschijn en legde hem naast de eerste. 'Dit is de rest.'

'Oké, zondag,' zei Ampostela. 'Ik neem dit nu allemaal mee. Als het niet gebeurt, krijg je het terug. Het valt niet mee, weet je.'

'Krijg ik geen garantie?'

Ampostela glimlachte. Zijn tanden waren wit en recht. 'Nee. Geen garantie.'

Cedros probeerde zich een beetje op te blazen, maar dat was zinloos. Evengoed werd zijn respect in twijfel getrokken. Hij wist dat van hem werd verwacht dat hij iets terugdeed.

Hij stak zijn hand uit, pakte een van de enveloppen en schoof hem in de zak van zijn jasje terug. Zijn vingertoppen gleden over de voering van dat jasje, dat nu drijfnat was van het zweet.

'De helft nu,' zei hij.

Het Olmec-hoofd had de beweging van zijn hand gevolgd en richtte zijn zonnebril op Cedros' gezicht.

'Je krijgt dit zodra ik weet dat het is gebeurd,' zei Cedros. Hij verraste zich over de ontspannen kracht van zijn eigen stem, want elke spier in zijn lichaam voelde verstrakt aan. 'En goed gebeurd.'

Ampostela trommelde met zijn stompe vingers op de envelop. Hij bracht hem naar zijn neus en snoof de geur van het geld op. Zijn getatoeëerde arm golfde en deinde, half spieren half vet. De getatoeëerde Azteekse krijger stond op het punt in een menselijk hart te bijten dat hij als een perzik in zijn hand had.

'Ricky,' zei Ampostela. 'Vertrouw jij deze man?'

De man met de hond haalde zijn schouders op.

Ampostela stak zijn hand uit en schonk wat bier voor Cedros in. 'Goed,' zei hij. 'Drink.'

Ampostela wachtte tot Cedros' goudkleurige auto door Azusa Avenue was weggereden en belde toen Jimmy in Crescent City. Hij zei tegen Jimmy dat hij pen en papier moest pakken en een boodschap woord voor woord moest opschrijven.

Jimmy schreef het korte dictaat op en zei dat El Jefe het de volgende morgen om acht uur zou hebben.

Toen belde Jimmy naar Shawnelle in Redding en ook zij zette het bericht woord voor woord op papier, samen met een waarschuwing van Jimmy dat het snel en nauwkeurig bij El Jefe moest worden afgeleverd.

Shawnelle belde haar, Tonya Post in Crescent City, al was het na etenstijd en maakte de chemo Tonya erg moe. Toch was Tonya blij iets van haar grote zus te horen en ze kletsten een tijdje voordat Tonya het bericht voor haar man

Jason noteerde. Zeker, het was lastig voor hem, en het kon hem zijn baan kosten, maar het was gemakkelijk verdiend geld.

Een bericht voor El Jefe? Tweehonderd dollar van Shawnelle nadat die haar vijftig eraf had gehaald, en het kwam altijd prompt na een week.

Tonya schreef langzaam en vroeg Shawnelle een paar keer om het te herhalen, want ze wilde zeker weten dat ze het goed had.

*Ced wil dat alles uiterlijk zondagavond is gebeurd. Vijftig extra, helft al ontvangen, ruikt goed. MA.*

Een paar minuten later ging ze naar Jason in de garage toe, waar hij 'Halo' speelde en uur na uur buitenaardse soldaten in plassen bloed veranderde, terwijl hij de literflessen supermarktwodka en de frisdrank waarmee hij die wodka mixte in een adembenemend tempo naar binnen goot. Ze had haar ochtendjas hoog tegen haar kin getrokken, maar ze voelde de Noord-Californische kou die door haar sokken heen in haar voeten trok, en vervolgens omhoog door haar benen tot in haar vrouwelijke delen, waar de resten van de tumor hopelijk voor altijd waren afgestorven.

Jason droeg een oud donsjasje en een knaloranje jagerspet tegen de kou. Hij nam zijn blik niet van het scherm af. Al sinds een jaar voor haar diagnose had hij haar eigenlijk alleen maar vijandig aangekeken, en nu kon hij met zijn ogen alleen nog maar zo'n harde, diepe afkeer voor haar opbrengen dat ze er soms bang van werd. Vaak wenste ze dat hij wegging, alimentatie stuurde en haar en Damian met rust liet.

'Geld, schat,' zei ze, wuivend met het papier.

'Leg maar op de bank. Ik ga dit level halen.'

'Het ligt hier.'

'Hoe voel je je, schat?' vroeg hij, zijn blik op het scherm gericht.

'Een beetje krakkemikkig. Damian is naar bed. Ik denk dat ik dat ook doe.'

'Ik blijf hier nog even.'

'Het is voor El Jefe. Het is belangrijk.'

'Jij weet niet wat belangrijk is en wat niet.'

'Tweehonderd dollar is belangrijk voor mij.'

'Ik zei: leg maar neer.'

'Ik heb je gehoord.'

'Wil je dat we ruzie gaan maken of wil je gewoon gaan slapen?' vroeg hij. Hij nam zijn blik nog steeds niet van het scherm af. Een of andere zilverige figuur explodeerde in een wolk van bloed.

Ze ging het huis weer in zonder antwoord te geven en hoorde weer een explosie.

'Godver, nou ging ik dood.'

Jij bent al lang geleden doodgegaan, dacht Tonya, maar ik ga dat niet.

Post sleepte zich met een gruwelijke kater door die donderdagmorgen. De aspirine ketste op zijn hoofdpijn af alsof die pijn gepantserd was, maar na het ontbijt hoefde hij niet veel te doen. Er waren geruchten geweest over La Eme tegen La Nuestra Familia, en hij voelde de spanning op de binnenplaats en in de eetzaal, een bijna hoorbaar gegons dat een ervaren bewaarder oppikte als een signaal van een verre radiozender. De aantallen bewaarders in de eetzaal en op de binnenplaats waren al een week verdubbeld. Het gaf je een goed gevoel als je naar die jungle van criminelen in oranje overalls keek en het stoere blauw van je medebewaarders zag. Ze stonden langs alle vier de muren met knuppels en petten – eigenlijk helmen – klaar om het hout op iemand te laten neerdalen zodra ze de kans kregen.

Hij gaf Tavarez de boodschap toen ze in enige privacy naar de cellen terugliepen, waarbij de andere gedetineerden zich zoals gewoonlijk verre van Tavarez hielden. Post prentte de boodschappen altijd in zijn hoofd. Dat vond hij verstandiger dan dat hij iets opschreef wat onderschept en tot hem herleid kon worden. Hij diepte de woorden uit zijn pijnlijke hoofd op en gaf ze door aan Mike Tavarez, niet één keer maar twee keer. El Jefe liep langzaam en keek naar de vloer terwijl hij luisterde. Toen knikte hij en liep in zijn gewone tempo verder.

'Kun je me vanavond in de bibliotheek krijgen?' vroeg Tavarez.

'Vijfhonderd.'

'Dan moet de laptop wel geladen en klaar voor gebruik zijn.'

'Dat kan ik regelen.'

'Mijn antwoord is ja.'

'Oké,' zei Post.

'Alleen ja.'

'Dat kan ik ook regelen, El Heffie. Hé, hoe was je meisje gisteravond?'

'Niet gek.'

Twaalf uur later werd Ariel Lejas van een Spaanstalige soap vandaan gehaald door zijn nichtje, dat de verduisterde kamer kwam binnenlopen om haar *tío* weer een boodschap van El Jefe te geven.

Hij pakte de geprinte tekst aan, bedankte haar en wachtte tot ze de kamer uit was. Hij keek door het raam naar de blauwzwarte hemel van Riverside en de grote palmen van Victoria Avenue, waarvan de grote bladeren omlaaghingen in de van krekels vervulde avond.

De boodschap bestond uit vier woorden, alle vier in het Engels:

*Doe het uiterlijk zondag.*

Lejas keek op zijn horloge. Het zou hem een eer zijn om nog vroeger af te rekenen met het Grote Zwijn dat Mike Tavarez zoveel ellende had gebracht.

# 23

Stromsoe volgde Frankie die avond op haar ronde langs plaatsen waar ze verslag uitbracht van het weer in San Diego. Zijn oor galmde en zijn kin klopte zo regelmatig als een metronoom. Het herinnerde hem eraan dat hij alert, voorzichtig en paraat moest zijn. Na Choats stomp hunkerde hij naar een gevecht.

Stromsoe had tegen de röntgenlaborant gezegd dat de kaakpijn het gevolg was van een ongelukje tijdens een sparringpartij op de karateles. Nadat de man had geconstateerd dat de kaak niet gebroken was, raadde hij Stromsoe aan om op yoga te gaan.

Frankies laatste reportage kwam van de Cabrillo-vuurtoren op Point Loma, waarachter de stad in het oktoberlicht lag te fonkelen. Stromsoe stond een eindje bij haar en de cameraploeg en het publiek vandaan. Hij bleef in de schaduw en lette op. Hij was er trots op dat hij Frankie kende en kon bijna niet geloven dat ze de vorige avond met hem had gedanst. Hij dacht aan haar huid die zijn arm aanraakte. Hij vond haar interessant, onvoorspelbaar en buitengewoon mooi. Hij was graag bij haar, iets wat hij van maar een handjevol mensen op aarde kon zeggen.

Laten we nu eens kijken naar de regen die zich voor dit weekend heeft ontwikkeld...

Stromsoe wilde weer dat hij haar wat meer over zichzelf kon vertellen, gewoon om haar een evenwichtig beeld te geven. Het was moeilijk om op een halve fundering te staan. Hij was nu eenmaal geen leugenaar.

Hij wist dat zijn genegenheid voor haar hem zwak zou kunnen maken, want dat hoorde je altijd in mannelijke verhalen, maar hij vroeg zich ook af waarom die gevoelens hem niet net zo gemakkelijk konden helpen om scherp en capabel te blijven. Op dit moment voelde hij zich sterk. Hij keek naar haar en verzekerde haar in stilte opnieuw dat er niets ergs zou gebeuren.

Toen hij die avond tegenover Frankie in de Top of the Hyatt zat, klopte zijn kaak nog en galmde zijn oor nog. Hij had de pijn en het geluid ingelijfd en er waakhonden van gemaakt. Vergeleken met de bom van twee jaar geleden was dit niets.

'Ik wed dat je revanche wilt,' zei ze.

'Ja.'

'Ik heb het vermoeden dat je die ook zult krijgen.'

Ze aten een licht diner en dronken koffie. Stromsoe keek veertig verdiepingen omlaag naar de verschrompelde stad, naar de baai met de veerboot en jachten en lichten die daar overal schitterden, tot Coronado en Point Loma aan toe, en voorbij al dat water was er de bootloze, zwarte Stille Oceaan die zich helemaal tot aan de hemel uitstrekte.

Hij nam dat alles snel in zich op en richtte zijn aandacht toen weer op Frankie Hatfield. Ze was mooi. Opnieuw voelde hij de kloof tussen haar onschuld en zijn ervaring en wilde hij met haar praten.

Ze liepen door de Gaslamp Quarter, dronken iets bij Croce's en luisterden naar de zanger.

Ze zag de uitdrukking op zijn gezicht. 'Zeg het maar.'

'Ik wil je iets vertellen,' zei Stromsoe.

'Ik hou van geheimen en ik ben er goed in om ze te bewaren.'

'Ik moet je er een vertellen.'

'Misschien kunnen we beter naar buiten gaan,' zei ze. 'In de rust en de frisse lucht.'

Ze liepen door de avenue langs de bars en restaurants. Er waren veel auto's en voetgangers in de Gaslamp Quarter en ze hoorden flarden van muziek uit de clubs komen.

'Je hoeft dit niet te horen,' zei hij. 'Het heeft geen happy end.'

'Je maakt me nieuwsgierig. Nu moet je het ook vertellen.'

'Het is een verhaal dat sommige dingen verklaart.'

Ze liepen in stilte door. Stromsoe zocht naar de juiste woorden.

'We zaten al acht jaar achter Mike Tavarez aan,' zei hij. 'Ongeveer vanaf het moment waarop hij in 1993 uit de Corcoran-gevangenis vrijkwam. Hij steeg naar de top van La Eme. Hij was nummer vijf in de organisatie, en toen nummer drie. In 2001 was hij El Jefe, de onbetwiste nummer één. Hij bereikte dat door slim te zijn en mensen rijk te maken. Weet je van welke vakken hij in Harvard het meest hield? Bedrijfskunde en geschiedenis. Al in de jaren tachtig, in de Corcoran-gevangenis, begreep Mike dat La Eme personeel nodig had als het ver voorbij de gevangenismuren wilde reiken. En hij zag dat de straatbendes in de barrios behoefte hadden aan leiding, motivatie en een businessplan. De oude bendes, zoals de F Troop waar Mike zelf lid van was geweest, bendes die om territorium en eer en meisjes vochten, waren belangrijk vond Mike. In die tijd was dat een radicale gedachte voor een gangster. Hij vond ze dom, contraproductief en achterhaald. President Reagan dereguleerde het land, probeerde een gezonde concurrentie mogelijk te maken. Mike wilde het tegenovergestelde. Hij wilde de bendes onder één kleur krij-

150

gen, een monopolie opbouwen. In die tijd werd La Eme geleid door Paul Zolorio. Die zat in hetzelfde cellenblok in Corcoran als Mike. Zolorio had de macht om dingen te laten gebeuren, en geloof me, ze gebeurden. Het land werd in die tijd overspoeld met cocaïne, en toen Zolorio een combinatie van zijn eigen machtige La Eme en de gangsters uit de barrios tot stand bracht, was dat het grootste distributienetwerk in het land. La Eme lijfde die bendes in, die legers van potentiële drugsverkopers. Ze doodden degenen die zich verzetten, legden belastingen aan de bendes op en zagen het geld binnenstromen. Het was een briljante zet, want Mike en Zolorio konden al die facties min of meer laten samenwerken, zodat ze geld verdienden. Tijd en plaats – het zuiden van Californië – hadden niet gunstiger kunnen zijn. Ze zaten dicht bij de grens en ook dicht bij een van de grootste drugsmarkten ter wereld. Er kwam fenomenaal veel geld binnen. En natuurlijk leerde Mike zijn aandeel opzij te leggen, plus nog wat meer. Ja, hij was La Eme, maar hij zorgde ook verdomd goed voor zichzelf. In 1995 leverden alleen al de belastingen die ze aan drugsbendes oplegden miljoenen dollars op, en Mike had een vinger in bijna elke pap. Er gebeurden lelijke dingen; dat hoorde bij het vak. En ik zat als politieman achter mijn oude vriend aan, de jongen die klarinet had gespeeld in mijn band. De jongen die Hallie halfdood had geslagen. Ik bleef 's nachts soms laat op en dacht dan aan manieren om hem te pakken te krijgen. Soms droomde ik van hem, van wat hij Hallie al die jaren geleden had aangedaan. Het maakte me woedend dat ik aan de goede kant stond, bij de politie, en dat we over alle middelen en mankracht beschikten maar hem toch niet te pakken konden krijgen. Hallie zei tegen me dat ik bij Narcotica weg moest gaan en voor Moordzaken of Smokkel of Fraude moest gaan werken. Ik was te koppig. Het was iets persoonlijks, iets moreels. Zoals ik het zag, was het de strijd tussen goed en kwaad. Wij en zij. Dat was mijn simpele opvatting. Ik heb de wet altijd als iets ongecompliceerds gezien, en ook het overtreden van de wet, en goed en kwaad. Dat is een gebrek van me.'

Stromsoe keek Frankie aan. 'Weet je zeker dat je dit wilt horen?'

'Ja, zeker weten.'

Hij voelde hoe de grote golf van het verleden voor hem opdoemde, net als de vorige avond, toen hij haar de foto's liet zien. Deze golf was nog groter en donkerder omdat hij in dit verhaal niet het slachtoffer maar de dader was.

'Elke keer dat we een glimp van Mike opvingen, was hij verder weg, op een ander niveau,' zei Stromsoe. 'We konden hem in Mexico niets maken; daar is te veel corruptie. We konden hem in Colombia niets maken; dat is een heel andere wereld. En het kostte ons ook verdomd veel moeite om hier in de Verenigde Staten bij te houden wat hij deed. Hij ging stiekem met een oude auto of een sigarettenboot, de *Reina*, van Tijuana naar Laguna om een paar weken bij zijn familie te zijn. Als we beseften dat hij vlak voor onze neus was, was hij alweer weg. Je moet begrijpen hoeveel mensen er over hem waakten. Alleen al op zijn complex in Laguna had hij zes mensen. Het waren chauffeurs en hoveniers en huispersoneel voor zijn vrouw en kinderen, maar in de allereerste plaats waren het pistoleros. Mike was El Jefe. Als je El Jefe hielp, leverde dat je een machtige vriend op. Ze schreven zelfs liederen over hem. Hij was een held. Niemand zou ons helpen. Hij was veilig in elke barrio ter wereld, tenzij La Nuestra Familia het daar voor het zeggen had.'

'La Nuestra Familia? Rivalen?'

'Gezworen en dodelijke rivalen. LNF zit vooral in het noordelijke deel van Californië.'

Ze bleven staan en keken in de etalage van een winkel met lampen die van gipsen schelpen waren gemaakt. De spierwitte wulken, kinkhoorns en zeeoorschelpen lichtten vredig op om hun gekleurde gloeilampen.

Ze staken Island Street over en liepen door Fourth Street.

'Toen zat het ons een keer mee,' zei hij. 'Mike had al heel lang een vriendin, een vrouw die Ofelia heette. Ze had hem vaak in Corcoran opgezocht toen ze nog maar een meisje was, en leerde hem toen de Nahuatl-taal. Ze was bijna volledig Azteeks en sprak vloeiend een dialect dat Tavarez gebruikte om een taalcode voor La Eme te ontwerpen. Toen hij in 1993 uit Corcoran vrijkwam, woonde Mike een paar maanden met Ofelia samen. Ze was zeventien. Maar Mike had plannen. Hij dumpte haar en trouwde met Miriam Acosta, Zolorio's nichtje. Ofelia vluchtte naar Mexico terug en ging in een klooster. Een jaar later ging Mike daarheen en haalde hij haar over om daar weg te gaan. Hij bleef altijd naar Ofelia toe gaan, zelfs toen hij getrouwd was, zelfs toen hij vader was geworden. Dat betekende dat wij haar voortdurend in de gaten hielden.'

'Was ze naar de Verenigde Staten teruggegaan?'

'Niet helemaal. Mike zette haar in een mooi appartement in de wijk Colonia van Tijuana. Je denkt misschien dat Tijuana een en al smerigheid en armoede is, maar dat is niet zo. Ik heb gezien waar ze woonde, en dat was niet slecht, in de heuvels en omheind, altijd twee mannen met geweren buiten. Altijd twee. Toen Mike meer geld en macht had, kocht hij nog een appartement in Tijuana en ook een in La Jolla. Ofelia ging van het ene naar het andere appartement; het hing ervan af waar Mike zou zijn. Soms hing het ervan af waar Mike níét zou zijn. Ze hadden handenvol mobiele telefoons. Die gebruikten ze een dag of twee en gooiden ze dan weg. We konden ze dus niet goed afluisteren. Het kwam aan op fysieke surveillance van drie adressen die we kenden en verder zochten we naar adressen die we nog niet kenden. We deden dat samen met de politie van Tijuana en La Jolla, maar het was nagenoeg onmogelijk om al die adressen voortdurend in de gaten te houden en te zien wie waar was. Daar kwam nog bij dat sommige rechercheurs in Tijuana bij Mike op de loonlijst stonden. Dan had je het bijvoorbeeld eindelijk zover dat twee rechercheurs uit Tijuana een van de appartementen in de Colonia in de gaten hielden en dan stuitten ze daar op twee rechercheurs, ook uit Tijuana, die voor Mike werkten. En een maand later ontdekten we dat hij daar helemaal niet was geweest. Hij was bij zijn familie in Laguna geweest. Het was krankzinnig.'

'Agenten op de loonlijst van de drugsmaffia,' zei Frankie. 'Dat is nog eens angstaanjagend.'

'Vind ik ook. We hadden het gevoel dat we geen kant op konden. Toen kreeg ik een idee. We pikten Ofelia in La Jolla op en vlogen haar met een helikopter van de DEA naar Santa Ana. Het was augustus 2001, kort voor de aanslagen van 11 september, en we waren een eenheid van mensen uit verschillende diensten. We hadden een groot budget, volop speelgoed, en veel speelruimte. Ze zetten haar in een verhoorkamer in de vrouwengevangenis. Ik liep naar binnen en ze herkende me meteen, noemde me señor Matt. Ze was donker en mooi. Zag er een beetje wild uit. Alles aan haar was duur. Ze was opvliegend maar ook intelligent. Ik zei tegen haar dat zij en Mike een probleem hadden. Ze moest daarom lachen. Ik zei dat zij en Mike werden geschaduwd door soldaten van La Nuestra Familia. Dat was onmogelijk, zei ze, LNF had geen idee waar zij en Mike waren. Ik zei tegen haar dat we er in de loop van onze surveillance vier hadden geïdentificeerd. We hadden ze in het vizier, zoals we ook Mike en haar in het vizier hadden. Ik vertelde wie het waren. Inmiddels luisterde ze aandachtig. Ze vroeg zich af wat er waar was van mijn verhaal. Ja, zei ik, we wilden Tavarez heel graag arresteren, maar als ons dat niet lukte, wilden we niet dat La Nuestra Familia hem te pakken kreeg. Ik handelde als een vroegere vriend, zei ik tegen haar, iemand die respect had voor Mike. Ik liet haar surveillancefoto's zien die we hadden gemaakt van LNF-gangsters die zelf ook aan het surveilleren waren. We werkten ze bij, zodat je niet goed kon zien waar ze gemaakt waren. Ofelia begon me te geloven. Haar emoties stonden op haar gezicht te lezen. Toen liet ik haar wat politiefoto's van die kerels zien, echte zware jongens, stuk voor stuk moordenaars. Ze bekeek ze. Toen deed ik er wat foto's bij die we nog maar een paar weken eerder hadden gemaakt. Daarop zag je hoe een LNF-gangster die zijn baas aan La Eme had verraden, werd gemarteld en vermoord. Een grote kerel. Jong en sterk. Het was onvoorstelbaar wreed wat ze met hem deden. Ondenkbaar. Telkens als het ernaar uitzag dat hij doodging, spoten ze lidocaïne bij hem in om zijn hart te laten doorgaan. Op die manier hielden ze hem drie dagen in leven. Drie dagen. Ze hadden La Eme de video gestuurd om ze te waarschuwen.'

153

Frankie bleef staan en keek hem aan. Stromsoe pakte haar arm losjes vast en ze staken de straat over.

'Wat deed ze?'

'Precies wat we hoopten dat ze zou doen. Ik bracht haar naar La Jolla terug. Ik nam de tijd, liet de druk oplopen. We hadden van tevoren regelingen met de politie van Tijuana getroffen, zodat ze er klaar voor waren als Ofelia de Colonia in ging om Mike te vertellen dat La Nuestra Familia achter haar aanzat. En dat was precies wat ze deed. De politie van Tijuana volgde haar die avond naar een appartement in de Colonia. Het was een nieuw adres waar we nog niet van wisten. Het was nog niet eens ingericht. Tavarez was daar. Het werd een western. Goede rechercheurs en foute rechercheurs en Mikes privé-leger van pistoleros. Een puinhoop. Zes doden binnen vijf minuten. Ofelia was een van hen. Tavarez kwam weg.'

Frankie bleef weer staan. 'De LNF hield Mike en Ofelia helemaal niet in de gaten.'

'Nee.'

'Mike vond dat jij schuldig was aan Ofelia's dood omdat jij haar zo bang had gemaakt dat ze deed wat ze deed.'

'Precies. Mijn slimme plan.'

'En hij wilde jou van de aarde knallen,' zei ze zacht. 'Maar in plaats daarvan kreeg hij Hallie en Billy te pakken.'

Ze liepen verder door de avenue. Frankie hield nu zijn arm vast en hij zag dat ze met gebogen hoofd liep. Hij voelde zich lomp en ellendig omdat hij haar in zijn wereld had gebracht.

'In jouw werk,' zei ze, 'moet je ervan uitgaan dat zulke dingen gebeuren. Zulke dingen móéten gebeuren. Dat accepteer je toch wanneer je bij de politie gaat?'

'Ja. Dat is zo. Maar ik weet ook dat als ik slimmer was geweest, en geduldiger, en meer geluk had gehad, mijn vrouw en zoon nu nog in leven zouden zijn.'

'Voor één kleine ziel is dat een zware last om te dragen.'

'Ik wil niet klagen. Ik wil geen medeleven.'

'Wat wil je dan wel?'

'Dat jij een duidelijk beeld van me hebt. Meer niet.'

Stromsoe reed achter haar aan naar huis, trapte hard op het gaspedaal van zijn pick-up om Frankies Mustang op de autowegen bij te houden. Toen ze bij Fallbrook kwamen, reed ze langzamer over de kleine weggetjes en kwam Stromsoe in de bochten vlak achter haar rijden. Hij liet zijn ramen zakken en de geuren kwamen naar binnen zoals ze in Fallbrook altijd deden: sinaasappels en citroenen en hectaren van bloemen en op de achtergrond altijd wilde salie en chaparral.

Hij zette de motor uit en liep met haar mee naar haar deur. Ze liet de honden eruit.

Toen liep ze naar Stromsoe toe en gaven ze elkaar een lange kus. Hij voelde het gevolg ervan en negeerde het meteen. Zijn kaak deed pijn en hij dwong zich om niet te huiveren. Hij was het zat om een menselijk wrak te zijn.

Frankie maakte een eind aan de kus en floot de honden naar zich toe. Ze kwamen in een wirwar van staarten en tongen aanrennen.

Ze liet ze in het huis en keek toen Stromsoe aan. 'Mijn hart bonkt.'

'Het mijne ook.'

'Ik was je kaak vergeten. Sorry. Maar die kus zal ik niet vergeten, zo lang als ik leef.'

'Ik heb nog meer.'

'Reken maar, detective. Welterusten.'

'Welterusten, Frankie.'

Ze glimlachte. 'Tot morgen. En weet je, je slimme plan met Ofelia mislukte niet maar werkte juist te goed. Dat is over-overgrootvader Charley in San Diego ook overkomen. Hij beloofde regen en maakte te veel. De stad liep onder water en ze joegen hem weg. Jij bent ook weggejaagd, maar nu ben je terug en daar ben ik blij om.'

Stromsoe was net bij zijn gastenhuisje aangekomen toen Birch belde.

'We kregen vijf minuten geleden een telefoontje op onze hotline. Daar komt het.'

'Birch Security Solutions, mag ik uw naam en telefoonnummer?'

'Ze gaan de weervrouw en die detective te grazen nemen.'

'Uw naam en nummer graag.'

*Klik.*

'Laat het me nog eens horen, Dan.'

Birch liet het nog eens horen.

Stromsoe herkende de stem niet. Het was een jonge vrouw. De opname was helder.

'Welk nummer belde ze?'

'Het hoofdnummer,' zei Birch. 'Ze kreeg het menu en toetste de optie voor dringende berichten in. Onze wachtcoördinator nam op.'

'Zij,' zei Stromsoe.

'Zij,' zei Birch. 'Het DWP?'

'Zou kunnen.'

'Choat heeft je een stomp verkocht. Misschien denkt hij dat je daardoor wat slapper bent geworden.'

'Voor de nieuwe vrienden van het DWP?'

'Ja,' zei Birch. 'Misschien hebben ze Cedros vervangen door iemand die een beetje gevaarlijker is.'

'Dat zou ik kunnen geloven. Weet je wat me het meest dwarszit aan dat telefoontje?'

'Haar toon,' zei Birch. 'Ze lijkt doodsbang. Ik denk dat ze zich zorgen maakt om jou en nog meer om haarzelf, omdat ze dat telefoontje heeft gepleegd.'

Stromsoe zei een ogenblik niets, omdat Birch zijn gedachten zo goed had geraden. 'Wie weten dat ze een weervrouw is en ik een detective?'

'Choat, Choats bazen, Cedros, sommige mensen van Frankies werk, sommigen van ons hier. Die oude man… Ted? En dan heb je nog de politie van San Diego, de rechters, het rechtbankpersoneel. De rechtszaal is toegankelijk voor publiek. Er wordt naar telefoontjes geluisterd. Post en e-mail worden geopend. Mensen praten, mensen luisteren. In het geval van een beroemdheid is het nog erger. Iedereen is geïnteresseerd en nieuws verspreidt zich snel. Heeft Frankie iemand verteld dat ze gestalkt werd?'

'Dat weet ik niet.'

'Vraag het haar.'

'Doe ik.'

'Zeg,' zei Birch. 'Het is nu de nacht van donderdag op vrijdag. Ze heeft nog één keer dienst, en dan heeft ze zaterdag en zondag vrij. Ik zal je twee Birchmensen sturen om je met Frankie te helpen, een man en een vrouw, beiden met een wapenvergunning. Voor de goede orde stuur ik ze in een Birchpatrouillewagen, en je kunt ze het hele weekend vierentwintig uur per dag gebruiken. Vertel Frankie over het telefoontje, als je dat wilt. Als dit telefoontje echt was, hebben we mensen waar ze nodig hebben. Als het niets dan goedkope intimidatie is, is Frankie alleen maar twaalfhonderd dollar extra kwijt. Dat kan ze zich permitteren. Maandag zien we wel verder.'

'Goed.'

'Ik heb tijd nodig om Janet en Alex daarheen te sturen.'

'Ik red het wel tot ze er zijn.'

'Acht uur precies.'

'We zullen er zijn.'

'Hou haar veilig en warm, Matt.'

'Bemoei je met je eigen zaken, Dan.'

Birch lachte zacht. Stromsoe kon niets obsceens in die lach beluisteren.

Stromsoe parkeerde voor zijn huis. Binnen pakte hij de deken die ze de vorige avond hadden gebruikt. Hij deed ook een veldfles en wat crackers, de lader van zijn mobieltje en een magazijn met .380 patronen voor de Colt in een plastic zak.

Enkele minuten later kwam hij zonder lichten tot stilstand op Frankies pad.

Hij hoopte dat hij ver genoeg bij het huis vandaan was en ze niet wakker zou worden. Op het laatste moment reed hij naar links en ging hij midden op het smalle pad staan, waar hij een goed zicht op het huis had.

Hij legde de deken als kussen achter zijn hoofd en leunde achterover. Hij voelde het kloppen in zijn kaak en het metaalachtige galmen van bloed dat in zijn oor gonsde.

# 24

Lejas zat in een grote avocadoboom naar het wisselen van de wacht bij Frankie Hatfields huis te kijken. De boom had veel jong fruit en bruin gepunte bladeren en beschermde Lejas zoals hij een wasbeer of havik beschermd zou hebben. Door zijn kijker zag Lejas de privédetective in de gele pick-up de hand drukken van twee geüniformeerde bewakers in een auto van Birch Security Solutions, een roodharige man en een jonge vrouw, allebei jong en gewapend.

Lejas was in het donker uit Riverside hierheen gereden. Toen hij in Fallbrook was, kwam de zon net op, en nu, twee uur later, was de vrijdagmorgen nog koel en had de hemel die vreemde schakering van wit die betekende dat er regen op komst was van de Stille Oceaan. Hij had gemakkelijk een geschikte plek gevonden om zijn auto te verbergen en was daarna in een hoge boom geklommen.

Nu kwam de weervrouw uit het huis. Twee honden renden voor haar uit alsof ze met stenen voetbalden. Ze leken niet erg waakzaam of beschermend. De vrouw was erg lang en had donker haar. Aan haar glimlach en de manier waarop ze de detective een hand gaf kon Lejas zien dat ze iets met elkaar hadden. Mooi. Dat leidde af. Ze gaf de geüniformeerde bewakers ook een hand en bleek langer dan hen beiden te zijn.

Hij zag de vier mensen naar binnen lopen, gevolgd door de honden. Stromsoe draaide zich om, keek in Lejas' richting en deed toen de deur achter zich dicht. Lejas liet de kijker langzaam zakken aan de riem om zijn hals. Hij haalde een handvol zwarte zoethoutstokken uit het zakje van zijn blauw geruite overhemd, pakte er een uit en stopte de andere terug. Voor een boom was deze niet oncomfortabel. Hij ontspande, balancerend in de kromming van de stam en een grote tak.

Hij keek naar zijn auto. Het was een vijf jaar oude Ford Crown Victoria Law Enforcement Edition met een krachtige V-8-motor, goede remmen en vlekken van grijze primer waar de schildjes van Grizzly Security Patrol van de deuren waren geschuurd. De zwarte en witte lak zagen er nog goed uit. De grote, met de hand bediende zoeklichten zaten nog op het dak en werkten goed. De lichtbalk op het dak was weg, maar Lejas had een gebruikt exemplaar gekocht bij een vriend die een sloperij had. Hij had wat steunen vastgelast, de balk met de oude tuimelschakelaar verbonden en nieuwe zekeringen en lampen aangebracht. De kortegolfradio en sirene waren ook verwijderd, maar die had hij niet nodig. Hij had er nieuwe banden op gezet. Er stond 357.980 kilometer op de teller. Hij had hem twee dagen geleden met een vals identiteitsbewijs en voor contant geld – 2.150 dollar – op een veiling in San Bernardino gekocht. Lejas schatte dat hij gedurende de rit van San Bernardino hierheen een op vier had gelopen. Evengoed was het de perfecte auto voor deze klus.

Om halfnegen kwam Stromsoe naar buiten. Hij stapte in zijn pick-up en reed weg. Een paar minuten later slenterde Rood Haar het huis uit en stapte in de patrouillewagen. Hij was slank en slungelig en zag er atletisch uit. Rood Haar reed de auto ongeveer dertig meter bij het huis vandaan en zette hem toen dwars over het pad om een zo groot mogelijk deel daarvan in beslag te nemen. Hij stapte uit. Leunde tegen de zijkant die het verst van het huis verwijderd was en belde met zijn mobiele telefoon.

Het zou niet gemakkelijk zijn om bij de weervrouw te komen, dacht Lejas, maar het zou hem wel lukken. Er zou wat geduld voor nodig zijn, maar omdat zondagavond zijn nieuwe deadline was, zou hij ook lef en geduld nodig hebben. Die particuliere bewakers zouden vast wel competent zijn, maar hij had aan een moment van onzekerheid of onoplettendheid genoeg om het karwei te klaren. Daar stond tegenover dat Stromsoe er getuige van moest zijn. Dat betekende dat Lejas met minstens een en misschien wel drie verdedigers te maken zou krijgen. Hij dacht erover om naar Riverside terug te rijden en twee *amigos* op te halen om het machtsevenwicht te herstellen, maar dat zou betekenen dat er veel wapens werden gebruikt en het geld gedeeld moest worden. In het algemeen werkte Lejas het liefst alleen. Hij volgde de bewegingen van de tegenpartij, bereidde de verrassingsaanval en de ontsnapping voor, liet het gebeuren en ging ervandoor. Zo'n operatie moest eenvoudig zijn, plotseling gebeuren en een definitieve uitwerking hebben. Hij was solitair ingesteld; dat was hij altijd al geweest.

Rood Haar liep om de auto heen en stapte aan de bestuurderskant in. Hij praatte nog steeds in de telefoon. Hij liet het portier open. Het was een geschikte dag om vanuit een auto te waken, dacht Lejas: koel en bewolkt en windstil.

Lejas zag de bovenkant van het hoofd van Rood Haar. Hij vroeg zich af waarom mensen bewaker of privédetective werden. Waren het mislukte politieagenten? Hadden ze een lichamelijk of geestelijk gebrek waardoor ze niet door de politie werden aangenomen? Hij wist dat ze niet veel verdienden; dat kon het dus niet zijn.

En wat nog belangrijker was: hoe goed waren deze mensen voorbereid? Wat verwachtten ze? Aan mannen met vuurwapens had je niets als ze niet bereid waren ze onmiddellijk te gebruiken. Ga maar eens na hoe vaak politiemensen met hun eigen wapens schoten. De weervrouw zou om een uur of twaalf naar haar werk vertrekken. Volgens de notities van John Cedros zou Stromsoe haar volgen. Hij zou haar schaduwen naar de verschillende locaties waar ze haar reportages deed, en dan naar huis. Misschien kon Lejas in de heg bij haar garage staan wachten. Hij zou zo de automatische garagedeuropener buiten werking kunnen stellen. Dan kon hij de vrouw neerschieten wanneer ze uit haar auto stapte, een paar kogels in Stromsoes auto schieten om hem bezig te houden en de helling van de avocadoboomgaard af rennen naar zijn auto die op de onverharde weg klaarstond. Stromsoe zou natuurlijk meteen de vrouw willen helpen; dat was duidelijk gebleken uit de manier waarop hij haar had aangekeken toen ze elkaar een hand gaven. Het probleem waren Rood Haar en Pistoolmeisje, want de patrouillewagen zou bijna zeker voorop rijden over het pad, gevolgd door Frankie Hatfield en dan de privédetective. Lejas kon nog steeds tevoorschijn springen en de schoten lossen, een in de borst en een in het hoofd, maar daarna konden Rood Haar en Pistoolmeisje hem door de boomgaard achtervolgen. Als ze slim waren, kon een van hen naar de weg rijden en een redelijke kans maken hem daar te onderscheppen. En verder was er altijd de kans dat Rood Haar of Pistoolmeisje zou achterblijven om bij Frankies huis te patrouilleren en precies zo'n actie te voorkomen.

Te veel mensen. Te veel lawaai. Te veel onzekere factoren. En te ver om naar zijn auto te rennen.

Nee. Hij haalde weer een stuk zoethout tevoorschijn. Hij moest ze van elkaar scheiden, dacht hij. Als hij ze maar even van elkaar gescheiden kon krijgen. Misschien deden ze dat uit zichzelf voor hem. Wanneer? Waarom? Nou, bijvoorbeeld als ze in hun auto's zaten en naar het werk van de dame gingen of daarvan terugkwamen. Lejas stelde het zich voor: de patrouillewagen van de bewakers voorop. Dan de weervrouw. Dan het Grote Zwijn. Drie afzonderlijke eenheden. Onderweg zouden er natuurlijk andere auto's tussen die drie komen. Het zou geen perfecte formatie zijn. Er was ook het vreemde duwen en trekken in geometrisch opzicht, want onder ideale omstandigheden zouden Rood Haar en Pistoolmeisje ver buiten beeld zijn, maar zou de detective dicht genoeg bij Frankie zijn om heel duidelijk te zien wat er met haar gebeurde. Laat de detective toekijken. Duwen en trekken, dacht Lejas. Duw twee weg en trek twee dicht naar elkaar toe. Om de een of andere reden moest hij aan zijn zus denken die hem leerde tegelijk over zijn buik te wrijven en op zijn hoofd te kloppen. Anna had hard om zijn mislukte eerste pogingen moeten lachen, maar Lejas deed wat hij altijd had gedaan met een probleem dat hem interesseerde: hij ging door tot hij het had opgelost.

Hij at het zoethout op en steunde met zijn voorhoofd op een tak. Duwen en trekken. Hij had genoeg van de boom, maar totdat de lange weervrouw haar huis had verlaten, zou hij hier blijven. Hij keek naar twee colonnes mieren die de boom op en neer liepen en vroeg zich af waarom ze zo dicht bij elkaar liepen, twee colonnes die dicht bij elkaar in tegenovergestelde richtingen gingen, als forensen op de snelweg. Alleen waren er hier geen verkeersopstoppingen, nee, de mieren repten zich voort met functionele snelheden en kwamen zonder te toeteren of zich kwaad te maken op de plaats waar ze moesten zijn. Hij zag ook een felgekleurde roodkopspecht die in een palm aan de weg aan het tikken was. Ze verborgen voedsel in de gaten, wist hij, en kwamen in de hete droge zomer terug om het op te halen. Een kolibrie streek een meter bij hem vandaan neer in de boom, richtte zijn lange snavel op Lejas' gezicht en vloog met een snorrend geluid weer weg.

Een minuut later klom Lejas voorzichtig over de takken omlaag en sprong anderhalve meter naar beneden. Zijn benen waren stijf en deden pijn en hij had pijn in zijn rug. Hij liep knerpend over de gevallen bladeren en plaste tegen een boom, waarna hij een blikje frisdrank uit de kofferbak van zijn auto haalde.

Hij maakte zijn riem een beetje losser en stak het blikje tussen de riem en zijn stijve rug, ongeveer tegenover het smalle .22-pistool dat aan de voorkant achter de riem was gestoken. Toen klom hij weer in de boom, trok het blikje open en installeerde zich opnieuw.

Blijkbaar had hij niets gemist. Rood Haar zat nog in zijn patrouillewagen. Waarschijnlijk luisterde hij naar de radio of deed hij zelfs een dutje. Weervrouw en Pistoolmeisje waren nog binnen. Ze zouden wel over mannen, kinderen of kleren praten.

Langzaam kwam er een idee bij Lejas op. Hij stelde het zich voor. Eerst was het een beeld van mieren, en toen werden de mieren auto's, en daarna lichten en zwaailichten en politiewagens. Hij bekeek het idee vanuit verschillende invalshoeken en telkens leek het hem eenvoudig, snel en definitief.

Mieren die naar boven gingen. Mieren die naar beneden gingen.

Duwen en trekken.

Lejas zag dat hij het vredige dorpje Fallbrook aan zijn plan kon laten meewerken. Hij kon de donkere heuvels, het kalme verkeer en de weinige politiewagens op de landwegen als bondgenoten gebruiken.

En het leek zo'n mooi dorp. Leuk om te zien, vol vertrouwen, vol geuren. Een weelde aan fruit, bloemen, vogels, eekhoorns en konijnen.

Hij nam een slok uit het blikje en wachtte af.

Om vijf over halfeen kwam de detective in zijn gele pick-uptruck aanrijden, precies zoals hij volgens Cedros' notities zou doen. Hij stopte, stapte uit en praatte met Rood Haar. Een minuut later kwam Weervrouw, helemaal gekleed voor de tv, uit haar huis met Pistoolmeisje, die in de patrouillewagen stapte. Die wagen reed voorop over het pad, gevolgd door de schitterende rode Mustang van Weervrouw, en daarna de detective.

Toen ze uit het zicht waren, klom Lejas de boom uit. Hij stapte in zijn auto en legde de kaart van San Diego County op zijn schoot om de route van Weervrouw naar en van haar werk te bestuderen, zoals die door Cedros was aangegeven.

Om één uur volgde hij de route. Hij reed helemaal naar de autoweg en terug. Gelukkig was er maar één manier om bij haar huis te komen. Dat betekende dat hij meer dan genoeg ruimte had om de ideale plaats voor zijn auto te zoeken, een plaats waar hij een goed zicht had op de weg in de richting vanwaar ze zou komen.

Lejas vond de weg langs Frankies pad te klein. Mission Road, de grote weg, was te breed en het was er te druk.

Hij vond de perfecte plek aan Trumpet Vine, een middelgrote straat die Frankie zou moeten nemen om bij haar huis te komen. Een tijdje stond hij op een lage, langgerekte heuvel vanwaar hij een heel eind over de weg kon uitkijken en ademde hij de geur van de giftige trompetklimmers in die overal langs de weg groeiden.

De geur van de trompetklimmers was de meest emotionele geur die Lejas kende. De geur voerde hem terug naar zijn jongensjaren in Casablanca, een deel van Riverside dat berucht was om zijn familievetes en bendegeweld maar dat langs Madison Street een muur had die helemaal overwoekerd was met trompetklimmers. Het Casablanca van Lejas rook naar de weelderige, narcotische bloemen die als witte trompetjes aan de takken hingen.

Op een avond in juni was zijn grote broer Ernest tegen die muur aan geschoten door een wervelstorm van kogels, die door vier Corona Varrio Locos vanuit een auto waren afgevuurd. Ze hadden zich buiten hun nabijgelegen territorium op Madison Street gewaagd om wraak te nemen. Ernest was lid van Casa Blanca maar stond bekend als een verlegen en grappige jongen. Hij was veertien. Zodra Lejas de moed vond om uit zijn schuilplaats in de trompetklimmer tevoorschijn te kruipen, was hij naar Ernest toe gerend en had hij hem vastgehouden, maar zijn broer kon alleen maar verschrikt naar hem opkijken, enkele ogenblikken beven en toen sterven. Het was ondenkbaar dat zijn broer, ooit warm en levend, in enkele seconden in een levenloze zak met bloedende gaten was veranderd. Lejas was tien jaar. Hij doodde de bestuurder van de auto twee weken later, nadat hij zeven uur in de struiken bij de deur van de vriendin van die bestuurder had zitten wachten. Toen hij twaalf was, had hij twee andere cvl's gedood die naar alle waarschijnlijkheid die avond in die auto hadden gezeten. Een fiets en de duisternis waren zijn beste bondgenoten, en verder een ongelooflijk zware .40 revolver die hij van Tubby Jackson had kunnen kopen doordat hij zakjes Mexicaanse bruine heroïne had verkocht aan yuppies in dure auto's die in de weekenden 's avonds door Casa Blanca Street kwamen rijden. De vierde schutter was verdwenen en niemand zou ooit nog van hem horen. Hij heette Rinny Macado en stond nog steeds nummer één op Lejas' lijst.

Toen Lejas even de tijd nam om de geur van de trompetklimmers op te snuiven en aan Ernest en diens grappige glimlach met vooruitstekende boventanden te denken, kwam dezelfde koude zekerheid die hij die avond bij de muur voor het eerst had gevoeld weer bij hem boven. Hij was dat gevoel nooit kwijtgeraakt. Hij kon het oproepen en wegstoppen wanneer hij maar wilde. Het behoorde tot zijn vaardigheden, zijn gereedschap.

Tegen de avond stond Lejas in de schaduw van een eikenbos geparkeerd, bij een afgelegen zandweg niet ver van Trumpet Vine. In de bomen zaten spechten, die hem bijna geen aandacht schonken. In de kolossale oude boomstammen waren harten met de initialen van geliefden gekerfd, en toen Lejas naar de takken opkeek, zaten die zo dicht op elkaar dat het leek of het licht van de ondergaande zon erin gevangenzat.

Aan beide kanten van de vroegere patrouillewagen van Grizzly Security tekende hij een embleem van de politie van San Diego County, waarna hij de figuur met tape afplakte. Vervolgens spoot hij de verf erop. Hij wist dat de meeste politie-emblemen een moeilijk na te maken goudkleur hadden en moest dus genoegen nemen met een lichtere, opzichtiger kleur waar een beetje meer oranje in zat. Hij gooide het verfbusje in de struiken en wachtte. Een uur later maakte hij met sjablonen de woorden:

POLITIE SAN DIEGO
EER, INTERGITEIT, DIENSTBAARHEID

Hij schudde glimlachend zijn hoofd om de spelfout, maar het was te laat om hem te verbeteren. Als iemand het merkte, zou hij waarschijnlijk toch al dood zijn.

Toen Lejas ten slotte de tape om het embleem op de portieren verwijderde, zag hij tot zijn genoegen dat zijn auto er in het zwakke avondlicht overtuigend officieel uitzag. Voor alle zekerheid veegde hij met een zakdoek de portiergrepen, koplampbehuizingen en schijnwerpers schoon.

Hij ging op vijftien meter afstand staan en zag dat de auto geloofwaardig was. Op tien meter ook nog.

Zelfs van dichtbij zag hij er vrij goed uit.

Lejas stelde zich voor dat de auto schuin op de rechterbaan en de berm van Trumpet Vine zou staan, voorafgegaan door vijf reflecterende gevarendriehoeken om het verkeer af te remmen en over één rijbaan te leiden, terwijl de gele waarschuwingslichten op het dak knipperden. Een onberispelijk geklede politieagent met een zaklantaarn zou de wagen van Birch Security laten doorrijden, maar dan zijn hand opsteken en de bestuurder van de rode Mustang bevelen te stoppen.

Duwen, trekken.

Hij nam de tijd om in de duisternis onder de eiken het uniform aan te trekken. Dat had hij in een winkel voor militaire kleding in Oceanside gekocht, kort nadat hij de eerste informatie van Ampostela en de opdracht van El Jefe had gekregen. Militaire uniformen waren niet precies hetzelfde als politie-uniformen, maar dit kwam er dicht genoeg bij: lange mouwen, lichtgewicht katoen/polyester, geelbruin. Bijpassende broek, effen voorkant, met een zoom, niet met manchetten. De pijpen waren een centimeter of vijf te lang, zoals bij de politie in Mexico gebruikelijk was.

Hij had de politieriem met holster gekocht bij een leerbewerker in Riverside die hij al jaren kende. Hij was stijf, functioneel, redelijk geprijsd en zijn zware .357 Magnum-revolver paste er goed in.

Zijn insigne kwam van het politiekorps in Fort Kent, Maine, en hij had het op een wapententoonstelling in Ontario, Californië, gekocht. Het naamplaatje kwam daar ook vandaan: BRG. LITTLETON.

Hij had al een stel zwarte bouwvakkersschoenen met stalen neuzen in zijn bezit gehad en hij had ze thuis bijna een uur gepoetst om een indrukwekkende glans te verkrijgen.

De handboeien waren speelgoed; de radio was alleen maar een kapotte walkietalkie; de zaklantaarn was een goede Maglite met vier batterijen die hij al jaren had.

Hij voegde er een valse snor aan toe die hij in een kostuumwinkel had gekocht, waar ze een extra groot assortiment hadden gehad omdat het over een paar weken Halloween was. Hij had een bruine genomen, vol maar netjes, precies zoals Amerikaanse politieagenten hadden.

Lejas stond in het donker naar het ritselen van de eikenbladeren in de bries te luisteren. Hij zette zijn gedachten op een rijtje.

Op elke doordeweekse avond deed de weervrouw vlak voor acht uur haar laatste reportage, en Lejas wist op grond van Cedros' aantekeningen dat ze meestal tussen kwart voor negen en halfelf thuiskwam.

Hij wist ook dat het dom zou zijn om meer dan absoluut noodzakelijk was met zijn vervalste politiewagen te rijden. Het was alleen maar een kwestie van tijd voordat een echte politieman hem zag.

Lejas wachtte tot vijf over halfnegen en reed toen naar Trumpet Vine. Het zou maar drie of vier minuten rijden zijn, en dan had hij nog een minuut nodig om te parkeren en de waarschuwingslichten op het dak aan te zetten, de gevarendriehoeken te plaatsen, zich boven op de helling, uit het zicht, te posteren en door zijn verrekijker naar hen uit te kijken. Er zou daar verder niet veel verkeer zijn.

Als hij hen zag, zou het een kwestie van nog een paar minuten zijn. De wagen met de bewakers laten doorrijden. De Mustang laten stoppen. Een in haar hart en een in haar hoofd, en dan twee schoten in de grille van de gele pick-uptruck om het Grote Zwijn wat schrik aan te jagen.

Dan vijf stappen terug naar zijn auto, keren en terugrijden langs de gele pick-up, Fallbrook uit en de Interstate 15 op voor de korte rit naar Escondido, waar zijn ex-zwager in een lege garage stond te wachten en waar vrienden waren die de Crown Victoria binnen een halve dag helemaal uit elkaar zouden halen voor de onderdelen.

De weg strekte zich voor hem uit. De maan stond laag en scheen getemperd door de vochtige wolken, als een gloeilamp die onder het stof zat. De grote Crown Victoria schommelde over de weg en door de bochten. Lejas merkte nu pas hoe slecht de wagen reed. Het was of de banden niet van versterkt rubber maar van gelatine waren.

Hij nam de afslag naar Trumpet Vine en reed een kleine twee kilometer in zuidoostelijke richting naar de plaats die hij eerder had ontdekt. Die plaats had hij aangegeven met een kei die hij naast de weg had gelegd. Hij reed de berm in, keerde en zette de auto schuin op de rechterrijbaan.

Lejas stapte uit de auto, zijn borst naar voren en zijn kin omhoog. Hij was nu een politieman. Hij zette de gele zwaailichten op de lichtbalk aan en plaatste de gevarendriehoeken om het verkeer af te remmen. Toen stapte hij de helling op, uit het zicht van de weg beneden. Hij had de Maglite onder zijn linkerarm en bracht met zijn rechterhand de nachtkijker omhoog.

De duisternis werd groen, een gedempte maar toch ook met licht gevulde kleur. De weg slingerde de heuvels van Fallbrook in als een vaal lint, tegelijk verbleekt en verscherpt. De trompetklimmers vormden donkerder vlekken op de hellingen langs de weg, maar de bloemen zelf waren bungelende vegen van koel wit.

Er naderde een busje, dat langzamer ging rijden toen de bestuurder de zwaailichten en de gevarendriehoeken zag. Lejas deed zijn zaklantaarn uit, liep naar de rand en tuurde over een geurige trompetklimmer. Het busje reed voorzichtig langs de gevarendriehoeken, stopte nieuwsgierig bij de politiewagen met zwaailicht en reed toen door.

Een minuut later volgde een stationcar. Toen een motor, toen een gehavende oude pick-uptruck.

Toen zag Lejas door zijn nachtkijker de wagen van Birch Security langzaam door de bochten naar hem toe komen.

Hij ging de helling af, gooide de kijker in zijn auto, zette het zwaailicht aan en posteerde zich tussen zijn auto en de gevarendriehoeken op de weg.

De wagen van de bewakers verdween even in de heuvels uit het zicht en zou, wist Lejas, daarna snel bij hem zijn.

Hij keek naar zijn eigen auto, nog één blik om er zeker van te zijn dat alles in orde was.

Maar de politiewagen was helemaal niet in orde.

Hij hing zichtbaar naar de weg toe. Lejas had dat wel vaker gezien, wel tientallen keren in zijn leven. Het was altijd slecht nieuws, maar dit was niet zomaar slecht nieuws: dit was onmogelijk nieuws.

Hij keek vlug naar de nieuwe linkerachterband, die plat was. Het rubber kwijlde op het asfalt alsof het gesmolten was.

'Godskolere,' mompelde hij.

Er zat nu niets anders voor hem op dan dat hij zijn officiële aandacht op de naderende wagen van de bewakers richtte en zijn zaklantaarn gebruikte om hen te laten doorrijden. Hij deed dat met de kalme, bijna verveelde beweging van politieagenten op de hele wereld. Hij keek niet naar Rood Haar of Pistoolmeisje, maar wendde zijn blik ook niet af. Hij keek naar hen met dezelfde vrijblijvende maar alerte blik waarmee wel duizend politieagenten en bewakers in zijn leven naar hem hadden gekeken.

Toen de Mustang.

Toen de gele pick-uptruck.

Toen rook hij hun uitlaatgassen en zag hij hun lichten in de verte verdwijnen. Lejas bleef een ogenblik in het knipperende licht van zijn eigen nagemaakte politiewagen staan en keek hoofdschuddend naar de lekke band.

Hij ging erheen, gebruikte de zaklantaarn en zag de glanzende spijkerkop die in de zijkant van de band verzonken was.

Godskolere.

Hij pakte de gevarendriehoeken op, legde ze in de kofferbak, stapte in en deed de lichtbalk uit. Hij trok het portier met een klap achter zich dicht. Toen keerde hij de wagen woedend op het losse grind van de berm, zodat het stof en het vuil in het rond spoten.

Hij hobbelde naar het eikenbosje bij de onverharde weg terug, vloekend op zijn pech en op de God die hem gemaakt had, al werkte hij ook al aan een plan voor de volgende dag.

# 25

Aan het eind van de zaterdagmiddag ging het regenen. Het was een lichte regen die op de voorruit van de pick-uptruck alleen wat fijne druppels achterliet. Stromsoe reed Fallbrook uit, op weg naar de schuur in Bonsall.

Frankie reed achter hem in haar Mustang, en Alex en Janet vormden met hun wagen de achterhoede. Stromsoe ging voorop omdat zij nooit bij de schuur waren geweest. Hij had besloten in een formatie van drie auto's te blijven rijden, want de mobiliteit en de kracht van een colonne stonden hem wel aan. Als ze iets tegen de weervrouw en de detective willen ondernemen, dacht hij, krijgen ze met vier mensen en drie auto's te maken. Plus Ted, die in de schuur op hen zou wachten. Nog een persoon, nog een wagen.

De stem van die vrouw die had gebeld, zat hem nog steeds dwars. Je kon horen dat ze bang was en de waarheid sprak. De stem kwam hem in geen enkel opzicht bekend voor. Misschien was het Choats receptioniste. Die had hem een fatsoenlijk type geleken, iemand die zulke dingen zou afkeuren, maar je kon nooit weten. Hij dacht ook aan Cedros' vrouw. Het was mogelijk dat Cedros haar die dingen had verteld of dat ze er bij toeval achter was gekomen. Waarom zou ze hem nu waarschuwen? Tot nu toe was er geen enkele waarschuwing geweest. Misschien liet Choat de zaak escaleren, zoals Birch dacht.

Hij stopte aan de kant van de onverharde weg en hield het hek open. Frankie reed door en stopte ook, en toen kwam Janet met de patrouillewagen. Ze reed verder in de door Stromsoe aangewezen richting.

Frankie wachtte tot de patrouillewagen over het hoogste punt heen was en stapte toen uit haar auto. Ze liep over de weg, die onder haar voeten knerpte, en kuste Stromsoe onvoorwaardelijk. Haar hoed viel af. De kus duurde langer dan hij wenselijk achtte.

'Wat is er?' vroeg ze.

'Niets.'

'Als ze de detective iets willen doen, krijgen ze eerst met mij te maken.'

'Je moet er geen grappen over maken.'

'Dat doe ik niet. Ik heb mijn revolver. Dat wapen waar ik niet veel mee kan raken.'

Hij gaf haar de hoed en ze kuste hem opnieuw en stapte weer in haar auto.

Ted ontving hen met koffie en een goed humeur. Ze laadden Teds witte pick-uptruck vol zoals ze dat de week daarvoor ook hadden gedaan. Ace en Sadie achtervolgden elkaar door de vochtige struiken en vochten het toen uit in het zand bij de schuur. Alex en Janet, nog steeds in hun Birch Security-uniform, bleven in hun auto zitten om geen last van de motregen te hebben, maar ze hadden de ruitenwissers aangezet om te kunnen zien wat er gebeurde.

Twintig minuten later stonden ze bij toren één geparkeerd. Ted klom naar boven om de instrumenten te controleren, en toen hij er klaar voor was, reikte Stromsoe hem de vaten met het ongeactiveerde middel aan. Opnieuw rook hij de koper- en chloorlucht van het mengsel.

Toen vroeg Frankie aan Ted of hij dicht bij de Birch-wagen wilde gaan staan, tussen het raam en toren één, dan kon zij in de toren klimmen en haar magische handelingen verrichten. Stromsoe vroeg zich af wat Alex en Janet door een drijfnat raam hadden kunnen zien.

Toen ze een tijdje later op toren twee was geklommen, zette Frankie haar zware rode gereedschapskist neer en maakte ze een kleine draaiende beweging met haar vinger.

Hij keerde haar glimlachend zijn rug toe.

Opnieuw hoorde hij het geluid van vloeistof die bij vloeistof werd gegoten, iets wat hard tegen de binnenkant van de vaten klotste. Toen hoorde hij de klik waarmee de propaanbrander werd aangestoken. Gereedschap viel in de rode kist terug, het deksel klapte op zijn plaats, de sluitingen gingen dicht. Even later rook hij diezelfde zwakke etherlucht die hij de vorige keer ook had geroken.

Toen hij Frankie op de ladder hoorde, draaide hij zich eindelijk om en zag hij het zachtblauwe schijnsel boven de twee vaten. Er steeg damp op.

Ze liep hem voorbij, legde haar hand even op zijn schouder en keek hem aan door de regen die van haar hoed droop.

Vijfendertig minuten later waren ze klaar bij toren vier. Ze klapten de strandstoelen open in de laadbak van Teds pick-up en wachtten tot de motregen overging in gewone regen.

Ted haalde de Scoresby tevoorschijn en nam een inwijdingsslok. Frankie nam een klein teugje. Stromsoe nam niets. De honden, die de plastic regenponcho's weer droegen die Frankie voor ze had laten maken, lagen in de laadbak. Ze hijgden een beetje en het was de vraag of ze erg waaks waren. Alex en Janet zaten met de motor aan in hun wagen, waarvan de ruitenwissers van tijd tot tijd heen en weer gingen en de ontdooier was aangezet om condensvorming te voorkomen.

Stromsoe, Frankie en Ted zaten daar met de onbehaaglijke tevredenheid van teamgenoten die in de rust een kleine voorsprong hadden. Stromsoe accepteerde een sigaret van Ted, waardoor hij een por in zijn ribben kreeg van Frankie. Ace keek geïnteresseerd op. Frankie tikte met haar nagel tegen de fles met Scoresby maar dronk niet.

Het hield op met motregenen.

Stromsoe zag de regen afnemen en hoorde dat het tikken op de rand van zijn hoed ook minder intensief werd. Toen kwam er een zuchtje koude wind uit het noordwesten en regende het opeens helemaal niet meer.

Ted keek peinzend naar de lucht. 'Sterren,' zei hij. 'Die wil ik nu juist niet zien.'

Frankie keek ook op.

Stromsoe zag dat de wolken dunner werden en de sterren helder als speldenknoppen aan een zwarte hemel kwamen te staan.

'Het waait over,' zei Ted.

'Verdomme,' zei Frankie. 'Verdomme. Volgens al mijn berekeningen zou er weer twaalf millimeter komen. De Weather Service, de noaa, iedereen was het daarover eens.'

'Heuvels vormen nevelbanken,' zei Ted onzeker.

Het raam aan de bestuurderskant van de Birch-wagen ging omlaag.

Ze wachtten een uur, maar het regenfront trok verder. In het kielzog daarvan waaide er een koude noordenwind die de salie en chaparral in beweging bracht en de lucht met hun zuivere groene geur vervulde. De sterren twinkelden in de schoongeveegde hemel.

'We moeten maar doen wat sporters doen,' zei Ted.

'Ze stellen zich erop in,' zei Frankie.

'Dat doet me altijd aan knoppen denken,' zei Ted. 'Ze gaan naar huis terug, gaan op de bank zitten, trekken hun shirt omhoog en draaien aan de knoppen op hun buik.'

'Ik wou dat ik er een had,' zei Frankie. 'Dan zou ik de dingen anders instellen. Goed. Oké. Dit is niet het einde van de wereld.'

'Misschien is dit de uitzondering die de regel bevestigt,' zei Ted.

'Ik heb die zin nooit begrepen,' zei Frankie. 'Ik heb er nooit iets aan gevonden. Kom, we gaan. Ik heb het koud.' Ze reden naar de schuur terug en laadden de vaten, de ladder, het gereedschap en de stoelen uit.

'Dit zegt niets over het middel of de manier waarop we dat inzetten,' zei Ted. 'Er was gewoon niets waaraan ons middel zich kon vastgrijpen. Iets wat er niet is kun je niet versnellen.'

'Dat weet ik,' zei Frankie. 'Toch vraag ik me af of onze katalyserende stof niet te dicht is. Misschien kon hij niet opstijgen in het vocht.'

'De vorige keer is hij wel opgestegen.'

'Ik denk na. Ik denk na.'

Ze reden in colonne weg, de Birch-wagen voorop, dan Frankie in haar Mustang en ten slotte Stromsoe. Ted bleef achter om de weercijfers van de Santa Margarita website te halen en te kijken wat er elders in de omgeving gebeurde.

Stromsoe had nooit gedacht dat hij het nog eens zo jammer zou vinden dat het niet regende. Hij had in het algemeen nooit aan regen gedacht voordat hij Frankie Hatfield had leren kennen. Haar passie was op hem overgeslagen. Net als haar teleurstelling van die avond.

De asfaltweg was nat maar niet drijfnat. Stromsoe zag de compacte waterwaaiers van de achterbanden van de Mustang komen. De wind streek door de eiken langs de weg en liet waterdruppels van de bladeren op zijn voorruit vallen.

Toen Stromsoe in Trumpet Vine kwam, zag hij vanuit de verte dat er iets aan de hand was. Er knipperden gele lichten. Toen hij een bocht omging, verdwenen ze uit zijn zicht.

Hij dacht aan de politiewagen die hij de vorige avond op ongeveer dezelfde plaats had gezien en vroeg zich opnieuw af wat die agent daar precies had gedaan, behalve het verkeer afremmen en met handgebaren te kennen geven dat iedereen moest doorrijden. Toen hij dat de vorige avond vanuit de verte zag, had hij verondersteld dat het een alcoholcontrole was, maar de agent had iedereen laten doorrijden en niet eens met de automobilisten gepraat. Even dacht hij aan een kenteken- of veiligheidscontrole, maar de man controleerde niets. Toen hield Stromsoe het erop dat ze naar een voortvluchtige crimineel zochten, of misschien was er wel ergens een achtervolging aan de gang. Misschien had het zelfs iets met de belastingdienst of de immigratiedienst te maken: in Fallbrook wemelde het van de goedkope buitenlandse werkkrachten.

Evengoed was daar weer iemand bezig. Hij kon bijna niet geloven dat de politie twee avonden achtereen een controle uitvoerde op dezelfde plaats.

De belastingdienst? Zou kunnen.

Stromsoe vond het opmerkelijk dat een Mexicaans-Amerikaanse agent, zoals de man die hem de vorige avond had laten doorrijden, daar naar illegale Mexicanen stond uit te kijken.

Hij volgde Frankies Mustang door de bocht. De Birch-wagen reed honderd meter voor Frankie uit en kwam nu net in het lage gedeelte voor de laatste heuvel, waar het rechte stuk begon dat naar de zwaailichten leidde.

De Birch-wagen ging langzamer rijden en ging de kleine heuvel op en daaroverheen. De Mustang volgde even later, en toen kwam Stromsoe op het hoogste punt, waar Frankie zojuist was geweest. Hij kon de zwart met witte politiewagen en de lichten nu duidelijk zien en dacht: verdraaid nog aan toe, dat lijkt wel dezelfde kerel van de avond ervoor.

Hij remde om Frankie in staat te stellen langzamer te gaan rijden. Hij zag de Birch-wagen afremmen en bij de gevarendriehoeken naar de linkerrijbaan gaan. De agent kwam naar voren, keek naar Janet aan het stuur en bewoog zijn zaklantaarn op dezelfde nonchalante manier als de vorige avond. De remlichten van de Birch-wagen gingen uit.

Frankie, die zich natuurlijk opwond over de regen die niet was gevallen, reed vlug naar de gevarendriehoeken, remde toen af en reed langzaam verder.

Toen Stromsoe dichterbij kwam, zag hij de agent naar de bestuurderskant van haar auto lopen. Stromsoe zag iets wat op het eerste gezicht grappig was: de man droeg dezelfde wijde, te lange broek van de vorige avond. Het was grappig want agenten in Mexico droegen vaak zulke broeken, ze hadden nu eenmaal andere uniformen dan hun Amerikaanse collega's, en deze man was een Mexicaans-Amerikaan en zag er precies zo uit als de mannen van de *policía municipal* die Stromsoes eenheid had gebruikt om Mike Tavarez' appartementen in de Colonia in de gaten te houden.

Grappig.

Het gekke was dat hij er ook zo uitzag als de agenten van de *policía municipal* die Mikes appartementen in de Colonia bewaakten.

Goeden en slechten. Goeden en slechten.

Allemaal door elkaar.

Er ging een lading adrenaline door Stromsoe heen die hij helemaal niet had verwacht. Het drong overal tegelijk tot hem door: plotseling was zijn gezichtsvermogen verscherpt en gebeurden dingen langzamer dan gewoonlijk. Zijn spieren waren strak en paraat en hij haalde snel adem.

De agent schuifelde naar Frankies raam en Stromsoe zag de ruit naar beneden gaan.

Stromsoe stopte vlak achter de Mustang en de agent scheen met de zaklantaarn in zijn gezicht. Stromsoes ene goede oog vocht tegen het licht, maar voordat hij het moest afwenden, kreeg hij de man goed te zien.

Mager gezicht, dikke snor.

Te lange broekspijpen die over zijn schoenen hingen.

Een gloednieuwe riem, en geen Sam Browne maar een glanzende, opzichtige imitatie.

Een grote revolver die agenten nooit meer droegen.

In zijn eentje, een controlepost met maar één agent.

Stromsoe kon weer iets zien toen de agent zijn zaklantaarn en aandacht op Frankie richtte.

De agent zei iets en maakte het riempje van zijn holster los.

Hij trok de grote revolver en op datzelfde moment begreep Stromsoe dat er op Frankie geschoten zou worden. Hij begreep ook dat hij nooit op tijd uit zijn wagen kon komen en zijn wapen kon trekken om haar te helpen. Hij zat in zijn auto gevangen.

Zijn instinct gaf hem in om zijn rechtervoet van de rem te halen, en dat deed hij. Hij trapte hard op het gas en bracht de zijkant van zijn pick-up ter hoogte van de agent, die zich omdraaide zodra hij het rubber hoorde gieren en tegen de Mustang leunde om uit de weg te komen. Er volgde een explosie van glas toen zijn hoofd door de grote zijspiegel werd getroffen.

Stromsoe trapte op de rem, gooide de pook in de parkeerstand en was in een oogwenk met zijn .380 in de aanslag de wagen uit.

Frankie liep om de voorkant van de Mustang heen, haar eigen wapen trillend in haar hand, maar ze hield het tenminste voor zich uit zoals de bedoeling was en ze was duidelijk doodsbang maar gilde niet.

'Liggen!' schreeuwde Stromsoe. 'Ga liggen!'

Frankie liet zich vallen en Stromsoe rende om zijn pick-uptruck heen en vloog op de bewusteloze agent af, die languit op het wegdek lag. De revolver was op twee meter afstand neergekomen en Stromsoe posteerde zich tussen het wapen en de liggende man. Alex kwam door het schijnsel van het gele zwaailicht aangerend, stak zijn wapen in de holster, keerde de agent om en drukte een knie tegen zijn rug. Janet deed hem handboeien om, rolde hem op zijn rug en legde twee vingers op zijn halsslagader. Het hoofd van de man bloedde, zijn kaak zat dichtgeklemd en zijn ogen waren dicht.

Frankie kwam om de voorkant van haar eigen auto heen lopen, haar hand op de motorkap om zich te ondersteunen, haar revolver bevend in haar andere, uitgestrekte hand. Stromsoe pakte hem aan.

'Ik ga bellen,' zei Janet.

'Wacht,' zei Stromsoe. 'Wat is dat?' vroeg hij, wijzend naar de revolver die op straat lag.

'Zijn wapen,' zei Alex.

'Frankie, Janet, wat is dat?' vroeg Stromsoe opnieuw. Zijn handen beefden, zijn benen voelden nietig aan en zijn hart bonkte in zijn keel.

'Zijn wapen.'

'Zijn wapen, Matt.'

'Nou en of, dat is het,' zei Stromsoe. 'Ga bellen, Janet. Goed werk, mensen. Heel goed werk.'

Hij keek naar de roerloze agent, zag de man en de revolver en begreep, staande in dat knipperende licht, hoe het allemaal in elkaar had gezeten.

'Frankie,' zei hij. 'De politie zal je thuis willen ondervragen. Jij en Janet kunnen nu weggaan, als je dat wilt. Dan kun je tot jezelf komen. Het wordt een lange nacht.'

'Wat moet ik tegen de politie zeggen?'

'Alles wat je weet.'

'Ik blijf hier. Ik hoor bij jou.'

Stromsoe liep naar de auto van de nepagent en zette het zwaailicht uit.

'Hé, moet je die kerel zien,' riep Alex. Hij stond bij de agent en hield de geboeide armen van de man zo ver omhoog dat het wel pijn moest doen. Alex had de rechtermouw van het dienstoverhemd opgestroopt.

In het licht van de Birch-wagen zag Stromsoe de totempaal van zwarte gevangenistatoeages van pols tot biceps en nog verder. Alex liet de armen los en ze vielen weer op hun plaats. De man bewoog nog steeds niet.

'Politieagent? Kom nou,' zei Alex. 'Is "M-13" niet La Eme?'

Plotseling ging er een fel en verschrikkelijk lampje branden in Stromsoes hoofd. Hij liep naar de man toe en keek eerst naar zijn gezicht en toen naar de tatoeages.

Hij herkende het gezicht niet, maar de tatoeages waren allemaal van La Eme. Stromsoe haalde de portefeuille uit de broekzak van de man, liep toen bij de auto's vandaan en gebruikte zijn mobieltje om Dan Birch thuis wakker te bellen.

'Het heeft daarnet maar heel weinig gescheeld,' zei hij.

'Vertel op.'

Hij vertelde Birch wat er gebeurd was. Hij herhaalde geduldig een aantal details toen Birch daarom vroeg; Birch was zijn vriend en hij was nu eenmaal getraind als politieman. Terwijl hij praatte, hoorde hij iemand op een toetsenbord tikken. Hij vroeg zich af of Birch dat naast zijn bed had staan of dat hij stilletjes naar zijn werkkamer was gelopen.

Stromsoe verzekerde zijn baas dat Frankie ongedeerd was, dat iedereen zich goed had gedragen en dat het verstandig van Birch was geweest om mankracht te sturen. Waarschijnlijk hadden ze haar leven gered.

Toen vroeg Stromsoe aan Birch om een zekere Ariel Lejas uit Riverside, Californië, na te trekken. Hij had Lejas' rijbewijs uit de portefeuille gehaald en las de nummers voor die daarop stonden. Hij zag wat geld, niet veel.

'En ik wil een lijst van alle bezoekers die Mike Tavarez de afgelopen twee weken in de Pelican Bay-gevangenis heeft gehad,' zei hij.

Birch zweeg even. 'Het kost een beetje tijd, maar ik kan het doen. Wie hopen we op die lijst te vinden?'

'John Cedros of Marcus Ampostela.'

'Onze stalker en onze gangster.'

'Ik ruik Mike Tavarez, Dan. Hij heeft hiermee te maken.'

Opnieuw zweeg Birch even. 'We zullen zien wat we ontdekken. Als dit Tavarez was, gebeurt het nog een keer. En nog een keer, net zolang tot hij heeft wat hij wil. Hij heeft eindeloos veel tijd en veel geld.'

'Daar ben ik me verdomd goed van bewust, Dan.'

Stromsoe ging weer naar het eiland van lichten, stopte de portefeuille in Lejas' broek en leunde naast Frankie tegen haar Mustang.

Hij sloeg zijn arm om haar heen en voelde door haar kleren heen dat ze verstijfde en beefde. Hij hield haar stevig vast, maar niet te stevig.

'Ga rechtop staan en haal diep adem,' zei hij zachtjes. 'Anders beschadig je de lak.'

'Nee,' fluisterde ze. 'Dat nooit.'

Ze ging rechtop staan en haalde diep adem, maar ze bleef rillen en haar ogen zagen er glazig en leeg uit.

'Ik zie Lacerta, Pegasus en Delphinus,' zei hij. 'En Capricornus, Fomalhaut en Lyra.'

'Ik zie alleen maar dat.'

Hij volgde haar blik naar de grote revolver die op Trumpet Vine lag.

# 26

Toen ze in Frankies huis waren, werden ze door de politie van elkaar gescheiden. Frankie kreeg haar huiskamer en Stromsoe de eetkamer. Alex kreeg een slaapkamer en Janet de kamer met Frankies rivierenverzameling.

Stromsoes ondervrager was Davis, een potige jonge rechercheur, begin dertig, met sceptische lijnen in zijn gezicht en uitgedund donker haar dat recht naar achteren was gekamd. Davis gaf geen blijk van de gebruikelijke minachting van rechercheurs jegens privédetectives. Hij zei tegen Stromsoe dat hij geluk had gehad. Ook kende hij Stromsoe niet als de narcoticarechercheur wiens vrouw en kind twee jaar geleden in Newport Beach door een bomaanslag om het leven waren gekomen.

Stromsoe zei daar niets over en ook niets over Mike Tavarez. Dat zou hij doen als hij meer over Ariel Lejas wist en de bezoekerslijst van Pelican Bay had gezien.

White, de leider van het rechercheteam, vertelde Frankie dat hij van haar weerberichten genoot, al keek hij meestal naar een ander kanaal. Hij sloeg een kop koffie af en vroeg haar op een bank in de huiskamer te gaan zitten.

Stromsoe zag een geüniformeerde brigadier nors heen en weer lopen tussen Alex en Janet. Zijn holster en handboeienhouder piepten langs zijn Sam Browne-riem en hij had een notitieboekje in de hand. Hij had zijn ogen neergeslagen en leek in gedachten heel ver weg te zijn.

Ace en Sadie liepen lijdzaam maar welwillend van de ene naar de andere ondervraging.

Om twee uur die nacht was iedereen weg. Frankie en Stromsoe waren alleen overgebleven en ze zaten met enige afstand tussen hen in op een van haar banken in de huiskamer. De honden sliepen aan hun voeten.

'La Eme?' vroeg Frankie. 'Tavarez?'

'Dat denk ik wel.'

'In een complot met Choat? Dat kan niet.'

'Doe niet zo naïef, Frankie.'

'Maar waarom zou Tavarez bereid zijn Choat te helpen?'

Hij keek haar even aan en antwoordde toen: 'Als het Tavarez is, is het iets persoonlijks. Dan gaat het om mij.'

Ze keek Stromsoe weer aan en schudde ongelovig haar hoofd. 'Dan zal hij het steeds opnieuw proberen. Hij kan rustig in de gevangenis blijven zitten en mensen hierheen sturen tot het een van hen lukt me te doden.'

'Dat zal ik verhinderen.'

'Het is al gebeurd. Ik heb geluk gehad. Jij ook.'

Ze had gelijk. Stromsoe ergerde zich mateloos aan het geluid van zijn eigen stem: ik zal dat verhinderen. Hoe kon hij haar iets verzekeren wat hij niet voor zijn eigen vrouw en zoon had kunnen doen?

Hoe zou hij iets anders kunnen zeggen?

Hij stond op, liep naar de grote glazen schuifdeur en zag de sterren in de onbewolkte hemel, en de toppen van de avocadobomen die zilverig meebogen met de bries.

'Wat kan ik doen, Matt?'

'Ik zal hem tot inkeer brengen.'

'Welke macht heb jij over een man die al levenslang zonder mogelijkheid van vervroegde vrijlating heeft en die in de ergste gevangenis van het land zit? In zekere zin is hij volkomen vrij. Wat kun je hem afnemen? Wat heb je hem te bieden? Hij heeft dit niet gedaan omdat hij iets wil. Hij heeft dit gedaan omdat hij jou haat.'

Stromsoe, een man die zijn vijand niets te bieden had en hem ook nergens mee kon treffen, keek naar de vaag glanzende boomgaard. Er waren geen kleuren in de duisternis, alleen zwart en wit en nuances van grijs. Toen maakten de bomen plaats voor Frankies spiegelbeeld en keek hij naar haar zonder dat ze het wist. Ze zat op de bank, haar knieën uit elkaar, haar ellebogen op die knieën, naar voren gebogen, kijkend naar haar handen. Haar haar viel om haar gezicht heen, zodat het licht alleen op haar voorhoofd en de punten van haar neus en kin viel.

Hij herinnerde zich de avond waarop die jongens stenen naar de fanfare hadden gegooid en Mike hem had geholpen ze weg te jagen. Indertijd had Stromsoe een grote genegenheid voor de magere Mike Tavarez gevoeld, de klarinettist, bondgenoot, *compadre*, vriend. Stromsoe had nu opnieuw het gevoel dat hij in een andere tijd was gekomen, een gevoel dat hij vijf avonden geleden ook had gehad toen hij Frankie de foto's van Hallie en Billy had laten zien. In deze nieuwe versie van de tijd – elementaire tijd, zuivere tijd, tijd zonder horloges of kalenders of de bewegingen van een zonnestelsel waarop horloges en kalenders waren gebaseerd – vocht Mike het ene moment met hem mee en wilde El Jefe in het volgende moment een onschuldige vrouw vermoorden omdat hij Stromsoe haatte. En in de nieuwe tijd haatte Matt Stromsoe – de tambour-maître met de zachte ogen die vriendschap had gesloten met een ander fanfarelid, bij hem thuis was geweest, met hem had gefietst en gebiljart en de chili van zijn moeder had gegeten – Mike Tavarez van zijn kant ook.

'Matt,' zei ze. 'Ik ga niet onderduiken. Ik wil geen lange vakantie. Ik ga mijn naam, mijn huis of zelfs de kleur van mijn haar niet voor die man veranderen. Ik ga door met mijn reportages. Ik ga door met regen maken. Je moet iets bedenken.'

'Doe ik.'


Stromsoe lag in de logeerkamer te slapen toen Frankie hem wakker maakte. Ze stond in de deuropening en wist niet goed of ze zou blijven of niet. Ze stak af tegen het licht in de hal achter haar, maar hij kon zien dat haar haar loshing en dat ze een roze satijnen ochtendjas over iets zwarts droeg.

Toen ze haar hand uitstak, rook hij een complexe mengeling van huid en lotion en parfum en zag hij de glinstering in het diepst van haar ogen.

Ze leidde hem naar haar slaapkamer en deed de deur op slot. De ramen omlijstten het korrelige licht van de ochtend.

'Dit is een primeur, Matt.'

Het duurde even voor hij het begreep.

'Nu niets vragen,' zei ze. 'Zeg niets.'

'Ik ben sprakeloos.'

'Ik heb dit voor je gekocht op de dag nadat we hadden gedanst en jij me die avond Hallie en Billy en de bloemen had laten zien.'

'Ik ben niet meer sprakeloos. Je bent mooi, Frankie.'

'Dat wil ik best horen. Laat me ook zien hoe deze dans gaat, als je wilt.'

# IV

## PISTOLEROS

# 27

Birch gaf Stromsoe een gefaxte kopie van de bezoekerslijst van de Pelican Bay-gevangenis van 18 oktober, een week geleden.

'Cedros heeft die middag vijfendertig minuten met Mike Tavarez gepraat,' zei Birch. 'Omdat er een advocaat bij was, is er niet meegeluisterd en is er geen bandopname gemaakt.'

Stromsoes ergste angst streek langs hem als iets in diep water: Mike had Frankie Hatfield willen laten vermoorden. Het was schandalig logisch. Zo deed Mike zijn zaken.

Nu Frankie in die gewelddadige rivier was gegooid – poëtische wraak zoals een psychopaat die zag – verving Stromsoe het woord 'zaken' door het woord 'kwaad'. Tavarez was het kwaad. Stromsoe hoopte dat het een geruststellend idee was, maar dat was het niet. Het betekende dat Mike tot een duistere wereld behoorde en over onzichtbare bondgenoten en machten beschikte, alsof de tastbare legioenen van La Eme nog niet erg genoeg waren.

'We moeten het de politie vertellen,' zei Birch. 'Anders doen ze er weken over om zover te komen. Ze kijken niet naar Pelican Bay.'

Stromsoe dacht na. 'Ik wil eerst met Cedros praten. Ik wil horen wat hij te zeggen heeft.'

Birch knikte.

'Waarom staat die advocaat niet op deze lijst?' vroeg Stromsoe.

'Andere lijst. Hier.'

Birch schoof een ander papier naar Stromsoe toe. 'Professionele bezoeken'. Halverwege de pagina stond de enige professionele bezoeker die Mike die dag had gehad, Taylor Hite van advocatenkantoor Taylor Hite, Laguna Beach, Californië.

'Het is een drugsadvocaat,' zei Birch. 'Boert goed. Hij is achtentwintig en woont in een bescheiden huis van drie miljoen dollar in Three Arch Bay. Ik kan hem niets maken. Hij hoeft zich niets van ons aan te trekken.'

'Is Marcus Ampostela ook in de Pelican Bay geweest?'

'Ampostela niet. Ik denk dat hij Tavarez' geldophaler is. Waarschijnlijk communiceren ze via e-mail of briefjes. Misschien zelfs via Hite. Er gebeuren wel vreemdere dingen.'

Stromsoe dacht even na. 'Cedros moet Tavarez een aanzienlijk bedrag hebben

181

geboden. Zou je het niet leuk vinden om een berg DWP-geld op een van El Jefes rekeningen te ontdekken?'

Birch haalde zijn schouders op. 'Alles wat ik op een rekening van El Jefe zou ontdekken, zou ik leuk vinden. Weet je nog wel?'

'Ja, El Jefe werd opgepakt met in totaal zesduizend dollar op zijn bankrekening. Al het andere was van Miriam en zelfs dat was niet veel. De rest heeft hij verstopt.'

Birch typte iets in en een printer ging aan het werk. 'Als de politie Cedros onder druk zet met de poging tot moord op de vrouw die hij zou hebben gestalkt, wil hij misschien wel met ze samenwerken.'

Er schoot Stromsoe iets te binnen. 'Tavarez zal ook op dat idee komen. Hij weet dat we aan die bezoekerslijsten kunnen komen. Dat betekent dat Cedros binnenkort misschien met een paar kogels in zijn hoofd langs de kant van de weg ligt.'

Birch dacht na. 'Nee, Cedros is dat niet waard. Hij is maar de boodschapper. Zijn bezoek aan Tavarez bewijst niets; dat weet Tavarez ook. Er is geen opname van en er zijn geen getuigen. Ze hebben een smoes afgesproken voor het geval ze worden ondervraagd. Reken daar maar op. Mike kan niet... Nou, hij kan niet iedereen doden die dezelfde lucht inademt als hij.'

Stromsoe dacht daarover na. 'Ik denk dat Cedros' vrouw Marianna ons heeft gewaarschuwd. Misschien deed ze dat op zijn verzoek. Hoe dan ook, tot nu toe weet ik niemand anders die beide kanten hiervan kent, dus het DWP en Tavarez.'

'Waarschuw hem dan. Bij wijze van wederdienst.'

Stromsoe gebruikte zijn mobieltje en belde naar Cedros' huis. Hij stelde zich de zwangere jonge vrouw in het serveerstersuniform van een Mexicaans restaurant voor, de vrouw die haar zoontje uit die oude auto haalde. Hij kreeg een bandje en hing op. Toen had hij een idee.

'Kun je dat waarschuwende telefoontje nog eens laten horen, Dan?'

Birch ging met zijn toetsenbord en muis aan het werk en liet toen de stem horen van de onbekende vrouw die naar Birch Security had gebeld.

'Ze gaan de weervrouw en die detective te grazen nemen.'

Stromsoe trok Birchs telefoon naar zich toe, draaide opnieuw het nummer van Cedros en drukte op de knop van de luidspreker.

'U hebt gebeld naar de familie Cedros. John, Marianna en Anthony. Als u uw nummer inspreekt, bellen wij u terug.'

Birch liet de waarschuwing nog eens horen.

Stromsoe draaide het nummer van Cedros voor de derde keer en ze luisterden allebei.

Birch glimlachte.

Stromsoe knikte.

'Je had aan de goede kant moeten staan,' zei Birch.

'Jij ook.'

'Hoe gaat het met Lejas?' vroeg Stromsoe.

'Hij is er ernstig aan toe, maar stabiel. Botbreuken in zijn gezicht. Hoe is het met je spiegel?'

Stromsoe glimlachte en keek door het raam naar de heldere ochtend. Saddleback Peak, het hoogste punt van Orange County, was kristalhelder te zien, met alle antennes en communicatieapparatuur op de top.

'Frankie wil niet toegeven,' zei hij. 'Ze wil zich niet verstoppen of ergens heen gaan.'

Birch reed zijn stoel achteruit en vouwde zijn handen achter zijn hoofd. 'Dat dacht ik al. Een vrouw die een foto van haar stalker maakt, heeft moed. Je voelt iets voor haar, hè?'

'Ja.'

'Je ziet er niet meer uit als die kerel die hier veertien dagen geleden zat. Ze is mooi.'

'Dat wil ik zo houden.'

Birch knikte even maar zei niets, en Stromsoe begreep dat Birch had gewild dat dit zou gebeuren.

'Hoe lang denk je dat Tavarez erover doet om weer een poging te organiseren?' vroeg Birch.

'Een dag of twee,' zei Stromsoe.

'Dan heb je een dag of twee om hem op andere gedachten te brengen.'

'Ik heb iets nodig om tot hem door te dringen, Dan.'

'Ik persoonlijk voel daar weinig voor, maar ik weet wat je bedoelt.'

Jaren geleden had Stromsoe naar een manier gezocht om El Jefe Tavarez te manipuleren, en die had hij gevonden.

Ofelia was omgekomen, maar hij had die manier gevonden.

Van wie houdt hij nu? vroeg Stromsoe zich af. Waar is hij nu bang voor? Wat wil hij?


Cedros ontmoette hem in Olvera Street, in een toeristen-mercado niet ver van het DWP-hoofdkantoor. Hij leek kleiner dan Stromsoe zich hem herinnerde, en hij was ook nerveuzer.

Ze liepen langs de kleurrijke omslagdoeken en leren sandalen, de al even kleurrijke pannen en borden, de hoeden en maraca's en marionetten.

Stromsoe vertelde hem over Lejas, de nagemaakte politiewagen, de getatoeeerde arm van La Eme. Cedros keek onder het lopen recht voor zich uit, maar Stromsoe wist dat hij naar elk woord luisterde.

'Nou, ik ben van boven naar beneden gaan werken en weet je wat?'
'Nou?'
'Jij hebt op 18 oktober in de Pelican Bay-gevangenis met Mike Tavarez gepraat. Meer dan een halfuur.'
'We zijn familie. Verre familie, dat is verdomme alles.' Cedros spuwde de woorden uit maar keek Stromsoe niet aan.
'Waar hadden jullie het over?'
'Familie.'
'Ik vroeg me af of je misschien een aanbod van Choat naar Tavarez overbracht. Dat zou niet zo vreemd zijn: jij werd door mij opgepakt en Choat stuurt jou naar de gevangenis om een deal met El Jefe te maken.'
Nu keek Cedros hem woedend aan. 'We hebben alleen over familie gepraat.'
'Ik begin jou een beetje te begrijpen,' zei Stromsoe. 'Je wilde Choat niet verlinken, en je verlinkt Mike ook niet. Weet je wat het is? Lejas heeft Frankie bijna vermoord, en dus ziet het ernaar uit dat iemand contact met Tavarez heeft opgenomen voor die moord. Wie is de schakel tussen El Jefe en Frankie? Jij.'
Cedros keek hem fel aan. Ze kwamen aan het eind van een van de Olvera Street-steegjes en sloegen het volgende in. Cedros deed Stromsoe denken aan een kat die hij als jongen had gehad, en grote kater die Deerfoot heette en die hem altijd aankeek alsof hij wilde zeggen: als ik een beetje groter was, zou ik je doodmaken en opeten. Zo keek Cedros nu ook, met de woede van een klein mannetje in zijn binnenste.
'Ik moet de politie de bezoekerslijst van 18 oktober geven,' zei Stromsoe.
'Het ging alleen over familie, man. Dat zeg ik toch?'
'Zeg dat maar tegen de politie.'
'Ik zal een deal met je maken.'
'Zeg het maar.'
'Als die regendame de aanklachten intrekt, vertel ik je waarover Tavarez en ik hebben gepraat.'
Stromsoe begreep dat er Cedros veel ergere dingen dan stalking boven het hoofd hingen, al wist hij niet of Cedros dat ook begreep.
'Ik denk dat ze daar wel mee akkoord gaat,' zei hij. Hij zei er niet bij dat de officier van justitie Cedros misschien evengoed zou vervolgen.
Cedros ging vlugger lopen. Ze waren Olvera Street uit en waren nu op Cesar Chavez Avenue. Stromsoe liep een stap achter hem, en opeens draaide Cedros zich om en pakte hij Stromsoes arm vast.
'Choat wilde dat Frankie geen regen meer maakte, en hij wilde dat jij van de zaak af werd gehaald. Hij wilde haar formule. Meer niet. Ik heb het aan Tavarez voorgelegd. Het was niet de bedoeling dat er iemand werd vermoord,

Stromsoe. Echt niet. Dat zweer ik bij God. Dat was niet de deal.'

'Ik geloof je.'

'Verdomme. Shit. Man, ik kan niet geloven dat dit gebeurt.'

'Heb je Tavarez verteld dat ik Frankies lijfwacht was?'

Cedros keek naar Stromsoe op, turend in de middagzon. 'Nee. Choat zei dat het belangrijk was dat hij de foto's van Frankie en jou samen zag.'

'Ik dacht dat ze die op het politiebureau in beslag hadden genomen.'

'Ik had er nog meer.'

Dus Choat wist het, dacht Stromsoe. Waarschijnlijk had hij de artikelen gelezen en de foto's gezien. Hij wist dat Tavarez de kans om hem opnieuw te treffen meteen zou aangrijpen.

'Jij bent een goede werknemer, John. Je werkt alleen voor de verkeerde bazen.'

'Vertel mij wat.'

'Hoeveel bood Choat hem voor de intimidatie?'

Cedros schudde langzaam zijn hoofd. 'Tweehonderdduizend.'

'Godallemachtig. Zeg maar tegen hem dat hij de volgende keer een kwart daarvan moet bieden. Je hebt het aan die grote Ampostela gegeven, nietwaar?'

Cedros sloeg zijn ogen neer en knikte toen langzaam.

'Nu het karwei verprutst is, zal Tavarez jou dood willen hebben,' zei Stromsoe. 'Jij bent de enige die hem voor de poging tot moord op Frankie kan aanwijzen. Waarschijnlijk gebruikt hij Marcus. Het kan vanavond al gebeuren. Het kan ook volgende week of volgende maand gebeuren. Als ik jou was, ging ik een tijdje de stad uit.'

'O, ja? Mijn baan opzeggen en weglopen? Waarheen? Waarvoor? Mijn naam veranderen en mijn gezicht laten ombouwen? Ik heb duizend dollar op de bank en een baby op komst.'

'Ga naar een motel in Ventura of zoiets. Je leven is toch wel zestig dollar per dag waard?'

'In Ventura ga ik net zo goed dood. Hij is de Jefe. Hij is een moordenaar, verdomme.'

Stromsoe wist dat Cedros daar voor honderd procent gelijk in had. In de jaren dat hij oorlog voerde tegen Mike Tavarez en La Eme had hij de onschuldigen zien omkomen en de schuldigen ongedeerd zien weglopen. Hij had de goeden zien sterven en de slechten tot bloei zien komen. De politie kon niemand beschermen; die kon alleen de rommel opvegen.

Had hij Frankie niet een paar uur geleden bescherming beloofd?

Ik ga door met mijn reportages. Ik ga door met regen maken. Je moet iets bedenken.

Het maakte Stromsoe woedend dat hij deze fatsoenlijke man helemaal geen bescherming kon bieden. Het was een oude woede, die nog steeds zo vers en levendig was als toen hij nog jong was. Die woede kwam voort uit de overtuiging die hem van meet af aan tot dit leven had gebracht: dat je de goede kant en de slechte kant had, de wet en de criminelen, wij en zij.

'Heb je een vuurwapen?' vroeg hij.

Cedros, die weer vlug was gaan lopen, keek recht voor zich uit en gaf geen antwoord.

'Heb je je vrouw naar Birch Security laten bellen? Dat ze ons te grazen zouden nemen?'

'En als dat nou eens zo is?'

'Dank je. Hoor eens, Cedros, ik kan Tavarez en Ampostela niet tegenhouden, maar ik kan je wel beschermen tegen Choat. Interesse?'

Cedros bleef staan en keek Stromsoe aan. 'Ja.'

'We lopen nog een keer door de winkelstraten. Ik heb een plan.'

Een uur later reed Stromsoe naar Fallbrook terug. Onderweg stelde hij zichzelf weer de belangrijke vragen over Mike Tavarez. Van wie hield hij? Wat wilde hij? Waar was hij bang voor?

En ditmaal kwam het antwoord van El Jefe zelf. Hij gaf het over de jaren heen, met zijn eigen heldere en redelijke stem.

God zette ze daar neer om redenen die wij niet begrijpen.

Hiervoor zul je branden in de hel.

De hel zou beter zijn dan dit. Het is erg, hè, als je moet leven zonder degenen van wie je houdt?

Hij belde Birch, die contact opnam met zijn afgevaardigde in de wetgevende vergadering van Californië, die een royaal bedrag voor zijn herverkiezingskas van Birch had gekregen. Birch zei dat ze een lang gesprek hadden gehad. De afgevaardigde belde een senator die kort geleden zijn hulp had ingeroepen om een wapenwet een vroege dood op commissieniveau te laten sterven. Die senator was een vriend van directeur Gerry Gyle van de Pelican Bay-gevangenis en een grote fan van Frankie Hatfield op Fox.

Directeur Gyle kreeg Stromsoes telefoontje kort voor één uur.

Zeven uur later sprak Stromsoe met Ken McCann, onderzoeker in de Pelican Bay-gevangenis. Ze zaten in het Denny's restaurant in de buurt van de Crescent City Travelodge, waar Stromsoe een kamer had genomen. Het was een koude avond en de lichten van de stad vervaagden af en toe in flarden van mist en schuin vallende motregen. Het restaurant rook naar dennenspray en gegrild rundvlees. Er was bijna niemand.

McCann had het V-figuur van een gewichtheffer, een klein hoofd met plat zilvergrijs haar, en kleine oogjes weggedoken in heuvels van rimpels. Hij zei dat hij zestig was. Hij had in Vietnam gevochten, had zijn eerste vrouw begraven en was met de tweede getrouwd, was gek op zijn kleinkinderen en vond Mike Tavarez het schuim der aarde. Hij beet in zijn sandwich, kauwde met één kant van zijn mond en sprak vanuit de andere kant. Hij vertelde Stromsoe over Vietnam, over zijn terugkeer in 1970, toen hij zich nerveus en vreemd had gedragen. Artsen noemden hem hyperwaakzaam, en dat was een heel mooi woord voor het feit dat je sliep met een karabijn naast je in je bed en een pistool onder je kussen, voor zover je het slapen kon noemen. Hij was zo nerveus dat zelfs de honden genoeg van hem kregen en wegliepen. Zijn vrouw kreeg op haar dertigste een hartaanval, en McCann dacht dat zijn eigen monsterlijke angsten en zorgen op haar waren overgeslagen. Tien jaar later, toen hij die hyperwaakzaamheid grotendeels kwijt was, leerde hij Ellen kennen. Hij studeerde psychologie, werd de beste van zijn jaar en ging in het gevangeniswezen werken.

Hij vertelde over zijn kinderen en kleinkinderen.

Hij at zijn bord helemaal leeg en bestelde perziktaart met ijs.

Stromsoe luisterde met al zijn geduld en invoelingsvermogen en vertelde hem toen wat hij nodig had: een manier om Tavarez een moordopdracht te laten intrekken waarvan Stromsoe niet kon bewijzen dat Tavarez er iets mee te maken had.

'Bij dat soort kerels kun je nooit iets bewijzen,' zei McCann, die slikte. 'Ik lees tweehonderd brieven per week, van hem afkomstig en voor hem bestemd, en toch weet ik niets van wat hij doet. Stukjes Engels. Stukjes Spaans. Stukjes Nahuatl. Een heleboel zinnen met alleen maar onzin en gecodeerde instructies. Zinnen die niets betekenen. Zinnen die iets anders betekenen dan wat ze zeggen. Cijfers en nog meer cijfers. Die praten niet. Als je eindelijk iemand hebt om mee te praten, martelen ze hem, vermoorden ze hem en zetten ze de beelden op internet. Tavarez? Hij heeft het voor het zeggen. Dat kan ik je verzekeren.'

'Ik geloof je. Ik heb geen bewijs nodig. Dat wil ik niet.'

'Wat wil je dan?'

'Ik wil het leven redden van een vrouw die hij wil laten doden.'

McCann keek hem aan. 'De oude Eme maakte zich niet zo druk om dat gedoe van vrienden en familie. Jij en Mike kennen elkaar van vroeger, hè?'

'Van heel vroeger.'

'Ik denk dat hij een paar bewaarders op de loonlijst heeft staan. Twee jonge kerels, Post en Lunce. Ze zitten met gezinsproblemen en hebben het geld nodig. Ik weet niet wat ze voor hem doen, of ze alleen maar briefjes voor hem overbrengen of hem misschien wat meer telefoontijd of internettijd geven. Mike geeft niet om drugs. Hij rookt niet, drinkt niet. Er is ook een supervisor, Cartwright. Ik denk dat hij geld aanpakt, maar ik weet niet zeker van wie. Gyle kan waarschijnlijk Mikes hele wereld op zijn kop zetten door die bewaarders over te plaatsen. Mike kan met zijn kleine traktaties heel veel bereiken.'

Stromsoe dacht na. Met deze informatie kon hij wat seintjes geven, Mikes contact met de corrupte bewakers verbreken, hem misschien nog kwader maken.

'Het is niet genoeg,' zei hij. 'Maar ik had het idee – en daarom wilde directeur Gyle dat ik met jou ging praten – dat het Mike niet zo goed is bevallen in de EBI.'

McCann glimlachte en tuurde naar hem, zijn ogen twinkelend in hun nesten van rimpels. 'Wie wel? Toen Mike uit de EBI kwam, zag hij eruit als een half verdronken rat. De gedetineerden noemen het niet de EBI. Voor hen is het de X. Ze hebben de pest aan de X. De X was moeilijk voor Mike. Hoe intelligenter iemand is, des te moeilijker is het voor hem. Maar dat is niet mijn terrein. Ik kan Tavarez niet laten overplaatsen.'

'Je kunt tegen de gevangeniscommissie zeggen wat je tegen mij hebt gezegd, dus dat Mike door middel van gecodeerde brieven met de buitenwereld communiceert.'

McCann kreeg enigszins een kleur, maar hij bleef Stromsoe aankijken. 'Dat is link. Ik zou mijn eigen keel doorsnijden.'

'Je leest tweehonderd brieven per week, alleen van Mike en voor hem bestemd. Je hebt te weinig personeel. Je bent de enige mogelijkheid. Dat weet ik.'

'En dat weet ik ook.'

'Nou, Gyle weet het ook,' zei Stromsoe. 'Hij zegt dat hij zal aanbevelen Tavarez naar de EBI te laten overplaatsen als jij kunt vaststellen dat hij in contact staat met criminele relaties.'

'Dat is het punt,' zei McCann. 'Ik kan het niet voor honderd procent bewijzen. Dat is, als je het omkeert, ook de reden waarom ik dit jaar opslag kreeg omdat ik mijn werk zo goed doe.'

'Gyle wil dat je hoofdonderzoeker wordt als Davenport met pensioen gaat,' zei Stromsoe.

'O?'

Gyle had de promotie voorgelegd aan zijn vriend Bob Billiter, die in de senaat van Californië zat. Op die manier hoopte hij McCann over te halen. Billiter had het doorgespeeld aan de afgevaardigde, die het weer aan Birch had doorgegeven. Stromsoe was onder de indruk geweest van de snelheid waarmee de politiek kon werken. En dat drie mannen die Frankie Hatfield zelfs nooit hadden ontmoet hun nek een beetje voor haar wilden uitsteken.

McCann keek hem nu strak aan. Hij legde zijn vork in de laatste restjes ijs. 'Waarom?'

'Omdat je goed bent.'

'Nee, waarom vertelde hij jou dat?'

'Senator Billiter heeft bij hem gepleit voor de vrouw die het slachtoffer van Mike dreigt te worden. Dat moet niet al te moeilijk zijn geweest. Ze is onschuldig, goedhartig en intelligent. Een van Mikes pistoleros zette gisteravond zijn revolver tegen haar hoofd, maar toen had ze geluk.'

McCann keek hem aarzelend aan. 'Hoe dan?'

'Ik reed met mijn pick-up tegen hem aan.'

McCann glimlachte. 'Dat was goed.'

'Op het moment zelf was ik te diep geschokt om ervan te genieten.'

McCann glimlachte weer. 'Dus je wilt dat ik met de gevangeniscommissie ga praten als Tavarez niet inbindt.'

'Alleen als hij niet inbindt. In beide gevallen wil Gyle jou als opvolger van Davenport.'

'Wanneer komt de gevangeniscommissie...'

'Donderdag over een week,' zei Stromsoe.

'Wanneer ga jij met Tavarez praten?'

'Morgenvroeg. Dat heeft Gyle geregeld.'

'Je hebt het allemaal uitgekiend.'

'Ik had geluk. Ik hoop dat het werkt.'

McCann schudde zijn hoofd. 'Maak je geen zorgen. Hij verandert wel van gedachten over die vrouw. Hij wil niet naar de EBI terug. De meeste mensen worden daar stapelgek. Het maakt ze kapot. Dan nemen we ze in de ziekenboeg op en schreeuwen ze daar dag en nacht. Zoiets heb je nog nooit gehoord. Zelfs de artsen van de staat weten wat de EBI met mensen doet. Ze willen hem sluiten, maar de rechtbanken willen dat hij blijft bestaan. Het is de hel.'

# 28

John Cedros tuurde door het kijkgaatje van zijn huis in Azusa. Marcus Ampostela's ontzaglijke hoofd vulde het kleine gezichtsveld op. Hij zag er moe en lusteloos uit.

Cedros maakte de deur open voordat hij opnieuw kon aanbellen.

'Hé,' zei de grote man. 'Hoe is het met je?'

'Hoe is het met jóú?'

Marianna kwam uit Tony's kamer en Ampostela glimlachte. 'Hé, *madre*. Je ziet er goed uit, hè?'

'Niet zo hard praten,' zei ze. 'Tony slaapt.'

'Heeft iemand een biertje?'

'Ik haal het wel,' zei Marianna.

Ampostela keek haar na toen ze door de kleine huiskamer liep en door het boogpoortje naar de keuken ging. Cedros wou dat ze die spijkerbroek met afgeknipte pijpen niet droeg waardoor haar benen zo goed tot hun recht kwamen, ook nu haar buik van zes maanden als een onweersbui kwam opzetten.

'Wat kom je doen?' fluisterde Cedros. 'Door jullie en die weervrouw had ik de politie op mijn werk. Dat was niet de afspraak, Marcus. En nu ben je in mijn huis. Wat zijn jullie voor mensen?'

Ampostela's woede straalde door zijn trage loomheid heen en schitterde in zijn ogen. 'Ik krijg nog vijfentwintig van je.'

'Dáárvoor?'

'Daarvoor. En jij en ik moeten vanavond aan de slag. Ik heb vanmorgen van El Jefe gehoord. Hij heeft een karwei voor ons.'

'Wat dan?'

'Je komt thuis met geld. Meer hoef je niet te weten.'

Marianna kwam met de biertjes terug. Ampostela nam dat van hem met beide handen en een glimlach aan. Hij schommelde een beetje en Cedros zag dat hij dronken of high was, of beide.

'Ik ga wat drinken met je man,' zei hij.

'Niet vanavond,' zei ze.

'Ja, vanavond. Juist vanavond. Ik breng hem thuis voor het te laat is. Dat is de deal.'

Cedros' hart sloeg wild, alsof het uit de koers raakte. Toen was dat voorbij en sloeg het weer regelmatig.

Marianna keek haar man aan, schudde haar hoofd en liep langs beide mannen door het gangetje naar Tony's kamer.

'We gaan,' zei Ampostela.

'Even mijn bier opdrinken.' Zijn hand trilde zo erg dat hij het blikje nauwelijks naar zijn mond kon brengen, en dus wendde hij zich van Ampostela af en dronk hij zo snel als hij kon.

'Je kunt onderweg drinken. We nemen mijn auto. We hebben niet de hele avond.'

'Ik moet het geld pakken, pissen en mijn zoontje welterusten zeggen.'

'Schiet op dan.'

Cedros schoot helemaal niet op. Hij ging naar de wc, trok een licht jack aan, zocht dingen bij elkaar en nam afscheid van Marianna. Hij pakte de envelop met DWP-geld uit een fruitschaal op de koelkast.

Toen ze eindelijk in de auto stapten, reed Ampostela de hoek om naar het El Matador-restaurant, waar de hond van de tafel had gegeten.

Cedros ging weer naar de wc en werd toen door Ampostela naar dezelfde achterkamer gebracht waar de vrouwen en de slaperige gangster hadden gezeten. Die waren er nu ook. De hond was waar hij de vorige keer was geweest, met een schoon wit bord voor zich.

'Geld,' zei Ampostela.

Cedros gaf hem de envelop en bleef daar staan terwijl Ampostela het telde.

'Ga zitten,' zei Ampostela. 'Wacht hier. Ga over twintig minuten naar de auto.'

Toen ging hij weg.

Twintig zwijgende minuten later kwam Cedros uit de grote lege nis, ging weer naar de wc en liep toen naar buiten. Pas na een minuut zag hij de grote glanzende stationcar, want die stond niet op het parkeerterrein maar aan de overkant van de straat, in het zwakke licht van een purperen straatlantaarn.

Hij stapte in en ze bulderden door de avenue.

Ampostela nam Highway 39 naar de San Gabriel Mountains. Langs de weg lagen regenplassen van de vorige avond en de sterren schitterden boven de hoge bergen. Ampostela keek steeds in zijn spiegeltje. Cedros keek in het zijspiegeltje aan de passagierskant maar zag niets achter hen.

De vorige keer dat hij op deze weg reed, had hij detective Stromsoe bij zich gehad, dacht Cedros. Het had toen maar heel weinig gescheeld of hij had hem verteld wat hij al wist: dat Choat, de man met de littekens, hem had gerekruteerd om de weervrouw te intimideren, een volslagen zinloze poging om haar te laten ophouden met regen maken.

'Waar gaan we heen?' vroeg Cedros. 'Er is daarboven niets.'

191

'We ontmoeten wat mensen in dat restaurant bij de rivier.'

'Dat is al jaren dicht.'

'Daarom juist. Rustig nou, man. Oké, de politie heeft je wat vragen gesteld. Je moet niks tegen ze zeggen, behalve dat je het niet hebt gedaan. Heb je een goede advocaat?'

'Voor welke aanklacht? Ik kan de tel van mijn eigen misdaden niet meer bijhouden.'

'Daar zijn advocaten voor.'

Ze reden langs de laatste woonwijk, die boven de rivierbedding was gebouwd. Je had een brug nodig om thuis te komen. Daarom had Cedros erover gedacht om daar een huis te kopen. De huizen waren mooi en het was niet de barrio, maar ze waren te duur.

Hij ving een glimp op van de rivier de San Gabriel. Die was gezwollen van de regen en kwam bulderend de berg af. Hij had van collega's op het DWP gehoord dat daarboven een plaats was die vijf, acht, soms tien keer zoveel regen kreeg als er in de stad viel. Hij had verhalen gehoord over meer dan een meter regen in één nacht, rivieren die opzwollen, bomen die vielen, boswegen die bedolven werden onder tonnen water, en het meeste van al dat water kwam terecht in de San Gabriel, die als een gigantische massa naar beneden stortte, in de richting van Azusa, en breder en langzamer werd wanneer hij de beschaving naderde, om ten slotte door een betonnen buis naar de oceaan te worden gestuwd.

Cedros keek omlaag naar de rivier. Die was nauwelijks zichtbaar tot hij langs de huizen kwam, maar daar zag je in het licht van de straatlantaarns hoe snel en groot hij was. Hij stroomde over de bodem van een steil ravijn.

Hoeveel kubieke meter bulderde er op dit moment per seconde naar de oceaan: honderd, tweehonderd? Waarom zouden ze het niet opvangen? Waarom was de waterstand in de reservoirs altijd zo laag? Waarom heerste er een voortdurende droogte in het zuiden van Californië, terwijl zelfs de nederige San Gabriel al na een kleine herfstregen als die van de vorige avond zoveel goed wild water verloor? En waarom zou je een vrouw willen tegenhouden die denkt dat ze meer regen kan maken?

Ach, dacht Cedros. Hij kende het antwoord en had er inmiddels genoeg van. Het was allemaal zo krankzinnig.

Omdat, John, alleen overdaad onze ondergang kan worden.

Het was heel moeilijk voor hem om zich daar op dit moment druk over te maken, nu hij naast een reus zat die met hem naar de bergen reed om hem te vermoorden. Hij begreep nu eindelijk waarom ze eerst naar El Matador waren gegaan. Dat was Ampostela's alibi: hij had Cedros afgezet en was weggereden en ze hadden hem die avond niet meer gezien. Twintig minuten later was Cedros weggegaan. Ampostela had drie getuigen voor dat alles. En niemand had Cedros in Ampostela's auto zien stappen, want die had ergens achteraan in het donker gestaan.

Cedros voelde dat zijn darmen slapper werden. Zijn borst trok zich samen en hij had een onbehaaglijk gevoel in zijn maag, net achter zijn riem.

Hij keek weer in het zijspiegeltje en zag niets dan duisternis achter hen.

'De politie zei dat Lejas haar dood wilde schieten,' zei hij.

'Daar weet ik niks van,' zei Ampostela. 'Dit is alleen dit. Wat wij doen, is alleen dit.'

'Ja,' zei Cedros zachtjes. 'Alleen dit.'

'Hoe gaat de baby heten?'

Cedros kon bijna niet geloven dat Ampostela die vraag zou stellen terwijl hij op weg was om de vader van de baby te vermoorden. Aan de andere kant begreep Cedros dat zijn ongeloof niets te betekenen had, en dus gaf hij antwoord. Automatisch loog hij.

'Maria.'

'Mooi.'

'We hebben al wat kleertjes voor haar. En slabbetjes en zo.'

'Ik heb twee jongens en een meisje bij hun moeder in Fresno. Ik heb de pest aan die klotestad.'

'Ik ben er nooit geweest.'

'Ga er ook niet heen. Waar werkt Marianna?'

'Bij Dos Amigos.'

'Welke?'

'Monrovia.'

'We gaan niet naar het restaurant waarover ik je vertelde. We ontmoeten die mensen een eindje verderop.'

'Oké. Wat je maar wilt.'

Ze reden over de bochtige weg de bergen in. Ampostela's Magnum was een grote gemene stationcar die een enorme kracht bezat en goed door alle bochten kwam. Hij zei tegen Cedros dat het de krachtigste wagen ter wereld was voor nog geen dertigduizend dollar. Cedros had er alleen maar een dikke gangsterbak in gezien, maar hij moest toegeven dat hij er zelf ook graag een zou willen hebben. In feite om Marianna erin te laten rijden, met binnenkort twee kinderen.

Ampostela keek weer in het spiegeltje, ging toen langzamer rijden, reed een parkeerhaventje op en stopte. Er was geen andere auto te zien. Hij zette het licht en de motor uit. Hij boog zich voor Cedros langs en pakte iets uit het dashboardkastje.

'Waar is dat pistool voor?'

'Voor mijn gemoedsrust, jongen. Ze komen eraan. Stap uit. Ik praat en jij doet wat ik zeg. Dat is de enige manier.'

Cedros stapte uit en stond te trillen op zijn benen. Hij zag de grote man om de voorkant van de auto heen lopen. Ampostela had het pistool achter zijn broeksband gestoken, tussen de slippen van zijn overhemd. Hij nam niet eens de moeite het te bedekken.

Ze stonden neer te kijken in het zwarte ravijn, met helemaal beneden de wit schuimende rivier, vaag verlicht door de maan.

'De rivier,' zei Ampostela.

Cedros hoorde het bulderen van het water en probeerde onwaarneembaar achteruit te gaan om Ampostela in zijn gezichtsveld te houden zonder hem recht aan te kijken.

Helemaal onder aan zijn gezichtsveld zag Cedros de uitpuilende buik en één overhemdslip die de dof glanzende kolf van het pistool nauwelijks bedekte.

Hij kon zijn blik niet van dat wapen afnemen.

Hij kon het niet.

Het leek wel of het pistool leefde.

'Ze komen zo,' zei Ampostela. 'Maak je geen zorgen.'

'Ik maak me geen zorgen.'

'Alles komt goed. Dit is alleen dit. Ik regel alles.'

'Natuurlijk.'

Ze stonden daar een tijdje. De rivier stroomde met veel kabaal over zijn rotsige bedding. Er kwam geen enkele auto over de weg.

Ergens in zijn achterhoofd was Cedros zich ervan bewust dat Ampostela iets wilde zeggen maar de juiste woorden niet kon vinden. Cedros zei niets. Het was een kwestie van zelfrespect. Ampostela moest er maar zo lang mee worstelen als hij wilde. Cedros nam zijn aandacht van de grote man weg en concentreerde zich op het pistool.

Onder in zijn gezichtsveld zag Cedros dat Ampostela's hand naar boven ging. Die hand ging langzaam omhoog en het pistool was uit de broeksband verdwenen.

Cedros loste vier schoten vanuit de zak van zijn jack. De loop van de .22 was op de borst van de grote man gericht. Toen haalde hij het pistool tevoorschijn en schoot Ampostela nog eens drie keer in het hoofd. Het grote gezicht veranderde helemaal en zakte op een vreemde manier in elkaar. Cedros voelde dat er een hete nevel tegen zijn huid vloog en besefte wat een vreselijk geweld de kogels hadden aangericht.

De grote man zakte op zijn knieën en viel toen voorover in het bergpuin.

Cedros wankelde naar de struiken, waar hij overgaf en nog net op tijd zijn broek omlaag kreeg voordat hij de macht over zijn darmen verloor. En terwijl hij in zichzelf praatte met een stem die hij nauwelijks herkende, wankelde hij naar de auto terug. Door zich met zijn voet schrap te zetten tegen een voorband zag hij kans Ampostela's grote lijf naar de rand van het ravijn te duwen en het daarin te laten vallen. Plotseling dacht hij aan de vijfentwintigduizend dollar, maar die interesseerden hem helemaal niet. Hij hoorde rotsen glijden, toen smakte het lijk tegen iets hards, en toen was het stil. Cedros zag dat Ampostela van de rotsmassa rolde en door de bulderende duisternis werd opgeslokt.

Hij gooide Ampostela's pistool in het ravijn. Om Marianna's .22 te vinden moest hij teruglopen naar de plaats waar hij had overgegeven, en toen gooide hij die ook in de rivier.

Hij stond huiverend met zijn rug tegen de auto. Enkele minuten later kwam Marianna aanrijden. Haar koplampen waren niet synchroon en het stof steeg op in de lichtbundels die elkaar bijna kruisten. Plotseling gingen die lichten uit.

Hij hoorde haar uitstappen en over de losse steentjes naar hem toe komen en voelde haar armen om hem heen. Haar mooie zachte gezicht drukte tegen zijn bevende en naar bloed stinkende lichaam.

'O, schat,' zei ze. 'O, schat, mijn schat.'

'Rustig maar. Rustig maar. Het is gelukt.'

'Je moet opstaan, schat.'

'Mama? Papa?'

Door de sluier van Marianna's haar zag Cedros de magere beentjes van Anthony op de grond naast de open deur van hun auto verschijnen.

'Anthony Mark Cedros, ga onmiddellijk in die auto zitten.'

'Ja, mam. Hé, papa, wat doe je?'

'Niets, Tony. Ik kom zo.'

'Sta op, John. Schiet op. We moeten hier weg.'

# 29

In de koude noordelijke stilte van het Travelodge hotel in Crescent City droomde Stromsoe dat hij weer met Hallie en Billy in Newport Beach was.

Het was een koele donderdag in maart, een schooldag, Hallie maakte een licht ontbijt voor hen klaar en ze gingen met zijn drieën aan de eettafel zitten.

'Pa droomde vannacht dat hij in een auto reed,' zei Billy.

'Hoe weet je dat?' vroeg Hallie.

'Omdat ik op de achterbank zat.'

Ze lachten en Stromsoe voelde een grenzeloze liefde voor zijn zoon.

Terwijl hij dat gesprek droomde, begreep hij meteen de grote betekenis ervan. Hij werd wakker, zette koffie op zijn kamer en ging aan de wankele tafel bij het raam zitten. Hij hield het gordijn dicht en hoorde het tikken van de regen op de ruit.

Voor een deel om mensen in leven te houden van wie hij hield, en voor een deel om zich voor te bereiden op de ontmoeting met Mike Tavarez die over enkele uren zou plaatsvinden, dacht Stromsoe beetje bij beetje aan die ochtend terug, alsof hij teugjes nam van de herinneringen.

Omdat ik op de achterbank zat.

Hij was met Hallie en Billy naar buiten gelopen. Het busje had op het pad gestaan omdat de garage van het oude huis in Newport te klein was voor meer dan de Taurus van Stromsoe en allerlei gereedschap, strandspullen, fietsen, en dozen met speelgoed dat Billy ontgroeid was.

Stromsoe deed de deur achter zich dicht en liep achter hen aan over het kleine paadje naar het garagepad. Billy ging voorop, naar voren gebogen om het gewicht van zijn rugzak te compenseren. Hallie daarachter in een spijkerbroek, een flanellen shirt en schaapsvachten laarzen die geschikt zouden zijn voor een maanwandeling. Stromsoe keek naar haar figuur en vond dat het goed was. Alsof ze dat wist, draaide ze zich om en glimlachte ze op het moment dat ze bij het garagepad kwamen.

Hallie drukte op de sleutel en de deursloten sprongen allemaal tegelijk open. Billy schoof de zijdeur open. Hij zwaaide zijn rugzak voor zich uit en klom op de achterbank. Stromsoe hielp hem met de gordel en Billy drukte hem dicht.

'Veel plezier vandaag, Billy.'

'Oké.'

'Wees aardig voor mevrouw Winston.'

'Oké.'

'Ik hou van je.'

'Oké. Ik bedoel, ik ook van jou.'

Stromsoe kuste de kruin van zijn zoon, schoof de deur dicht en ging een stap terug.

Hallie wilde het busje starten, maar de accu was zo zwak dat ze het niet voor elkaar kon krijgen.

Ze gooide het portier open. 'Ik heb de pest aan dit busje.'

'Zal ik even?'

Stromsoe stapte in, maar de accu was nu helemaal leeg en toen hij de sleutel omdraaide, hoorde hij alleen een droog klikgeluid.

Hij maakte de kap open om te kijken, maar de contactpunten van de accu waren schoon, de klemmen zaten goed vast en van de rest begreep hij niet veel. Hij stapte weer in de cabine en zette de radio aan, maar die deed het ook niet.

'Neem mijn auto maar,' zei hij. 'Ik bel de wegenwacht, laat de accu opladen en ga met dit ding naar Pete.'

'Kun je niet met ons meegaan?' vroeg ze.

'Dan kom ik veel te laat op mijn werk.'

'Papa! Kun je niet met ons meegaan?'

Stromsoe zuchtte. Toen stak hij zijn hand naar de zonneklep van het busje uit om op de automatische garagedeuropener te drukken. De motor kreunde en de deur ging omhoog. De dicht opeenstaande inhoud van de garage kwam in zicht.

'Oké, papa!' riep Billy.

'Oké, papa!' riep Hallie.

Toen Stromsoe achter hen aan de garage binnen liep, had hij een van die openbaringen die huisvaders af en toe hebben: dat hij gezegend was omdat hij Hallie en Billy had, dat hij dankbaarder moest zijn, en aardiger voor hen, dat hij meer van de kleine dingen moest genieten, zoals je zoontje naar school brengen als de accu van het busje leeg is. En wat geeft het als je daardoor een uur te laat op je werk komt?

Dat geluk deed hem denken aan een ander geluk, vele jaren eerder, toen hij voorop had gelopen terwijl de fanfare voor de miljoenste keer 'When the Saints Go Marching In' speelde. Het was toen opeens tot hem doorgedrongen: hoe geweldig en buitengewoon dat moment was, en nu herinnerde Stromsoe zich het groene gras van het footballveld in de stadionlichten, het dreunen van de basdrums en het ijle geluid van de piccolo's, de ritmische bewegingen van de mace in zijn rechterhand, het gewicht van de sjako met zijn riem strak onder zijn kin.

Een ogenblik speelde dat uitbundige lied weer door zijn hoofd.

Hij floot het terwijl hij daar in zijn garage stond en de sleutel uit zijn zak haalde.

Billy wilde net naar de rechterkant van de Taurus lopen, want hij mocht graag achter zijn moeder zitten, maar omdat er een of andere kever op het deksel van de kofferbak zat, moest hij blijven staan om hem te bekijken. Achter hem ging Hallie op haar tenen staan, zoals volwassenen doen als ze achter een kind aan lopen dat opeens blijft staan. Stromsoe was ook langzamer gaan lopen, klaar om naar de bestuurderskant te gaan als ze uit de weg waren.

*Lord, how I want to be in that number...*

Hij drukte op zijn sleutel en de sloten gingen open. Een seconde later waren hij en zijn gezin aan flarden geknald.

# 30

Tavarez zat al in de bezoekersruimte te wachten toen Stromsoe naar binnen werd geleid. Tavarez zag er bleek maar fit uit, en pas geschoren. Hij keek naar Stromsoe, die in de onbeweeglijke stoel ging zitten en de telefoon oppakte. Stromsoe keek terug.

Mike had geen handboeien om, maar wel enkelboeien en er stond een bewaker buiten de gedetineerdenkant van de ruimte door de geperforeerde stalen deur naar binnen te kijken. De bezoekersruimte was nu verlaten, want alle bezoeken moesten op zaterdag plaatsvinden, tenzij directeur Gyle zelf een andere regeling trof.

Tavarez pakte de zwarte telefoon op, veegde met de mouw van zijn oranje overall over het mondstuk en bracht de hoorn naar zijn hoofd.

'Je ziet er nog helemaal hetzelfde uit, Matt,' zei hij.

'Jij bent aangekomen.'

'Training. Goed voedsel.'

'Vast wel.'

'Je loopt niet mank. Je hebt littekens op je hals en gezicht en je hebt nog maar een pink. Ik hoorde dat je stalen pennen in je benen hebt.'

'Een heleboel, Mike. Ze trekken strak bij koud weer. Ik heb een document bij me voor als ik met een vliegtuig wil reizen. Hardlopen gaat nog moeilijker dan vroeger. De lijst van mijn verbeteringen is eindeloos.'

'Dat oog ziet er realistisch uit.'

Stromsoe keek Mike aan en vond het heel even wel grappig om een staarwedstrijd aan te gaan met één goed oog. Dat glazen oog dat Tavarez blindelings aanstaarde als een genadeloze Duitse handlanger.

Hij knikte.

Tavarez glimlachte. 'Een koud glazen oog. Niet eerlijk.'

Stromsoe luisterde naar het gonzen van de grote, streng beveiligde gevangenis om hem heen. Voor de ergsten van de ergsten, dacht hij. De duurste, efficiëntste en zwaarste opsluiting die door de mens was uitgedacht. Nog jaren een voorbeeld voor nieuwe gevangenissen.

'Ik heb vannacht van ze gedroomd,' zei hij. 'Ze waren levend en wel en volmaakt. Dat zullen ze voor mij altijd zijn, Mike.'

'Ze zouden nog moeten leven. Die bom was voor jou bestemd.'

Tavarez had dat niet meer erkend sinds dat allereerste telefoontje, die keer dat hij Stromsoe belde op de avond dat hij bijna zijn eigen huis platbrandde. Op de rechtbank hadden Tavarez' advocaten hun best gedaan om de schuld op La Nuestra Familia af te schuiven. Ze waren daar een heel eind mee gekomen, want Stromsoe en de speciale eenheid hadden evenveel met LNF te maken gehad als met La Eme. Stromsoes naam was verscheidene keren opgedoken in Familia-communicatie. Uiteindelijk hadden ze geen getuige kunnen vinden die dat wilde bevestigen, niemand die de lage La Eme-soldaat wilde tegenspreken die getuige à charge was geworden nadat hij met de dood was bedreigd. De soldaat had El Jefe over de bom horen praten. Hij had de naam Stromsoe gehoord. Hij had de spijkers bij de doe-het-zelfzaak gekocht. Hij was bezweken toen de speciale eenheid aanbood de aanklacht voor moord in te trekken en hem en zijn gezin na het proces een andere identiteit te geven.

'En Frankie Hatfield? Deed je dat ook om mij te treffen?'

'Frankie wie?'

'Nog meer bestraffing voor Ofelia? Omdat Hallie en Billy niet genoeg waren?'

Mike keek hem aan. 'Waar heb je het nou over?'

'We hebben de bezoekerslijsten. We hebben met veel mensen gepraat, ook met Lejas en Ampostela. Ze wilden allemaal helpen. Het verhaal is aldus: Cedros wilde voorkomen dat Frankie verderging met haar experimenten. Hij intimideerde haar. Hij maakte foto's van haar. Toen dat niet werkte, ging hij naar jou toe, een ver familielid, iemand die dingen gedaan kan krijgen. Je hebt de foto's van haar gezien. Op sommige daarvan stond ik ook. Een klein wonder voor jou, opnieuw een staaltje van het geluk dat je altijd hebt gehad. Je wilde haar laten vermoorden, zodat ik ook nog met Frankie op mijn geweten door het leven zou moeten gaan, dus niet alleen met mijn vrouw en zoon. Lejas kwam er heel dichtbij. Ik had geluk. Maar er zijn er meer als hij. Daarom ben ik hier.'

Tavarez zei niets.

Stromsoe wendde zijn blik van Mike af en keek naar de vaalgele muren van de bezoekersruimte, en toen naar de bewaker achter de stalen deur en naar de videocamera's in alle hoeken van de lange, rechthoekige kamer.

'Ze gaan je voor de rest van je leven naar de X terugsturen,' zei Stromsoe.

Tavarez glimlachte loom. 'Dat kun je niet. Daar heb je de macht niet voor.'

'Ik heb veel hulp gehad,' zei Stromsoe. 'Een senator, een afgevaardigde. Rechters, advocaten, artsen. Anderen. Donderdag over een week komt de gevangeniscommissie bijeen. Als ze klaar zijn, ga jij weer naar de X. Het is al helemaal geregeld. Jij bent de enige die het ongedaan kunt maken, Mike. Alleen jij.'

Tavarez probeerde met ijzig ongeloof terug te kijken, maar Stromsoe zag de woede in zijn ogen.

'Hoe dan?'

'Het is Frankie of de X, Mike. Haar veiligheid in ruil voor jouw verblijf in de gewone gevangenis. Als je me belooft dat ze met rust gelaten wordt, mag je blijven waar je bent. Dan kun je je kleine gunsten van Post en Lunce blijven krijgen. Maar als haar ook maar een haar wordt gekrenkt, ga je voor de rest van je leven naar de X. Als ze wordt lastiggevallen door de telefoon, ga je voor de rest van je leven naar de X. Als ze verkouden wordt of struikelt op een trottoir of haar enkel verstuikt in de sportschool, ga jij naar de X. En je komt alleen maar uit de X op een brancard of met een pasje voor de psychiatrische afdeling. Op weg hierheen heb ik ze horen schreeuwen. Het kost me moeite me jou in een dwangbuis voor te stellen, Mike. De krankzinnige El Jefe die de longen uit zijn lijf schreeuwt in de gekkenvleugel.'

Tavarez leunde achterover en keek Stromsoe sceptisch aan. Hij fronste zijn voorhoofd en hij schudde zijn hoofd alsof hij verbijsterd was.

'Heb jij dit uitgedacht?'

'Toen ik Lejas van dichtbij zag, wist ik hoe het zat.'

'Je moet wel veel om die vrouw met die mannennaam geven.'

'Ik ken haar nauwelijks.'

'Val je net zo op haar als op Hallie?'

'Ze is jong en onschuldig.'

'Hallie was jong maar niet onschuldig.'

'Nee. Ze was schuldig aan moed en nieuwsgierigheid en aan vertrouwen in jou.'

Tavarez haalde zijn schouders op.

'Dit is niet Frankie Hatfields wereld, Mike. Het is verkeerd van je om haar in deze wereld te gooien. Laat haar gaan. Je kunt Ofelia niet terugbrengen. Zorg dat je hier in de gewone gevangenis blijft, waar je thuishoort. Je wilt niet naar de X.'

Stromsoe zag de geamuseerde uitdrukking op Tavarez' gezicht plaatsmaken voor zijn moordenaarsblik. Het was een doffe blik die het licht in zijn ogen verduisterde en hem op een gretig roofdier liet lijken, een beest dat elk moment kon toeslaan. Het was de blik waarmee hij Stromsoe op de rechtbank had aangekeken, de blik die hij op straat gebruikte, bij zijn misdaden, in de gevangenis. Het was een blik die kilo's geweld en geen gram genade beloofde.

'Die vrouw van jou is volkomen veilig,' zei Tavarez. 'Dat verzeker ik je. En ik verzeker je nog iets, oude vriend: de dag waarop ik de X binnenloop, is de dag waarop jullie allebei sterven.'

Tavarez stond op, draaide zich om en liep met kleine pasjes naar de deur, met de ketting tussen zijn benen.

Hij liet zijn lunch die middag in zijn cel serveren.

Toen Jason Post het dienblad met eten door de bonengoot schoof, ging Tavarez naar de deur om het op te halen.

'Verrassingsvlees,' zei Tavarez.

'Jij eet beter dan veel arme mensen,' zei Post.

'Ik heb donderdagavond de bibliotheek nodig. En ik wil mijn familiebezoek op zondag omdat het gisteren niet kon.'

'Waarom kon het dan niet? Je hebt het zelf afgezegd.'

'Ik had het te druk.'

'Dat is grappig. Die twee dingen gaan je geld kosten.'

'Ik laat de gebruikelijke bedragen overmaken.'

'Dubbel, of het gaat niet door.'

'Achthonderd dollar voor één uur bibliotheektijd en een familiebezoek?'

'Lunce heeft me verteld dat het vorige week een heel leuk schatje was. Dus het is dubbel of niets.'

'Het moet precies zo gebeuren als ik je heb verteld, Jason. Deze keer mogen er absoluut geen fouten worden gemaakt. De bibliotheek donderdagavond, en mijn familiebezoek op zondag.'

'Waarom zo'n haast?'

'Het is geen haast.'

'Zo te horen heb je een tijdschema.'

Tavarez keek op en haalde zijn schouders op. 'Wat heb ik hier in dit schijthol anders dan een tijdschema?'

Post keek hem met zijn gebruikelijke bedekte vijandigheid aan. 'Ik heb het hier niet voor het zeggen. Er kan iets tussenkomen. Ik zal doen wat ik kan.'

'Nou en of.'

'Hé, ze hebben vanmorgen Packtor uit de EBI laten overkomen.'

Post miste nooit een kans om de X ter sprake te brengen, want hij wist dat Tavarez ongelooflijk de pest had aan die inrichting. Hij keek Tavarez vol minachting aan en stak zijn kin naar voren om te laten doorschemeren dat hij dat wist.

'Waarom?'

'Hoe moet ik dat weten? Misschien omdat hij gek werd. Of misschien om ruimte te maken voor iemand anders. Maar ik dacht dat je het wilde weten, dan kun je alvast reserveren.'

Tavarez keek op van zijn verrassingsvlees.

'Geintje, Heffie.'

Vier uur nadat hij de Pelican Bay-gevangenis had verlaten, landde Stromsoe in San Diego, op tijd voor Frankies uitzending van vijf uur vanaf de buitenkant van het Wild Animal Park. Het werd al wat koeler en de eucalyptusbomen lieten hun geurige bladeren hangen. Toen hij naar de wagen van Fox News liep, hoorde hij de kreten van apen en vogels.

Ted droeg een zwarte leren cowboyhoed en een lange zwarte jas. Hij had zijn hand om iets in zijn rechterzak maar liet dat los om Stromsoe een hand te geven.

'Ben je echt gewapend, Ted?'

'Ik ben echt gewapend, Matt.'

'Dat is illegaal, weet je.'

'Moord is ook illegaal.'

'Alles goed met Frankie?'

Ted stak zijn hand weer in de zak. 'Ze komt nu naar buiten.'

Stromsoe zag haar met de microfoon in haar hand uit het busje stappen. Ze zag hem meteen en zwaaide. Haar glimlach liet zijn hart sneller kloppen, maar tegelijk besefte hij dat al het geluk dat hij met haar had alleen maar geleend was en binnenkort moest worden teruggegeven.

Ze maakten hun opnamen voor de kaartjesloketten bij de hoofdingang, en zodra de mensen haar herkenden, ontstond er een menigte om haar heen. Ze deed haar best om een pluchen condorkuiken en een rubberen speer te signeren. Ze knielde neer om met een klein meisje te praten. Ze poseerde voor een foto met twee blozende soldaten.

Stromsoe zag weer hoe vriendelijk en goed en mooi ze was. En zolang ze haar werk deed, was ze in feite niet tegen Mike Tavarez te beschermen. Het kon elk moment, elke dag, overal gebeuren.

Een moment, en dan de eeuwigheid.

Die avond bracht hij haar, na haar laatste reportage om acht uur, naar haar huis in Fallbrook. Ted reed in zijn pick-uptruck achter hen aan.

'Geloof je Tavarez, Matt? Geloof je dat ik veilig ben?'

'Ik kan hem niet geloven.'

'Ik moet mijn leven leiden. Ik ga me niet verstoppen. Ik ga door met voorspellen en uitzenden, en met regen maken.'

'Dan moet dat maar. Ik zal alles doen wat in mijn macht ligt om je te beschermen, Frankie.'

'Totdat de dertig dagen voorbij zijn?'

'Zolang als nodig is.'

Ze pakte zijn hand vast en ze zwegen een tijdje. Stromsoes pick-uptruck volgde de bochten van de donkere achterwegen.

'Ik vind het allemaal heel erg, Frankie. Als ik er niet was geweest, had hij geen reden gehad om jou iets te doen.'

'Misschien deed hij het voor het geld.'

Stromsoe hoorde de twijfel in haar stem en opnieuw kwam er die oude golf van hulpeloosheid en frustratie in hem op, zoals altijd wanneer hij aan Mike Tavarez dacht. Het maakte hem woedend dat al die jaren waarin hij achter El Jefe aan had gezeten, al die inspanning, al dat verdriet en bloedvergieten en verlies, er alleen maar toe hadden geleid dat hij en deze vrouw in een situatie verkeerden waarin vast en zeker nog meer verschrikkelijke dingen te gebeuren stonden. Eigenlijk was er geen oplossing, dacht hij, zelfs de dood van Tavarez niet, want de sterken kunnen over het graf reiken en de slechten genieten daarvan. Mike was beide.

'Kom je bij me wonen? Blijf je een tijdje dichtbij?' vroeg ze.

'Goed, Frankie.'

Ze reden een tijdje in stilte verder.

'Ik weet niet of het is omdat ik niet dood wil gaan of omdat ik verliefd op je ben,' zei ze.

'Hmmm.'

Weer een stilte.

Ze moesten tegelijk lachen, zacht en aarzelend maar zonder het te kunnen verbergen. Binnen enkele seconden kon Stromsoe zijn lach helemaal niet meer bedwingen. Hij voelde de hevige lachkrampen die door zijn maag en borst gingen en die hij als kind ook vaak had gehad, als hij zo hard lachte dat hij alleen maar kon gaan liggen en wachten tot het voorbij was. Hij trapte op de rem, want zijn ogen werden waterig.

Frankies hoofd viel tegen het raam en ze had haar hand over haar mond. De tranen sprongen uit haar ogen. Ze hinnikte en snoof toen onbedaarlijk.

'Ik weet niet of het is omdat ik niet dood wil gaan of omdat ik verliefd op je ben!' proestte ze uit. 'Maar omdat ik niet kan beslissen, haal ik je in beide gevallen in mijn huis, als een gehuurd meubelstuk.'

'Een meubelstuk met een pistóól,' voegde Stromsoe eraan toe.

'Ja,' zei ze. 'Dus vergeet Mike en zijn schurken nou maar, want je gaat ze allemaal overhoop schieten. Alle moorddadige debielen die hij kan sturen!'

'Ik hang hun lijken bij wijze van waarschuwing in je avocadobomen.'

'Dan breng ik mijn reportage met hun bungelende lijken op de achtergrond!'

'Ze zullen je om een handtekening vragen,' zei Stromsoe. 'En die zul je ze geven want het hoort bij je werk.'

'Ik signeer hun voorhoofd. 'Veel liefs, schat, maar lazer op en sterf, dit is Frankie Hatfield van Fox News!'

Op een lang recht stuk haalde Ted hen in. Hij keek vanuit zijn eigen wagen naar hen en kreeg meteen een twijfelende uitdrukking op zijn gezicht.

# 31

Choat stapte voor de maître d'hôtel langs om John en Marianna Cedros naar een nis in de hoek te leiden. De eetkamer van de Madison Club in Third Street had walnoothouten lambriseringen en was raamloos, met een hoog plafond van aluminiumreliëf en sierlijk lijstwerk. Aan de muren hingen kandelaren die een warm oranje licht verspreidden, portretten van ooit machtige mannen en vrouwen met een lichte teint en pastorale taferelen uit het zuiden van Californië.

Cedros ging in de nis zitten. Hij vond het verbazingwekkend dat niet meer dan een paar meter bij hen vandaan het verkeer van Third Street voorbij ronkte, zowel onzichtbaar als onhoorbaar hier in deze honderd jaar oude herenclub. Hij wist dat Choat hier soms door zijn bazen van de watercommissie werd ontvangen. Hij had nooit kunnen denken dat hij dit nog eens vanbinnen zou zien, tenzij hij hier als hulpkelner kwam te werken.

Joan Choat, de vrouw van de directeur, zat er al. Ze was een magere vrouw met indrukwekkende jukbeenderen, lang bruin haar en een vriendelijk gezicht.

Ze glimlachte vertederd toen Marianna haar gezwollen lichaam de nis in loodste en reikte voor Cedros langs om haar hand op haar buik te leggen.

'Oooo... Ik ben zo blij voor je. Het is Patrick en mij nooit gelukt. Nog een Rob Roy, graag.'

De maître d'hôtel knikte en gaf hun de in leer gebonden menuboeken.

Choat bestelde een dubbele martini met een schijfje citroen. Marianna nam citroenlimonade en Cedros een Duits biertje.

Toen ze de drankjes hadden, hief Choat zijn glas naar John. De vrouwen deden mee en Cedros hield zijn bierpul in hun richting.

'Op je dienst bij het DWP,' zei hij. 'Geen generaal heeft ooit een betere soldaat gehad.'

Cedros voelde dat hij een kleur kreeg, niet zozeer van trots als wel van ergernis om Choats pompeuze houding. Hij keek naar Marianna, die Choat met een strak glimlachje aankeek.

'Dank u,' zei hij.

'Op ingetrokken aanklachten, een nieuwe functie en een huis in de Owens Gorge,' zei Choat.

Die dag had Choat in de privacy van zijn kantoor aan Cedros verteld dat het eigenlijk wel goed was dat Frankies hoofd bijna van haar romp was geschoten. Als dat niet genoeg was om haar ervan te weerhouden regen te maken, was ze gewoon niet goed snik. En de privédetective? Nou, wat Choat betrof, kon die nu zo veel bij Frankie rondhangen als hij maar wilde. Ze konden samen gaan tuinieren, of een vreemde taal leren.

Choat had ook gezegd dat de politie van San Diego hem had gevraagd wat hij te maken had met Cedros' bezoek aan Mike El Jefe Tavarez in de Pelican Bay-gevangenis. Choat had natuurlijk ontkend dat hij daar iets van wist. Welke Mike? Blijkbaar geloofden ze hem, want wat zou een hoge DWP-functionaris met een gevangenisboef te maken kunnen hebben? Choat vertelde hun dat een privédetective, een zekere Stromsoe, de vorige week langs was geweest in zijn kantoor met de idiote theorie dat het DWP een weervrouw in San Diego lastigviel. Choat had ook het vermoeden uitgesproken dat Stromsoe de rechercheurs in zijn richting had gestuurd om hem van zijn kant lastig te vallen. De rechercheurs hadden dat idee met een schouderophalen afgedaan.

Cedros had Choat – voor de twintigste keer? – verzekerd dat hij en Tavarez over familie en alleen over familie hadden gepraat. Choat had aandachtig geluisterd naar dat verhaal dat hij al kende, alsof hij wilde nagaan of er een fout in zat die de politie zou kunnen opmerken. Cedros zei tegen hem dat de politie achterdochtig maar grotendeels overtuigd was geweest. Ze hadden geen vragen gesteld over geld dat van hand tot hand ging. Cedros vertelde hem ook voor de zoveelste keer dat het onnaspeurbare geld naar Ampostela was gegaan en dat hij het daarna niet meer had gezien. En ook voor de zoveelste keer dat Ampostela hem dagen later had meegenomen om iets te gaan drinken in een restaurant in Azusa, maar dat de grote man onbeleefd was weggelopen en dat Cedros hem daarna niet meer had gezien.

'Jij bent de enige die het DWP voor een catastrofe kan behoeden, John', had Choat gezegd. 'Jij bent de brug tussen hier en morgen.'

'Op een sterk en gezond kind,' zei Joan.

'Met de moed van een Mexicaan en de slimheid van een Italiaan,' zei Choat. 'Hebben jullie al een naam voor haar?'

Cedros' hoofdhuid kriebelde. Hij herinnerde zich de vorige keer dat hem die vraag werd gesteld.

'Cathy,' zei Marianna. 'Dat vinden we een mooie naam.'

'Een heel mooie naam,' zei Joan.

Cedros zag het zweet langs de schuine zijkanten van zijn bierpul lopen en dacht aan hun blokhut in de Owens Gorge.

Nog maar een paar dagen geleden had dat onmogelijk geleken. Nu Frankie Hatfield de officier van justitie van San Diego had verzocht de aanklacht wegens stalking in te trekken, en Marcus Ampostela hen niet meer bedreigde, en Choat plotseling alle dingen deed die hij had beloofd, kon Cedros zijn eigen leven weer onder ogen zien. Zijn benoeming in de nieuwe functie was goedgekeurd. Hij had de onderhoudsdirecteur en twee van diens adjuncten al ontmoet. De papieren voor de dienstwoning, een auto van de zaak – een nieuwe Ford F-250 – een mobiele telefoon van de zaak en de gevarenpremie waren onderweg.

Succes was heel iets anders dan mislukking.

Het huis in de Owens Gorge.

Hij, Marianna en Tony zouden de volgende morgen naar de Owens Valley rijden om het te bekijken. En ook om de rivierbuis te bekijken, die Choat hem persoonlijk wilde laten zien. Choat had een aantal jaren zelf als greppelrijder voor de buis gezorgd, en voor hem was het meer dan een stalen pijp met een rivier erin. Hij had Cedros een indrukwekkend boek met foto's van het project laten zien. De bouw van het hele buizenstelsel had tien jaar in beslag genomen. Mannen uit de hele wereld waren eraan komen werken. Het verlies aan mensenlevens was beperkt gebleven.

Vervolgens zouden ze met zijn allen dineren en overnachten in Bishop, een paar kilometer bij het ravijn vandaan, in een mooi motel waar een beek met forellen dwars doorheen liep. Tony zou dat leuk vinden. Als ze de volgende dag naar huis gingen, wilde Choat hun een fotogalerie laten zien die 'enorm veel' indruk op hem en Marianna zou maken. Hij had gezegd dat Joan en hij John en Marianna naar huis zouden sturen met iets bijzonders daaruit.

De lunch met rosbief was de beste die Cedros ooit had gehad. Sinds Ampostela had hij grote honger gehad, en hij at alles wat op zijn bord kwam: drie broodjes en daarna een toetje.

Choat nam nog een dubbele martini en praatte over de slimme maar 'volkomen legale' manier waarop het DWP de bewoners van de Owens Valley in het begin van de twintigste eeuw had bedrogen, waarna bijna al hun water naar het zuiden was 'omgeleid' om het kleine, slaperige, vuile Los Angeles tot ontwikkeling te brengen. Hij praatte over de visie van Eaton, die zich de aquaducten had voorgesteld, de ondernemingszin van Mulholland, die ze had gebouwd, en het offer van Lippincott, die als dubbelagent had gefungeerd om het allemaal mogelijk te maken. Hij praatte over de grootheid van de huidige president-directeur, en over God en angst en 'ruggengraat'. Hij vertelde dat Joan 'steriel' was en beschreef toen met veel enthousiasme een vuistgevecht tegen 'twee mannen in gelijke rendiertruien' dat hij had gewonnen. Joan glimlachte dromerig bij haar derde Rob Roy. Marianna was ongewoon stil. Cedros' gedachten gingen heen en weer tussen beelden van hun nieuwe huis in de bergen en Ampostela's verschrompelende gezicht.

De volgende morgen zat Cedros om acht uur aan het stuur van zijn goudkleurige auto. Marianna zat naast hem en Tony zat comfortabel in zijn kinderzitje op de achterbank.

Ze reden achter de zwarte Lincoln van Choat aan over Highway 395 naar de oostelijke kant van de staat.

Cedros keek naar alle nieuwe huizen die in de woestijn ten noorden van Los Angeles werden gebouwd en was er plotseling trots op dat een hardwerkende organisatie als zijn eigen DWP het water verschafte dat het mogelijk maakte om steden tussen de cactussen te bouwen. Hij begon iets van Choats gigantische ego te begrijpen. Zo langzamerhand beschouwde hij zichzelf, John Cedros, ook als een van de mannen die het water brachten. De mannen die het water brachten. Toen hij naar de nieuwbouw in de woestijn keek, dacht hij aan Frankie Hatfield en vroeg hij zich af of ze ooit echt regen zou maken. Als ze nu eens een manier had ontdekt om bevochtiging te versnellen, net als haar over-overgrootvader Charles Hatfield? Extra regen. Toen Choat hem voor het eerst over Frankie Hatfield had verteld, had Cedros heimelijk gehoopt dat ze regen zou maken, een heleboel regen. Dan kon ze een dorstige wereld drenken, woestijnen in rijk akkerland veranderen, en door de zon verzengde savannen in bloeiende voorsteden. Maar nu twijfelde hij aan de waarde van meer regen. Waren de dingen niet hartstikke goed zoals ze waren? Overdaad zou inderdaad onze vijand kunnen zijn. Een vreemde huivering verplaatste zich vanuit zijn maag door hem heen omhoog. Hij had nooit eerder zoiets gevoeld: half hoop, half vrees, een en al opwinding.

Marianna sliep met haar hoofd tegen het raam; de zon verwarmde haar mooie huid en glanzende zwarte haar. Cedros zag de lichte binnenkant van haar dijen die met de auto mee trilden, het langzamere ritme van haar borsten, en in het midden de bal die Cathy was.

Hij legde zijn hand op een door de zon verwarmd been en keek achterom naar de slapende Tony, die in de riemen zat te slapen, zijn hoofd naar voren als een para die op verkenning ging.

Ik ben gezegend, dacht Cedros. Ik ben een sukkel, maar God heeft me toch gezegend.

Ze reden Randsburg in, ooit een goudmijnstadje en nu een kleine, bescheiden toeristenattractie. Je kon een gevangenis met twee cellen bezoeken, glazen flessen bekijken die blauw en purper waren geworden door tientallen jaren woestijnzon, en er was een interessante sculptuur van wieldoppen en nummerborden.

In een restaurant, een vroegere saloon, maakten drie jonge mannen zich erg druk over de vraag hoe je milkshakes moest maken. Marianna en Joan vonden dat ontroerend, maar Choat mopperde wat onder zijn stijve bezem van een snor. Tony dronk zijn hele milkshake op en viel toen op de stoel in slaap, met zijn hoofd op Marianna's schoot. Choat legde zijn rechterhand op het mooie hoofdje van de jongen. Die hand was nog gekneusd van de onverhoedse stomp die hij de privédetective had verkocht. Cedros was blij toen het eten werd geserveerd en hij viel er meteen op aan.

De rest van de rit naar Bishop was mooier dan alles wat Cedros ooit had gezien. Hij was in Las Vegas, Tijuana en Oregon geweest, en zelfs een keer hier in deze omgeving, maar de immense geelbruine oktoberwoestijn en de blauwe hemel die dag waren uniek en niet te beschrijven, en het stuk van de 395 waar links de Sierra Nevada Mountains hun besneeuwde toppen de lucht in staken en rechts de White Mountains zich in hun droge, massale pracht verhieven, nou, Cedros was er zeker van dat het een uniek schouwspel was. De espen die in de ravijnen groeiden, zagen eruit als roodoranje vlekken die met een schilderspenseel waren aangebracht.

Ze kwamen langs de oude bedding van het Owens Lake, kilometers droge witte grond met alleen hier en daar een zilverige plas. Cedros wist dat er een proces tegen het DWP was aangespannen omdat het met die droge meerbodem stofvervuiling zou veroorzaken, en dat het DWP gedwongen was genoeg water in het meer toe te laten om van het stof een ondiepe slik te maken die niet door de wind kon worden meegevoerd.

Verderop zag hij wat er nog over was van de rivier de Owens in het minuscule restant van het meer stromen. De rest van de rivier was stroomopwaarts afgetapt door de DWP-rivierbuis en de aquaducten die binnenkort zijn verantwoordelijkheid zouden worden.

Hij keek naar het mooie blauwe lint van de rivier die zich door een bosje met gele populieren slingerde en vroeg zich af hoe het er hier een kleine eeuw geleden had uitgezien.

'Ik vertrouw hem niet,' zei Marianna. 'Choat wil iets.'

Cedros keek naar Tony die weer op de achterbank lag te slapen, met een teddybeer op zijn schoot.

'Hij is bang dat je de politie vertelt dat hij je naar Tavarez heeft gestuurd,' zei Marianna.

'Waarom zou ik dat doen?'

'Om te voorkomen dat je zelf wordt vervolgd.'

'Maar ze vervolgen me niet.'

'Niet voor stalking. Maar je weet niet wat ze met die poging tot moord doen, hè? En Choat weet dat ook niet. Dat is de onzekere factor. Hoe goed was het verhaal dat je aan de politie hebt verteld?'

'Rechercheurs zijn moeilijk in de maling te nemen.'

'Wat gaat Tavarez tegen ze zeggen?'

'Niets wat hij niet wil zeggen. Hij heeft al levenslang. De politie van San Diego kan hem niets maken.'

'En je denkt dat jouw geheim veilig bij hem is?'

'Ja.'

'En als Choat dat niet denkt?'

'Ik heb vannacht drie uur wakker gelegen en daarover nagedacht,' zei hij. 'Daarna heb ik drie uur gedacht over alle goede dingen die gebeuren. Ik ben bang, Marianna, maar ik ben ook gelukkig.'

Ze legde haar hand op zijn schouder.

'Marianna, laat me dit met één stap tegelijk doen,' zei hij. 'Ik kan niet verder dan één stap vooruit kijken.'

'Hmmm,' zei ze onzeker. 'Hij gaat nog één ding van je vragen. En dat zal iets groots zijn.'

Cedros wist dat zijn vrouw een scherpe neus voor intriges had en dat ze bedrog en verraad al op grote afstand kon ruiken. Ze wist altijd al ver voor het eind hoe een detectiveroman afliep, wist altijd wie de volgende was die van het eiland werd weggestemd, kon de verhoudingen en scheidingen van hun vrienden altijd al ruiken voordat het zover was. En haar argwanende aard had ook een praktische kant. Het pistool was haar werk geweest en ze had daarmee zijn leven gered. Stromsoe had het idee in zijn hoofd gezet, en Cedros had het in haar hoofd gezet, maar Marianna had het wapen uit de kast gehaald, had hem laten zien hoe de schuif en de veiligheidspal werkten, had hem gezegd dat hij het voor alle zekerheid in de zak van zijn jack moest verbergen, en ook dat hij het moest 'legen' op het moment dat Ampostela zijn eigen moordwapen liet zien. Hij moest gewoon door zijn jack heen schieten; dat bespaarde tijd. Ze had dat wapen vroeger eens van een vriendje gekregen, en hopelijk ook de meeste knowhow. Cedros had niet naar hem gevraagd.

Ze had hem op dat moment bang gemaakt, en dat was niet de eerste keer in hun huwelijk. Naast haar aangeboren sluwheid kon Marianna zich enorm kwaad maken en dan was ze niet meer te houden. Het was iets blinds, iets irrationeels, al hield ze veel meer van rust en vrede. Ze werkte hard voor haar gezin. Ze stelde het op de eerste plaats. Als ze aan zichzelf werd overgelaten, was ze zo lui en hitsig als een kat.

'We komen hier wel doorheen,' zei Cedros.

'Ik wou dat ik meer kon doen,' zei Marianna. 'Ik ben bang voor Choat, omdat hij egoïstisch en wreed is en mensen gebruikt. Als het om zijn dierbare DWP gaat, is hij tot alles in staat. En tot overmaat van ramp is hij nog intelligent ook.'

'We moeten de detective vertrouwen.'

'Tot nu toe vertrouw ik de detective ook,' zei Marianna. 'In sommige opzichten is hij beter dan de politie.'

Cedros knikte. 'Ja, hij heeft geen reden om me in de gevangenis te gooien.'

'Toch ben jij steeds degene die de risico's loopt.'

'Het wordt allemaal anders als we hier in de bergen wonen, schat. Dan zijn we honderden kilometers bij Choat vandaan. Dan werk ik aan het water en zit hij in zijn donkere kantoor in Los Angeles. Geen karweien die ik voor hem moet doen. Geen regenmakers meer.'

'Ja,' zei ze zachtjes, in gedachten verzonken. 'Nog één ding. Iets groots.'

'Dan hoef jij niet meer te bedienen, schat.'

'Het heeft iets met de regenvrouw te maken.'

'Ze zeggen dat de scholen hier goed zijn.'

'Wat kan hij haar nog meer aandoen?'

'Geen straatschoffies, geen drugs in de straten, geen bendes, geen psychopaten, geen smog.'

'Je moet voorzichtig zijn, John.'

'Ik slaap maar twee uur per nacht, zo alert ben ik. Ik ben er klaar voor. Ik ben er helemaal klaar voor.'

'Kun je helder denken?'

'Ik ben blij en bang.'

'Misschien moeten we het daar voorlopig mee doen.'

'Ik hou van je. Ondanks al deze ellende hou ik van je, Marianna.'

'Ik hou ook van jou, John. Jij bent mijn man.'

Die middag lieten ze de vrouwen en Tony in het motel achter en reden ze in Choats stille, krachtige Lincoln over Highway 395.

Choat was gekleed als een Australische avonturier: korte broek, overhemd met veel zakken, donkere sokken en lage laarzen. Zijn benen waren belachelijk gespierd en wit. Hij droeg een pilotenzonnebril en rookte een dikke sigaar, terwijl Cedros reed. Het raam was op een kier gezet om de rook te laten ontsnappen en de airconditioning blies koude schone lucht naar binnen.

'Ik vind het hier prachtig,' zei Choat. 'Ik mis het.'

'Ik mag me gelukkig prijzen.'

'Zeg dat wel. Neem de afslag bij het bord met Owens Gorge/Energiecentrale.'

Cedros ving een glimp op van het dorpje waar hij met zijn gezin binnenkort zou wonen. Het lag tussen de ravijnwanden genesteld, dicht bij de rivier, overschaduwd door populieren die schitterden met herfstkleuren. De torens van de energiecentrale en de transformatoren verhieven zich hoog in de lucht boven het dorpje en leken net iets uit het laboratorium van Frankenstein, een en al krullen en pieken en afschrikwekkende labyrinten van kabels en staal. Hij kon zich de bliksem voorstellen die met een boog van de ene spoelentoren naar de andere ging en leven schonk aan iets wat binnenin zat. Of beter gezegd: energie schonk aan de stad, dacht hij. Energie schenken aan de stad die hier al die honderden kilometers vandaan lag. Het ging niet om het water, maar om de energie.

Choat had hem opdracht gegeven zich van de energiecentrale af te wenden en een onverharde weg door het ravijn te volgen, evenwijdig met de grote buis waardoor de rivier de Owens naar de turbines van de energiecentrale werd geleid.

'Bijna een eeuw geleden brachten we het water,' zei Choat. 'Dat viel niet mee. We legden driehonderdveertig kilometer weg aan. En driehonderdzeventig kilometer pijpleiding. We hebben driehonderdvijftig kilometer hoogspanningsleiding en zeshonderd kilometer telegraaf- en telefoonlijnen aangelegd. We hadden vijfenzeventig werkkampen voor onze mannen. Het waren er drieduizend negenhonderd en ze kwamen uit de hele wereld om voor ons te werken: Bulgaren, Grieken, Serviërs, Montenegrijnen, Zwitsers, Mexicanen. We gaven ze medische zorg voor een dollar per maand als ze meer dan veertig dollar per maand verdienden. Verdienden ze minder, dan was het vijftig cent. In de tunnels werd het 's zomers meer dan vijftig graden. Die mannen werkten niet zomaar. Ze vestigden records. De ingenieurs verwachtten dat we ongeveer tweeënhalve meter tunnel per dag konden bouwen, dus ruim een meter per dag aan elk eind. We haalden een gemiddelde van zesenhalve meter. Op een gegeven moment zeiden ze dat het vijf jaar zou duren voordat alle tunnels klaar waren en het water naar Los Angeles kon gaan. We waren twintig maanden eerder klaar! En er kwamen veel minder mensen om het leven dan bij de aanleg van het aquaduct van New York, dat ongeveer tegelijk werd gebouwd. Daar kwam één man per week om. Bij ons nog niet een per maand. Plus iemand die blijvend invalide werd. Er deden zich in totaal twaalfhonderd tweeëntachtig kleinere ongelukken voor.'

Choat draaide zich om en keek Cedros aan alsof hij wilde voorspellen tot welke categorie hij zou behoren.

'Om nederig van te worden,' zei Cedros.

'Weet je wat William Mulholland van het DWP op de inwijdingsceremonie op 5 november 1913 zei? Ik citeer: "Dit eenvoudige podium is een altaar, en hierop consecreren wij deze watertoevoer en wijden wij het aquaduct voor altijd aan u en uw kinderen en de kinderen van uw kinderen." Ik vind dat mooi. Een van de mooiste toespraken uit de geschiedenis, vind ik.'

Choat stapte uit, maakte met een sleutel het hek open, en Cedros reed de Lincoln erdoor. Choat stond het hek open te houden bij Aquaduct Een en

Cedros zag dat zijn hoofd lang niet zo hoog was als de buis die de rivier bevatte. Die leek meer dan twee meter hoog, en dat dan zonder de korte krachtige poten waarop hij rustte. Cedros glimlachte: die dikke pens van Choat imiteerde de bolle wand van de buis achter hem, en de dikke kuiten die de man overeind hielden leken op de stevige poten die het aquaduct ondersteunen. Geen wonder dat hij zoveel van dat verrekte ding houdt, dacht Cedros. Het lijkt op zijn eigen vader, of op het kind dat hij nooit heeft gehad.

Toen Choat het portier aan de passagierskant openmaakte, keek hij Cedros aan met de enige oprechte glimlach die Cedros ooit bij de man had gezien. Zelfs half verborgen achter die sigaar en die snor was het een onmiskenbare uiting van een geluksgevoel, dat weer weg was toen hij was gaan zitten en het portier dicht had getrokken.

Hij reed over de onverharde weg en de steentjes tikten tegen de onderkant van de auto als boter in een pan. Achter hen steeg het stof hoog op. De zon was een oranje bal hoog in het westen maar zakte al naar de spitse toppen van de Sierra Nevada.

Bijna een halfuur reden ze langzaam en in stilte. Ze volgden de grote vaalgroene buis.

Ten slotte kwamen ze bij de rivier zelf en Choat zei tegen Cedros dat hij moest stoppen.

Cedros zette de motor uit en stapte uit de Lincoln. Hij liep over de woestijngrond, keek omlaag en zag de rivier de Owens in een brede stroomversnelling komen, een paar meter zakken naar een smallere stroomversnelling en toen met wervelend tumult tegen een rasterhek komen dat eruitzag als een traliedeur in een gevangenis. Meteen daarop werd het water verslonden door de kolossale inlaatbuis.

Het was niet zozeer luidruchtig als wel vibrerend, een diep gerommel dat hij tot in zijn zenuwen voelde.

'Waar de rivier de mens ontmoet,' zei Choat.

'Indrukwekkend.'

'Meer dan indrukwekkend. Tachtig jaar groei van de geweldigste stad ter wereld begon hier op deze plaats. Films, televisie, musicalopnames, ruimtevaart, de Dodgers, de Lakers, het Philharmonic, de Olympische Spelen van 1984, niets van dat alles zou in Los Angeles gebeurd zijn als deze buis er niet was geweest. Deze buis heeft geschiedenis gemaakt. De toekomst begint hiermee. Kijk ernaar. Niet veel mensen hebben dat gedaan.'

Cedros keek gehoorzaam naar de stortvloed van water. Waar de rivier de aarde verliet om het beton binnen te gaan, was het water bijna zwart en barstte het los in een wit schuimend protest op het punt waar het de bedding verliet om over de voorste rand te gaan. Verder de diepte in werd de doorgang smaller en sprong het water uiteen in wilde, wervelende glazige scherven die tegen het stalen rasterhek sloegen en omlaag stortten. Cedros vroeg zich af hoeveel kubieke meter er per seconde door die buis ging. Hij voelde de trillingen door zijn schoenzolen heen.

Over de tweede stroomversnelling heen was een platform aangebracht, dat aan weerskanten van het water via een metalen trap te bereiken was. Het platform had relingen om te voorkomen dat iemand zou vallen en bijna zeker om het leven zou komen in het water.

'We gaan naar boven,' zei Choat. 'Dan kunnen we haar goed zien. Jij voorop.'

Cedros keek zijn baas aan. 'Oké.'

Hij ging de acht traptreden op. Door het bulderen van het water hoorde hij zijn schoenen niet op de treden en kon hij ook niet nagaan of het hek dat naar het platform leidde een piepend geluid maakte toen hij het naar voren duwde en op het platform van plaatgaas stapte. De roest was glad zoals alleen in een woestijn metaal glad kan roesten.

Cedros liep naar de rand van het platform en keek in het wervelende water. Hij hield zich aan de reling vast. Zelfs hier voelde hij de kracht van het water, kilometers verwijderd van de plaats waar het energie zou creëren door turbines te laten draaien. Hier was de kracht van de rivier onzichtbaar. Het was of er van het kolkende wateroppervlak een krachtenveld omhoogkwam, zoals wanneer dezelfde polariteiten van twee sterke magneten koppig tegen elkaar drukken. Het leek wel, dacht Cedros, dat als je een kwartje in deze rivier gooide het op een ondoordringbaar matras van pure energie boven het water zou blijven zweven.

Choat kwam dicht bij hem staan. Cedros zag zijn stevige handen op de reling. Cedros had nooit geweten dat Choats kuiten drie keer zo dik waren als die van hemzelf. Hij dacht aan Ampostela.

'Hier is het maar zestig kubieke meter per seconde,' schreeuwde Choat. Zijn stem klonk onnatuurlijk hard en krachtig, bulderde uit zijn mond alsof het geluid werd versterkt. 'In oktober is het altijd weinig. In mei, juni zijn het negentig kubieke meter. Daarom hebben we de energiecentrale gebouwd en het Pleasant Valley-reservoir aangelegd: om die onstuimige ezel van een rivier te temmen, om hem voor ons te laten werken.'

'Ik voel de kracht die het water uitstraalt.'

'Ik wil dat je Frankie Hatfields schuur platbrandt, met alles wat ze daar heeft om regen te maken,' beval Choat. 'Die schuur moet tot de grond toe afbranden. Helemaal *hasta la vista*. Op die manier neem ik afscheid van mevrouw Hatfield. Doe het 's nachts. Gebruik een hele lading benzine of aanstekervloeistof. Doe het snel en maak dat je wegkomt. En ga dan hierheen en doe

214

je werk. Neuk je vrouw en voed je kinderen op. Dan ben je vrij.'

Cedros keek naar Choats handen op de reling. Hij herinnerde zich hoe hij naar Ampostela's handen had gekeken toen hij wachtte tot de man zijn pistool trok. Hij besefte dat hij hier bijna evenveel gevaar liep, maar nu had hij een keuze. Choat gaf hem de kans om zijn leven te behouden, terwijl Ampostela geen enkele waarde aan dat leven had gehecht.

Cedros keek op naar de directeur. Door de trillende sigarenrook vertelden Choats helder grijze ogen en naar voren gebogen hoofd een duidelijk en geloofwaardig verhaal: o wat verschrikkelijk, John gleed uit op het platform en toen kwam hij in de inlaatbuis terecht. Cedros zag voor zich hoe hij door de rivier tegen het rasterhek werd gedrukt als een vlek op een muur, permanent en onbeweeglijk. Om hem eraf te schrapen zouden ze de rivier stroomopwaarts moeten afdammen.

'Elke keer dat ik iets voor je doe moet ik iets anders, iets ergers, doen om het toe te dekken.'

'Tavarez heeft ons voor gek gezet. We willen niets meer met hem te maken hebben. Die brand in de schuur maakt een eind aan onze zorgen over dat regenwijf. Jij en ik gaan ieder onze eigen weg. We bewaren onze geheimen als heren. God en de geschiedenis zullen over ons oordelen, niet de veranderlijke wetten van een teergevoelige democratie. Het wordt tijd dat je definitief laat zien dat je ruggengraat hebt.'

'Oké.'

'Goed. Goed, John.'

Ze bleven even staan en keken naar de rivier die beneden hen tekeerging.

'Ik hou van deze omgeving,' zei Choat. 'Ik ben hier heel erg gelukkig geweest. Ik vond het geweldig om greppelrijder te zijn. Maar Joan had een hekel aan de kou en zit liever in de Madison Club dan bij de Gorge-transmissielijn. Een gelukkige echtgenote is een zuiver geweten.'

'Het is hierboven heel bijzonder. Ik wil leren paardrijden en vissen.'

'De eenvoudige dromen van een eenvoudige man. Ik hoor die cocktailshaker helemaal in Bishop, jij niet?'

'Kunnen we langs de blokhut in het ravijn rijden?'

'We kunnen doen wat we willen, John. Ik dacht dat je dat inmiddels wel wist.'

Toen hij in het motel terugkwam, trok Marianna, die haar kleine zwarte avondjapon en zwarte schoenen met hoge hakken al aanhad, de gordijnen dicht en ging ze met John naar de royale badkamer, waar ze de bandrecorder losmaakte die met tape op Cedros' rug was bevestigd. Ze draaiden het gesprek op het platform af en het deed Cedros goed om Choat boven het diepe kreunen van de gevangengenomen rivier te horen galmen. Choats stem klonk ver weg, bedreigd door chaos, maar hij was te verstaan.

'Ik wil dat je Frankie Hatfields schuur...'

Marianna wond de draad op die over zijn borst naar het microfoontje in de borstzak van zijn overhemd leidde. Ze deed alles in de kussenenvelop van FedEx met het adres en accountnummer van Birch Security Solutions al op het etiket.

Ze draaide zich om en kuste hem innig en diep. Hij was verrast, maar in positieve zin.

Marianna gluurde even de kamer in om te constateren dat Tony nog voor de tv zat en deed toen zachtjes de deur op slot en ging met haar gezicht naar de wastafel staan. Ze trapte haar schoenen uit en hees de zwarte jurk op om zich aan haar man te presenteren. Met haar ene hand steunde ze voorovergebogen op de wastafel en met haar andere hand ondersteunde ze de massa van Cathy. Marianna keek met genoegen in de spiegel toe terwijl haar man deed wat hem te doen stond. Ze glimlachten naar elkaar, al keken ze allebei recht naar voren. Toen trok Johns glimlach scheef en besloegen zijn ogen als een bierpul die uit de vriezer wordt gehaald. Het was allemaal binnen een minuut voorbij, zoals ze van tevoren had geweten. Hij deed er nooit lang over als hij bang was, en dat was hij de laatste tijd vaak. Als hij daarentegen ontspannen was, kon het stoeipartijtje een eeuwigheid doorgaan. Hij was de grootmoedigste, attentste en heerlijk schunnigste minnaar die ze ooit had gehad.

Even later deed Cedros een jasje over zijn blote bovenlijf aan. Hij trok de gordijnen open, pakte een biertje en liep naar buiten. De herfstbomen staken als een explosie van rood en oranje tegen de ijskleurige hemel af. In de verte doemden de Sierra Nevada Mountains op, besneeuwd en scherp. Hij rookte een sigaret, iets wat hij de afgelopen veertien dagen steeds vaker deed. Hij zoog de warme rook in en vierde het feit dat hij niet alleen de dood weer een keer te slim af was geweest maar ook regelingen had getroffen om te voorkomen dat hij het nog een keer moest doen. Bovendien had hij een opwindend vluggertje gedaan waarvan zijn hart nog steeds bonsde. Hij stelde zich haar in de spiegel voor.

Hij keek naar de kleine vissen die in de beek bij hem vandaan sprongen en praatte even met Pat en Joan Choat, die met cocktails op hun patio zaten. Hij keek achterom de kamer in en zag dat Tony glimlachend voor de tv zat en dat Marianna haar tasje aan haar schouder had gehangen. Ze zou het pakje naar de receptie brengen en dan zou het binnen een dag bij Birch Security Solutions worden bezorgd.

# 32

Die avond ging Brad Lunce met Tavarez naar de bibliotheek en maakte hij zijn handboeien los.

'Ik hoorde dat ze ruimte voor je vrijmaken in de X.'

'Hoe goed is je informatie?' vroeg Tavarez.

'Het komt van de jongens die het kunnen weten. Ik hoorde dat er een senator achter zit.'

'Een senator van Californië of de Verenigde Staten?'

'Dat is toch hetzelfde?'

'Wat heb je nog meer gehoord?'

'Gyle was ervoor. Hij moet wel. Hij is de directeur.'

'Ik ben een modelgedetineerde geweest.'

'Behalve dit soort shit.'

'Daar weet toch niemand van, Brad?'

'Nee, niet hiervan. Wij zeggen niks. Post en ik hebben een gezin. We hebben een beetje hulp nodig.'

Tavarez keek onderzoekend in Lunces domme blauwe ogen om na te gaan of de man de waarheid sprak. Eén woord hierover en hij ging naar de X, of Frankie de weerdame nu in leven bleef of niet. Hij zag niets in Lunces ogen, behalve de gebruikelijke vijandigheid, rancune en algehele gemeenheid.

'Je hebt minder dan een uur, man. Geniet van je porno.'

Het volgende kwartier kreeg Tavarez verschrikkelijk nieuws uit bijna elk deel van het land, elk aspect van zijn leven.

Hij las de berichten, waarvan sommige in code waren en sommige niet. Zijn ogen bewogen nauwelijks terwijl hij las, hij haalde langzaam en ondiep adem en zijn hart bonsde met de frustratie van een gevangene.

Ruben – zijn oude handlanger uit de Delhi F Troop – had zijn laatste beroepszaak verloren en zou de naald krijgen. Tavarez dacht aan Rubens grove stem en hartelijke lach, zijn onverzadigbare verlangen naar Darla, die hij op haar dertiende zwanger maakte en met wie hij drie jaar later trouwde, nadat hij de Santa Ana Valley High School voortijdig had verlaten. Het leek maar een paar maanden geleden, niet tweeëntwintig jaar. Tavarez rekende uit dat hij Ruben in bijna vijftien jaar niet persoonlijk had ontmoet. Nu zou dat nooit meer gebeuren.

Met zijn moeder en vader ging het 'goed', volgens de mannen die hij opdracht had gegeven over hen te waken. Reina was steeds aan het koken en gaf haar creaties aan buren, vrienden en familieleden. Verder ging ze niet veel met mensen om. Rolando zat vaak op een witte kunstleren bank in de garage; hij keek tv en las boksbladen. Ze misten Mike en waren nog steeds kwaad op zijn ex-vrouw Miriam omdat die hun kleinkinderen bij hen vandaan hield. Tavarez' hart bonkte van pure razernij bij die vermelding van Miriam, en van tastbare liefde bij het noemen van zijn kinderen.

Zijn bronnen in Laguna vertelden hem dat Miriam het huis in Laguna te koop had staan. Ze vroeg negen miljoen dollar en zou dat waarschijnlijk ook krijgen. Ze ging nog steeds met een immigratieadvocaat in Miami om en het leek erop dat ze met haar kinderen en ouders naar Florida zou verhuizen. Hij lag in scheiding. Ze had kortgeleden cosmetische operaties aan haar benen en lippen ondergaan.

Bij zijn tienjarige zoon John was diabetes vastgesteld. Tavarez' hart deed pijn bij de gedachte aan Johns toekomst: dagelijkse injecties, slechte gezondheid, impotentie, blindheid. Wat had die kleine jongen gedaan om dit te verdienen? Kreeg God dan nooit genoeg van Zijn voortdurende wreedheden?

Zijn tweede zoon, de vierjarige Peter, was veel in de crèche en bij kindermeisjes geweest, terwijl Miriam op reis of aan het winkelen was met haar advocaat. Hij keek nors.

Isabelle van achtenhalf verdiende geld op internet door de dure kleren en elektronische afdankertjes van haar vriendinnen in Laguna Beach te verkopen. Haar schoolcijfers waren abominabel en ze had haar leraren zowel in het Engels als het Spaans uitgescholden voor alles wat mooi en lelijk was. Ze dreigde van school gestuurd te worden.

Jennifer had een been gebroken op een taekwondo-toernooi in Las Vegas.

Tavarez zocht tussen de e-mailberichten naar een briefje van Isabelle – ze was de enige van zijn kinderen die de handigheid en de wens had gehad om via een van zijn mannen in Laguna contact met hem op te nemen – maar ze had deze week niet geschreven. Al zes weken niet, om precies te zijn. Druk bezig met winst maken, dacht Tavarez. Dat had prioriteit.

Jaime in Modesto was afgelopen zaterdagavond doodgeschoten. Ongetwijfeld het werk van La Nuestra Familia.

Moge zijn ziel in vrede rusten, dacht Tavarez. Het was een goede man geweest, trouw en sterk en moedig. Mike voelde dat er weer een beetje van zijn eigen ziel afbrokkelde, zoals altijd gebeurde wanneer een van zijn broeders of zusters door geweld om het leven kwam. Soms geloofde hij dat het afgevallen deel van zijn ziel weer aangroeide als littekenweefsel; soms dacht hij dat het helemaal niet meer aangroeide en dat zijn ziel kleiner was geworden door de tientallen moorden die net zo goed een deel van zijn leven waren geweest als geboorten, huwelijken, dopen en *quinceaneros*.

Tavarez zuchtte, opende weer een e-mailbericht en vernam dat de Salvadoraanse bende Mara Salvatrucha in Dallas weer twee La Eme-soldaten had gedood. Hij kende hen niet, maar hij wist wel dat Mara Salvatrucha de meeste en beste wapens had, want na de langdurige betrokkenheid van de Verenigde Staten waren er in El Salvador een heleboel wapens achtergebleven. Hij wist ook dat ze van de eenvoudige genoegens van marteling, sodomie en *machetes* hielden. Alleen al in de Verenigde Staten waren er tienduizend van hen, en elke maand kwamen er tientallen het land binnen, eventueel na eerder te zijn uitgezet. Mara Salvatrucha was intelligent, dacht Tavarez, want ze namen in hun organisatie ook de duizenden Midden- en Zuid-Amerikaanse criminelen op die La Eme niet in haar eigen Mexicaans-Amerikaanse gelederen wilde hebben. Uitgerekend in het zuiden van Mexico was MS een ware plaag. De soldaten van La Eme in Dallas waren neergeschoten door een groot bastaardleger dat wapens had die ze zichzelf nooit konden veroorloven.

Ongedierte, dacht Tavarez. Hij beet op zijn lip en deed zijn ogen even dicht uit respect voor Jaime en de dode mannen in Dallas. En hij beloofde La Nuestra Familia en Mara Salvatrucha van de aardbodem te laten verdwijnen.

Tavarez' volgende bericht vertelde hem dat Ernest maandag in de gevangenis in Arizona was gestorven, waarschijnlijk door een natuurlijke oorzaak. Dat was dubbel rampzalig, want Ernest was niet alleen een goede man maar zijn meedogenloze macht langs de grens van Arizona en Mexico was La Eme enorm ten goede gekomen. En wie zou er in Ernests plaats komen? Hoe kon hij, El Jefe, een man vervangen die in tien lange, bloederige, uiterst winstgevende jaren zijn kracht langs die grens had opgebouwd?

Hij zei ook een gebed voor Ernest.

Toen hoorde hij dat de vogelvrije bendes in Los Angeles – de bendes die geen belastingen wilden betalen over drugshandel in de barrios – bij elkaar waren gekomen en alle banden met La Eme formeel hadden verbroken. Nu waren ze geen verspreid legioen van roekeloze pubers meer maar een organisatie die, wist Tavarez, op de lange termijn schadelijker voor La Eme zou zijn dan LNS, Mara Salvatrucha en alle dodencellen van het Amerikaanse gevangenisstelsel bij elkaar. Zij waren de toekomst. Ze braken alles af wat hij had opgebouwd. Ze kenden geen trouw, behalve die aan winst. Op een dag zouden ze op zijn graf pissen, in hun BMW springen en hard wegrijden. Ze zouden naar de corridos luisteren en in lachen uitbarsten.

Hij leerde van een van zijn mensen in Riverside dat de toestand van Ariel Lejas stabiel was. Lejas had zijn kaak gebroken en zijn enkel was verbrijzeld door de achterband van die nieuwe gele pick-uptruck van de detective. Zes van zijn tanden waren uit zijn mond geslagen. Hij zou in een heel goed humeur zijn en hebben aangeboden de vrouw en de detective gratis te vermoorden, al zou hij dan eerst uit de gevangenis moeten vrijkomen.

Er was nog meer slecht nieuws uit Los Angeles: Marcus Ampostela was met zeven kogels in zijn lijf in de rivier de San Gabriel aangetroffen. En er was geen bericht dat hij met John Cedros had gedaan wat hem was opgedragen. Stonden die twee feiten met elkaar in verband? Tavarez glimlachte: feiten stonden altijd met elkaar in verband.

Tavarez keek naar Lunce, die slaperig naar hem stond te kijken. Het bleef hem altijd verbazen dat idioten als Lunce vooruit konden komen in de maatschappij. Dat zei iets over de maatschappij.

Tavarez leunde achterover en deed zijn ogen even dicht. Er verspreidde zich een grote stilte door zijn lichaam. Hij luisterde naar het bloed dat naar zijn trommelvliezen werd gestuwd en naar het zachte kloppen van zijn hart onder de oranje gevangenisoverall. Hij luisterde naar de stemmen van Ruben, Jaime, Ernest en zelfs Miriam. Hij hoorde de stemmen van zijn kinderen. Hij stelde zich Ofelia voor, haar jonge vingers die de Nahuatl-tekst onderstreepten, haar jonge ogen die op hem gericht waren. Hij zag Hallie, zo vrij en onbekommerd en willig. En Matt, zo sterk en rechtschapen en uitverkoren.

De stilte werd een gemurmel en het gemurmel werd een gezoem en het gezoem werd een gebulder en het gebulder werd luider en luider. Hij voelde dat zijn bloed sneller werd voortgestuwd en zijn hart sneller tegen zijn overall sloeg, en hij begreep dat het moment was aangebroken.

Eindelijk.

Het was eindelijk aangebroken. Hij wist het. Hij was er volkomen zeker van. En alsof het een teken van God was, was nog maar een paar dagen geleden het laatste hulpmiddel binnengekomen dat hij nodig had, diep verstopt in de strakke bladzijden van een dikke nieuwe pocket, bij hem afgeleverd door een van zijn advocaten, onbespeurd door oog en röntgenapparaat.

Het was een wonder.

Hij deed zijn ogen open.

Hij typte zijn e-mails uit in de Nahuatl-code: condoleances betreffende Jaime en Ernest maar ook korte mededelingen dat hij de diverse andere aangelegenheden persoonlijk en heel gauw zou afhandelen. Tot dan toe moesten ze in Dallas en Los Angeles en langs de grens van Arizona geduld oefenen. Hij benoemde tijdelijke vervangers voor Jaime en Ernest en beval tot trouw aan hen en respect voor hun bevelen. Hij beval een van Ampostela's mannen, Ricky 'Dogs', om zo veel mogelijk informatie uit John Cedros los te krijgen en hem dan te elimineren. Hij zorgde ervoor dat Ariel Lejas' familie in Riverside zijn deel van kortgeleden verdiend geld kreeg om voor zijn verdediging te kunnen betalen. Hij beval Lejas de detective voorlopig met rust te laten, al lag Lejas in de ziekenboeg van het huis van bewaring in San Diego. Hij vroeg zijn groeten en dank over te brengen aan Lejas. Terwijl Tavarez de code typte, kwam hij op de gedachte dat Stromsoe niet alleen verantwoordelijk was voor Lejas maar misschien ook Cedros had geholpen met Ampostela. Wat kon Stromsoe een man als Cedros – klein grut, zonder connecties en bij toeval in dit alles verwikkeld geraakt – aanbieden in ruil voor informatie over zijn bezoek aan de gevangenis? Stromsoe, dacht hij, de vloek van zijn leven, maar niet lang meer.

Toen beval Tavarez zijn mensen in Redding en Crescent City om de regelingen te treffen voor zijn familiebezoek op zondag. Zondagen waren een beetje ontspannen. Zondagen waren een beetje feestelijk. Op zondagen had je de kerkgang en iets beter eten. Op zondagavond had Cartwright altijd dienst, wist Tavarez. Hij deed een paar extra verzoeken met betrekking tot dat bezoek, maar geen dingen die niet gemakkelijk te regelen waren. Het zou niet zo moeilijk zijn om een draadschaar in plaats van een vrouw mee te nemen.

# 33

De volgende avond zat Stromsoe buiten Frankies kantoor bij Fox News, waar ze weergegevens verzamelde en aan haar grafieken en tabellen voor de voorspellingen van die avond werkte. Door het raam zag hij haar de vijfhonderd-millibarkaarten van de National Weather Service downloaden en naar de gegevens van de dopplerradar kijken. Dat alles deed ze met haar gebruikelijke zorgvuldigheid.

Ze keek naar hem op en vormde met haar lippen één woord: regen.

Hij hield wel van de drukte in de nieuwsstudio, de goedgehumeurde haast van de mensen, de rokershoekjes op het parkeerterrein, de uitdrukking op het gezicht van de presentatoren als ze in beeld kwamen of uit beeld gingen.

Het was vrijdag, de vierde dag achtereen dat hij Frankie naar haar werk reed, buiten haar kantoor zat, op de verschillende locaties rondhing waar ze haar reportages deed, haar naar huis reed en met haar naar bed ging. Sinds Tavarez had beloofd dat ze veilig was, had Stromsoe nog aandachtiger op haar gelet dan tevoren. Hij keek naar haar op haar werk en thuis, als ze boodschappen deed, als ze in de schuur was. Soms voelde hij zich een indringer, maar hij wist hoe Mike was en hij wist dat Frankie verre van veilig was. Tenminste, dat moest hij wel aannemen. Hij genoot ervan om bij haar te zijn, kon dat niet verbergen en probeerde dat ook niet.

De aantrekkelijke jonge receptioniste noemde hem 'meneer Stormso' en hij voelde dat ze elke dag onderzoekend naar hem keek als hij zijn naam in het bezoekersregister zetten. Die verkeerde naam deed hem denken aan de corrido waarin hij de schurk speelde, het gemene zwijn Matt Storm. Drie verschillende mensen hadden hem apart genomen om hem te vertellen hoe 'blij', 'zorgeloos' en 'kalm' Frankie de laatste tijd was, en daarmee suggereerden ze duidelijk dat het door hem kwam. Haar producer Darren had gevraagd of hij zijn pistool mocht zien. Het productiepersoneel haalde een dag koffie voor hem en zei toen dat hij in de kantine mocht komen. Ze vroegen hem altijd een verse pot te zetten als hij het laatste kopje inschonk, en vertelden dat hij de koffie sterk moest maken. Ze zeiden dat Janice de grimeuse de beste koffiezetster was, dus als hij bang was dat hij het niet goed deed, kon hij haar vragen het te doen. Stromsoe voelde zich groot en niet op zijn plaats, maar ze namen hem zoals hij was.

Frankie deed haar eerste weerreportage van die dag – een kort verhaaltje om te vertellen dat er nog meer op komst was – bij het Natural History Museum in Balboa Park. Het was een kille middag met een straffe bries van de Stille Oceaan en een lichtgrijze hemel. Ze droeg een ensemble van broek, sweater en jasje, vaag Engels, dat ze uit een catalogus had gekocht en twee dagen geleden met de post had ontvangen. Nu nog een geweer en een hond, vond Stromsoe, en ze kon op jacht.

'Zondag regen, of wordt het maandag? Dit is Frankie Hatfield in Balboa Park en ik kom straks met de regenvoorspellingen, hier op Fox.'

Een paar minuten later gaf ze haar eerste voorspelling van die avond, en die werd live uitgezonden. Ze voorspelde dat er zondagavond laat regen zou komen, met buien die tot maandagmiddag doorgingen, gevolgd door een heldere, koele, winderige middag en avond.

'De National Weather Service voorspelt vijfentwintig millimeter regen voor de stad San Diego, de kust en de dalen, maar vijftig millimeter hier en daar in de bergen. Het ziet er dus naar uit dat ons natte oktoberweer nog niet voorbij is. Blijf kijken en blijf droog. Of ga naar buiten en word nat. Van mij mag het allebei. Dit is Frankie Hatfield, Fox News, en binnen een halfuur ben ik terug. Dan ben ik in de Gaslamp.'

Toen Stromsoe haar naar Gaslamp Quarter bracht, bekende Frankie dat ze 'maar zo'n driehonderd woorden per avond' schreef en uitzond. Dat getal, zei ze terwijl ze uit het raam keek, kwam overeen met ongeveer dertig spreuken uit Chinese gelukskoekjes of 'tien langdradige felicitatiekaarten'. Ze haalde een rekenmachine uit haar tasje en drukte toetsen in. Even later zei ze dat ze 'ongeveer drie dollar en vijftig cent per woord, zelfs voor heel kleine woordjes' kreeg. 'Word ik overbetaald?'

'Je signeert ook en zet je handtekening op je salarischeques. Dat zijn ook twee woorden per keer.'

'Ik verdien een heleboel geld met het schrijven van vijftienhonderd woorden per week. Daar staat tegenover dat ik erg royaal ben voor mijn kerk in Fallbrook, al ga ik er bijna nooit naartoe.'

'Je bent je dus aan het indekken.'

'Nee, nee. Ik geloof in Hem. Ik geloof in dat alles. Echt waar. Ik heb er alleen een hekel aan om in een kerk te gaan staan en te zeggen: hallo, ik ben Frankie, en dan vreemden een hand te geven. Ik ging toch niet naar de kerk om hén te ontmoeten? Meisjes hebben behoefte aan privacy. Vooral lange meisjes. Ik wou dat er nog drive-inkerken waren. Dan gooide ik de tank van de Mustang vol en reed ik daarheen. Ik zou het raam nooit openmaken, behalve om het luidsprekerkastje aan te pakken en terug te geven. Ben ik antisociaal?'

'Overbetaald en antisociaal.'

'Zie je wel.'

Blijkbaar dacht ze daarover na. 'Ik wou dat ik met zijn tweeën was. Dan kon de een reportages doen en naar de kerk gaan, en kon de ander elke dag tot de middag bij jou in bed blijven, en dan de rivieren van de wereld verzamelen en aan de regenmaakformule werken.'

'Ik zou niet veel werk meer doen,' zei hij, 'als jij me pas om twaalf uur 's middags uit bed liet.'

'Dat weet ik. Je moet boeven vangen en mensen beschermen.'

Stromsoe reed door Fourth Street en reed achter de wagen van Fox News aan naar een klein parkeerterrein.

'Matt, als je niet meer voor me werkt, wil je dan toch met me samenwonen? Je kunt opdrachten in San Diego aannemen. Er zijn hier boeven genoeg. Ik heb veel te veel hectaren voor één persoon en de honden mogen je graag.'

'Daar heb ik nog niet over nagedacht.'

'Ik heb je hart naast het mijne horen kloppen, dus ik weet verdomd goed dat je erover hebt nagedacht.'

Stromsoe had een hekel aan dit gesprek, zoals iedere man zou hebben, zelfs een man die totaal verliefd was. 'Je hebt gelijk. Ik weet het niet, Frankie. Het ligt te ver in de toekomst.'

'Zeik niet, jongen. Ik heb je net gevraagd om met me te gaan samenwonen.'

'Laten we eerst dit afwerken.'

'Ik wilde nagaan hoe hoog ik bij je sta.'

'Zo hoog als de sterren, Frankie.'

'De tijd zal leren of dat waar is.'

Stromsoe zette de motor uit en keek haar aan. 'Jullie kortgeleden bekeerde maagden kunnen lastig zijn.'

'Ik zou me daar kwaad om kunnen maken.'

'Ik dacht dat je er juist om zou lachen.'

Ze glimlachte en bloosde prachtig.


Stromsoe vloog die avond met haar naar San Francisco. Dat was een verrassing waarop hij haar vaag had voorbereid.

Hij dacht dat het Frankie en hemzelf goed zou doen om een dag in een stad buiten het onmiddellijke bereik van Mike Tavarez te zijn. Hij had er genoeg van om altijd maar waakzaam te zijn en dacht dat zij er genoeg van moest hebben om bewaakt te worden.

Frankie speelde het spel van de verrassing mee en deed alsof ze van de kleine raadsels van die eendaagse ontsnapping genoot: welke stad? Warm of koud? Is er een rivier? Wanneer heb je dit bedacht? Jij bent een sluw mannetje, hè?

Tot hij besefte dat ze geen komedie speelde. Ze was blij en speels en in zijn ogen ongelooflijk mooi.

Ze logeerden in het Monaco en aten uitgebreid in de Washington Square Bar and Grill, dat door de conciërge van het hotel was aanbevolen. Hun kamer was klein en voorzien van vrolijk gestreept behang, een hemelbed met weelderige kussens en koperen accenten en snuisterijen. Het was allemaal duizelingwekkend erotisch en Frankie haalde het 'Niet storen'-bord pas tegen de middag van hun deurknop.

Terwijl zij onder de douche stond, downloadde Stromsoe het gesprek van Choat en Cedros boven de rivier naar zijn laptop. Het was hem gestuurd door Dan Birch. Hij nam hem mee naar de lobby van het hotel, ging bij de haard zitten en luisterde er twee keer naar. Goed materiaal. 'Ik wil dat je Frankie Hatfields schuur platbrandt, met alles wat ze daar heeft om regen te maken.' Hij belde het privénummer van Choat – ook een trofee die door Birch Security Solutions was binnengehaald – en had een kort gesprek met de man. Toen namen Frankie en hij een taxi naar Fisherman's Wharf om daar te gaan lunchen. Stromsoe was onder de indruk van de hoeveelheid voedsel die deze lange, populaire vrouw kon verstouwen. Ze dronken Mendocino Zinfandel bij het eten en Stromsoe kreeg geleidelijk aan het gevoel dat hij opging in de bekleding van het bankje waarop hij zat. Hij voelde het verlangen om meer te drinken, maar niet tot in de vergetelheid, niet zoals hij in Miami had gedaan. Zijn met pennen bijeengehouden botten deden een beetje pijn in de kilte van San Francisco, en hij was zich bewust van plaatsen waar spijkers waren verwijderd. Ondanks al het hardlopen dat hij sinds Miami had gedaan, deden zijn benen buitengewoon pijn op ongewone plaatsen.

Achtendertig jaar, dacht hij.

Je bent wat je bent.

Hallo, Billy. Hallo, Hal. Ik hou van jullie. Ik zal altijd van jullie houden.

'Je ziet er ontspannen uit,' zei ze.

'Ik zou hier een hele week kunnen zitten. Als een halfgekke zenboeddhist.'

'Dan doen we dat. Ik durf best lui te zijn.'

Ze liet de ober nog een fles brengen.

Die avond dineerden ze in het restaurant van het hotel. Frankie droeg een jurk die ze na de lunch had gekocht, een rugloze zwarte fluwelen jurk met een crimineel zedige halslijn waarboven een parelsnoer glansde in het kaarslicht. Stromsoe droeg hetzelfde nieuwe pak dat hij drie weken geleden had gedragen toen hij naar Dan Birch' kantoor ging om over een baan te praten: het bewaken van een weervrouw. Hij vond dat het pak hem veel geluk had gebracht.

Na het diner liepen ze door de drukke straten bij het Monaco. Stromsoe, een product van strak ingedeelde buitenwijken, en Frankie, die in het landelijke Fallbrook was opgegroeid, vonden het prachtig dat in het centrum van San Francisco alles door elkaar stond: de theaters naast de massagesalons, de antiquarische boekwinkel naast de automatenhal, de dure restaurants en de kleine tabakswinkeltjes. Ze zagen hoe een golf van mensen die uit een theater kwam over de bedelaars op het trottoir heen spoelde. Hun wollen mutsen en kartonnen borden gingen verloren in overjassen en halsdoeken. De oorlog tegen de armoede, merkte Frankie op. Het verkeer trok in een koortsachtige optocht aan hen voorbij, de luidsprekers stampten in de auto's van jongeren en de schelle fluitsignalen van de hotelportiers schalden door de straten. De stad leek geweldig vastbesloten en vervuld van zijn eigen belang.

Ze gingen voor dessert en likeur naar de Redwood Room. In het menu stond dat de hele kamer – bar, vloer, wanden, plafond en zuilen – gebouwd was van het hout van een enkele sequoia. Frankie mompelde iets aan het adres van houthakkers, maar toen las ze dat de boom in een rivier was gevonden, omgegooid door een woeste Noord-Californische storm.

'Zie je wel?' zei ze. 'Achter alles wat goed is zit een rivier.'

'De volgende keer gaan we naar een rivier die je nog niet hebt,' zei Stromsoe.

'Ik heb de San Joaquin bij Mammoth nog nooit gezien.'

'Ik ook niet.'

'Ik hou van je, Stromsoe.'

'Ik hou van je, Frankie.'

'Ik kan niet altijd Hallie en Billy zijn.'

'Dat weet ik.'

'Maar misschien... wie weet?'

Hij streek een donkere krul van haar voorhoofd. 'Ja. Wie weet?'

# 34

De hemel was zwaar van wolken toen hun vliegtuig op zondag, de ochtend van Halloween, in San Diego landde. Frankie had bijna de hele vlucht uit het raam aan stuurboord gekeken om het onweersfront uit het noordwesten te zien opdoemen.

'Het is groot,' zei ze. 'Het is ontzagwekkend.'

Stromsoe zag de opwinding op haar gezicht. Ze fotografeerde de wolken met dezelfde kleine camera die ze had gebruikt om John Cedros te fotograferen toen hij foto's van haar maakte.

Toen ze klaar was met foto's maken, keek Stromsoe nog eens naar de foto's van Cedros. Hij was blij dat de jongeman de moed had gehad om met dat microfoontje op zijn rug naar Choat toe te gaan. Stromsoe had niet gedacht dat Choat dom genoeg zou zijn om iemands bezit plat te branden, maar vlak voordat Choat hem op zijn gezicht had geslagen, had hij in diens ogen gezien dat de man op dat moment helemaal niet aan de gevolgen dacht. Zulk aanmatigend en roekeloos gedrag was een eigenschap van bijna alle psychopaten en gewelddadige criminelen die Stromsoe ooit had ontmoet, en ook van mannen die erg machtig waren en nooit zelfs maar een uur achter de tralies hadden gezeten.

Ted wachtte bij de schuur op hen. Hij had een jachtgeweer over zijn schouder aan een slinger die hij van leren riemen en plastic bandjes had gemaakt. Aan zijn zijde hing een westernholster met een buitensporige revolver erin. De punt van de holster was aan zijn dij gebonden als bij een revolverheld.

'Ik zou bang van je worden,' zei Frankie.

'Ik weet wat ik doe.'

Ze omhelsde hem met het jachtgeweer schuin tussen hen in. 'Ted, je bent een lieverd,' zei Frankie.

'Ze nemen me geen twee keer in de maling.'

Stromsoe zei niets, maar in alle jaren dat hij bij de politie was geweest, had hij er nooit iets goeds van zien komen als een burger met twee vuurwapens rondliep.

Hij warmde maaltijden uit blik op, terwijl Frankie en Ted, die zijn geweer had afgedaan en bij de deur had gezet, over weerkaarten en de weerstation-gegevens van het Santa Margarita Reserve gebogen zaten. De NOAA-radio kwam met ruis en geknetter door uit San Diego, met een meteoroloog die Lindbergh Field 'Line' Bergh Field noemde. Intussen stond het Weather Channel geluidloos aan; de tv stond op een van de koelkasten waarin Frankie haar geheime brouwsels bewaarde.

Een uur later vertrokken ze in Teds pick-uptruck. Ace en Sadie jengelden van opwinding en een beetje regen maakte de geuren los van de salie en wilde boekweit op de hellingen om hen heen. Stromsoe zag dat ze nu twaalf twintiglitervaten bij zich hadden in plaats van de gebruikelijke acht. Ted had een geweerrek op het achterraam van de cabine gemonteerd, en daar hing het jachtgeweer met zijn primitieve slinger in. Frankie hield Stromsoes knie stevig vast.
'Het gaat lukken,' zei ze. 'Deze keer gaat het lukken.'
'Heb je de dosering verhoogd?' vroeg Ted.
'Ja,' zei Frankie. 'Maar dat is het enige wat ik kan zeggen.'
'Meer hoef ik niet te weten.'
Bij toren één zetten Stromsoe en Ted de drie zware vaten op het platform, waarna Frankie de oplossingen activeerde. De geur van koper en chloor was duidelijk aanwezig maar niet al te sterk. Ditmaal was het Stromsoe die de torens beklom en de vaten naar boven hees. Ted wilde met beide voeten op de grond staan, zei hij, en Stromsoe zag met respect dat Ted voortdurend om zich heen keek. De oudere man tuurde naar de struiken en onverharde wegen en hellingen, op zoek naar een teken van Mike Tavarez' huurmoordenaars. Stromsoe droeg zijn .380 om zijn middel, bevestigd met de Clipdraw, zoals dat wapen daar in de afgelopen drie weken altijd had gezeten als hij wakker was.
Toen klom Stromsoe naar beneden en klom Frankie naar boven. Hij gaf haar de zware rode gereedschapskist aan, die met veel gekletter van staal op het platform neerkwam.
'Ik vind je helemaal te gek, grote jongen,' zei Frankie. 'Maar je weet hoe het gaat.'
Stromsoe liep tot vlak bij de pick-uptruck en ging met zijn rug naar Frankie toe staan terwijl zij aan het werk ging. Hij hoorde het klikkende geluid van een aansteker en daarna het zachte ontbranden van propaangas. Ted hield de wacht op de weg, het jachtgeweer aan zijn schouder.
Net als de vorige keer hoorde Stromsoe het geluid van vloeistof die in vloeistof werd gegoten, en daarna het geluid van een voorwerp dat tegen de zijkant van de vaten stootte toen ze erin roerde. De geur van koper en chloor werd zwakker.
In tegenstelling tot de vorige keer slenterde Stromsoe niet helemaal toevallig

naar een positie vanwaar hij Frankie precies in de zijspiegel van Teds pick-uptruck kon zien. Voor de tweede keer in een week, dacht hij, kwam een zij-spiegel hem goed van pas.

Hij zag haar roeren en kleine hoeveelheden van iets toevoegen uit een glan-zend chromen blikje dat in de rode gereedschapskist had gezeten. Ze mat de vloeistof in een gewone keukenmaatbeker af en maakte een soort notitie met een schrijfstift op een zilverkleurig toetsenpaneeltje. Toen roerde ze weer. Nadat ze een dikke, zwarte rubberen handschoen had aangetrokken, liet ze een klein voorwerp in het vat zakken en haalde het weer naar boven. Het voorwerp leek op de chloortester die zijn buurman voor zijn zwembad in Santa Ana gebruikte toen hij, Stromsoe, nog een kind was. Hij zag Frankie iets toevoegen uit een druppelaar, de tester heen en weer schudden en het omhoog houden om er iets van af te lezen.

Ze goot meer vloeistof uit het chromen blikje in de maatbeker, goot er weer een beetje uit, hield de beker op ooghoogte en goot hem leeg in het vat.

Bijna meteen verscheen het blauwe licht boven het grote vat. Het wierp een blauw schijnsel op haar gezicht toen ze de handschoen aantrok en ging roeren. Slierten vaalblauw gas stegen op en die andere geur, een onbeschrijf-lijke etherlucht, drong meteen in Stromsoes neusgaten binnen. Hij zag Frankie naar de rook kijken, zag het blauwe licht op haar keel spelen. Toen legde ze haar hoofd in de nek en keek ze naar de lucht alsof ze wilde zien hoe snel de rook opsteeg.

'Doen we nu drie vaten per toren?' riep Stromsoe achterom.

'Geluksgetal,' zei Frankie. 'Volgende week beginnen we aan de bouw van nog een toren. Als we consistente resultaten willen hebben, moeten we een groot stuk lucht bestrijken.'

'Ik kan die geur niet thuisbrengen,' zei hij.

'Dat kan niemand. Dit spul heeft nog geen naam.'


Om vier uur waren ze klaar met toren vier en om halfzes ging het harder rege-nen. Ze zaten achter in de pick-uptruck en gaven Teds grotendeels lege fles Scoresby aan elkaar door. Frankie droeg de oude gleufhoed – Stromsoe had gezien dat ze hem met een waterafstotend middel bespoot voordat ze naar buiten ging – en het water liep nu in onverschrokken straaltjes van de rand en stuiterde als zilveren kometen op haar broekspijpen.

Stromsoe hoorde en voelde dat het harder ging regenen. Het leek op een straaljager die op toeren kwam. Dat werd gevolgd door zwaarte in de atmo-sfeer: het watervolume nam toe tot de stortvloed op de wagen bulderde en met talloze kleine explosies de grond omploegde.

Hoewel ze van hun speciale regenjassen waren voorzien, keken de honden

Frankie verdrietig aan. Ze probeerden zich van de stortbui af te wenden, maar het water viel bijna recht omlaag.

Ted wilde zijn eigen regenjas over zijn holster en revolver leggen. Hij droeg een in de was gezette canvas cowboyhoed met een strak opgerolde rand die het water liet vallen in de richting waarin hij keek, in dit geval op het wapen. Hij gaf de regenjas op en tuurde naar de weg in de richting vanwaar ze gekomen waren.

'Zullen we een eindje gaan wandelen, Stromsoe?' zei Frankie. 'Wil je ons even excuseren, Ted? Er gebeurt ons niets.'

Frankie sprong van de wagen in de plassen op de grond. De honden liepen lusteloos mee. Frankie liep voorop, de weg over en een heuveltje op. Vanaf de top konden ze helemaal door het dal tot aan de schuur kijken. De lucht om hen heen was grauw en boven hen was het ook grauw, zonder ook maar enig kleurverschil. 'Wij zijn de regenwolk,' zei ze. Toen zette ze haar hoed af en keek recht in de stortregen. Stromsoe deed dat ook. Hij deed zijn ogen dicht en zei in gedachten een gebed voor Hallie, Billy en Frankie. Intussen luisterde hij naar de regen die op zijn gezicht en schouders trommelde, en hij hoorde ook het hogere petsgeluid waarmee het water op de plastic poncho's van de honden viel. Hij deed zijn ogen open en zag Ted in de verte. Ted keek bijna in hun richting. Hij had zijn geweer in de hand en de regen liep in straaltjes van zijn hoed.

'We moeten terug,' zei hij. Hij zag haar ogen opengaan en weer helder worden.

'Dat weet ik.'

Ze sjokten naar Ted terug en gingen nog even in de laadbak zitten, maar toen ze de fles nog maar één keer hadden laten rondgaan, ging de regen op een nog hogere versnelling over. Het leek wel of het water om hen heen massief was. 'Jezus,' zei Frankie.

Ze klommen in de cabine en reden weg. Omdat de banden van de truck in de modder wegzakten, schakelde Ted de vierwielaandrijving in en zelfs toen kostte het nog moeite om vooruit te komen. De wagen sprong los, het achterstuk schoof opzij en de honden gleden door het meer van water in de laadbak, hun poten wijd uit elkaar. De gereedschapskist smakte tegen de zijkant. De ruitenwissers vlogen snel heen en weer en leverden telkens een beetje zicht op.

'Jippie,' zei Ted.

'Kalm aan, cowboy,' zei Frankie.

Ted probeerde de wagen recht te krijgen, maar de hoek was te scherp en de banden groeven zich weer in. Stromsoe voelde dat het voertuig zakte. Hij sprong op de laadbak om daar bij de honden te gaan zitten, zodat het gewicht beter verdeeld werd, maar de banden zakten nog dieper weg. Frankie en hij duwden tegen de achterkant. Ze werkten naast elkaar, bij de ronddraaiende banden vandaan, maar de modder vloog evengoed tegen hen aan, terwijl ze daar kreunend en hijgend stonden te duwen. Ten slotte kwam de wagen vrij. Ze zaten onder de modder toen ze weer in de cabine klommen. Toen ze de helft van de afstand naar de schuur hadden afgelegd, zagen ze een stuk aarde loskomen van een helling en met salie, bessenstruiken en keien en al naar beneden glijden om voor hen op de weg neer te komen. Het was meer dan een meter hoog.

'Verrek,' zei Ted.

'Neem de struiken rechts,' zei Stromsoe.

Maar omdat ze waren gestopt, groeven de banden zich weer in de modder, en Stromsoe en Frankie moesten er opnieuw uit om te duwen en met modder besproeid te worden. Toen zette Ted de wagen opeens in zijn achteruit. Stromsoe trok Frankie nog net op tijd uit de weg, een seconde voordat de wagen uit de kuil naar achteren sprong en eerst met zijn linker- en toen met zijn rechterband op vastere grond kwam. Dat ging met zo'n klap dat de honden in een wirwar van poncho's omhoog vlogen. Ze kwamen keffend neer. Ted kwam de cabine uit. Hij vloekte en putte zich uit in verontschuldigingen.

Stromsoe ging aan het stuur zitten. Hij gebruikte de struiken langs de weg om meer houvast te krijgen en bleef in de eerste versnelling rijden. Hij ronkte een helling op, kwam boven en zag, toen hij naar beneden keek, een laag deel van de weg dat nu niets dan een rode modderrivier was, schuimend met grind en planten en takken.

Hij kon de schuur ook zien, op een paar honderd meter afstand. In de stortregen zag hij alleen een vage schuurachtige vorm.

'Laten we maar gaan lopen,' zei Ted. 'We kunnen de wagen hier op het hoge stuk achterlaten.'

'De stroming van die modderrivier is te sterk,' zei Stromsoe.

'Dat denk ik ook,' zei Frankie.

'We moeten ergens heen,' zei Ted.

'We kunnen niet verder,' zei Stromsoe.

'Stelletje watjes,' zei Ted. 'In de schuur is het warm en droog.'

'Denk maar niet dat je door die rivier kunt waden,' zei Frankie. 'Pas als het niet meer regent, kunnen we erdoor. Deze dingen eindigen net zo snel als ze beginnen.'

'Ik heb vijf jaar in Tucson gewoond,' zei Ted, blijkbaar in zichzelf.

Stromsoe zette de pick-up in de PARK-stand, trok de rem aan en draaide de sleutel om, zodat de motor afsloeg maar de ruitenwissers en ontdooier aanbleven. De schuur sprong twee keer per seconde in het zicht. Ondanks de ontdooier besloeg de voorruit en hij veegde er met zijn hand over. Het lukte hun de honden in de cabine te krijgen.

'De schuur staat naast de rivierbedding,' zei Frankie. 'Het is een lage plek, en plat.'

'Nee,' zei Ted. 'Je kunt de San Luis Rey niet zo snel vol laten lopen.'

'Kijk,' zei ze. 'Er staat daar al water.'

Ongelooflijk genoeg ging het nog harder regenen. Het water dat voor hen op de motorkap viel, stuiterde dertig centimeter omhoog en toch kon Stromsoe geen enkele individuele druppel onderscheiden. Het was een massieve watermassa, alsof het uit een gigantische emmer werd gegoten. Het was oorverdovend.

'Goh,' zei Ted.

'Allemachtig,' zei Frankie.

'Misschien was twee emmers per toren toch beter geweest,' zei Stromsoe.

'Misschien wel,' zei ze.

In de fracties van seconden waarin Stromsoe iets kon zien, zag hij dat het water om de schuur heen omhoogkwam. De ene minuut leek het bij de deur tien centimeter diep. De volgende minuut stond het tot een derde van de hoogte van het slot.

Ace schudde het water uit zijn vacht en de cabine vulde zich met natte hondennevel. Sadie volgde zijn voorbeeld. Stromsoe gebruikte zijn vuist om de voorruit weer schoon te maken.

Toen zag hij de schuur trillen alsof hij door een kogel was getroffen. Meteen daarop zakte het dak in en vlogen zijplanken naar buiten toe aan splinters. Het leek wel of het oude gebouw iets van zich af wilde schudden. Plotseling lichtte het vanbinnen op alsof er één grote oranje gloeilamp was aangezet.

'Nee,' zei Frankie.

In flakkerende beelden, van elkaar gescheiden door de ruitenwissers, zag Stromsoe wat er gebeurde: een dof geluid, een explosie van zwart timmerhout, het dak weg, de vlammen binnen, een oranje inferno, een lawine van zwart puin, boeken, papier, meubelen en een tv die op de vloer viel, het vuur dat even teruggedrongen werd door de gigantische regenmassa, het vuur dat zich verzette, het vuur dat gedempt werd, het vuur dat uitging, afgezien van de vaten met chemicaliën die als gewonde draken op de grond lagen en vlammen en rook uitbraakten, tegen de regen in.

De honden keken nuchter uit het raam.

'Mijn spullen,' zei Frankie met zachte stem. Ze klonk ver weg. 'Charleys spullen.'

Ze keken een tijdje in stilte toe. De chemicaliën brandden en de regen doofde alle gloeiende kooltjes in de dakloze schuur. De explosie had het water in beweging gebracht, het opgeklopt tot golftoppen die geleidelijk weer afzakten tot een met regen doorzeefde vlakte. Bij de zwartgeblakerde bank en de op zijn kant liggende televisie leek het te koken.

Een halfuur later hield het op met regenen. Het zonlicht straalde door grote kieren in de wolken en ze zagen de stromen over de hellingen en door de geulen komen om zich bij de gezwollen San Luis Rey te voegen en een weg naar de oceaan te zoeken.

'Het moet wel twaalf centimeter zijn,' zei Frankie. 'Ik vraag me af wat de andere hadden.'

'Ik hoop dat er nog andere zijn,' zei Ted.

'We kunnen zitten of lopen,' zei Stromsoe. 'Maar voorlopig kunnen we niet in dit ding rijden.'

Ze konden niet dicht genoeg bij de schuur komen om het te doorzoeken. Het water stond meer dan een halve meter hoog en het stroomde snel en leek voorlopig niet tot bedaren te komen. Frankie stond er tot haar knieën in en maakte foto's, haar benen gespreid om zich in evenwicht te houden terwijl de stroom tegen haar aan duwde. Ze viste een boek uit het water en iets wat er voor Stromsoe uitzag als een oud album met weerkaarten. Ze schudde haar hoofd en waadde wankelend naar hem terug.

Ze liepen door de heuvels en bleven daarbij op de met struiken begroeide hellingen en stabiele toppen. Na een tijdje kwamen ze bij de onverharde weg die nog net begaanbaar was. De honden, bevrijd van hun regenponcho's, rolden en ravotten door de modder. Ze bereikten Gopher Canyon Road. Een boerenknecht in een oude rood met witte Chevrolet pick-up gaf hun een lift naar Frankies huis. Hij sprak geen Engels maar zwaaide en glimlachte hartelijk toen hij wegreed.

Stromsoe zag de tranen over Frankies wangen rollen toen ze de sleutels uit haar tasje opdiepte.

'Het is weg,' zei ze. 'Alles wat hij heeft gedaan. Alles wat ik heb verbeterd.'

'Maar jij niet.'

Ze knikte zonder hem aan te kijken en liep toen naar haar voordeur.

# 35

Om zeven uur die avond zat Stromsoe te wachten in de verstilde immense ruimte van de Our Lady of the Angels-kathedraal in Los Angeles. Een zee van kerkbanken strekte zich voor hem uit tot aan het altaar en het kleine rode crucifix in de verte.

Choat ging achter hem zitten. Hij droeg een zwarte regenjas over een grijs pak, een wit overhemd met ronde boord en een wijnrode das.

'Voel je je veiliger met God dichtbij?' vroeg hij.

'Minder kans dat je me een dreun verkoopt,' zei Stromsoe. 'Kom, we gaan een eindje lopen.'

'Waarom al die geheimzinnigheid?'

'Dat zul je wel zien.'

Stromsoe liep voor hem uit door het middenpad naar de monumentale bronzen deuren. Buiten was het koud en er waaide een gestage wind uit het westen. Ze waren nu in de kloostertuin, waar het noodweer de bloemen had platgeslagen en de regendruppels nog aan de natte boombladeren hingen.

Stromsoe gaf Choat vier foto's die hij had afgedrukt. Ze waren met Frankies kleine digitale camera gemaakt en op alle vier zag je de verbrande schuur.

Choats gezicht werd vuurrood.

'Wat heb ik daarmee te maken?' vroeg Choat. 'Dit is niets.'

'Je gezicht vertelt iets anders. Je weet wat het is. Het is Frankies schuur.'

'Ik heb niets met haar schuur te maken.'

'Niet lang geleden nog wel. Luister maar.'

*Ik wil dat je Frankie Hatfields schuur platbrandt, met alles wat ze daar heeft om regen te maken...*

Stromsoe zag de twijfel, de aanvaarding en toen de woede op Choats grote gezicht vol littekens.

'Cedros,' mompelde Choat. 'Ik snap het niet. Hij legt me op de band vast, die kleine k... pardon, die kleine kérel, en dan doet hij het evengoed?'

'Hij had er genoeg van om jouw schurk te zijn. Daarom maakte hij die opname. Hij heeft niets met die schuur gedaan. Dat is het werk van Moeder Natuur. Maar jouw verzoek aan hem is er nog steeds. Je bazen zouden er misschien met belangstelling naar luisteren. En de officier van justitie ook. Er zijn mediamensen die ervan zouden smullen. Ik heb tien schijfjes zoals dit hier, en die zoeken allemaal een goed tehuis.'

Ze gingen de grote trap af naar het lager gelegen plein. Boven hen schitterden de sterren aan de zwarte hemel.

'Wat wil je?' vroeg Choat.

'Geen contact meer met Frankie. Als je zelfs maar aan haar dénkt, richt ik je te gronde. En ook geen contact meer met Cedros.'

Ze stonden op het enorme plein. De kathedraal torende boven hen uit; de palmen ruisten in de wind.

'Welke garantie g...'

'Je krijgt verdomme geen garantie.'

Choat kwam een stap naar voren en prikte met zijn vinger in Stromsoes borst.

'Let op je woorden, bewaker. Je bent op de heilige plaats van de op twee na grootste kathedraal ter wereld en...'

Stromsoe nam Choats vinger in zich op, en de gewichtsverplaatsing waarmee de por gepaard ging.

Toen sloot hij met één doelbewuste beweging zijn handen om de onderarm van de grote man, draaide zich snel om, hurkte neer, gooide Choat over zijn rug en smeet hem op het beton. Hij legde er alle kracht van zijn schouders in.

'Ik ben luthers opgevoed.'

Choat lag te hijgen, zijn ogen en mond wijd open. Toen hij naar Stromsoe opkeek, werd zijn gezicht lijkwit.

'Hebben we een deal, Pat?'

Choat keek woedend naar hem op, zijn mond open, maar hij kon niets anders dan grote teugen lucht in zijn longen zuigen.

'Oké, goed, denk erover na. Dan zie je het licht wel.'

# 36

In de Pelican Bay-gevangenis, in het schemerige licht van de late avond, werd Mike Tavarez door Lunce aan de gebruikelijke plichtmatige wapencontrole onderworpen. In alle jaren die Tavarez in gevangenissen had doorgebracht, had hij nooit meegemaakt dat een controle bij het verlaten van de cel een verborgen wapen opleverde. Het zou vreemd zijn als er een mes op de vloer kletterde zodra de gedetineerde zijn tong uitstak of zijn billen spreidde en vijf keer diep ademhaalde. De gedetineerden wisten altijd wanneer ze bij het verlaten van hun cel gecontroleerd zouden worden. Zelfs de domste en onstuimigste mannen bedachten manieren om wapens te hebben klaarliggen waar en wanneer ze ze nodig hadden.

Tavarez trok zijn schoenen en kleren weer aan en liep achteruit naar de bonengoot om de handboeien te laten omdoen.

Hij liep achter Lunce aan door de gang van het cellenblok en hoorde het gefluister van de mannen, niet zijn eigen mannen maar de anderen met wie La Eme betrekkingen onderhield, de Aryan Brotherhood, de Black Guerillas, de Crips of the Rollin' 60s, de Eight Trays en Hoover Street, en de tientallen kleinere bendes die als stammen over de gevangenis heersten.

'De X.'

'De X.'

'Wie doet de X? Jij doet de X.'

Hij zag een briefje aan een draad langzaam omlaag zweven van de derde naar de tweede verdieping. De verzender gebruikte de interne luchtstromen in de grote gevangenis om het precies in de juiste cel te laten terechtkomen.

Tavarez zei niets. Hij liep op zijn slippers van canvas door de gang. Zijn handen waren geboeid, maar zijn zintuigen stonden op scherp en zijn hart sloeg krachtig. Lunce ging bij de deur naar de achterkant van de oostvleugel staan en knikte naar de bewakingscamera. Even later ging de deur kreunend open en liep Tavarez voorop door de opening.

'Wat loop je vlug,' zei Lunce.

'Ik geniet van die familiebezoeken.'

'Dat wil ik wel geloven. Zou het dat blondje weer zijn?'

'Ik weet nooit wat ze meebrengen,' zei Tavarez. Hij had geen zin om met Lunce te praten. Hij voelde zich nerveus en hij wilde niet dat de klank van zijn stem Lunces argwaan wekte. Hij slikte iets van zijn eigen bloed in.

'Vast wel. Jij hebt alles in de hand.'

'Als ik machtig was, zou ik niet in deze ijskoude gevangenis lopen met alleen een overall en slippers aan.'

'En met een reservering voor de EBI.'

'Precies.'

'Je had een Halloweenmasker moeten opzetten. Dan had je haar de stuipen op het lijf gejaagd. Of misschien juist opgewonden.'

'Ja.'

'Mijn zoon was verkleed als weerwolf, werd misselijk van het snoep en wilde zijn bord niet leegeten.'

Tavarez volgde de vertrouwde route via de achterkant van de oostvleugel. Deze gang was verboden voor iedereen behalve bewaarders, administratief personeel en geëscorteerde leveranciers, die alleen door de dubbele sluispoort van een speciale ingang naar binnen konden rijden.

Toen Tavarez buiten kwam, viel de kou hem als een emmer ijswater op de rug. Het was een typische oktoberavond na een regenbui in Del Norte County: rond de vijf graden en met vocht dat tot in je botten doordrong. Het enige goede was de lucht van het diepe Noord-Californische woud om hem heen, de geur van miljoenen naaldbomen en de vierkante kilometers humus, mos en varens die op de woudbodem lagen.

Ze liepen dicht langs de gebouwen en bleven ergens staan tot Lunce het sein van de oostelijke wachttoren kreeg, een kort opflitsen van het zoeklicht. Dat betekende dat de stroom van de omheining was afgehaald en dat het zoeklicht het komende halfuur niet op Lunce of Tavarez gericht zou worden.

Het sein kwam. Lunce bromde iets en ze liepen zoals gewoonlijk door het open niemandsland dat met onkruidverdelger kaal werd gehouden, op weg naar de zeven meter hoge geëlektrificeerde omheining met langs de bovenrand de twee rollen scheermesprikkeldraad die ondanks jaren van regen, zon en stof nog steeds glansden. De zoeklichten van de toren waren op de gebruikelijke punten gericht, vijftig meter links en rechts van hem, zodat Tavarez in een vaag licht stond, dat alleen nog enigszins door de afnemende maan werd versterkt.

Licht genoeg, vond Tavarez.

Hij zag Jimmy's zaklantaarn twee keer even aangaan in het bos en liep zoals gewoonlijk naar de omheining toe.

Zoals gewoonlijk kwam Lunce naast hem staan. Zoals gewoonlijk haalde Lunce zijn reservehandboeien van zijn riem en gooide ze tegen de omheining om er zeker van te zijn dat de stroom eraf was gehaald.

De handboeien vielen op de grond en Lunce bukte zich om ze op te rapen.

237

Daarbij verloor hij Tavarez geen moment uit het oog.

Tavarez keek het bos in. Help me, moeder van Jezus.

Lunce liep zijn gebruikelijke twee stappen achteruit, draaide zich toen om en liep naar de plaats in het halfduister vanwaar hij altijd naar Tavarez en de vrouwen keek.

Tavarez luisterde naar Lunces voetstappen en bewoog intussen zijn tong over de binnenkant van zijn wang. Hij haalde het nieuwe stanleymesje uit zijn schuilplaats en klemde het tussen zijn tanden, iets naar rechts en met de scherpe kant naar voren.

Sterk en licht als hij was, legde Tavarez de afstand in een ommezien af. Hij dook even ineen en maakte toen een hoge sprong.

Lunce wilde zich net omdraaien toen Tavarez op zijn rug belandde en zijn benen om het middel van de grote man sloeg. Tavarez perste uit alle macht en drukte zijn gezicht tegen Lunces nek. Lunce wankelde naar voren maar bleef overeind. Hij draaide zijn hoofd om zijn belager te zien en legde daarmee zijn keel en het pulserende netwerk van zijn leven bloot. Met zijn tanden trok Tavarez het mesje snel en diep omhoog en draaide zijn hoofd opzij om schuin naar beneden te snijden.

Het bloed verblindde hem en hij werkte op de tast: weer omhoog en van zich af, weer schuin omlaag, weer omhoog en van zich af, terwijl Lunce er blindelings naar tastte en daarmee ook zijn handen openhaalde. Tavarez voelde hoe het mesje door het vlakke vlees van de handpalm ging, en naar boven tot het op bot stuitte.

Lunce zakte jengelend van doodsangst op zijn knieën. Tavarez ontspande zijn benen en rolde van hem af. Vervolgens ging hij weer op hem af en begroef hij zijn gezicht in Lunces keel. Zijn roestvrijstalen slagtand sneed diep en dwars en keer op keer. Lunce viel languit op zijn rug op de grasloze aarde. Zijn hoofd bungelde opzij en uit zijn verminkte hals kwam een hard, nat, flapperend geluid dat steeds sneller werd. Tavarez richtte zich op, zijn ogen groot en helder in een masker van bloed, het stanleymesje nog tussen zijn tanden, zijn ademhaling gierend. Hij schopte zijn voeten naar voren en landde met zijn achterste op de buik van de bewaarder. Met de vingers van zijn geboeide handen zocht hij geduldig naar de handboeisleutels aan Lunces riem.

Tavarez zag bijna niets dan bloed, rook niets dan bloed, voelde niets dan bloed, overal waar hij tastte. Bloed was leven. Hij gaf zich eraan over.

Hij keek naar de draadgazen omheining, waar Jimmy en een vriend met een grote draadschaar aan het werk waren. Het openspringen van staal was mooier dan muziek. Lunce haalde nu langzamer adem. Tavarez voelde het lichaam van de man onder het zijne. Door het gewicht en de afgesneden toevoer kreeg de man bijna geen lucht meer.

Met zijn vingertoppen vond Tavarez de universele handboeisleutel en trok hem los. Hij stond op en probeerde in Lunces ogen te kijken, maar kon ze in het bloed en het halfduister niet zien. Hij spuwde het stanleymesje op de grond. Daarna kostte het hem nog geen halve minuut om de boeien los te krijgen. Hij liet ze op Lunces steeds langzamer bewegende borst vallen, behield de sleutel voor een andere gelegenheid, draafde naar de omheining en dook door de opening.

# 37

Op maandagmorgen waren John en Marianna Cedros aan het inpakken voor de verhuizers. Het huisje rook naar koffie en kartonnen dozen en Cedros moest zichzelf er meermalen aan herinneren dat het geen droom was.

Marianna werkte snel en vastbesloten. Tony zat in zijn bijna lege kamer waarschijnlijk voor de dertigste keer naar een *Power Rangers*-video te kijken.

Cedros droeg een speciale doos met persoonlijke dingen naar zijn auto. Hij manoeuvreerde daarmee door de opengezette keukendeur die naar de kleine garage leidde. De garage rook naar schone was en de deur stond open om het ochtendlicht binnen te laten.

Ampostela's gangster uit het restaurant, Ricky, leunde tegen Marianna's oude auto.

'Wat is er met Marcus gebeurd?' vroeg hij.

'Ik ken jou.'

'Dat is je geraden.'

'Ampostela? In de krant stond dat hij is doodgeschoten.'

Cedros zette de doos op de wasdroger. Die was klaar met drogen en hij maakte het deurtje open. Zijn instinct gaf hem in dat hij zich nonchalant, misschien zelfs beledigd moest gedragen.

Hij kreeg de gangster nu wat beter te zien dan in de donkere achterkamer van El Matador. De man had een bleke huid en was slank en kaal, met een grote druipsnor en lichtbruine ogen. Hij had zijn hond niet bij zich, en Cedros vond dat belangrijk.

'Wie heeft het gedaan?' vroeg Ricky.

'Hoe moet ik dat weten?'

'Je ging El Matador uit en stapte in zijn auto. Daarna heeft niemand hem gezien.'

'Ik ben helemaal niet in zijn auto gestapt. Ik heb daar als een idioot een halfuur staan wachten en toen liep ik naar huis. Ik heb jóú daar niet gezien. Jij bleef binnen met de meiden. Dus ga me niet vertellen dat ik in zijn auto ben gestapt.'

Ricky keek hem aan, maar zei niets. Zijn gezicht was kalm, maar zijn lichtbruine ogen boorden zich in Cedros. Hij droeg een wijd zwart T-shirt en een blauwe broek met scherpe vouw, maar het shirt was niet wijd genoeg om de bult bij de riem te verbergen.

'Zo te horen heb je het ingestudeerd,' zei hij.

Cedros trok een geërgerd gezicht, schudde langzaam met zijn hoofd en keek naar Ricky's lager gemaakte rode Accord die dwars voor het garagepad geparkeerd stond alsof hij iedereen het wegrijden wilde beletten.

'Aan het verhuizen?'

'Nee, we gaan op vakantie.'

'Waarheen?'

'Las Vegas.'

'Met de jongen?'

Ricky keek nu langs Cedros door de deuropening van de keuken.

Cedros draaide zich om en zag Tony in de deuropening staan. Hij zwaaide met een knalgroene videocassette waaruit een sliert van meters tape kwam.

'Papa, de band is kapot.'

'Ga weer naar binnen. Ik kom zo. Schiet op.'

Tony draaide zich om en liep weer naar binnen. Op datzelfde moment verscheen Marianna met een norse en nieuwsgierige uitdrukking op haar gezicht in de deuropening.

Cedros keek haar aan, probeerde duidelijk te maken dat er iets aan de hand was. Toen keek hij naar Ricky, en meteen was zijn angst twee keer zo groot, want bij Ricky zag hij geen begeerte, zoals hij bij Ampostela had gezien, maar woede. Ricky zag eruit alsof hij haar pijn wilde doen. Hij keek haar aan en glimlachte. Zijn huid rimpelde bij de hoeken van zijn lichtbruine ogen.

'Lena zag je in Marcus' auto stappen,' zei Ricky. 'De Magnum.'

'Lena heeft een bril nodig.'

'El Jefe heeft informatie nodig,' zei Ricky.

'El Jefe heeft tweehonderdvijfentwintigduizend dollar verdiend zonder te doen wat hij zei dat hij zou doen.'

'Zou kunnen,' zei Ricky. 'Marcus schijnt vijfentwintigduizend op zak te hebben gehad.'

'Ik heb Marcus die avond vijfentwintigduizend gegéven. Dacht je dat ik al die moeite zou doen om hem te doden maar het geld niet terug zou pakken? Hoe stom denk je dat ik ben?'

Een seconde lang zei Cedros tegen zichzelf dat Marianna elk moment met een geweer in de deuropening op kon duiken om Ricky overhoop te schieten of weg te jagen. Maar ze hadden geen geweer en het idee was belachelijk. Misschien had ze de politie gebeld. Hij kon niets anders doen dan het gesprek rekken, Ricky in het onzekere laten.

'Dat weet ik nog niet.'

'Dat klopt. Je weet het niet. Luister, man, ik ga met mijn gezin op vakantie. Ik weet niet wat er met Marcus is gebeurd. Ik vond hem eigenlijk wel cool,

tot hij me daar liet zitten. Wat was daar de bedoeling van? Was het een grap?'
Cedros meende onzekerheid in die lichtbruine ogen te zien. Ricky had zijn
pistool nog steeds niet aangeraakt, had zijn hand er niet eens bij in de buurt
gebracht.

Op dat moment kwam de politiewagen aanrijden en stopte langs de stoep.
Cedros' hart ging sneller slaan. In zijn hele leven was hij nog nooit zo blij
geweest de politie te zien. Toen hij zag wie erin zaten, kon hij bijna niet geloven hoeveel geluk hij had. Het was niet eens de plaatselijke politie. Het waren
rechercheurs en Cedros herkende de mannen uit San Diego. Hij hoorde dat
ze de portieren sloten en naar hem toe liepen, maar hij bleef naar Ricky's
pistool kijken, want hij dacht dat het nu of nooit was.

'Je hebt geluk,' zei Ricky. 'Maar ik kom hiervoor terug.'
Hij trok het pistool achter zijn broeksband vandaan en gooide het naar
Cedros, die het opving en bij de schone kleren in de droger legde.

'Ik weet niets van Ampostela,' zei Cedros. 'Dat zweer ik jou en El Jefe.'
'Zeg niks tegen die kerels. We zijn gewoon vrienden.'
'Oké.'

De rechercheurs waren Hodge en Morales, dezelfde twee die hem over zijn
bezoek aan Mike Tavarez en zijn contacten met de gangster Ariel Lejas hadden ondervraagd.

Ze kwamen de garage in en keken automatisch naar Ricky. Ze keken naar
hem en kwamen blijkbaar alle twee tot dezelfde rekensom: 1 gangster + 1
familielid van El Jefe = 2 gangsters.

'We hebben nog wat vragen,' zei Hodge.
'Mike en ik praatten in Pelican Bay over familie. Dat was alles. Dat heb ik al
duizend keer gezegd.'

Marianna verscheen met een brede glimlach en twee koppen koffie in de
deuropening. Ze liep recht naar de rechercheurs toe en gaf hun de kopjes.
Ricky negeerde ze. Vervolgens liep ze naar de droger, pakte er een lading uit
en ging weer naar binnen.

'Tot kijk, jongen,' zei Ricky.
'Oké, man,' zei Cedros.

De rode Honda sloeg bulderend aan, reed even achteruit en schoot toen de
straat op, richting Azusa Avenue. De stinger die als uitlaat fungeerde, klonk
alsof de Honda veel meer paardenkrachten had dan in werkelijkheid het geval
was.

'La Eme?' vroeg Morales.
'Gewoon een vriend.'
'Als familielid van El Jefe hebt u allerlei contacten, hè?'
'Ik weet niks van La Eme. Ik weet niet eens zeker of dat echt bestaat. Ik denk

dat jullie die verhalen over bendes verzinnen om de mensen bang te maken en grotere budgetten te krijgen.'

'We zullen het even over Ariel Lejas hebben,' zei Morales.

'Goed. Ik heb hem nooit gezien en nooit van hem gehoord tot jullie langskwamen.'

Marianne kwam met een kunstmatig vriendelijk gezicht in de deuropening staan, op zoek naar Ricky. Toen ze zag dat zijn auto weg was, werd haar glimlach echt en pakte ze weer een lading kleren uit de droger.

'Kom maar binnen,' zei ze.

'Dank u, mevrouw,' zei Hodge.

'Er is nog meer koffie in de pot, als jullie willen. Let maar niet op de rommel. We zijn aan het verhuizen. We gaan uit deze gangstertroep weg en komen nooit meer terug.'

'Wat weet u van La Eme, mevrouw?' vroeg Hodge.

'Niet veel,' zei Marianna, die de lading kleren losjes tegen haar dikke buik gedrukt hield. 'Ik weet dat ze moorden en stelen. Maar wij kunnen er niets aan doen dat we een ver familielid hebben dat daarbij betrokken is.'

'Nou, minstens een van jullie heeft nog vat op de realiteit,' zei Hodge. 'Dat hebben jullie misschien ook nodig, want Mike Tavarez is gisteravond uit Pelican Bay ontsnapt. Hij heeft zowat het hoofd van een bewaarder afgesneden met een stanleymesje. Vrienden van hem maakten een gat in de omheining en weg was hij.'

Cedros keek zijn vrouw aan en keek toen naar de straat. Deze zelfde informatie had Stromsoe hem al twee uur geleden door de telefoon verstrekt, maar het was niet moeilijk om onaangenaam verrast te kijken.

'Jullie hebben hem niet gezien, hè?' vroeg Morales.

'Waarom zou hij hier naartoe gaan?' vroeg Cedros.

'Familiebanden. U hebt hem een paar weken geleden in Pelican Bay opgezocht.'

'We praatten over familie. Dat was alles.'

De rechercheurs haalden hun schouders op. Cedros ging achter Marianna aan naar binnen, op de voet gevolgd door de twee rechercheurs.

# 38

Bij het ochtendgloren zat Stromsoe in Frankie Hatfields huiskamer. De zon scheen door de avocadobomen en het koffiezetapparaat gorgelde in de keuken. Een halfuur eerder was hij wakker geworden van de mobiele telefoon, al hadden Frankie en Ace daar dwars doorheen geslapen. Stromsoe was het bed uit gekomen en had vanuit de donkere ontbijthoek met Ken McCann zitten praten. Lunce had een vrouw en twee jonge kinderen gehad.

Stromsoe was nu bezig Frankies dubbelloops geweer te laden, met Sadie aan zijn voeten. Het was een zwaar Savage Arms-wapen met een blankhouten kolf en twee trekkers die tegelijk konden worden overgehaald voor een dubbel schot dat van dichtbij een gat zo groot als een tennisbal in iemand kon maken. Sadie liep achter hem aan naar de hal, waar hij het geweer rechtop in de rechterhoek zette en vier patronen achter de kolf legde. Hij keek uit het raam. Ze liep met hem mee naar de keuken, waar hij een kop koffie inschonk. 'Maak je geen zorgen,' zei hij tegen de hond, maar de hond keek toch zorgelijk.

Stromsoe liep rustig met de koffie naar de huiskamer terug en ging op de bank zitten, vanwaar hij een goed zicht had op zowel de voordeur als de achterkant van Frankies grote terrein.

Hij dacht dat als hij Hallie en Billy ook zo goed had beschermd hij misschien had kunnen voorkomen dat ze om het leven kwamen, al wist hij niet precies hoe. Als hij om een hond had gevraagd die bommen kon opsnuffelen, zou het korps hem er een hebben gegeven. Als hij om een verrijdbare spiegel met een lange steel had gevraagd, die hij elke morgen onder zijn auto kon houden, zou het korps hem er ook een hebben gegeven. Maar het was een feit dat La Eme geen gebruik maakte van explosieven. Het zou net zo onlogisch zijn geweest als hij om voorproevers had gevraagd. Daar kwam nog bij dat Stromsoe niet had geloofd dat Mike hem zou willen vermoorden. Hij had gedacht dat Mike het ongeluk met Ofelia zou zien zoals het was en dat hun band, in hun tienerjaren met vriendschap gesmeed en in hun volwassen jaren met vijandschap beëindigd, hem van zo'n botte, dodelijke actie zou weerhouden. Het leek nu bijna belachelijk, want hij begreep hun onderlinge verschillen nu zoals hij ze in zijn jeugd niet had begrepen. Mikes bloed was zwaarder dan het zijne. Mike was Spanjaard en Azteek, conquistador en krijger. Hij was slang en adelaar. Hij was Montezuma, die over Tenochtitlán had geheerst, die goud aan Cortés had aangeboden en om zijn vrijgevigheid was vermoord. Mike was de piramiden waarop duizenden mensenharten werden uitgesneden en nog kloppend naar de zon werden opgeheven; hij was de jonge vrouwen die met goud en juwelen behangen in offergaten werden gegooid die hen regelrecht naar de groene diepten voerden, waar ze niets dan botten werden en algauw zelfs dat niet meer waren.

Stromsoe herinnerde zich iets wat Mike hem jaren geleden had verteld, kort nadat Hallie gekneusd en met gebroken ribben bij hem teruggekomen was. Houd haar. Jij bent de romanticus, niet ik.

Frankie kwam in haar blauwe badstoffen ochtendjas uit de slaapkamer en ging naast Stromsoe op de bank zitten. Hij vertelde haar over McCanns telefoontje.

'Hoe snel kan hij hier zijn?' vroeg ze zacht.

'Eind van de morgen, als hij vliegt.'

'Maar hij gaat toch niet vliegen? Ze houden daar de vliegvelden in de gaten.'

'Waarschijnlijk gaat hij niet vliegen. Ik heb je geweer in de hal gezet, Frankie. Het is geladen. Alleen de veiligheidspal moet er nog af. Als je dan de trekker overhaalt, schiet hij.'

'En als hij met de auto komt?'

'Begin van de middag.'

'Komt hij achter me aan, Matt?'

'Ja.'

'Besteedt hij het niet uit, zoals de vorige keer?'

'Dat betwijfel ik.'

Ze knikte en beet op haar lip. Haar donkere haar hing los.

'Kun je een week vrij nemen?' vroeg hij.

Ze schudde met haar haar om het op haar schouders te krijgen en keek naar hem op. 'Ik neem geen week vrij. Ik vlucht niet.'

'Hij kan vandaag komen, Frankie, of over een jaar.'

'Wat is waarschijnlijker?'

Stromsoe dacht daar even over na. 'Over een jaar. Hij wil dat we bang zijn.'

'Kan hij een jaar ondergedoken blijven?'

'Als hij het nu acht uur volhoudt wel. Hij had maar een uur voorsprong op hen.'

'Maar ze hebben hem nog niet te pakken, hè?' vroeg ze. 'Hij is toch al weg sinds elf uur gisteravond? Dat is precies acht uur geleden.'

'Als hij over de Mexicaanse grens gaat, kan hij voorgoed verdwijnen.'

'En het is gemakkelijk om terug te komen,' zei Frankie.

'Zelfs kinderen doen dat.'

'O, man.'

'Frankie, om in leven te blijven zul je op je hoede moeten zijn. Elke seconde, elke minuut. Dat kun je, als je geduldig en ontspannen bent. Laat je er niet door opjagen. Hou je ogen open. Hou je geest open. Denk altijd na. Het is geen slechte manier van leven, als je er eenmaal aan gewend bent. Ik heb jaren undercover gewerkt en toen moest ik ook zo leven. Je moet begrijpen dat het iets voor de lange termijn is. Je moet alles langzamer doen.'

'Ik zal een wapenvergunning aanvragen.'

'Dat is een goed idee.'

'We oefenen elke dag op de schietbaan, en dan komen we thuis en bedrijven luid en explosief de liefde.'

Hij glimlachte.

'Ik heb koffie nodig,' zei ze. 'Hopelijk staat Tavarez niet in de keuken op me te wachten.'

'Ik heb gekeken. Het is goed.'

'Jíj bent goed.'

Ace kwam geeuwend naar hen toe en strekte zich uit in een bed van zonlicht dat door een raam aan de oostkant naar binnen viel.

'Ik had net een idee,' zei Frankie. Ze was halverwege de keuken. 'Als we nu eens een flat in de stad nemen? En daar dan niet echt gaan wonen, maar er alleen slapen en in de rest van onze vrije tijd de schuur herbouwen?'

Stromsoe dacht na. 'Je bent in de stad net zo kwetsbaar als hier. Hij zou er niet lang over doen om je nieuwe adres te weten te komen.'

'Ja, maar we gebruiken die flat alleen om er te slapen. Elke morgen gaan we in alle vroegte naar de schuur. We laten het slot van het hek vervangen, zodat wij alleen naar binnen kunnen. Er is maar één weg. En als we daar eenmaal zijn, kunnen we in alle richtingen kijken, weet je. Als er iemand komt aanlopen of door het bos komt, zien we hem meteen. Ted kan op wacht staan. Hij zou dat prachtig vinden. En we kunnen buiten werken tot ik naar mijn werk moet. We bouwen een nieuwe schuur en ik kan alles installeren. Mijn formule werkt, Matt. Hij wérkt.'

'Dat heb ik gezien, Frankie. Ik kan ervoor instaan.'

'We hadden honderdvijf millimeter in twee uur. In het Santa Margarita Reserve, vlakbij, hadden ze maar achtenvijftig millimeter. Fallbrook had drieenvijftig millimeter en San Diego vijftig. Temecula, Valley Center en Escondido hadden zevenenvijftig millimeter.'

'Dat weet ik, Frankie.'

'Ik bedoel dat ik de echte oplossing heb gevonden, Matt. De echte, werkende formule die Charley bijna had. Ik word een echte, legitieme regenmaker.'

'Ik geloof je.'

'Ja?'
'Ja.'
'Blijf daar dan even zitten,' zei ze. 'Ik heb iets voor je.'

Ze liep door de gang naar de rivierenkamer. Hij hoorde dat de kast openging en dat er voorwerpen werden verplaatst. Een paar minuten later hoorde hij de kastdeur weer dichtschuiven.

Ze kwam terug met een stel aan elkaar geniete papieren in haar hand.

'Ik moest er na gisteravond een paar kleine veranderingen in aanbrengen. Het staat hier allemaal in, de componenten en waar je ze goedkoop kunt krijgen, hoe je het kunt maken, hoe je het kunt verspreiden. Dit is alles. Charley is eraan begonnen en ik ben ermee verdergegaan. Misschien heb je Ted of een chemicus nodig om alles te begrijpen. O ja, en als je het laatste mengsel roert, moet je de dampen niet in je gezicht laten komen en je moet ook niet te vlug roeren. Je bent geen eiwit aan het kloppen. Doe je het te vlug, dan maken de waterstofatomen zich te snel aan de chloriden vast en wordt het troebel. Door in het spiegeltje van die pick-up naar mij te kijken heb je het nog niet geleerd. Je moet er gevoel voor hebben en je moet je concentreren.'

Ze gaf het boekje aan Stromsoe.

Hij keek naar haar op. 'Ik heb nooit gedacht dat ik me nog eens zo vereerd zou voelen door een paar velletjes papier.'

Ze ging naast hem zitten. 'Zeg, ik kan waarschijnlijk de rest van de week wel vrij krijgen, maar vanavond hebben ze me nodig. Ik zal Darren bellen.'

'Dat is verstandig, Frankie. Het is geen overgave.'

'Misschien wel een beetje. Waar gaan we heen?'

'De bergen. Je hebt de San Joaquin nog niet in een potje.'

'Ik doe mee.'

Tien minuten later was het geregeld. Darren gaf haar vier dagen vrij zolang ze die avond maar uitzond. En Stromsoe had met zijn creditcard een hond-vriendelijke blokhut met uitzicht op de Mammoth Mountain gereserveerd.

Stromsoe pakte voor een week aan spullen in en belde Dan Birch, Ken McCann en directeur Gyle. Tavarez was nergens gesignaleerd. Gyle hoorde dat Lunce door El Jefe was omgekocht en dat dit niet de eerste keer was dat Tavarez voor 'ongeoorloofde activiteiten' door Lunce buiten zijn cel was gebracht. Er zouden koppen van bewaarders rollen, zei hij, of de vakbond dat nou leuk vond of niet. Zijn meest vertrouwde supervisor, Cartwright, hield hem op de hoogte van wat er in de vakbond speelde. Gyle wist nog niet of Lunce de handboeien van de gedetineerde had losgemaakt en toen door het stanleymes was verrast, of dat Tavarez het mes in zijn mond had verborgen en gebruikt en daarna zichzelf met de sleutel van de bewaarder had losgemaakt.

Het was ook mogelijk dat de helpers die het gat in de omheining hadden gemaakt Lunce hadden overvallen. Hij zei dat hij nog nooit zoiets bloederigs had gezien.

'De bewaarders gaan een fonds opzetten voor zijn gezin,' zei Gyle.

'Ik doe mee,' zei Stromsoe.

'Ik geef een seintje als we hem te pakken hebben.'

'Dat zou ik op prijs stellen.'

Hij belde John Cedros' mobiele nummer. Cedros zei dat hij, Marianna en Tony al op weg waren naar Bishop. Stromsoe zei dat er een GPU-zendertje onder de achterbumper van zijn auto zat. Hij moest dat eraf halen en naar Birch Security sturen. Stromsoe wenste hem veel geluk en vroeg Cedros hem zijn nieuwe adres te geven zodra hij in de gelegenheid was.

'Ik stuur je het bewijsmateriaal tegen Choat,' zei Stromsoe. 'Ik heb kopieën en Birch Security heeft ze ook. Het is duidelijk dat Choat je vraagt de schuur plat te branden. Hij schreeuwt het uit, daar bij die bulderende rivier. Het feit dat Moeder Natuur het voor hem heeft gedaan, verandert daar niets aan. Ik denk niet dat hij je ooit nog lastig zal vallen.'

'Dank je, man. Dat meen ik echt.'

'Bedank Marianna omdat ze naar Birch heeft gebeld. Daarmee heeft ze minstens één leven gered. Pas goed op je gezin.'

'*Vaya con Dios, detective.*'

'Altijd.'

Stromsoe bleef even in de huiskamer zitten, en luisterde naar het water dat door de buizen naar Frankies douche ging. Binnen een uur zouden ze naar haar werk vertrekken. De gedachte aan Frankie bracht hem in een betere stemming. Hij keek naar buiten. In het westen begonnen de kanonnen van Pendleton te daveren.

Er kwam een zekere opluchting over Stromsoe, en het verraste hem hoe blij hij daarmee was.

Hij zette zijn bagage in de pick-uptruck, en ook die van Frankie toen ze ermee klaar was.

Frankie was in de keuken wat eten voor onderweg aan het inpakken, toen Stromsoes mobieltje ging.

'Hallo, Matt.'

'Hallo, Mike.'

Frankie keek op en verbleekte.

'Ik ben vrij.'

'Dat weet ik.'

'Ik had niet gedacht dat het zo'n goed gevoel zou zijn.

'Geniet ervan zolang het kan.'

'Ik kom je binnenkort een keer opzoeken.'

'Bel me als je in de stad bent.'

De artillerie knalde weer. Stromsoe hoorde hoe de schokgolf tegen zijn borst sloeg als een basdrum in een fanfare.

Hij hoorde datzelfde geluid ook uit zijn mobieltje komen.

Hij wees Frankie naar de vloer. Ze trok de revolver uit haar tasje en ging met haar rug tegen de koelkast zitten. De honden kwamen naar haar toe en Frankie had de tegenwoordigheid van geest om de revolver boven zich op het aanrecht te leggen en beide dieren bij hun halsband te grijpen.

Bedenk iets. Hou hem aan de praat.

'Ik hoorde dat je daar een slachting hebt aangericht,' zei Stromsoe.

'Ik kan de stank niet weg krijgen.'

'De oceaan wel.'

'Ik heb eerst iets anders te doen.'

Stromsoe ging naar de hal en keek door de ramen naar de avocadoboomgaard.

'Die truc met dat stanleymes in je mond,' zei Stromsoe. 'Daar heb ik jaren geleden in het FBI Law Enforcement Bulletin over gelezen.'

'Ik ook.'

'Ga je Frankie vermoorden of ons beiden?'

'Frankie.'

'Waren Hallie en Billy niet genoeg?'

'Niets is genoeg.'

De artillerie dreunde weer tegen zijn lichaam en door de telefoon. Stromsoe pakte vier geweerpatronen uit de hoek van de hal en stopte ze in een van zijn zakken. Toen stak hij de blankhouten kolf van het geweer onder zijn rechterarm, haalde de veiligheidspal eraf en liep door de gang.

'Je zou Frankie graag mogen,' zei Stromsoe. 'Als je haar een beetje kende, zou je haar geen kwaad doen.'

'Dat is erg Matt, Matt.'

De grote badkamer was vochtig en rook nog naar de zeep en shampoo van Frankies douche. Een glazen schuifdeur leidde naar een kleine patio met houten tuinmeubilair en een *chimenea*. Voorbij de patio stonden eucalyptusbomen en daarachter was de boomgaard. Stromsoe dacht dat Mike in die boomgaard was en naar de voorkant van het huis keek. Hij was gewapend en wilde hen beiden doden zodra ze door de voordeur naar buiten kwamen. Dat was maar een vermoeden van Stromsoe, maar het was wel gebaseerd op de vierentwintig jaar waarin hij de jongen en de man had gekend. Misschien had Mike iemand bij zich, maar Stromsoe dacht dat hij alleen was. Op zijn eigen manier was Mike altijd alleen geweest. Stromsoe was van plan de avocadoboomgaard vijftig meter in te gaan zonder dat hij werd gezien en Mike dan van achteren aan te vallen.

Hij schoof de deur zachtjes open en ging naar buiten.

'Hoe vaak moet ik je nog zeggen dat Ofelia een ongeluk was? Ik was er niet bij, Mike.'

'Je zorgde ervoor dat het gebeurde,' zei Tavarez. 'Je maakte het tot wat het was. Op een gegeven moment kan er niets anders meer gebeuren dan wat er gebeurt. Dat heet oorzaak en gevolg en het is eigenlijk heel eenvoudig, mijn oude vriend.'

Stromsoe liep tussen de eucalyptussen door en bereikte de schaduw van de geurige boomgaard. Hij liet het geweer als een vogeljager op zijn rechterarm balanceren en had zijn linkerhand met het mobieltje bij zijn oor. Intussen tuurde hij naar het stuk boomgaard voorbij het pad. Zijn hart ging wild tekeer.

De kanonnen van Pendleton bulderden door de lucht.

En galmden door de luidspreker van de telefoon.

'Waarom maken we geen deal?' vroeg Stromsoe.

'Jij hebt niets wat ik wil hebben.'

'We zijn ooit vrienden geweest, Mike.'

'Je vraagt toch niet om genade?'

'Heb je nog niet genoeg bloed vergoten?'

De kanonnen van Pendleton daverden weer en opnieuw hoorde Stromsoe ze in zijn borst en in zijn oor.

'Ik bedoel, je bent nu vrij, Mike. Waarom ga je niet gewoon naar Mexico? Je zoekt Ofelia's geest, of haar zus, trouwt met haar en leeft van je miljoenen.'

'Wat zijn jouw plannen? Hou je van die lange nieuwsdame?'

Stromsoe hield het midden van een rij aan en ging dieper de boomgaard in. Er lagen veel bladeren op de grond, maar die waren drijfnat van de stortbui en vormden geen belemmering. Afgaand op zijn vertrouwen en intuïtie, nam Stromsoe de afslag die hem hopelijk naar Mike zou leiden. Hij had zijn linkeroog nooit zo gemist als nu.

'Ja.'

'Je mag je gelukkig prijzen: twee keer van iemand houden. Je moet wel elke avond je gebeden zeggen, en je belastingen betalen en op zondag naar de kerk gaan.'

Stromsoe zag Mike naast de stam van een avocadoboom staan. Mike stond met zijn gezicht naar het pad en het huis en met zijn rug naar Stromsoe, met zijn hand bij zijn oor. Alleen.

Stromsoe keek omlaag voor elke stap die hij zette. Hij ontweek de bladeren en bleef op de geluidloze vochtige aarde.

'Ik ben niet zo'n kerkganger,' zei hij.

'Kan ze echt regen maken?'

'Ja, dat kan ze echt. Het is indrukwekkend.'

'Bedenk eens hoeveel ze voor de woestijnen van Mexico zou kunnen betekenen. Denk eens aan de duizenden hectaren met papavers.'

'Nodig ons eens uit als je je daar hebt geïnstalleerd. Dan maakt ze regen voor
je. Eigenlijk grappig. Ik heb het gevoel dat je daar al bent.'

'Ik ben naar het noorden gegaan. Iedereen zoekt me in het zuiden.'

'Dat was slim.'

'Geniet van je regenmaakster. Je zult me zien wanneer je dat het minst verwacht. En ik kan je één ding verzekeren, Stromsoe, oude vriend: ik gebruik
nooit meer een bom.'

'Misschien een stanleymes, zoals bij die bewaarder?'

'Te nat, zelfs voor mij.'

Stromsoe was nu twintig meter bij Mike vandaan. Mike droeg een wit overhemd dat netjes in zijn spijkerbroek was gestopt, en hij had cowboylaarzen
aan. De zon die door de bomen met hun grote bladeren scheen, legde een
schaduwpatroon op hem. Hij leunde met zijn elleboog op een lage boom en
zag eruit als een herenboer die keek hoe het met zijn oogst was gesteld.

De artillerie daverde weer.

Geen twintig meter meer.

Mike neuriede een paar maten van 'When the Saints Go Marching In'.

Elke zenuw in Stromsoes lichaam ging strak staan en luisterde.

*Lord, how I want to be in that number...*

Vijftien meter.

'Adios,' zei Mike. 'Altijd achter je kijken, mijn vriend.'

'Dag,' zei Stromsoe. 'Kijk jij ook achter je.'

Hij vermoedde dat Mike hem had gehoord, maar Tavarez bleef nog even roer-
loos staan.

Toen draaide Mike zich bliksemsnel naar links en zag Stromsoe staal schitte-
ren in het zonlicht.

Stromsoe bracht zijn linkerhand naar de geweerkolf op het moment dat Mike
naar de grond dook en omrolde en vuurde.

Stromsoe loste een dubbel schot. De kogel uit Mikes pistool floot langs
Stromsoes hoofd. Tavarez rende zigzaggend het bos in; zijn witte overhemd
stak af tegen de boomstammen.

Stromsoe rende achter hem aan en herlaadde het geweer zonder ernaar te kijken.

Tavarez draafde een heuveltje op, bereikte de top en draaide zich om.

Stromsoe zag de loop flitsen en hoorde de kogel naast hem in een boom slaan.

Toen hij het geweer aan zijn schouder had gezet, was Mike verdwenen.

Toen Stromsoe het heuveltje bereikte, dacht hij aan een hinderlaag. Hij wist dat als hij erbovenop stond hij een kogel te pakken zou krijgen, en daarom zwenkte hij opzij en probeerde dat zo snel te doen dat Mike er op zijn minst naar moest raden.

Met het geweer voor zich uit en twee vingers op de twee trekkers kwam hij aan de achterkant van het heuveltje, maar Mike was al op de weg. Stromsoe rende verder. Tussen de bomen door zag hij Mike over het asfalt rennen, een ander stuk boomgaard in. Hij zag ook bloed op Mikes witte overhemd.

Mike liep nu recht tussen de bomen door om zijn voorsprong te vergroten, maar Stromsoe kon hem bijhouden. Tralies van schaduw en zonlicht hielden Mike gevangen alsof hij in een grote kooi zat, maar Stromsoe wist dat als Mike uit het zicht kon komen, Mike hem kon verrassen en doden. Daarom dwong hij zijn benen zich nog meer in te spannen.

Toen ging hij een lichte helling op. De boomgaard eindigde abrupt bij een hoge draadgazen omheining met prikkeldraad langs de bovenrand. Voorbij die omheining zag hij glooiende heuvels met bloemen, een zee van rood en geel en wit die zich helemaal tot de blauwe hemel uitstrekte.

Mike rende evenwijdig met de omheining, maar de meetkundige verhoudingen werkten nu in Stromsoes voordeel en hij maakte de afstand kleiner.

Mike schoot, maar Stromsoe hoorde alleen het bulderen van zijn eigen twee lopen en voelde de harde terugslag van de kolf tegen zijn schouder.

Hij ging achter een avocadoboom staan, herlaadde het geweer en haalde de veiligheidspal over. Hij zag Mike uitgestrekt op de grond liggen. Stromsoe liep door en richtte onder het lopen zijn geweer.

Mikes borst was een bloederige massa en hij haalde diep adem. Zijn ene arm lag uitgestrekt en de andere arm lag onder hem. Zijn benen waren gespreid. Zijn pistool lag bij zijn rechterschoen op de grond. Stromsoe liet het geweer zakken maar hield het op Tavarez' hoofd gericht. Hij schopte het pistool weg. Mike volgde hem met zijn ogen maar bewoog niet.

Stromsoe ging naast Mike op zijn knieën zitten en keek naar zijn witte, met bloed bespatte gezicht. 'Mike.'

Mike opende zijn hand en Stromsoe vroeg zich af wat hij daarmee bedoelde. Het is voorbij? Ik heb niets? Jij betekent niets voor mij?

De ogen staarden hem met dezelfde diepe raadsels aan. Stromsoe zag niets wreeds of woedends in die ogen, en niets begrijpends of vergevends, alleen de onvolledige kennis die alles is wat een mens kan hebben.

'Zo had ik het me niet voorgesteld, Matt.'

'Ik ook niet.'

Mike keek recht voor zich uit en zei een ogenblik niets, alsof hij naar de snelheid van zijn eigen ademhaling luisterde.

Hij knipperde met zijn ogen. 'We hebben ons best gedaan met wat ons is gegeven.'

'Alles is ons gegeven, Mike. Dit is ervan over.'

'Ik heb nooit het gevoel gehad dat ik genoeg had. Nooit.'

De wind streek door Mikes haar en het was te horen dat er iets in zijn keel bleef steken.

'Het doet geen pijn, Matt.'

'Goed.'

'Kom dichterbij. Ik kan je niet horen. Ik hoor alleen de wind.'

Stromsoe kwam dichterbij.

Met een kreungeluid trok Mike zijn vuist onder zich vandaan en haalde daarmee uit, maar Stromsoe greep zijn pols vast en wrikte de vuist langzaam open tot de stiletto uit Mikes hand viel.

'Er komt een eind aan je geluk,' snauwde Tavarez. 'En aan het geluk van je bleke ras en je zielloze land. En dan zal de duivel jullie eens en voor al een voor een doodneuken.'

'Ja. Hij oefent nu op jou.'

'Geloof je nog steeds in de God die zich niets aan je gelegen laat liggen?'

'Ja, ik wel.'

'Mijn geloof is niet meer zo sterk als het vroeger was.'

'Geloof maakt geen God.'

'Of de hel.'

'Ook niet,' zei Stromsoe.

Mike probeerde langzamer adem te halen, maar daardoor roffelde zijn keel als een vrachtwagen over een zandweg met ribbels. Hij kokhalsde en slikte luidruchtig. 'Zeg tegen mijn kinderen dat ik van ze hield. Zeg tegen mijn vrouw dat ik in de hel op haar wacht.'

'Ik zal het de kinderen zeggen. Maar je vervloekingen moet je zelf overbrengen, Mike. Jij vindt altijd wel een manier.'

'Jij was nooit zo slim als ik,' zei Mike.

'Nee, maar over een uur ben ik hier nog en jij niet.'

'Dat is een twijfelachtig voorrecht.'

'Voor mij is het helemaal niet twijfelachtig.'

Mike haalde een aantal keer heel ondiep adem en hoestte toen zwakjes. Hij fluisterde nu. 'We hadden alles, hè?'

'Alles.'

'Ik heb nergens spijt van.'

'Ik van een miljoen dingen,' zei Stromsoe.

'Behalve dat ik niet eerst op jou schoot.'

Mike slaagde erin zijn hoofd van de grond te tillen. Zijn ogen zochten naar het pistool, maar hij liet zijn hoofd weer in de bladeren zakken. Toen gingen zijn vuisten langzaam open en verdween het licht uit zijn ogen.

Stromsoe zat een hele tijd bij hem. Hij rook het bloed en de rijke aarde. Het was koel in de boomgaard, waar de zon alleen een beetje tussen de bladeren door scheen. Een distelvlinder streek neer op Mikes rechterschoen, spreidde zijn vleugels in een vlekje zon.

Stromsoe herinnerde zich die keer dat Mike hem had geholpen de kinderen ervan langs te geven die stenen naar de fanfare hadden gegooid, en hoe het hem had verrast dat Mike net zo'n verwoede vechter bleek te zijn als hijzelf. Hij herinnerde zich hoe hij vol overgave had gevochten, op die dag dat hij al zijn zenuwen en spieren nodig had voor dat goede gevecht, die dag waarop hij sterker en sneller was geweest dan hij ooit zou zijn. Wat zuiver was dat geweest, wat een zeldzaamheid in al die jaren: een moment waarop het goed was wat je deed en waarop je dat samen met een vriend deed.

Hij keek naar het lijk en dacht aan de vele mensen die waren gestorven opdat hij hier in deze met zon bespikkelde boomgaard kon zitten. Lang geleden, toen hij met zijn vader en moeder in het glinsterende middaglicht van een Zuid-Californische begraafplaats had gestaan, had Stromsoe met de simpele verwondering van een kind begrepen dat sommige levens ophouden opdat andere levens verder kunnen gaan. Later kwam hij tot het inzicht dat iemands leven rijk gemaakt kan worden door liefde, zoals die van Hallie en Billy en Frankie, of vervloekt kan worden door haat, zoals bij Tavarez het geval was geweest, maar toen hij zijn hand uitstak en Mikes ogen voorgoed sloot, gingen al hun levens door hem heen.

# Nawoord

Fallbrook kreeg dat seizoen een recordregenval. In totaal viel er in onze omge-ving 88,6 centimeter regen, terwijl het gewoonlijk maar dertig centimeter is. Mijn regenmeter staat maar enkele kilometers bij de plaats vandaan waar Charles Hatfield ooit zijn geheime laboratorium had.

T. JEFFERSON PARKER
*Fallbrook, Californië*
april 2006

0025 75540

*Blijft u graag op de hoogte van de nieuwste spannende boeken?*

Kijk dan op

# www.awbruna.nl

en geef u op voor de spanningsnieuwsbrief.

Op deze manier krijgt u steeds als eerste alle informatie over nieuwe boeken en kunt u gebruikmaken van aantrekkelijke kortingen en andere lezersacties.